| CLASSICS
中国书籍编译馆

JACOB'S ROOM
Virginia Woolf

雅各布的房间

(英)弗吉尼亚·伍尔芙 著

李小艳 蒙苑宁 译

中国书籍出版社
China Book Press

译者序

初次接触弗吉尼亚·伍尔夫是在大学的西方文论课上，她的《一间自己的房间》令人眼前一亮，文风颇为清爽。在之后的阅读中，我逐渐对伍尔夫有了更深的理解——她童年的不幸遭遇令人同情，她在文学之路上的不懈探索与创新让人钦佩，她独特的女性视角、优雅与细腻让人着迷，她内心的苦痛挣扎与彷徨、忧郁的哀伤情怀与最终的撒手人寰令人扼腕。

《雅各布的房间》是一部反传统的实验性小说，标志着伍尔夫小说写作的新阶段。《雅各布的房间》是伍尔夫的第三部小说，被认为是她创作生涯的转折点。在尝试了前两部小说的写作之后，伍尔夫逐渐摆脱了维多利亚时期文学大师及经典名著的"影响的焦虑"，探索新的创作手法，并最终达到了创作高峰，为世人留下了不朽之作。她认为因果相连的传统叙事写法已无法展现现代人错综复杂的心理和变化无常、飘忽不定的感性生活，大胆提出了在小说创作中"情节并不重要"的观点。小说虽然展现了主人公雅各布·弗兰德斯的一生，记述了他的童年、大学、情感、希腊之旅以及丧生战场的结局，但作者并没有呈现给读者一个传统的故事情节，而是颠覆了传统的叙事模式，运用反传统的时空观，打破了时间的界限和线性顺序，通过前后穿插个别片段和反复叙述，将不同角色的零碎、分散的记忆碎片以及各种混乱的思想意识拼接在一起，向读者呈现了一个多彩、多面的雅各布的形象。伍尔夫摒弃了对故事情节的传统介绍和背景描写，而是努力捕捉瞬间体验与感受，揭示隐秘的思绪与无意识的欲望，将人物内心深处杂乱无章的意识流动过程直接呈现在读者面前，因此《雅各布的房间》普遍被认为是她后来诸多著名意识流小说的前奏。

此外,《雅各布的房间》作为伍尔夫小说创作历程中的一部过渡性作品,也是她女性主义思想的发端之作。维多利亚时期的传统观点认为,女人的世界就是她的家、丈夫、子女和房子,女性生活在一个受到排斥的空间里。而在《雅各布的房间》中,伍尔夫以代表父权制的空洞房间暗指男权思想的中心分裂,以女性要求进入大英物馆这样的公共空间来暗指男权的消散,从而呼吁女性应在个人空间与公共空间中获得与男性平等的地位。

《达洛维夫人》是伍尔夫意识流技法的成功尝试,是其小说的经典之作。这部作品不仅是当时上流阶层的真实写照,也反映了真实的社会环境。"失去的岁月,破碎的青春,逝去的朋友,毁坏的家园,痛苦的血泪,这些甚至在下一代的世界里都造成了无法磨灭的印记。"《达洛维夫人》这部小说从整体上表现了战后的这种气氛。达洛维夫人和塞普蒂默斯这两个截然不同的人,他们纷乱的意识活动描绘出了由神志清醒和失常的人所观察到的世界,揭示了第一次世界大战后人们心中的绝望、失落、惶惑、恐惧和渴求,同时也间接地反映了战后英国社会的变迁,体现着作者对社会和人类的担忧。正如伍尔夫所说的:"小说应该超越作品中的具体的、个人的关系,去探讨有关人类命运和人生意义等更为广泛的问题。"

小说围绕主人公克拉丽莎·达洛维的一天而展开。克拉丽莎是维多利亚时期上层社会家庭妇女的典型代表,她努力地扮演着社会给予她的特定角色,迷失了真实的自己,在现实生活中不但难以获得归属感,还产生了强烈的身份认同危机。她的生活总是被压抑:"被压抑的性取向"、"被压抑的艺术才华"以及"被压抑的自杀倾向",然而这些也不能让她停止挣扎、停止尝试。最终赛普蒂默斯跳楼了,他的死亡意味着精神的新生,这一跳解脱了他自己,也解脱了在痛苦和矛盾中迷失与挣扎的达洛维夫人,让她在迷失自我的孤独惶恐中得到心灵的救赎。她决定勇敢地面对自己的生活,不管是活着还是死去,都要勇敢面对真实的自己,死亡只是面对真实自我的途径之一。

在翻译过程中,我们克服了诸多困难。从总体上看,伍尔夫的小说结构与音乐形式颇为接近,作品在变奏中保持着统一的力度和气氛。意象的运用、诗学的表现形式（如"破碎"的句子结构及其艺术价值）都增强了作品的表现力。如何既兼顾语言规范、译文的可接受性，又保留原作的经典价值和原作的风貌，是我们在翻译过程中一直力图解决和完善的问题。同时，在伍尔夫所生活的时代，她经历了城市化、工业化和世界大战带来的变化，有着相应真实的身心体验，对其作品中人与人之间一切关系的变化，以及随之而来的信仰、行为、政治和文学变化的把握也是翻译过程中必须面对的挑战。

在此，要特别感谢中国书籍出版社的各位编辑严谨审稿，译本的完善离不开他们令人尊敬的工作态度。还要感谢在翻译期间为我们做好后勤工作的家人，感谢时常给予我们鼓励的父母和作为开心果的宝贝儿子，感谢交稿之前为我做最后一遍脱稿校对的妹妹李红梅，没有你们大家的帮助与付出，此书的出版将永远遥遥无期。

由于译者水平有限，译本难免有所疏漏，不当之处，请各位读者批评指正。

李小艳　蒙苑宁
2016年6月于唐山

目 录
CONTENTS

雅各布的房间

译者序	001
第一部分　雅各布的房间	001
第一章	002
第二章	009
第三章	021
第四章	035
第五章	050
第六章	058
第七章	066
第八章	072
第九章	080
第十章	092
第十一章	101
第十二章	110
第十三章	134
第十四章	145
第二部分　达洛维夫人	147

第一部分　雅各布的房间

雅各布的房间

第一章

"所以，当然，"贝蒂·弗兰德斯这样写道，脚跟在沙子里踩得更深了，"没有别的办法，只有离开。"

淡蓝色墨水从金质笔尖慢慢流出，晕染了句号，因为她停住了笔，眼睛一动不动，泪水慢慢盈满了眼眶。整个海湾都在颤抖；灯塔在摇晃；恍惚间，她似乎看到康纳先生的小游艇上的桅杆，像油蜡在阳光下慢慢弯下了腰。她快速地眨了眨眼睛。事故真是太可怕了。她又眨了眨眼睛。桅杆还是直的，海浪也不汹涌，灯塔依然耸立，但纸上的墨迹晕染了。

"……没有别的办法，只有离开。"她这样念叨。

"那，如果雅各布不想玩儿，"（大儿子阿切尔的身影倒映在她的信纸上，映在沙滩上，颜色泛蓝，她感到一丝凉意——已经是九月三日了），"如果雅各布不想玩儿"——这点儿墨迹可真是讨厌啊！时候肯定不早了。

"臭小子跑哪儿去了呢？"她说。"我看不见他啊，快去找找他，快跑，让他马上过来。""……不过好在，"她无视那个晕染的句号，潦草地写着，"一切看起来都已安排妥当，尽管住处狭小局促，我们就像挤在木桶里的腌鲱鱼，连婴儿车都用上了，房东太太肯定会不让用……"

这封信是贝蒂·弗兰德斯写给巴夫特船长的——长信绵绵，泪迹斑斑。斯卡布罗距离康沃尔郡有七百英里；巴夫特船长在斯卡布罗；西布鲁克不在了。串串泪花中，她花园里的大丽花摇曳起伏，宛若红浪，玻璃暖房闪闪发亮，厨房里的刀具也闪着光芒。在教堂，当圣歌响起，弗兰德斯太太俯身靠近三个孩子时，这串串泪花让贾维斯牧师的太太浮想联翩，婚姻就是座城堡，寡妇只能形单影只地在旷野里游荡，捡几个石子，拾几根金色稻草，孤孤单单，无依无靠，着实可怜。弗兰德斯太太已经守寡两年了。

"雅——各——布！雅——各——布！"阿切尔大声喊着。

"斯卡布罗。"弗兰德斯太太在信封上写道，又在下面划了一条粗线；那是她的故乡，天地万物的中心。可邮票呢？她翻了翻提包，再把提包整个倒过来找，又在衣袋里摸着。她动作幅度太大了，头戴巴拿马草帽的查尔斯·斯蒂尔停下了手中的画笔。

画笔就像受到刺激的昆虫的触角，剧烈地抖动着。那个女人在动——是要站起来——她可真讨厌啊！他匆匆在画布上点了深紫色的一笔。这幅画正需要这个，画太素了——灰色渐渐过渡成淡紫色，一颗星星或是一只白鸥悬在空中——一如既往的素。评论家会说画的颜色太素，因为他是一个无名小卒，画风晦涩，不过他深受房东太太们的孩子们喜爱。他的怀表链上挂着一个十字架。如果房东太太们喜欢他的画，他会非常欣慰——她们往往都很喜欢。

"雅——各——布！雅——各——布！"阿切尔大声喊着。

这喊声令斯蒂尔颇为恼火，但他又很爱孩子，所以焦躁地用手拨弄着调色板上的深色小线圈儿。

"我看见你弟弟了——我看见你弟弟了。"他点了点头说。阿切尔身后拖着铁铲，正慢吞吞地从他身边走过，皱着眉看着这位戴眼镜的老先生。

"他在那边——岩石那儿。"斯蒂尔咕哝着说。他嘴里叼着画笔，正挤着黄褐色颜料，双眼却盯着贝蒂·弗兰德斯的背影。

"雅——各——布！雅——各——布！"阿切尔大声喊着，过了一秒钟，又慢慢向前走去。

他的声音中透着无限的忧伤，它是那么的纯净，似乎挣脱了所有躯壳，不掺一丝情感，来到尘世间，形单影只，无人应和，最终碰碎在岩石上——听起来就是这样。

斯蒂尔眉头紧蹙，但对黑色的效果还比较满意——就是这个颜色，整幅画的色彩才协调了。"啊，五十岁还可以学画画呢！有点意大利的

雅各布的房间

大画家提香的味道……"选好颜色之后,他抬头看了看,惊恐地发现海湾上空布满了乌云。

弗兰德斯太太站起身来,左右拍打着外衣,掸掉沙子,拿起了黑色阳伞。

那岩石呈深棕色,或者说是黑色,从沙滩里露出来,颇有点原始的感觉。此处有很多这样的岩石。岩石上有褶皱层叠的帽贝,表面很粗糙,还零星散落着几缕干海藻。小男孩若要爬到岩石顶端,须得双腿用力叉开,还着实需要点儿英雄气概。

然而,岩石顶端有一个坑,里面积满了水,底部铺满了沙子,内壁上粘着一团胶状物和几只贻贝,一条鱼飞快地游走了,黄褐色海藻的边缘在水里浮动,一只白壳螃蟹游了出来——

"噢,大螃蟹。"雅各布小声嘀咕着——接着,他双脚踩在坑底的沙子上,靠并不结实的双腿开始了探险之旅。突然,雅各布猛地将一只手插进了水里。螃蟹凉凉的,很轻,可坑里的水搅和着沙子变浑浊了。雅各布要爬下岩石,他把桶抱在胸前,正要往下跳,突然发现一对身形巨大的男女,肩并肩躺在地上,身体僵直,脸色通红。

这对身形巨大的男女(今天是提早收工的日子)并排躺在那儿,头枕着手帕,一动不动,距离海水只有几英尺远。两三只海鸥优雅地避开涌向岸边的海浪,落在他们的靴子旁。

枕着扎染印花手帕的这对大红脸男女抬头盯着雅各布,雅各布则低头盯着他们。雅各布抱稳水桶,不慌不忙地跳了下来,先是若无其事地小跑了几步,然后越跑越快,因为层层的海浪呼啸着向他扑去,他不得不拐弯躲开。见他跑过来,海鸥飞到空中,略微盘旋,又落在了稍远一点的地方。沙滩上坐着一个大块头黑人妇女,雅各布朝她跑过去。

"奶奶!奶奶!"雅各布泣声泣语地喊着,跑得上气不接下气。

海浪涌了过来。那是一块岩石,上面布满了海藻,用手一按,噗噗作响。雅各布迷路了。

他站在那儿,定了定神,正要号哭,突然发现远处悬崖下面黑乎乎的枯枝干草中,有一块完整的头骨——可能是牛的头骨,或许上面还有牙齿呢。他抽泣着,但有点心不在焉了,朝着悬崖越跑越远,最终把头骨抱在了怀里。

"他在那儿！"弗兰德斯太太大声说道。她从岩石后面转过来，只用几秒钟就把整个海滩扫视了一遍。"他怀里抱的是什么？雅各布，放下！快扔了它！那东西太可怕了！我知道。你怎么不和我们待在一起？你这个小淘气！快扔了它！现在你们俩都跟我走。"说着，她迅速转过身来，一手牵着阿切尔的手，另一只手去抓雅各布的胳膊。雅各布往下一蹲躲开了，去捡散了架的羊颌骨。

弗兰德斯太太甩着手提包，攥着遮阳伞，拉着阿切尔的手，讲述着火药爆炸炸坏了可怜的科诺先生一只眼睛的故事。她匆匆走在崎岖的小路上，内心深处一直有种隐隐的不安。

沙滩上，距离那对情侣不远处，是颌骨已经脱落的老羊头骨——干净，洁白，久经海风吹袭、沙土磨砺，未受任何污染，在整个康沃尔海滩再也找不出第二块这样的骨头了。海东青将从羊头骨的眼眶里长出来；它会风化成灰，或许有一天，谁把高尔夫球打到羊头骨上，会擦出一些粉末呢——不，不能在我们租住的公寓里发生这样的事，弗兰德斯太太想。孩子们这么小就带他们跑这么远，真是一次大胆尝试。没有人帮忙搬婴儿车，雅各布又太难管了，小小年纪就如此倔强。

"把它扔了，亲爱的，快扔了。"她说。此时，他们已经走到了大路上。雅各布身子一扭，走开了。起风了，她取下帽夹，看了看大海，重新夹好小软帽。海上起风了，海浪显示出了暴风雨来临前的焦躁不安，就像是什么活物，很烦躁，要用鞭子抽打才能安分。渔船斜靠在岸边。一道浅黄色光束在紫色的海面上掠过，随后又灭了。灯塔亮了。"快走。"贝蒂·弗兰德斯说。炽热的阳光照在他们的脸上，大个儿黑莓颤巍巍地从树篱中探出头来，在强光下闪闪发亮。阿切尔路过的时候，要伸手去摘。

"别磨蹭，孩子们，你们没有干净衣服换了。"贝蒂一边说一边拽着他们继续前行。眼前这景象，让她感到心神不安——夕阳西下，阳光如火光般燥热，花园里的暖房突然发出一束束光亮，或黑或黄，飘忽不定。色彩如此躁动纷乱，如此变化多端，让人震惊。这一切让贝蒂·弗兰德斯警觉，她感觉到自己肩上的责任，以及可能面临的危险。她紧握

雅各布的房间

着阿切尔的手,步履沉重地继续向山上走去。

"我让你记着什么来着?"她说。

"我不知道啊。"阿切尔说。

"那,我也不知道了。"贝蒂说得很坦白,也有些幽默。谁能否认,这种大脑一片空白的状态,再加上天资聪颖,无稽之谈,随性而为,偶尔胆大惊人、幽默、感性——谁能否认在这些方面女人更胜于男人呢?

首先,贝蒂·弗兰德斯就是这样。

她伸手去开花园的门。

"肉!"她一把将门闩拿掉,惊声说道。

她忘了厨房里还做着肉。

丽贝卡站在窗前。

晚上十点,餐桌的正中间摆放着的一盏明晃晃的油灯,将皮尔斯太太家布置简陋的前厅照得一览无余。刺眼的光线照到花园里,直穿草坪,照亮了一个孩子玩儿的水桶和一株紫苑,最后落在了树篱上。弗兰德斯太太将针线活放在桌上。桌上放着大卷的白色棉线,不锈钢眼镜,针线盒,绕在一张旧明信片上的棕色毛线,还有几根芦苇,几本《岸》杂志,地板上的油毡上还有从孩子们靴子上掉下来的沙子。一只长脚蜘蛛从一角晃到另一角,撞上了灯罩。狂风吹打着雨线直扫过窗前,在灯光下雨线闪着道道银光。一片树叶拍打着窗户,声声急促,不肯罢休。海上刮起了风暴。

阿切尔睡不着觉。

弗兰德斯太太俯过身去,对他说:"想想小精灵,想想那么可爱的小鸟,安静地睡在鸟巢里。现在闭上眼睛,想想鸟妈妈嘴里叼着一只虫子。好了,转过身去,闭上眼睛,"她轻声说,"闭上眼睛。"

出租屋里似乎到处都是汩汩的流水声和雨水的冲刷声,水池里已经积满了雨水,从边缘汩汩地流出来,沿着管子冲刷下来,顺着窗户流下来。

"怎么了?涌进来的水是怎么回事?"阿切尔喃喃地问。

"不过是洗澡水流走了而已。"弗兰德斯太太说。

门外有东西啪地响了一声。

"哎呀，汽船不会沉了吧？"阿切尔睁开眼睛问道。

"当然不会啦，"弗兰德斯太太说，"船长早就睡着了，你快闭上眼睛，想想小精灵，他们都躺在花丛里，睡得可香啦。"

"我还以为他睡不着了呢——这么大的风暴。"她小声对丽贝卡说。丽贝卡睡在隔壁的小房间里，此刻正俯身拨酒精灯。屋外海风呼啸，但酒精灯的小火苗静静地燃烧着，小床边上放了一本书，正好遮挡住了光线。

"他奶喝得多吗？"弗兰德斯太太轻声问。丽贝卡点了点头，走到小床前，把被子往下拉了拉。弗兰德斯太太俯身看着阿切尔，面色忧虑。阿切尔已经睡着，却眉头紧锁。窗户在晃动，丽贝卡像猫一样轻手轻脚地走过去，将窗楔卡紧。

这两个女人点着酒精灯低语了一会儿，密谋着无休止的哄孩子、刷奶瓶这等大事。屋外狂风怒吼，偶尔扭打着廉价的门闩。

两个人朝小床看了看，孩子们嘴唇紧闭。弗兰德斯太太俯下身去。

"睡着了吗？"丽贝卡看着小床，轻声问道。

弗兰德斯太太点点头。

"晚安，丽贝卡。"弗兰德斯太太低声说。丽贝卡叫她夫人，尽管她们刚刚还是同党，密谋着无休止的哄孩子、刷奶瓶这等大事。

弗兰德斯太太没有熄掉前厅的油灯，桌上放着她的眼镜、针线、一封盖着斯卡布罗邮戳的信，窗帘也没有拉上。

油灯照亮了草坪，照在孩子玩儿的带金线圈的绿色水桶上，落在桶边剧烈颤抖着的紫苑上。因为海风肆虐，席卷着山冈，一股股强风猛烈地袭来，一阵紧似一阵。它在山谷里的小镇上咆哮着！灯火在狂风的愤怒中闪烁发抖——海港里的灯火在颤抖，高处山上各家卧室的里的灯火在颤抖！海上卷起层层黑浪，冲向大西洋，轮船头顶的星星都跟着往这边晃一下，往那边晃一下。

前厅传来咔嗒一声响，皮尔斯先生熄灭了油灯。花园里没有了光亮，一片漆黑，雨水落在每一寸土地上，每一片草叶都在雨水面前弯下了腰，连人们的眼睛也被雨水紧锁住了。平躺在床上，眼前什么也没有，只见一片混沌——云团翻滚，暗夜里呈现出泛黄的硫黄色。

雅各布的房间

睡在前厅的孩子们踢开了毯子，只盖了一层被单。天太热了，又闷又潮。阿切尔四仰八叉，一只胳膊搭在枕头上。他脸色潮红，当厚厚的窗帘被风吹开了一条缝儿，他翻了个身，微睁着眼睛。五斗柜上的桌布居然也被风吹动了，照进了一点光亮，五斗柜的一角清晰可见；掠过五斗柜向上延伸，那白色光亮就鼓了起来，最后，一缕银色光带落在了穿衣镜上。

雅各布睡在门边的另一张床上，进入了深度睡眠，完全没有知觉。带着大黄牙的羊下颌骨放在脚边，被他踢到了铁床栏上。

窗外，已是清晨，风小了，雨倾盆而下，来得更直接、更有力。紫苑在雨水的抽打之下已陷入泥土中，孩子玩儿的水桶已积了半桶雨水，白壳螃蟹慢慢围着水桶打转，企图爬上水桶那陡峭的一侧，无奈腿脚软弱无力，一次次跌落下来，又一次次往上爬。

第二章

"弗兰德斯太太"——"可怜的贝蒂·弗兰德斯"——"亲爱的贝蒂"——"她还那么迷人"——"她怎么不改嫁呢？真奇怪！""有个巴夫特船长，每周三都来找她，像上了发条一样准时，还从不带妻子来。"

"但那是他老婆艾伦·巴夫特的错，"斯卡布罗的女人们说道，"她从来不为别人着想。"

"男人都想要个儿子，这咱们都清楚。"

"有些肿瘤是得切除的，但要是得了我母亲那种，你就得长年累月地忍耐着，床边连个端茶递水的都没有。"

（巴夫特太太体弱多病。）

这些闲言碎语，说的当然就是伊丽莎白·弗兰德斯，一个风华正茂的寡妇，关于她的闲言碎语远不止这些，以后此类闲话也会越来越多。她四十五岁上下，近几年收获的尽是岁月的沧桑与忧伤：丈夫西布鲁克的去世，三子尚幼，穷困缠身，一所在斯卡布罗郊区的房子，可怜的兄弟莫蒂，潦倒不堪，可能已不在人世了——他人在哪儿？干什么工作呢？她把手遮在眼睛上，循路望去，找寻着巴夫特船长的身影——啊，他来了，一如既往地准时。他的关照使她更加成熟，身体日渐丰腴，脸上也露出些许笑容，人们可能一天三次地见到她好端端地就泪眼盈盈。

的确，为自己的丈夫哀哭无伤大雅。墓碑尽管朴素，却也坚固。夏日里，寡母带着幼子站在墓碑前，颇让人同情。男士的帽子举得要比平时高，妻子们挽着丈夫的手臂。西布鲁克已去世多年，就躺在六英尺深的黄土之下，三层棺木包裹着他，缝隙用铅做了密封——如果泥土和棺木是玻璃的，他的脸一定在下面清晰可见：那是张年纪轻轻的脸，蓄着

雅各布的房间

络腮胡子,俊朗有型,他曾外出猎鸭,还拒绝换靴子。

墓碑上刻着"本市商人"几个字。贝蒂·弗兰德斯为什么给丈夫选择了这样一个称呼呢?许多人都还记得他只坐过三个月的办公室,之前他驯过马、打过猎、种过田,也曾有点儿放荡不羁——可是,她总得给他一个什么称呼,给孩子们树个榜样。

那么,他是否无足轻重呢?这个问题无从回答,因为即使殡仪员没有给死者合眼的习惯,他们眼中的光芒也会很快消失。起初,丈夫是她的一部分,而如今他已融入了草地、山坡、无数或斜或直的白色石碑、腐朽了的花圈、绿色锡制的十字架、狭窄的黄色小径以及墓地围墙之上的紫丁香——它们在四月间凋零,带着病人卧房的气味。现在,西布鲁克就是那一切;而当她拉起裙摆喂鸡时,她听到了礼拜或丧礼的钟声——那是西布鲁克的声音,是死亡之声。

她知道那只公鸡会飞上肩膀啄她的脖子,所以,现在喂鸡的时候,她都会拿根棍子,或是带个孩子在身边。

"妈妈,你不喜欢我的刀吗?"阿切尔问道。

这时候钟响了。儿子的声音中交织着生与死,死之命中注定,生之振奋人心。

"你还这么小,就拿这么大的刀啊!"母亲答道。为了让他高兴,她从他手中接过了刀。那只公鸡从鸡舍里飞了出来,弗兰德斯太太大声喊着让阿切尔关上通往菜园的门,她放下手中的饲料,咯咯地召唤着母鸡,在果园里忙来忙去。这一幕被街对面的克兰奇太太看到了,她正往墙上拍打着垫子,然后将垫子拿在手里停了一会儿,对隔壁的佩琪太太说,弗兰德斯太太在果园里喂鸡。

佩琪太太、克兰奇太太和葛菲特太太都能够看见弗兰德斯太太在果园里,是因为那个果园是多兹山上圈出来的一块地,而多兹山则俯视着整个村子。多兹山的重要性是无以言表的,它就是大地,就是苍穹之下的整个世界,是多少人一目所及的边界——他们一辈子都生活在这个小村庄,唯一一次离开是去参加克里米亚战争,倚着花园门抽烟的老乔治·葛菲特就是如此。多兹山记录着太阳的东升西落,人们根据日间山上的明暗色调来判断时间。

第一部分 ▍雅各布的房间

"她正带着小约翰往山上去呢。"克兰奇太太对葛菲特太太说着，最后又抖了几下垫子，匆忙进屋去了。弗兰德斯太太推开果园的门，牵着小约翰的手向山顶走去。阿切尔和雅各布时而跑在前面，时而落在后面；但当她走到山顶时，两个孩子已经登上了罗马堡垒，正嚷嚷着海湾里会有什么船呢。山顶景色十分壮观，背向沼泽，面朝大海，整个斯卡布罗像块拼图一般平铺在眼前，从一端到另一端，一览无余。日渐丰腴的弗兰德斯太太在堡垒中坐了下来，自顾自地四下张望。

整片地方的景色变换，她应该早已了然。春夏秋冬四季变换，海上风暴来势汹汹，游云浮动时沼泽光影斑驳。她应该注意到了那片红色的地方正在建别墅，纵横交错的界限将划配的用地分开，小小的玻璃暖房在阳光下散射着钻石般的光芒。或者，如果她并未注意到这些的话，她的思绪可能飘荡在了夕阳下金色的海面上，想象着波光粼粼的海水拍打着鹅卵石。几艘游船被推进了大海，码头黑色的港湾将海水聚拢了起来。整个城市一片粉红与金黄，呈现出半球状，薄雾弥漫，回声缭绕，尖锐刺耳。班卓琴流淌出漫不经心的音符，游行的队伍散发出一股黏在鞋跟上的焦油味儿。公子哥忽然拉着马车一路小跑着穿过人群。看啊！市政当局把花坛布置得多好啊！偶尔有一顶草帽被风吹走。阳光下，郁金香如火如荼地绽放着。很多人穿着防水裤，成排地在沙滩上舒展着身体。女人们躺在沙滩椅上，头枕着枕头，紫色的软边帽勾勒出了一张张粉嫩的面庞，那脸上却写满了牢骚。身着白色外衣的男人们推着三角围板走过。"乔治·博厄斯船长已捕到一条巨鲨。"三角围板的一面用红、黄、蓝三色字母这样写着，每行的末尾都打了三个不同颜色的惊叹号。

所以，这不失为去水族馆的一个理由。那里灰黄的百叶窗，盐酸的臭味，竹椅，摆着烟灰缸的桌子，游来游去的鱼，织着毛衣的服务员，面前堆着六七个巧克力盒子（那里往往只有她和鱼，一连几个小时都无人光顾），这些都构成了人们对巨鲨的记忆。而那巨鲨也只是个软塌塌的黄色皮囊，趴在水池里，就像一个空旅行袋。从未有人对水族馆提起兴趣，但是当人们来到这里，得知只要排队就能进入码头，脸上暗淡僵硬的表情一扫而空。一穿过十字转门，人人都脚步轻快地走上一两米，然后你在这个货摊看看，他在那个货摊转转，最后都会被乐队所吸引，

雅各布的房间

就连较低码头的渔民，也都把自己的摊位搬上乐声可及的地方。

乐队在摩尔风格的凉亭里表演。第九个曲目写在板子上，那是首华尔兹舞曲。面色苍白的女孩们，上了年纪的寡妇，同住一家旅馆的三个犹太人，花花公子，军队少校，贩马商人，有独立谋生手段的绅士，个个眼神迷离、表情沉醉。透过脚下木板的缝隙，他们可以看见夏日的碧波，宁静柔和地荡漾在码头铁柱的周围。

但是，曾经，这一切都不存在（倚着栏杆的年轻男子这样想着）。看看女士的裙装吧，看那条灰色的就行——就是粉色丝袜上面那件。它一直在变化：遮住脚踝的，是九十年代的款式；下摆宽大的，是七十年代的；现在套在衬裙外、透着红色光泽的，那是六十年代的；一只穿着白色棉袜的黑色小脚隐约可见。还坐在那儿吗？对，她还坐在码头上。现在的丝绸上印有玫瑰花纹，但不知何故，人们不似以往看得那么清楚了。我们的脚下已无码头，沉重的马车可以在收费公路上快速行驶，但是再也没有可供停歇的码头了，而十七世纪的海是多么灰暗狂暴啊！我们去博物馆吧，那里有加农炮、弓箭头、罗马杯和铜锈斑斑的钳子。早在四十年代，贾斯帕·弗洛伊德牧师自己出资，在多兹山上的罗马营地里挖出了这些物品——你看这标签，字迹都已褪了色。

那么，接下来要在斯卡布罗看什么呢？

弗兰德斯太太坐在罗马营地凸起的围墙上给雅各布补马裤，只在抿线头的时候，或是在有小飞虫冲过来在她耳边嗡嗡叫着又飞走的时候她才会抬眼看看。

约翰总是小跑过来，把那些他称作"茶叶"的草或枯叶放在她的裙摆里；而她则有条不紊却又心不在焉地整理着——一边将小草带花的一端放在一起，一边想着昨天夜里阿切尔怎么又醒了；教堂的钟快了十分钟或十三分钟；但愿自己能买下葛菲特那亩地。

"乖约翰，那是兰花叶，你看这些棕色的小点点。过来，亲爱的，我们该回家了。阿——切——尔！雅——各——布！"

"阿——切——尔！雅——各——布！"小约翰学着母亲尖声喊着。他以一只脚的后跟为轴原地打转，手里撒着草和树叶，像在播种似的。阿切尔和雅各布从土堆后面一跃而起，他们一直躲在那儿，打算趁妈妈不备吓她一跳。随后，一家人慢慢朝家的方向走去。

"那是谁？"弗兰德斯太太手遮在眼睛上问道。

"路上那个老头儿吗？"阿切尔边问边朝下望去。

弗兰德斯太太说："他不是老头儿，他是——哦，不是他，我还以为是船长呢，那是弗洛伊德先生。快走吧，孩子们。"

"哦，讨厌的弗洛伊德先生！"雅各布边说边扭断了一棵蓟草的花头，他知道弗洛伊德先生是来教他们拉丁文的。不错，弗洛伊德先生在闲暇时间来教拉丁文，已经三年了，完全是出于好心。在这附近，弗兰德斯太太找不到其他先生来教孩子们，况且，她那两个大点的孩子已经越来越难以管教，必须得让他们上学了。弗洛伊德先生总是挤出时间，在下午茶之后来访，或是在自己的房间里教他们。这片教区非常大，很多牧师都不会这么做，但弗洛伊德先生会像自己父亲当年那样，走上好几英里的路，拜访沼泽地里的村舍。而且，同老弗洛伊德先生一样，他也是个了不起的学者，不太可能来教孩子们拉丁文。弗兰德斯太太做梦都想不到。她本该猜到原因吗？可他比自己小八岁呢，更不用说人家还是个大学者。她认识他的母亲老弗洛伊德太太，在她那儿喝过茶。喝茶回来的当天傍晚，她发现客厅里有一封信，把鱼拿给丽贝卡的时候，就随手拿着信进了厨房，心想写的肯定是关于孩子们的事情。

"弗洛伊德先生亲自送来的吧？——奶酪肯定在客厅的小包里——哦，在客厅——"她正边说话边看着信。不，写的不是孩子们的事。

"没错，做明天的鱼饼肯定是够了——估计巴夫特船长——"她看到了"爱"这个字。弗兰德斯太太随后进了花园去看信，靠着胡桃树让自己定了定神。她的胸脯上下起伏着，西布鲁克的样子出现在了眼前，栩栩如生。摇了摇头，透过泪光，她看到昏黄的天空下，树影婆娑，三只鹅连跑带飞地匆匆穿过草地，约翰正挥舞着小棍追在后面。

弗兰德斯太太气得满脸通红。

"我跟你说过多少回了？"她边喊着边抓住了约翰，一把夺过他手里的木棍。

"是它们先跑出来的！"约翰嚷嚷着，奋力地想要挣脱她。

"你这孩子太皮了，我告诉过你一千遍了，叫你别去追那些鹅！"

雅各布的房间

她一边数落着约翰，一边把弗洛伊德先生的信攥在手里，紧紧抓着约翰，把鹅赶回了果园。

"我怎么会想到结婚呢！"她用金属丝拴紧了大门，自言自语着，满心的苦涩。那天晚上孩子们上床后，想起弗洛伊德先生的样貌，她觉得自己一向不喜欢红头发的男子。把针线盒推到一旁，拿了一张吸墨纸，然后又读了一遍弗洛伊德先生的信，看到"爱"这个字眼的时候，她的胸脯又一次起起伏伏；但这次和缓了些，因为她看到了约翰追鹅的场景，知道自己不可能再和任何人结婚，更别说是弗洛伊德先生了，他比自己小那么多，人又还那么好，还那么有学问。

"亲爱的弗洛伊德先生，"她提笔写道。——"我是不是把奶酪忘了？"她边想着边放下了笔。没忘，告诉过丽贝卡了，奶酪在客厅。于是又接着写道："我很惊讶……"

但是，第二天弗洛伊德先生一早起来发现的那封放在桌上的信，却并未以"我很惊讶"开头。那封信语气如慈母般祥和，谦恭有礼，话语有些不连贯，充满惋惜之情。多年来，他一直珍藏着那封信，直到与安多弗的温布什小姐结婚许久以后，离开村子许久以后。他派人去请阿切尔、雅各布和约翰来道别，因为他申请调到谢菲尔德的一个教区，已经获得批准了。他让他们在书房挑选自己喜欢的东西留作纪念。阿切尔选了一把裁纸刀，因为他不想选太贵重的东西；雅各布选了一本拜伦的诗集；而约翰年纪尚小，难以做出合适的选择，就挑了弗洛伊德先生的小猫。哥哥们认为他的选择有些荒唐，但弗洛伊德先生支持他，并说："它毛茸茸的，像你一样。"后来，弗洛伊德先生跟他们谈论了（阿切尔要加入的）皇家海军，（雅各布要参加的）橄榄球队。第二天，他收到了一个银托盘，随后便出发了。他先去了谢菲尔德，在那里遇到了正在伯父家作客的温布什小姐，随后赶往哈克尼，后来又到了梅尔斯菲尔德教堂，在那里做了主事人，最终成为某一知名教会传记丛书的主编。退休后，他带着妻女去了汉普斯特德，人们常见到他在羊腿池边喂鸭子。至于弗兰德斯太太的那封信——几天前他想找却未能找到，又不想去问妻子是不是把信收了起来。前不久，他在皮卡迪利大街上遇到了雅各布，三秒钟就认出了他。但雅各布已经长成了一个帅气青年，弗洛伊德先生并不想在大街上叫住他。

"天啊！这肯定是我们那位弗洛伊德先生。"弗兰德斯太太说道。她在读《斯卡布罗—哈罗盖特快报》，看到雷夫·安德鲁·弗洛伊德牧师如何如何被任命为马里斯菲尔德教区主管。

餐桌上笼罩着一丝淡淡的忧伤。雅各布正自顾自地吃着果酱；邮递员在厨房里和丽贝卡说着话；窗户敞开着，窗外黄花摇曳，蜜蜂在周围嗡嗡地叫着。也就是说，他们都还活着，而可怜的弗洛伊德先生就要成为马里斯菲尔德教区的主管了。

弗兰德斯太太站起身走到炉围旁，把手伸到托帕斯的耳后，轻轻抚摸它的脖颈。

"可怜的托帕斯。"她说（弗洛伊德先生当年的小猫，如今已是老态龙钟，耳后长了一小块疥癣，不久就要被杀掉了）。

"可怜的老托帕斯。"弗兰德斯太太正说着，阳光照耀下的托帕斯伸了个懒腰。想到自己曾经给托帕斯阉割，想到自己曾经不喜欢红发男子，她笑了。她朝厨房走去，笑容依旧挂在脸上。

雅各布从口袋里拽出一块脏兮兮的手帕，擦了把脸，上楼回房间了。

鹿角虫慢慢死掉了（约翰收集各种甲虫），直到第二天，虫脚还是软的。但蝴蝶已经死了。果园里、多兹山上、沼泽地里，曾经是漫山遍野的纹黄蝶，如今被一股臭鸡蛋味熏走了，消失在了荆豆丛后面，继而又纷飞在烈日骄阳之下。古罗马营地里，一只豹纹蝶栖在一块白石上享受着日光浴。山谷里传来了教堂的钟声。人们都在斯卡布罗吃着烤牛肉，因为今天是周日，雅各布在离家八英里外的苜蓿地里捉到了纹黄蝶。

丽贝卡曾在厨房里捉住过鬼面蛾。

放蝴蝶的盒子里散发出一股浓烈的樟脑味。

与樟脑味混杂在一起的，显然是海藻味。褐色的缎带一条条地挂在门上，阳光直射在上面。

雅各布捏着鬼面蛾的前翅，能看到很明显的褐色肾形斑纹，但后翅上没有新月形斑纹。他捉住鬼面蛾的那天晚上，山毛榉树倒了。树林深处突然传来一阵枪声，雅各布到家的时候天色已晚，母亲还错把他当成

雅各布的房间

了盗贼。三个儿子中唯独他,从来不听话,母亲说。

莫里斯称鬼面蛾为"潮湿地带或沼泽地里极具代表性的昆虫",但莫里斯偶尔也会错。有时,雅各布会用纤细钢笔在空白处做更正。

山毛榉树倒了,尽管那晚并没有刮风。提灯立在地上,照耀着依旧青绿的树叶和已经枯死的山毛榉树叶。此处较干燥,有一只蟾蜍。鬼面蛾伸展着红色后翅,绕着提灯飞舞,忽闪闪,不见了。红色后翅再也没有回来,尽管雅各布等了许久。他穿过草坪回家的时候,已经过了午夜十二点。他看见屋里亮着灯,母亲端坐在那儿,玩单人纸牌游戏打发着时间。

"你吓了我一跳!"她惊声喊道,以为发生了什么可怕的事情。他还惊醒了丽贝卡,这下她不得不这么早就起来了。

雅各布走出暗夜,站在温暖的房间里,脸色苍白,在灯光下眨着眼睛。

不,那不可能是一只后翅有浅黄色边缘的蛾子。

割草机总是缺润滑油。巴尼特推着它在雅各布的窗下掉了个头。割草机咯吱咯吱地响——咔嗒咔嗒地穿过草坪,又咯吱咯吱地响了起来。

这时,天空乌云笼罩。

太阳又回来了,耀眼夺目。

那感觉就像眼睛落在了马镫上,忽而又轻轻落在床上,落在闹钟上,落在打开的蝴蝶盒上。成群的纹黄蝶掠过沼泽地,又高高低低地飞过了紫苜蓿丛。豹纹蝶沿着灌木篱墙招展着翅膀,蓝色的蝴蝶停落在草地上的小块儿骨头上,阳光肆意照射下来。小苎麻赤蛱蝶和孔雀享用着老鹰丢弃的血淋淋的动物内脏。离家数英里外的山谷里,雅各布曾在一处废墟下面的川续断丛中发现过蛱蝶,还曾见过一只白蛱蝶围绕着一棵橡树越飞越高,却从未捉住过它。一位老妇人独自住在高高的山坡上,她曾告诉雅各布,有一只紫蝴蝶每年夏天都会到她的花园里来。她还告诉他,清晨的时候,狐狸幼崽会在金雀花丛中玩耍,黎明时向外望去,还会看到两只獾。她说,这两只獾有时候会把对方推倒,就像两个男孩在打架。

"雅各布,今天下午不要走远。"母亲把头探进门里说,"船长要来跟大家道别。"今天是复活节假期的最后一天了。

周三是巴夫特船长的重要日子。他身穿利落的蓝色哔叽呢套装，手持橡胶包头的手杖——他曾为国效命，腿有点跛，左手缺了两根手指——下午四点准时从门口有旗杆的房子出发。

三点钟的时候，推轮椅的狄更斯先生来接巴夫特太太。

在空地上坐了十五分钟之后，巴夫特太太会对狄更斯先生说："帮我挪一下。"然后又说："行了，谢谢，狄更斯先生。"听到第一个指令，狄更斯先生往有阳光的地方推去；听到第二个指令，他把轮椅停在了阳光明媚的地方。

作为这里的老住户，狄更斯先生与巴夫特太太有很多相同之处。巴夫特太太的父亲是詹姆斯·科帕德，西街与宽街交汇处的喷泉式饮水器就是他赠的。在维多利亚女王登基禧年，科帕德曾任斯卡布罗市的市长。现在，市政洒水车上、商店窗户上、律师咨询室窗户的镀锌百叶窗上，到处都印着他的头像。但是，艾伦·巴夫特从未去过水族馆（尽管她和捕过鲨鱼的博阿斯船长熟识），人们拿着海报来来往往，她只是高傲地看着，知道自己永远也不会去看哑剧小丑、奇诺兄弟，不会去看黛西·巴德和她的海豹表演。艾伦·巴夫特坐在空地上的轮椅里，就像个囚徒——文明的囚徒——天气晴朗的时候，市政厅、布料店、游泳池、纪念堂在地上投射一道道剪影，艾伦·巴夫特囚笼上的木条散落了一地。

作为这里的老住户，狄更斯先生会抽着烟斗，站在她身后不远处。她会问一些问题：那些人是谁啊？琼斯先生的店现在是谁经营啊？接着还会问及季节，会问狄更斯太太有没有尝试过这事那事，等等。那些话就像干面包渣一样，从她嘴里一点点掉出来。

巴夫特太太闭上了眼睛。狄更斯先生转悠了一圈。男子汉气概并没有在他身上完全消失。虽然有时候他向你走来，你会看到一只圆头黑靴颤颤巍巍地晃到另一只前面，虽然他的便便大腹在背心与裤子之间投下了阴影，虽然他身体前倾，站立不稳，就像一匹拉车的老马，突然发现自己已经卸了车辕，无车可拉。但当他吸进去一口烟，随后又吐出来时，眼睛里闪耀着男人的气概。他心里想着，巴夫特船长现在正赶往普莱森特山；巴夫特船长，他的雇主。在狄更斯先生家中，马厩正上方是

雅各布的房间

一间小起居室，窗户上挂着金丝雀，姑娘们在做针线活，太太患有风湿病，身体蜷缩成一团——在那个家中，他没什么地位，但想到自己为巴夫特船长工作，腰杆就挺直了。他认为自己与巴夫特太太聊天，就是在前线帮船长的忙，好让他去找弗兰德斯太太。他，一个大男人，负责照顾巴夫特太太，一个女人。

他转过身来，看到巴夫特太太在与罗杰斯太太聊天。再次转过身来的时候，罗杰斯太太已经离开了。因此，他回到轮椅这儿，巴夫特太太问他几点了。他掏出银质大怀表，很礼貌地告诉了她，仿佛对于时间和其他一切，他都比她要了解得多。但巴夫特太太知道，丈夫去看弗兰德斯太太了。

巴夫特船长确实是去看弗兰德斯太太了。他已经下了电车，望见了东南方向的多兹山。在蓝天的映衬之下，多兹山格外碧绿，远处地平线上弥漫着灰土色。他正大步向山上走去，尽管腿有残疾，走起路来依然有点军人风范。贾维斯太太从牧师宅邸出来的时候，看见巴夫特船长走过来，她家的纽芬兰犬尼罗轻轻摇着尾巴。

"噢，巴夫特船长！"贾维斯太太热情地打着招呼。

"你好，贾维斯太太。"船长说。

他们一起向前走去，走到弗兰德斯太太家门口的时候，巴夫特船长摘下粗呢帽，很绅士地躬身，说："再见，贾维斯太太。"

贾维斯太太独自向前走去。

她要去沼泽地散步。昨天深夜她不是又在自家草坪上来回踱步了吗？她不是又拍着书房的窗户喊她的丈夫："赫伯特，你快看月亮，快看月亮啊！"

于是，赫伯特就看了看月亮。

不开心的时候，贾维斯太太就会到沼泽地散步，尽管一直都想走到远处的那座山脊，但每次她都只走到一个碟形山谷那儿，坐下来，拿出藏在斗篷下的小书，读上几行诗，四处看看。她倒也并非很不开心。她现已四十五岁，可能永远也不会很不开心、极不开心，绝望到想离开丈夫，毁了一个好男人的事业，就像她有时威胁丈夫的那样。

然而，倒也不必担心牧师的妻子在沼泽地散步有什么风险。贾维斯太太身材矮小，皮肤黝黑，眼睛有神，帽子上装饰着雉鸡的羽毛，她是那种容易在沼泽地丧失信仰的女人——混淆上帝与普世真理。但她并没有丧失信仰，也没有离开丈夫。她从未读完那首诗，而是继续散步，看着榆树掩映下的月亮，坐在远远高出斯卡布罗的草坪上，感受着……是的，是的，当云雀翱翔；当绵羊啃食着草皮，向前迈出一两步，铃铛叮当响；当微风吹来又散去，轻吻着脸颊；当海上的船只交汇又继续前行，仿佛有只看不见的手在拉着；当空中传来遥远的震颤，幽灵骑士纵马飞奔又停下；当地平线上翻涌着蓝色、绿色，让人激动，——贾维斯太太叹了口气，暗自思量："但愿有人能给予我……但愿我能给予某个人……"但是，她不知道自己要给予什么，也不知道谁会给予她。

"弗兰德斯太太五分钟前才刚出去，船长。"丽贝卡说。巴夫特船长自己坐在椅子上等她，胳膊搭在扶手上，双手交叠，将有残疾的那条腿伸出去，把橡胶包头的手杖放在一边。他坐在那儿，一动不动。他身上有种刚毅的特质。他在思考吗？可能脑海里反复出现的是同样的想法。是"好的"、有趣儿的想法吗？他是个性情中人；坚韧，忠诚。女人们可能会想："这里有法律、这里有制度，所以我们要爱护这个男人，夜里他总站在驾驶室里。"为他端茶递水时，她们会想到沉船灾难，乘客们跌跌撞撞地逃出船舱，船长穿好制服，迎击风暴，除了风暴什么也不能将他击垮。"但我也是有自己的思想的，"巴夫特船长突然用超大号扎染印花手绢擤鼻子的时候，贾维斯太太这样想着，"是这个男人太愚蠢，才导致了悲剧的发生，风暴人人都可能遇到的……"当船长顺路拜访他们时，发现赫伯特不在家，他会待上两三个小时，坐在扶手椅上，几乎一言不发。这时候，贾维斯太太就会有这样的想法。但弗兰德斯太太从未有过类似的想法。

"噢，船长，"弗兰德斯太太跑进客厅，说，"我刚才去追巴可公司的人了……希望丽贝卡……希望雅各布……"

她虽然已经上气不接下气，却依然不慌不乱，先放下从油贩那里买来的炉刷，说着天气真热，便把窗户敞得更开，再将桌布铺平整，拿起一本书，那样子似乎非常自信，似乎非常喜欢船长，看起来比船长年轻很多。的确，系着蓝色围裙的弗兰德斯太太，看上去还不到三十五岁的

雅各布的房间

样子,而船长则早已过了知天命之年。

贝蒂一边说话,手一边在桌上来回滑动,船长的头左右晃动着,不出什么声响,毫不拘谨——已经二十年了。

"嗯,"他终于开口了,"波尔盖特先生来信了。"

他接到波尔盖特先生的信,说他建议最好送一个孩子去上大学。

"弗洛伊德先生在剑桥呢……不,是牛津……反正是在其中一个吧。"弗兰德斯太太说。

她看着窗外,小巧的窗户,花园里的淡紫色和绿色映入眼帘。

"阿切尔干得不错,"她说,"麦斯威尔船长对他评价很高。"

"我把信留下,你给雅各布看看。"船长说着,把信很费力地放回了信封里。

"雅各布还是照样迷恋他那些蝴蝶。"弗兰德斯太太生气地说道,但又感到一丝惊喜,因为她突然想起了一件事,"当然,这周板球赛就要开始了。"

"爱德华·詹金森递交了辞呈。"巴夫特船长说。

"那你要参加议员的竞选了?"弗兰德斯太太直视着船长的脸,高兴地惊叫道。

"嗯,这个嘛——"巴夫特船长打开了话匣子,同时调整了身体,在椅子里坐得更深了。

于是,1906年10月,雅各布·弗兰德斯去了剑桥。

第三章

"这个车厢不许吸烟。"当车厢门被推开，一名体格健壮的男子跳上车时，诺曼太太抗议道。她听起来有些紧张，声音很微弱，这名男子似乎并没有听到她的话。火车没有停靠，径直开往剑桥市。现在，她独自一人，与一名年轻男子，待在一节车厢里。

她按下行李箱上的弹簧，确定随手可以拿到香水瓶和穆迪送给她的小说（年轻男子背对着她站了起来，将包放到了行李架上）。她决定，用右手扔香水瓶，用左手拉警报索。诺曼太太五十岁，有个儿子在上大学。尽管如此，男人还是很危险的，这是事实。她读了半栏报纸，透过报纸边缘暗自观察，根据屡试不爽的外表测试法来判断自己的处境是否危险……她要把报纸借给他看，可年轻人读不读《晨报》呢？她抬头去看他在读什么——《每日电讯报》。

她看了看他的袜子（松垮垮的），领带（劣质的），再将目光移到他的脸上，最后，目光停在了他的嘴上。他双唇紧闭，目光低垂，因为他在看报纸。他很沉稳，但也很年轻，冷漠，旁若无人——至于说让人着迷！不，不，不！她朝窗外望去，脸上露出一丝微笑，随后又回过头来，因为他根本没有留意她。他板着脸，木头人一个……这时，他抬起了头，掠过她……不知怎的，他看起来非常不自在，独自与一位年长女士同处一室……之后他眼神凝视——蓝色的眼眸——看着风景。他并没有意识到她的存在，她想。但这车厢里不让吸烟，这并非她的错啊——如果他是这个意思的话。

没有人能真正读懂他人，更不要说在同一节车厢里、坐在陌生年轻男子对面的老太太了。他们只是看个大概——他们看到各种东西——他们看到的是他们自己……诺曼太太已经读了三页诺里斯先生的小说。她

雅各布的房间

要不要对这个年轻人说（毕竟，他和自己的儿子年纪相仿）："想吸烟你就吸吧，没关系的"？不，他似乎对她的存在视而不见……还是不要打扰他了。

她看出了他的冷漠，然而，尽管她一把年纪，他还是有那么几分——至少在她看来——友善，帅气，风趣，优秀，健壮，和自己的儿子差不多吧？评价别人的时候，一定要口下留情啊。不管怎样，这就是雅各布·弗兰德斯，年方十八。没必要急着对他人下结论。一定要留心观察，不只看他说了什么，也不只看他做了什么——比如，火车进站的时候，弗兰德斯先生猛地拉开车门，帮诺曼太太取下行李箱，说道，亦或是嘟囔着："我来吧。"甚是羞赧；确实，他言行相当笨拙。

"那个谁……"诺曼太太见到儿子的时候说；但站台上人潮涌动，雅各布已经不见踪影，她也就没有把话说完。既然她已到达剑桥市，既然她要在这儿过周末，既然大街上、餐桌上她满眼看到的都是年轻人，她的旅伴也就被她彻底遗忘，就像小孩子扔到许愿池里的曲别针，顺着漩涡消失得无影无踪了。

有人说，无论走到哪里，天空都是一样的。这一想法让很多人聊以慰藉，不管是旅行者，遭遇船难者，还是背井离乡之人，奄奄一息之人；如果你相信神秘的力量，那么安慰、甚至解释都必然会从广袤的天空洒落下来。但是，剑桥的天空——至少国王学院礼拜堂屋顶上的天空——却是不同。大都市的夜晚，灯光照亮了远处的海面。剑桥的天空下，光亮沿缝隙如水般注入国王学院礼拜堂，那光亮难道不比别处的天空更闪亮、更轻盈、更耀眼吗？剑桥通明的灯火是否不仅照亮了黑夜，也照亮了白昼？

看，那些进去做礼拜的人们，他们的长袍在微风吹拂之下轻飘曼舞，仿佛长袍之下并没有厚重的身躯；看他们如雕塑般凝重的面容，坚定与威严中透着虔敬，尽管长袍下行走着大皮靴。看他们行进时的队列多么井然有序啊。粗大的蜡烛根根树立着；一袭白衣的年轻人起身站立；恭顺的雄鹰托起厚厚的白色《圣经》以供查阅。

一束束光线精准地透过每一扇窗户，斜射进礼拜堂，即便是灰尘弥漫的地方，也呈现出了或黄或紫的颜色。光线照在石头上便散开，那石头也被染上了柔和的红色、黄色、紫色。无论冬夏，不管是白雪还是绿树，都奈何不了这古老的彩色玻璃。就像提灯罩保护着火苗，即使狂风肆虐的夜晚，火苗也可以稳定燃烧——稳定燃烧，照亮树干——玻璃窗也这样保护着礼拜堂，使所有礼拜活动有序进行。人们声音庄重，风琴乐声适时响起，仿佛要靠大自然的力量来坚定人们的信仰。白袍人影从一边走到另一边，时而拾阶而上，时而顺阶而下，一切都有条不紊。

……如果你放一盏提灯在树下，林子里所有昆虫都会悄悄爬过来——一支奇怪的大军，即便它们往玻璃灯罩上爬，围着灯罩晃动，用头去撞灯罩，但看不出它们有任何目的——某种无意识的东西使然。如果你看够了昆虫们在提灯周围转悠，盲目撞击着灯罩，似乎是要进去，你还会看到一只大蟾蜍，晕晕乎乎地从昆虫中挤过去。啊呀！那是什么啊？突然响起了子弹齐发的恐怖声音——噼啪作响；那声音如涟漪般荡漾着———圈一圈渐渐消失在寂静之中。一棵树——一棵树倒了，树林里的一种死亡。随后，林间响起了忧伤的风声。

可是，国王学院礼拜堂的这次礼拜仪式——为何让女人参加？当然，如果思想不集中（雅各布表情极其茫然，头向后仰着，圣歌集翻开的页码也不对），如果思想不集中，那是因为，有灯芯草垫的椅子上，女人们的帽子够开几家帽子店，各色的衣裙要装满好几个壁橱了。尽管她们可能个个都身心虔诚，但还是各有差别——有人喜欢蓝色，有人喜欢棕色；有人喜欢羽毛装饰，有人喜欢三色堇和勿忘我。没有人会想带狗来教堂。因为尽管狗会乖乖走在砾石小径上，对花朵也并无不敬之意，但狗漫步走在座位间的走廊上，左顾右盼，抬抬爪子，朝神柱走去，其目的足以把人吓得浑身冰冷（如果你是会众之一——独自一人的话，是不会害羞的），狗会将礼拜仪式彻底毁掉。女人也同样能毁掉礼拜仪式——尽管她们各自都很虔诚、高贵，她们丈夫的神学、数学、拉丁文和希腊文，都可以担保。天知道她们为什么会这样。首先，雅各布想，她们如罪孽般丑陋不堪。

这时，响起了刺耳的聒噪声和嘀嘀咕咕的声音。他看着提米·杜兰特的眼睛，眼神严厉，又郑重其事地冲他眨了眨眼睛。

"威弗利"是去往格顿的路上那幢别墅的名字，这倒不是说普卢默

雅各布的房间

先生崇拜苏格兰作家斯科特，也不是说他取名字太随意。不过，名字还是有用处的，当招待大学生的时候，周日午餐时间坐等第四位大学生到来的时候，人们总会谈起大门的名字。

"真烦啊，"普卢默太太不由得插了一句，"有谁认识弗兰德斯先生吗？"

杜兰特先生认识他；因此，脸色略微羞红了些，局促地说了一些他确定的事——他一边说一边看着普卢默先生，拉起了右腿的裤腿。普卢默先生起身站在火炉前，普卢默太太大笑了起来，就像一位坦率友好的朋友。总之，很难想象还有什么比这更可怕的：这情景，这场合，这景色，这因寒冷而贫瘠的五月花园，乌云也恰逢此时遮住了太阳。当然，确实是有花园。每个人都同时看着花园。由于乌云遮日，树叶浮动，呈现灰色，还有麻雀——两只麻雀。

"我认为——"普卢默太太趁着年轻人都盯着花园看的片刻空暇，看了看丈夫说，丈夫虽然没有承担此举的全部责任，倒也领会了她的意思。

人的一生，没有任何借口可以允许糟蹋时间，除了此刻普卢默先生切羊肉时的感慨，如果没有大学教师举办过午餐会，如果一个周日一个周日就这么过去，如果学生毕业离校，做了律师、医生、议员、商人——如果没有大学教师举办过午餐会——

"你说，是羔羊肉成就了薄荷酱，还是薄荷酱成就了羔羊肉呢？"为了打破持续了五分半钟的沉寂，他这样问身旁的一位青年男子。

"我不知道，先生。"年轻人说着，脸"唰"地一下红了。

此时，弗兰德斯先生走了进来。他记错了时间。

现在，尽管他们已经吃完了肉，普卢默太太又要了一份卷心菜。当然，雅各布决定趁她吃卷心菜之际来吃肉，还不时看看她，以控制自己吃肉的速度——只是，他那不争气的肚子太饿了。普卢默太太看在眼里，说她相信弗兰德斯先生一定不会介意——于是，果馅饼端了进来。她以自己独有的方式朝女佣点了点头，示意她再帮弗兰德斯先生盛一些羊肉。她看了一眼那羊肉，留作午餐的羊腿肉所剩不多了。

这并不是她的错——她如何掌控得了四十年前父亲在曼彻斯特郊

区生养了自己？一旦来到这世间，她又怎么能不从小锱铢必较却又心怀高远？对于如何往上爬，她有着天生精准的见解，除了如蚂蚁般孜孜以求，敦促丈夫爬到社会的最顶端，她又有什么别的办法呢？那最顶端是什么样子呢？显然，你会感觉似乎所有的梯档都在你的脚下；既然眼下乔治·普卢默已经成为物理学教授，或者其他什么，普卢默太太就可以凭借着显要地位，俯视他人，激励两个相貌平平的女儿爬上更高的一级梯档。

"我昨天去看赛马了，"她说，"跟两个小女儿一起去的。"

这也不是她们的错。她们走进客厅，身穿白色裙装，腰系蓝色丝带。她们递过香烟。罗达继承了父亲灰色冷峻的眼睛。乔治·普卢默拥有冷峻的灰眼睛，但眼神中透露着抽象深奥的光。他可以谈论波斯和信风，也可以谈论改革法案和庄稼的收成，书架上摆着维尔斯和萧伯纳的书，桌上放着内容严肃的六便士周报。这些周报由面色苍白、穿沾满泥污的靴子的人写成——每周他们都费尽心力、绞尽脑汁，就像把大脑在冷水中漂洗再拧干一样——让人心情低落。

"我觉得，不把两份都读完，是不会知道事情真相的！"普卢默太太声音清亮，边说边用手敲着目录表。她没有戴手套，发红的手与戒指显得极不相称。

"啊，天哪！天哪！天哪！"四位大学生离开别墅之后，雅各布大声说着，"啊，我的天哪！"

"太可恶了！"他边说边环顾着街道，寻找着紫丁香或者自行车——任何让他重获自由之感的东西。

"太可恶了！"他向提米·杜兰特表达着自己心中的不快。他是在总结在普卢默家用午餐时看到的那个世界，那是一个能够独立存在的世界——这毫无疑问——但又如此多余，真让人难以置信——萧伯纳，维尔斯，内容严肃的六便士周报！这些老先生揉搓、破坏，到底是要干什么？难道他们从未读过荷马、莎士比亚、伊丽莎白时代的作品吗？他清楚地意识到，这个世界与他作为青年的感觉、他的天性格格不入。可怜的人们架起了这个空虚的世界，但他内心感到了一丝怜悯。那两个可怜的小姑娘啊——

雅各布的房间

　　他心神很不安定，表明他已经按捺不住了。尽管他傲慢无礼，经验不足，却很清楚，先辈们在地平线上建起的城市，映衬在红黄火焰之下，像砖砌的郊区、兵营和其他整齐划一的楼群。他生性比较敏感，但他拢起手来擦火柴时也非常沉着镇定。他是个有内涵的年轻人。

　　总之，不管大学生还是小店员，不管男人还是女人，二十岁上下一定大为震惊——先辈创造的世界——被抛出一条黑色弧线，抛在自己眼前、现实面前；抛在沼泽地上、拜伦面前；抛在大海上、灯塔上；抛在带着黄牙的羊颌骨上；抛在使青年讨厌到极点的固执、坚定的信念上——"我就是我，我要做我自己。"这种信念，世上没有具体的表达形式，除非雅各布自己创造一个。普卢默夫妇要阻止雅各布这样做。维尔斯、萧伯纳和内容严肃的六便士周报，都会抑制这种信念的出现。每一次周日出去吃午饭——参加宴会和茶话会——他都会感到同样的震惊——恐怖——不快——继而是愉悦，因为沿着河边散步，每走一步，他内心的坚定就会增加一分，这种安心来自方方面面，来自低垂的树木，来自高耸入云的灰色尖塔，来自随风飘荡又似悬在空中的语声，来自五月那春天的气息，来自带着细小微粒、富于弹性的空气——栗花、花粉，或者任何赋予五月的空气以生命力的东西，让树木变得朦胧，让花蕾胶结，随意泼洒着绿意。河水流过，既不满溢，也不湍急，斜在水中的船桨浸在水中，白色水滴从桨板滴下来，深深的碧波流过低垂的灯芯草，仿佛在多情地爱抚着它们。

　　他们泊船之处，树枝低垂下来，顶端的树叶随水波荡漾，在水中形成了绿色楔形水纹，树叶移动的时候，那绿色水纹也跟着移动。突然，微风浮动——天际线立即显现在眼前；杜兰特一边吃樱桃，一边将长得不好的樱桃扔到树叶的绿色水纹上，樱桃在水面上下扭动时，樱桃梗闪着亮光；有时候，被咬了一半的樱桃泛着红色落入碧波之中。雅各布躺下休息，草场刚好与眼睛齐平；点缀着金凤花的草场上，草虽不像墓地草场的草那样茂盛，好似一带碧水，欲淹没墓碑，却也是浓密肥美。他抬头向后望去，看见孩子们的腿深埋在草丛里，还有奶牛的腿。咔哧，咔哧，他听见了咀嚼声，接着听见奶牛在草丛中迈了一小步，又是咔哧，咔哧，咔哧，奶牛贴着草根将草咬断。他前面有两只白色蝴蝶，绕着榆树越飞越高。

"雅各布有点不对头。"杜兰特想,抬起头不再看小说。他一连看了几页小说,然后慢条斯理地抬头看看,甚是奇怪。每次抬头,他都会从袋子里掏出几颗樱桃,心不在焉地吃着。其他船只为避免相撞,分别从他们两侧划过,搅扰着静静的河水。由于很多船只都已靠岸,现在可以看到两树之间的白色衣裙和空气柱上的一处瑕疵,周围腾起一缕青烟——米勒小姐的野餐会。还有船只陆续划过来,杜兰特没有起身,把船朝岸边划去。

"嗯——嗯——"雅各布哼着说。小船在晃动,树在晃动,白色长裙和白色法兰绒长裤拉长了身体,摇摆着上了岸。

"嗯——嗯——!"他坐了起来,感觉好像有根松紧带啪的一声崩在了脸上。

"他们是我妈妈的朋友,"杜兰特说,"所以,老鲍总是不厌其烦地帮我修船。"

这艘船从法尔茅斯港出发,一路沿着海岸线,一直开往圣·艾夫斯湾。还有一艘较大的船,是一艘十吨位的快艇,大概在六月二十号的时候,能配置好装备,杜兰特说……

"钱的事,很难办。"雅各布说。

"我的家人会解决的。"杜兰特答道(他的父亲是个银行家,现已不在人世)。

"我还是想保持经济独立。"雅各布语气有点生硬。

(他渐渐激动起来。)

"我妈妈说了想去哈罗盖特的事。"他摸着一直装在口袋里的信,略有些生气地说。

"听说你舅舅加入了伊斯兰教,是真的吗?"提米·杜兰特问。

前一天晚上,在杜兰特的房间里,雅各布聊起了莫蒂舅舅。

"如果人们知道真相的话,我觉得他应该是在喂鲨鱼。"雅各布说。"我说,杜兰特,樱桃你全吃完了!"他大声说着,将装樱桃的袋子揉成一团,扔进了河里。他将袋子扔进河里的时候,看见米勒小姐在岛上办野餐会。

一种尴尬、气愤、沮丧的感觉，出现在他的眼神中。

"我们走吧……这群人真讨厌……"他说。

于是，两人没有上岛，继续向上游划去。

明月，亮如白羽，从不肯将黑暗留给夜空；整个晚上，栗树开出的花朵是万绿丛中的点点白；峨参在草场上若隐若现。

三一学院餐厅的服务生一定是在像洗牌一样收拾盘子，因为那哗啦哗啦的声音，在中庭都能听得见。不过，雅各布的房间在内维尔庭，在顶层；所以，要走到他的房间，会把人累得有点上气不接下气，但他不在房间。想必是在学院餐厅用餐呢。午夜前的很长一段时间，内维尔庭里早已漆黑一片了，只有对面的柱子是一如既往的白色，还有白色喷泉。那扇大门有种奇怪的效果，就像淡绿色上装饰着的蕾丝边。即使通过窗户也能听到杯盘撞击的声音；还有用餐的人们低声交谈的声音；餐厅里亮着灯，伴随着轻轻的"砰"的一声，弹簧门打开又关上。有些人来得晚了。

雅各布的房间里有一张圆桌和两把矮椅子。壁炉台上有个陶罐，里面插着黄色旗子；一张母亲的照片；各个社团的卡片，边角略微卷起，上面印有团章，还有人名的首字母；记事本和烟斗；桌上放着纸，空白处划着红线——是篇论文，毫无疑问——"历史是由伟人的故事构成的吗？"房间里书很多，法语书只有零星几本，但无论是谁，都可以随性而读，任由兴致驱使，贪婪畅游书海。比如，《威灵顿公爵生平》；斯宾诺萨的作品；狄更斯的作品；《仙后》；希腊语字典，书页间夹着的罂粟花瓣已干如薄丝；伊丽莎白时代所有的著作。他的拖鞋破旧不堪，就像一只被烧至水线的船。还有希腊人送他的照片，约书亚爵士送他的一幅网线铜版画——这一切都极具英伦风。还有简·奥斯汀的作品，大概是考虑到其他人的阅读标准吧。苏格兰历史学家卡莱尔套系是他赢得的奖品。还有关于文艺复兴时期意大利画家的书籍，《马病防治手册》，还有所有常用的教材。空旷的房间里，空气也无精打采，风将窗帘吹得鼓了起来，陶罐里的花枝也动了动。柳条椅上一根藤咯吱咯吱响，尽管并无人坐在上面。

一位老先生略微斜着身子走下台阶（雅各布坐在窗台上与杜兰特聊

天；他抽着烟，杜兰特看着地图），双手背在身后，长袍在身后飘舞，走到墙边的时候，突然没有站稳，打了个趔趄；之后，他上楼回了房间。又来了一位，扬起手臂，赞美柱子、大门、天空；还有一位，步履轻盈，自鸣得意。他们每个人都上了楼；黑暗的窗下，亮起了三盏灯。

如果剑桥上空有任何光亮的话，一定是从这三个房间发出去的；这里闪现希腊之光，那里闪现科学之光，一楼还有哲学之光。可怜的老赫克斯特布尔连路都走不直；还有索普威斯，二十年来每天晚上都会赞美夜空；考恩读着同样的故事还会咯咯发笑。智慧之灯并不那么简单、纯粹，也不辉煌灿烂，因为如果你能借着灯光看到它们（不管是墙上罗赛蒂的画作，还是凡·高的复制品，不管是钵碗里的丁香花，还是锈迹斑斑的烟斗），它们看起来多么神圣啊！多么像你去欣赏风景、品尝特制糕点的郊区啊！"我们是这种糕点的独家供应商。"回伦敦去吧，因为款待结束了。

老教授赫克斯特布尔像钟表一样精准地换完衣服，坐到椅子上，装满烟斗，选张报纸，双脚交叉，取出眼镜。他脸上的肉堆叠在一起，仿佛刚刚卸掉了支柱一般。然而，就算将一节车厢里所有人脑袋里的东西全拿出来，老赫克斯特布尔的大脑也能装得下。此时，随着目光在报纸上移动，他的大脑就如同一座建筑，思想列队走进走廊，步伐整齐，步履轻盈，行进过程中，新的思想如同涓涓细流，不断加入到队伍中，直到思想遍及整个大厅、穹顶或任何一个地方。这种思想列队只会出现在他的脑海中。然而，有时候他也会一坐就是几个小时，一只手紧握着椅子扶手，就像困境中的人紧紧抓住救命稻草一样，然后由于鸡眼突然感到剧痛，抑或是由于痛风，可怕的疾病，天啊！你会听他说起金钱，只见他拿出真皮钱包，对最小一枚银币也吝啬不已，遮遮掩掩，疑神疑鬼，就像满嘴谎话的老农妇。奇怪的麻木不仁和约束限制——伟大的启示。宽大的额头是那样的安详，有时睡着了，有时在这静谧的夜晚，你可能会想象着他得意地躺在石枕上。

此间，索普威斯满心好奇地从壁炉大步走来，将巧克力蛋糕切成小块儿。一直到午夜甚至更晚的时候，他的房里都会有本科生，多则十一二个，少则三五个，但学生们来来去去，都无人起身；索普威斯一

雅各布的房间

直滔滔不绝。他说呀，说呀，说呀——仿佛一切都可以谈——灵魂从双唇间溜出，融入薄薄的银盘中，最后溶解在年轻学子的思想之中，如银子一般，如月光一般。啊！即便走远，他们也会记住这灵魂，呆呆地回头凝望，然后再回来补充精神给养。

"嗯，我永远不会。这是老恰奇啊。我亲爱的孩子，你还好吗？"走进来可怜的小恰奇，一个一无是处的外乡人，真名叫斯登豪斯。但是，当然，索普威斯叫他的外号，使他想起了所有的事情，所有的事情，"所有的事情，我永远都做不到。"——就是这样，尽管第二天买报纸、赶早班火车，这一切在他看来都是幼稚、可笑的；巧克力蛋糕，年轻学子。索普威斯总结了一下；不，不是所有。他要送儿子去那儿。他会攒下每一分钱，送儿子去那儿。

索普威斯还在侃侃而谈，偶尔穿插着笨嘴拙舌的生硬表达——那是年轻学子脱口而出的内容——整个谈话过程就像是在编花环，把光鲜的一面呈现给他人，鲜嫩的绿色，尖锐的毛刺，男子气概。他喜欢这样的谈话。的确，在索普威斯看来，男人要能够随意畅谈，直到有一天老去，死去，深埋于地下。到那时，银盘空洞地响着，碑文上只有只言片语，古老的印章又太过纯洁，每个人留给世界的印记都如出一辙——一个希腊男孩的头脑。但他还是表示尊重。一个女人，如若尊奉神父，会，不自觉地，心生鄙视。

考恩，全名伊拉斯谟斯·考恩，独自喝着波尔图葡萄酒，或者说他还有一个同伴，是个红脸小个儿男子，其记忆力与其身材一样短小。他喝着波尔图葡萄酒，讲述着自己的故事，他面前并没有书籍，没有维吉尔、卡图卢斯，但他吟诵着拉丁文，仿佛语言就是那入唇的琼浆。只不过——有时候吟诵到某个诗人的作品——要是诗人大步走进来，可怎么办呢？"我就是这样的形象吗？"他可能会指着这个胖乎乎的人问。毕竟，他的头脑，就像我们之中的维吉尔，只是身体因暴食而发胖了。至于武器，蜜蜂，甚至耕犁。考恩去国外旅行，只在口袋里装了一本法语小说，一块盖在膝上的小毯子。对于归来之后还能拥有原来的职位、回归原来的生活，他甚感欣慰。贴身装着的小镜子里还放了一张维吉尔的画像，这一切都编织在了三一学院的教授们的精彩故事里，浸润在红色波尔图葡萄酒里。但语言就是那入唇的琼浆,维吉尔在其他任何地方都听不到如此美妙的语言。年迈的阿姆菲比小姐在剑桥大学后花园漫步徜徉,歌声优美,曲调精准,但她走到克莱尔桥时,心里总是冒出这样的问题:"可是如果见到他,我穿什么衣服好呢?"——之后,她沿着大道走向纽纳姆学院,任思绪飞扬,想象着男女相会时的其他种种细节,那是书上从来都找不到的。因此,来听她讲课的人数,还不足考恩的一半,本该讲解课文的时候,她却总是说些别的内容。总之,以受教者的形像去面对一位老师,镜子就会打碎了。但是,考恩抿了一口波尔图葡萄酒,最初的得意渐渐褪去,他也不再是维吉尔的代名词。不再是了,他是建设者,评审员,测量员;在名字之间划上线条,将名单挂在门上。这就是光线必须穿透的材质,如果它可以的话——所有语言之光,汉语、俄语、波斯语、阿拉伯语,所有符号与图形之光,历史之光,为我们所知、不为我们所知的所有事物之光。因此,如果有人在夜晚透过辽阔的海面翻涌的海浪,看到水面上的一团薄雾,看到一座灯火通明的城市,甚至看到空中泛白的一片,就像此刻有人用餐、有人在洗盘子的三一学堂,那就是燃烧之光——剑桥之光。

"咱们去西米恩房间看看吧。"雅各布提议。所有事情安排妥当,他们两人将地图卷了起来。

院子里的灯都亮了,灯光落在鹅卵石上,映衬出一块块黑暗处的草坪和一朵朵雏菊。年轻人现在都各自回房间了,天知道他们在干什么呢。是什么东西嘭的一声掉下来了?有个人弯腰伏在泡沫塑料的窗台花箱上,另一个匆匆而过,被他叫住了,他们一起上楼,又下楼,最后把院子折腾得满满的,像是挤满了蜜蜂的蜂房,蜜蜂满载而归,昏昏欲睡,嗡嗡地叫着,突然乐声响起;华尔兹和着月光曲。

月光曲渐渐停了,舞步也住了。尽管年轻人还在进进出出,但他们走路的样子像是去赴约。不时听见砰的一声响,好似家具倒在地上,奇怪的是,这家具倒像是自己倒在地上的,而不是酒足饭饱之后人们喧闹所致。想想吧,家具倒地的时候,年轻人抬起了头,目光从书上移开了。他们是在看书吗?空气中确是有种很投入的感觉。灰墙后面坐着这么多年轻人,有些人的确是在看书,看杂志,一先令一本的廉价惊悚小

雅各布的房间

说，毋庸置疑；有的可能腿搭在椅子扶手上；有的在吸烟；有的懒散地趴在桌子上，头随着写字的笔画着圈——单纯的年轻人，他们会——但是，根本无须考虑他们老了以后会怎么样；还有人在吃糖果；还有人在打拳击；好嘛，霍金斯先生定是气坏了，突然一把推开窗户，大喊着："约——瑟——夫！约——瑟——夫！"紧接着，他使出全身力气跑出了院子。这时，一位系着绿色围裙的老人家，怀里抱着一大摞铁皮盖子，犹豫了一下，调整好平衡，又接着往前走。然而，这只是一件给人们解闷的事。几个年轻人在看书，躺在浅椅子上，手里拿着书，那样子好像手里拿的不是书，而是什么可以看穿他们的东西；他们来自中部小镇，是教士之子，都在受痛苦纠缠。有些人在读济慈。还有一卷卷长篇累牍的史书——为了了解神圣罗马帝国，肯定有人在从头开始读起，这是每个人都必须读的。这是人们聚精会神的一幕，尽管现在是春天，夜晚天气炎热，精神太集中是很危险的——可能是很危险的，精神过于集中地看某些书，某些章节，特别是门随时会打开，雅各布随时会出现；或者理查德·博纳米，不再读济慈，而是用旧报纸做成长长的粉红色纸捻，身子往前探着，看起来不再那么渴求和满足，换作了一副暴躁的样子。凭什么啊？大概就因为济慈英年早逝——谁都想写诗、都想恋爱啊——噢，这些畜生！这也太难了。可是，毕竟，对于楼上那个大房间里的人来说，并没有那么难。那里有两三个人，或者五个人，他们都相信这一点——相信现实的残酷，相信是非黑白之间界限分明。那大房间里有一个沙发，几把椅子，一张方桌，窗户是开着的，所以能看见他们是怎么坐的——一条腿叉开，一条蜷缩在沙发一角，还有个人，大概你看不见，站在炉围旁边说着话。总之，雅各布两腿分开跨坐在椅子上，从一个长盒子里拿枣吃，突然大笑了起来。逗他笑的是蜷在沙发一角的那个人，因为他把烟斗举到半空中，然后又放了回去。雅各布转过身来。刚才他是有话要说的，尽管桌子旁结实的红头男孩慢慢摇着头，似乎不想让他说；他取出袖珍小折刀，用刀尖一下一下去戳桌子上的节瘤，好像是在肯定炉围旁的那个人所言不虚——这一点雅各布不能否认。可能，等他收拾完枣核，就找到话说了——实际上他的嘴已经张开了——不过却是一阵哈哈大笑。

笑声消散在了空气中。这笑声，站在院子对面的礼拜堂里的人几乎都听不到。笑声消失了，房间里只能看见胳膊的手势、身体的动作，好像在表达着什么。是在争论吗？是在赌船赛吗？这些都不是？在那昏暗的房间里，胳膊的晃动、身体的移动，是什么意思呢？

　　距离窗户一两步之外什么也没有，只有一些外围建筑——直立的烟囱、水平的房顶。对于五月的夜晚来说，可能砖瓦和建筑太多了。人们眼前会出现土耳其光秃秃的山丘——陡峭的山峰，干裂的泥土，五颜六色的花朵，还有女人肩上的彩色装饰。她卷起裤脚，站在溪水里，在石头上敲打着麻布，溪水在她们脚踝周围打着圈儿。但是，剑桥之夜，有如被褓褓与毯子层层包裹着，所有这些均不得显现，甚至连钟声也变低沉了，那声音好像讲道坛上某位虔诚布道者的吟诵，好像代代学者在有生之年听到的最后一次钟声，声音平缓、饱经风霜，传达着他们对苍生的祝福。

　　这个年轻人来到窗边，站在那儿向院子外面张望，是不是就为了得到过去赠予的礼物呢？这个年轻人是雅各布。他站在那儿抽着烟斗，最后一下钟声在他耳边低声回响；他们可能是争论了，他看起来挺满意，确实，志得意满；他站在那儿，脸上的表情有了些许变化，钟声（可能）传递给他一种旧时、旧屋之感；他自己是继承者；然后明天；还有朋友；想到朋友，他看起来信心十足，心情也比较愉快，打了个哈欠，伸了个懒腰。

　　与此同时，他们在他的身后塑造的形状，不管是不是在争论，那心灵之形，虽坚硬结实，却生命短暂，与礼拜堂墙上的深色石头相比，它就像玻璃一样，在猛烈撞击之下裂成了碎片。年轻人从椅子上、沙发角落里站起来，在屋子里横冲直撞，乱乱哄哄，一个搡着另一个，撞到了卧室门上，门被撞开，他们也顺势倒了进去。那么，雅各布还在那儿吗？还在浅椅子里？和玛莎姆在一起？还是安德森？或是西米恩？噢，是西米恩。其他人全都走了。

　　"……叛教者尤里安……"是谁提到的这个人，又喃喃地说了一些其他相关的话？然而，午夜十分，有时犹如一个头戴面纱的人被突然惊醒，会狂风大作；眼下，在三一学院，狂风卷起暗夜中的树叶，一切都

雅各布的房间

变得模糊不清。"叛教者尤里安"——之后,风起。榆树枝扬起来了,船帆鼓起来了,纵帆船直立起来又倒下去了,印度洋上的灰色热浪剧烈翻滚着,之后,一切又归于平静。

所以,如果那位都戴面纱的女士刚才走进了三一学院,那么现在她裙摆盖在脚下,头靠在一根柱子上,昏昏欲睡了。

"不知为什么,这似乎还是挺重要的。"

这个低沉的声音是西米恩发出来的。

回应他的声音更低沉。烟斗敲在壁炉台上发出的尖锐声音盖过了说话的声音。可能雅各布就只"嗯"了一声,或者根本就什么也没说。没错,听不清说的是什么,当两颗心彼此留下了不可磨灭的印记时,这就是亲密感,是心有灵犀。

"好像,你研究过这个啊?"雅各布站起来,站在西米恩的椅子旁说。他调整了平衡,微微摇晃了一下,看起来特别开心,就好像只要西米恩一开口说话,他内心满满的快乐就会溢出来。

西米恩没有开口。雅各布站在那儿没动。但是,亲密感——房间里到处都充满了亲密感,平静,深邃,像一潭清水。无须任何行动或言语,这种亲密感自会轻轻飘荡,感染着一切,抚慰伤痛,照亮黑暗,为心灵披上珠光霞衣。所以,当你谈起光,谈起剑桥之光,就不仅仅是语言了。那就是叛教者尤里安。

但是,雅各布走了。他轻轻道了声晚安,走出房间,进了院子。他把胸前的夹克扣子扣好,回到了房间。此刻走回房间的,唯有他一人,脚步声在回荡,身影拉得老长。他的脚步声穿过礼拜堂,穿过餐厅,穿过图书馆。一路响着脚步声,仿佛那古老石板上回荡着绝对权威的声音:"这个年轻人——这些年轻人——这个年轻人——回到自己房间了。"

第四章

　　读莎士比亚，特别是那种平装的小薄本，页角容易起皱，或者被海水浸湿黏在一块儿，有什么用呢？莎翁的戏剧常受人追捧、引用，认为比希腊著作还要伟大，但雅各布却从未读完过一部。这一次，是多好的机会啊！

　　提米·杜兰特观察过，锡利群岛就像一座座山峦没入海水中，恰好将山顶露出海面。他的计算天衣无缝。真的，你看他坐在那儿，一只手握着船舵，双颊红润，下巴上微微长出了点胡须，目不转睛地看着天空的繁星，又看看罗盘，准确地记录着，仿佛这群岛就是一本永恒的教科书，而他正在贡献着自己的一页。这一幕，会让女人为之动容。当然，雅各布不是女人。在他眼里，杜兰特根本算不上什么风景，不是那种天际之下值得让人仰望的美景；远远不是。他们吵架了。有莎士比亚的陪伴，又值如此良辰，如何打开牛肉罐的问题，怎就让两人像小学生一样阴沉着脸呢？答案无人知晓。罐装牛肉吃起来是冰凉的，咸涩的海水糟蹋了饼干。一个小时一个小时地过去，海浪始终翻滚着，摇荡着，基本没什么变化——在地平线上翻滚着，摇荡着。一会儿飘过一缕海藻——一会儿又飘来一块儿木头。这儿曾有船只遇难。一两艘船沿着各自的航道驶过。提米知道它们要驶向哪里，装载的什么货物，透过望远镜，还能看见船的名字，甚至还能猜到股东能得多少红利。可是，雅各布实在没有理由这样生气。

　　锡利群岛就像一座座山峦没入海水中，山顶露出海面……很不幸，雅各布把普里默斯便携式煤油炉的炉栓弄断了。

　　巨浪像辊压机一样横扫过来，仿佛要彻底摧毁锡利群岛。

　　然而，尽管在这种气氛中早餐吃得很糟糕，这两个年轻人态度都很

雅各布的房间

真诚，这是值得表扬的。没有必要找话说，两人掏出了烟斗。

提米记下了自己的科学观测；后来——是什么问题打破了彼此的沉默——是具体的时间还是日期？总之，两人非常自然地开口说话了，没有一丝尴尬，顺理成章。雅各布解开扣子，只穿一件衬衫，半裸地坐在那儿，显然是想去游泳。

锡利群岛此刻变得发蓝；突然，海水变成了蓝色、紫色、绿色，最后变成了灰色，一道光线照射下来，随即又消失了；但当雅各布将衬衫举过头顶时，海面的波浪又呈现蓝白相间的颜色，泛着涟漪，不堪一击，时不时也会出现一大片的紫色水纹，就像是一块瘀伤；偶尔还会飘着一块翠绿色，略带些许的黄色。他一猛子跳了下去，喝了一大口海水，又吐出来，左手拨水，右手拨水，被绳子拖着，喘着粗气，溅着水花，被拽上了船。

船上的座椅晒得烫手，太阳照在背上暖洋洋的，他赤身裸体坐在那儿，手里拿着条毛巾，望着锡利群岛——该死！船帆拍打了几下，莎士比亚被撞到了水里，你可以看见他正开心地漂远，所有的书页不停地翻卷着；之后，便沉入了水中。

真奇怪，还能闻到紫罗兰的香气，或者，如果七月份不可能有紫罗兰的话，人们肯定在陆地上种了某种味道浓郁的植物。陆地，并不太遥远——能看见悬崖峭壁，白色村舍，袅袅炊烟——一派宁静、祥和，仿佛智慧与虔诚降临到了那里的居民身上。突然传来一声喊叫，好像有人在大街上叫卖沙丁鱼。这里是那样的虔诚、安详，好似老人在倚门抽着烟，姑娘双手叉腰站在井边，马匹也静静地站在一旁；仿佛世界末日已经来临，菜地，石墙，海岸护卫站，特别是那些白沙海湾，海水拍打着沙滩，鲜为人见。所有这一切，似乎都飘飘然升上了天堂。

然而，不知不觉中，农舍的炊烟渐渐低垂，仿佛一种哀悼的符号，像是一面旗子迎风飘舞，抚慰着一座坟墓。海鸥凌空翱翔，继而又静静地滑翔，似乎是要确定坟墓的位置。

如果这里是意大利、希腊，或者西班牙海滨，新奇、兴奋和古典教育，定会将伤感驱散。但这是康沃尔郡，山顶上高高耸立着一根根烟囱，不知怎的，这景色让人无限感伤。不错，烟囱，海岸护卫站，海水拍打着沙滩，人迹罕见的小海湾，都让人想起那排山倒海的悲伤。可这悲伤又是什么呢？

这悲伤源自这一方水土，源自沿岸的村舍房屋。开始时，我们心里如玻璃般清澈透明，后来便笼罩了厚厚的云层。纵观历史，皆是我们这块玻璃的例证。欲逃离，亦是枉然。

这能否解释雅各布裸体坐在阳光下望着兰兹角（被称为英国的天涯海角）时心中的抑郁，却很难说，因为他一言未发。提米有时候也（只是片刻）担心，是不是他的家人让雅各布心情沮丧……不管是什么，总归是些难以言说的事情。忘了这烦心事吧，我们还是擦干双手，处理手头的事吧……提米·杜兰特拿起笔记本，在上面记录着他的科学观测。

"现在……"雅各布说。

他们争论得太激烈了。

有人会亦步亦趋，最终可能也会自己迈出一小步，六英寸的一小步；其他人则一直细心观察外部表征。

目光落在了火钳上。右手拿着火钳，举起来，慢慢转动，之后又非常精准地放回了原位。左手搭在膝头，弹奏着一首进行曲，庄严却不连贯。深吸了口气，却没有吸入肺里，而是任由它慢慢消散。猫在炉前地毯上大步走过，没有人留意它。

"我只能说这么多了。"杜兰特很兴奋地说。

之后的一分钟，安静得如同墓地一般。

"它的意思是……"雅各布说。

话只说了一半。但是，这欲说还休的半句话，就像插在建筑物顶端的旗子，在下方的观察者看来，那就是外部景象。康沃尔海岸是什么呢？有紫罗兰的芬芳，有哀悼的符号，有宁静的虔诚，却成了思绪飞扬时挡在身后的一面屏风？

"它的意思是……"雅各布说。

"对，"提米认真思考了一会儿说，"就是这样。"

现在，雅各布开始蹦蹦跳跳，一半是为了舒展一下身体，一半无疑是因为他快乐的心情。因为他一边收起船帆，擦拭着操作台，嘴里一边发着奇怪的声音——他声音粗哑，又不成个曲调——那是胜利的凯歌，

雅各布的房间

因为他抓住了争论的要害，掌控了局势；皮肤晒得黝黑，胡子拉碴；再有，他能够驾驶十吨位快艇航游世界，很可能最近这些日子他就会去，并不打算找一家律师事务所安稳度日，还要穿着鞋套。

"我们现在这个样子，"提米·杜兰特说，"我们的朋友玛萨姆不想被人看见和我们在一起。"他的衣服扣子掉了。

"你知道玛萨姆的姑姑吗？"雅各布说。

"我压根儿不知道他有个姑姑。"提米说。

"玛萨姆有千千万万个姑姑呢。"雅各布说。

"《末日审判书》中提到了玛萨姆。"提米说。

"也提到了他的姑姑们。"雅各布说。

"他的姐姐是个特别漂亮的姑娘。"提米说。

"她会爱上你的，提米。"雅各布说。

"她会先爱上你的。"提米说。

"但我刚刚和你说的那个女人——玛萨姆的姑姑——"

"啊呀！快说呀。"提米说，因为雅各布笑得话都说不出来了。

"玛萨姆的姑姑……"

提米也大笑起来，话不成声了。

"玛萨姆的姑姑……"

"玛萨姆怎么了，让你笑成这样？"提米说。

"岂有此理——他竟然把领带夹吞下去了。"雅各布说。

"五十岁之前，他是上议院大法官。"提米说。

"他是位绅士。"雅各布说。

"威灵顿公爵也是位绅士。"提米说。

"济慈不是。"

"索尔兹伯里勋爵是。"

"那么，上帝呢？"雅各布说。

这时，云端仿佛伸出了一只金色手指，直指锡利群岛；人人皆知，这是不祥之兆，无论这道光束落在锡利群岛上，还是落在大教堂中十字军战士的坟冢上，它总能撼动怀疑论的根基，引出有关上帝的笑话。

"求主与我同住；
夕阳西沉；
暗影深深；
主啊，请与我同住。"

提米·杜兰特唱道。
"在我们那儿，曾有一首圣歌，开头一句是

伟大的主啊，我看到了什么？听到了什么？"

雅各布说。
在离船很近的地方，海鸥三两成群，慢慢地飞来飞去；鸬鹚朝下面的一块礁石飞去，距离海面只有一英寸，似乎永远在使劲儿伸着那大长脖子，一生都要无休止地捕鱼；潮水在岩洞中发出的嗡嗡声从水面传来，低沉，单调，就像有人在自言自语。

"古老的礁石，为我开裂，
让我栖身在你的怀抱。"

雅各布唱道。
一块礁石凸出水面，就像某种巨兽的钝牙一样；褐色；不断有水从上面流下来，形成了瀑布。

"古老的礁石。"

雅各布唱道。他仰面躺在船上，看着正午的天空。天空没有一丝云彩，就像某件东西掀去了盖子，无遮无拦，一览无余。
六点钟的时候，从一块冰原处吹来一阵微风；七点钟的时候，蓝色的海水变得发紫；七点半的时候，锡利群岛周围的海水就像金箔匠人粗糙的皮肤，杜兰特坐着驾驶帆船，脸红得发亮，就像一个经过世代打

雅各布的房间

磨的红色漆盒。九点钟的时候，天空中所有的霞光与变幻全部消散，取而代之的是一块块楔形的苹果绿和一片片浅黄；十点钟的时候，海浪拍打着帆船，提灯的颜色曲曲折折，随着海浪或舒展或收拢，时而拉得细长，时而收得短粗。灯塔射出的光束快速掠过水面。在无限遥远的天际，细如粉末的繁星眨着眼睛；但是，海浪有规律地拍打着帆船，浪花击碎在礁石上，庄严肃穆。

虽然可以敲开一间村舍的门，讨一杯牛奶喝，但人们唯有口渴的时候才会去讨扰他人。不过，帕斯科太太可能也是欢迎讨扰的。长长夏日有些难挨。她在小小的洗碗槽里洗碗的时候，可能会听到壁炉台上廉价的时钟发出滴答、滴答、滴答……滴答、滴答、滴答的声音。她独自在家中，丈夫出去给农场主霍斯肯帮忙了，女儿已经结婚，去了美国，大儿子也已成家，但她与儿媳相处不合。卫斯理教会牧师过来带走了小儿子。现在，家中只有她一人。远处一艘汽船驶过地平线，可能是要去加的夫，近处一株洋地黄上的钟形花朵来回摆动，一只大黄蜂落在铃舌上。这些白色的康沃尔村舍，就建在悬崖边上，园子里的金雀花长得远比卷心菜茂盛，至于篱笆呢，不知是哪位先人用大块花岗岩石堆起来的。其中一块被凿出了一个凹槽，有历史学家推测，那是用来盛牺牲者的鲜血的。而今天，它的用途自然不那么吓人了，是为了让游客饱览古纳德角全貌的时候歇歇脚。这倒并不是说，人们反对在园子里穿蓝色印花裙和白色围裙。

"你看——她得从园子里的井里打水喝。"

"海风席卷着山冈，海浪拍打着礁石，这里的冬天一定特别荒凉。"

即使是在夏天，你也能听见海浪在低语。

打完水，帕斯科太太就进屋去了。游客们后悔没有带望远镜来，那样他们就可以看到那艘不定期货船的名字了。今天的天气实在是太好了，没有一副望远镜，不知道错过了多好的景致呢。两艘斜桁四角帆渔船，估计是从圣艾夫斯湾驶来，正与货船反向行驶，海面因此而变得时而清澈，时而浑浊。那只大黄蜂喝饱了蜜，造访了川续断，然后径直飞到了帕斯科太太的小块菜园里，又一次将游客的视线带回到那个老女人的印花裙和白色围裙上,因为此时她已来到村舍的门口,正站在那儿。

她站在那儿,手遮在眼睛上方,朝海上望去。

这可能是她第一百万次眺望大海了。一只孔雀蝶张开翅膀,落在川续断上,它刚刚破茧而出,翅膀下方的蓝色和巧克力色绒毛就是明证。帕斯科太太走进屋去拿了一个奶油平底锅,又出来,站在那儿很费劲地擦着。可以肯定,她的面容既不柔嫩,也不性感,更不淫荡,而是坚挺、睿智、健康,在满屋子久经世故的人之中,她就是有生命的血肉之躯。虽然她会说谎,但也会说实话;她身后的墙上挂着一只巨大的风干了的鳐鱼。客厅里的垫子、瓷杯、照片,她都当宝贝一样珍藏着。可小屋霉气太重,薄薄的砖墙很难抵挡带咸味的海风的侵袭。拉开花边窗帘,可以看到鲱鸟像石头一样跌落下来。风暴来临之时,海鸥在空中颤抖,货船上的灯光忽高忽低。冬日的夜晚,一切都那么令人伤感。

周日的画报总是准时送达。看着辛西娅小姐在大教堂举行的婚礼,她沉思了许久。她也想坐一坐装有弹簧的马车。辛西娅小姐声音柔和,才思敏捷,谈吐之间显露出高贵的修养,常常让她为自己偶尔说出粗话而感到羞耻。可自己整夜听到的都是大西洋的海水拍打着礁石的声音,听不到那双座马车声,更听不到男仆吹着口哨叫汽车的声音……擦着奶油平底锅的时候,她可能这样想过。但机灵、健谈的人都去了城里。她就像一个守财奴,将自己所有的感受都藏在心底。这么多年来,她丝毫没有改变。如果羡慕地看看她,你会发现似乎她内心的一切都如金子般纯洁。

这个睿智的老妇人目光投向大海,继而又收回来。游客们决定,是时候动身去古纳德角了。

三秒钟之后,杜兰特太太来敲门了。

"帕斯科太太在吗?"

她神情傲慢地望着游客们穿过田地。她来自北方一个高地民族,他们的酋长非常有名。

帕斯科太太出来了。

"我真羡慕你,有那么好的灌木,帕斯科太太。"杜兰特太太拿起她刚刚敲门时用的阳伞,指着灌木旁边那丛漂亮的圣约翰草说。

雅各布的房间

帕斯科太太看了看那灌木,却不以为然。

"我估计,我儿子这一两天就要回来了,"杜兰特太太说,"跟朋友一起乘小船从法尔茅斯来……还没有莉齐的消息吗,帕斯科太太?"

在距离二十码远的马路上,她的矮种马拖着长长的尾巴,站在那儿抽动着耳朵。男孩科诺偶尔帮它们赶走身上的苍蝇。他看见女主人走进了村舍,又走了出来,绕过村舍前面的菜地,从她手上的动作来看,正说得起劲儿呢。帕斯科太太是他姑姑。两个女人一同查看着灌木。杜兰特太太弯下腰,拾起一根树枝。后来,她又指了指土豆(她的举止盛气凌人,腰杆挺得笔直),土豆得了枯萎病。那一年,所有的土豆都得了枯萎病。杜兰特太太向帕斯科太太述说着她的土豆得了多么严重的枯萎病。杜兰特太太说得起劲儿,帕斯科太太恭顺地听着。男孩科诺知道,杜兰特太太是在说这个太简单了,只要把粉末用一加仑水搅拌;"我曾经亲手在我的园子里弄过。"杜兰特太太说。

"一个土豆你都剩不下——一个土豆你都剩不下!"走到大门口的时候,杜兰特太太断定说。男孩科诺像一块石头一样,一动不动。

杜兰特太太手握缰绳,坐到了驾驶座上。

"小心腿,要不然我还得给你请医生。"她回头冲着身后说。她拍了拍小马,马车开始向前走。男孩科诺踮起脚尖,快速跳上了马车。他坐在后座中央,看着姑姑。

帕斯科太太站在大门口,望着他们远去;她站在大门口,直到马车拐弯;她站在大门口,左看看,右看看;然后回家去了。

很快,小马踏上了泥泞的沼泽路,前腿奋力蹬地。杜兰特太太放松了缰绳,身体向后倚靠着。她没有了刚才的活力,瘦削的鹰钩鼻子如同漂过的骨头一样白,几乎都能透过它看见亮光。她双手放在大腿上,手里握着缰绳,即使在这样休息的时刻,表情也还是那么坚定。她上唇太短,露出了门牙,仿佛总是在冷笑。她思绪掠过广袤的沼泽,而帕斯科太太只恋恋不舍她那一小块菜地。小马爬上山路时,她思绪万千。她思前想后,仿佛那些没有屋顶的村舍、成堆的炉渣、长满洋地黄和荆棘的园子,都在她心里投射了阴影。到达山顶的时候,她停住了马车。周围的山峰茫茫一片,每座山上散落着古老的石块;山脚下便是大海,也叫南海；她兀自坐下，从山上望向大海，腰杆笔直，鹰钩鼻子，那神情既不沮丧，也不欢喜。突然，她冲小马轻轻一挥鞭子，男孩科诺不得不踮起脚尖，跃上马车。

白嘴鸦落下；白嘴鸦飞起。它们随意栖落在树上，但因数量太多，这些树似乎不足以供它们栖身。树梢和着微风歌唱，树枝咯吱咯吱作响，时不时有果壳或小树枝掉下来，尽管现在还是盛夏时节。白嘴鸦飞起又落下，每次飞上去的数量都减少一些，因为精明点的鸟儿已经准备安歇，天色渐晚，树林即将被黑暗笼罩。苔藓软软的，树干如鬼魅一般。远处是一片银色的草场。在草场的尽头，绿草坡上的蒲苇招展着羽毛般的花枝，宽阔的水面闪着微光，旋花天蛾已经在围着花朵旋转，橙色、紫色的旱金莲和缬草，渐渐消失在暮色之中。但旋花天蛾围着打转儿的菸草株和西番莲，却如瓷器一般白亮。树梢上的白嘴鸦扑棱着翅膀，正准备安心睡觉。突然，远处传来一阵熟悉的声响，震动着，颤抖着——声音越来越大——聒噪着它们的耳朵——受惊的鸟儿拍打着困倦的翅膀飞到空中——是别墅里的晚餐钟声。

经历了六天风吹、日晒、雨淋，雅各布·弗兰德斯终于穿上了一件晚礼服。在船上，这件不起眼的黑家伙在船上的罐头、咸菜、腊肉中间时不时露个面。随着航行时间越来越长，它就变得越来越可有可无了，甚至让人难以相信它的存在。而现如今，眼前的世界不再像船上那样摇晃，烛火明亮，仅靠这件礼服夹克保全自己。他真不知道该如何感谢它了。尽管如此，他的脖子、手腕、脸，无遮无拦地袒露着，而他整个人，不管袒露与否，都在发光、发亮，即使是黑色礼服也难以完全掩盖。他把放在桌布上的大红手抽了回来，这只手悄悄伸向细酒杯和曲柄银叉。烤肉排的骨头装饰着粉色的褶边——就在昨天，他还啃火腿骨头了呢！他对面朦朦胧胧、半透明的人影，有黄色的，还有蓝色的。在这些人影的身后，又是一个灰绿色花园，渔船似乎被搁浅，悬在虎耳草梨形叶丛之间。一艘货运帆船从女人们身后慢慢驶过。暮色中，两三个人影匆匆穿过露台。门开了又关上。一切都没有定下来，一切都被打乱了。席间话语不多，餐桌这边来一句，那边来一句，就像船桨，这边划一下，那边划一下。

043

雅各布的房间

"噢,克拉拉,克拉拉!"杜兰特太太高兴地叫着,蒂莫西·杜兰特也叫着,"克拉拉,克拉拉。"雅各布猜想,身穿黄色纱裙的这个人是蒂莫西的妹妹,克拉拉。女孩微笑着坐下来,脸颊绯红。她有着和哥哥一样深邃的眼睛,但她的目光更朦胧,更柔和。笑容褪去之后,她说:"可是,妈妈,这是真的。他说过了吧?艾略特小姐也同意的……"

然而,艾略特小姐,高高的个子,花白的头发,正挪着身子,给一个刚从露台走进来的老先生腾出位置。这顿饭是永远也吃不完了,雅各布想,他也并不希望宴会结束。货船从窗框的一角驶到另一角,有个亮光表明那是码头的尽头。他看见杜兰特太太注视着那亮光。她朝他转过身来。

"是你掌舵,还是蒂莫西掌舵呀?"她说,"请原谅我叫你雅各布,你的大名我太熟悉了。"之后,她的目光又回到了海上。她看海上景色的时候,目光有些呆滞。

"曾经只是一个小村子,"她说,"现在已经发展成了……"她拿着餐巾站起身来,走到窗边。

"你和蒂莫西吵架了吗?"克拉拉羞怯地问道,"我本应该跟他吵架的。"

杜兰特太太从窗边回到座位上。

"天色越来越晚了。"她说着,坐直了身子,低头看着餐桌,"你们应该感到羞耻——你们所有的人。克拉特巴克先生,你应该感到惭愧。"她提高了嗓音,因为克拉特巴克先生耳朵聋了。

"我们都挺不好意思的。"一个女孩说。但是,那个大胡子老人继续吃着话梅馅饼。杜兰特太太大笑了起来,向后靠在椅子上,仿佛要让他吃个够。

"请您来裁决,杜兰特太太,"一个戴着厚厚眼镜、蓄着火红色胡子的年轻男子说,"我是说,所有条件都满足了,她欠我一磅金币。"

"吃鱼之前不要说这个——现在是吃鱼的时候,杜兰特太太。"夏洛特·威尔丁说。

"那就是赌注;连鱼一起吃,"克拉拉严肃地说,"秋海棠,妈妈，就着鱼一起吃呢。"

"噢，我的天啊。"杜兰特太太说。

"夏洛特不会给你钱的。"蒂莫西说。

"你好大的胆子……"夏洛特说。

"这个殊荣可要是我的了。"温文尔雅的沃特利先生说着，掏出一个装满了金币的银盒子，取出一枚放在桌上。杜兰特太太站起身来，身体依然笔直，走过房间。身穿黄色、蓝色、银色纱裙的姑娘们跟在她身后，艾略特小姐上了年纪，穿着丝绒裙；一个面色红润的小个儿女人在门口踌躇着，她干净、拘谨，很可能是家庭教师。门开着，一行人都出去了。

"等你到了我这个岁数，夏洛特。"杜兰特太太说。她挽着夏洛特的手臂，在露台上来回踱着步。

"您为什么这样悲伤呢？"夏洛特不禁问道。

"我看起来很悲伤吗？不会吧？"杜兰特太太说。

"呃，就是刚才有一点儿。你并不老啊。"

"老得足以做蒂莫西的妈妈啊。"他们停下了脚步。

在露台边上，艾略特小姐正用克拉特巴克先生的望远镜看着天空。这个失聪的老先生站在她身旁，捋着胡须，悉数着各个星座的名字："仙女座，牧夫座，骑士座，仙后座……"

"仙女座。"艾略特小姐喃喃地说着，略微动了一下望远镜。

杜兰特太太和夏洛特顺着长长的望远镜向天空望去。

"天上的星星数不胜数。"夏洛特肯定地说。艾略特小姐转过身不再看望远镜。餐厅里突然传来年轻男子们的笑声。

"让我看看。"夏洛特急切地说。

"我讨厌星星。"杜兰特太太说着，与茱莉娅·艾略特一同走下露台。"我看过一本有关星星的书……怎么写的来着？"她在餐厅窗户前停住脚步。"那是蒂莫西。"她说。

"那位年轻人话不多。"艾略特小姐说。

"是的，他是雅各布·弗兰德斯。"杜兰特太太说。

"噢，妈妈！我没看出来是您啊！"克拉拉·杜兰特与埃尔贝斯从

雅各布的房间

对面走来,惊讶地说道。"真好闻。"她把一叶马鞭草揉碎了放在鼻子下,深吸了口气。

杜兰特太太转身,径自走开了。

"克拉拉!"她喊了一声。克拉拉朝她走了过去。

"她们两个差别太大了!"艾略特小姐说。

沃特利先生抽着雪茄,从她们身旁走过。

"我活着的每一天,都在迎合他人……"从她们身旁走过的时候,他说。

"你来猜猜,这可有意思呢……"茱莉娅·艾略特低声说。

"我们刚开始出来的时候,还能看见花圃里的花儿呢。"埃尔贝斯说。

"现在几乎看不到了。"艾略特小姐说。"她以前一定美极了,肯定人人都喜欢她。"夏洛特说。"我看沃特利先生……"她打住了。

"爱德华的死,真是个悲剧!"艾略特小姐断然地说。

此时,厄斯金先生也加入了她们的谈话。

"这里可真热闹啊,"他饶有兴致地说,"这大晚上的,不算各位的声音,我就能听出二十种声音。"

"咱们打个赌?"夏洛特说。

"好啊。"厄斯金先生说。"一,海声;二,风声;三,狗叫声;四……"

有人从他们身边走过去了。

"可怜的蒂莫西。"埃尔贝斯说。

"今晚夜色真不错。"艾略特小姐对着克拉特巴克的耳朵大声喊着。

"想看看星星吗?"老头说着,将望远镜朝埃尔贝斯转过来。

"你不觉得伤感吗——看着星星?"艾略特小姐喊道。

"天啊,不觉得啊,天啊,不觉得。"克拉特巴克明白她的意思之后,暗自笑了起来。"为什么看看星星会让我觉得伤感呢?从来没有过——天啊,我一点儿也不觉得。"

"谢谢你,蒂莫西,但我要进屋了。"艾略特小姐说,"埃尔贝斯，给你披肩。"

"我要进屋了。"埃尔贝斯眼睛还在看着望远镜，嘟囔着说。"仙后座。"她低声说。"你们都在哪儿啊？"她一边把眼睛从望远镜上移开一边问道。"天空多么黑暗啊！"

杜兰特太太坐在客厅里的一盏灯旁边，缠着一团毛线。克拉特巴克先生在看《泰晤士报》。远处还有一盏灯，年轻姑娘们围坐在灯的周围，用亮闪闪的剪刀裁剪着银闪闪的布料，为业余戏剧演出做着准备。沃特利先生在读一本书。

"是的，他说得完全正确。"杜兰特太太说着，挺直了身体，不再缠毛线。正当克拉特巴克先生在读兰斯多恩勋爵讲话的后半部分时，她坐直了身体，没有碰毛线球。

"啊，弗兰德斯先生。"她语气很自豪，就好像是在和兰斯多恩勋爵本人在说话。接着，她叹了口气，继续缠着毛线球。

"坐那儿吧。"她说。

雅各布走了过来。他刚才一直徘徊在窗户旁边灯光较暗的地方。灯光洒落在他身上，照亮了他皮肤上的每一个毛孔。但他看着窗外的花园，面部的肌肉一动不动。

"我想听你讲讲你们的航行。"杜兰特太太说。

"好的。"他回答说。

"二十年前，我们也做过同样的事情。"

"是啊。"他说。

她目光犀利地看了看他。

"他怎么这么别扭呢？"她注意到他用手指拨弄着袜子，这样想着，"但可真是一表人才啊！"

"那个时候……"她接着说，给他讲着他们当年的航行……"我丈夫对航海颇有研究，因为我们结婚之前他就有一艘快艇"……又讲了他们有多么大意，没有听渔民的建议，"差点儿赔上了性命，可我们还是非常自豪！"她挥舞着拿毛线球的那只手。

"要我帮你撑毛线吗？"雅各布语气生硬地问。

"你也帮你母亲做过吧。"杜兰特太太说。她一边把一缕毛线递给他,一边亲切地看着他。"啊,这样容易多了。"

他笑了笑,但什么也没说。

埃尔贝斯·西登斯在他们身后徘徊着,手臂上搭着个银色的东西。

"我们想,"她说,"我是来……"她停了片刻。

"可怜的雅各布。"杜兰特太太轻声说,就好像从小就认识他。"他们想让你参加他们的话剧表演。"

"我太爱你啦!"埃尔贝斯说着,跪在了杜兰特太太的椅子旁。

"把毛线给我吧。"杜兰特太太说。

"他来了——他来了!"夏洛特·威尔丁欢快地喊着,"我赢了!"

"再往上一点儿还有一串呢。"克拉拉·杜拉特又往上爬了一级梯子,嘴里嘟囔着。雅各布帮她扶着梯子,她伸手去够高高挂在葡萄藤上的葡萄。

"摘到啦!"她说着,把梗剪断。在葡萄叶与串串黄色、紫色葡萄串的映衬之下,光线透过葡萄藤,照在她的身上,五颜六色,斑斑驳驳,她显得有些苍白,又是那样的迷人。支架间放着一盆盆天竺葵和秋海棠,西红柿靠着墙生长着。

"这叶子该剪剪了。"她思量着,一片绿色的叶子,展开如手掌大小,忽忽悠悠,从雅各布头上飘下来。

"葡萄太多了,我都吃不完了。"他仰着头说。

"这确实显得有些荒谬……"克拉拉说,"回到伦敦去……"

"荒唐。"雅各布坚定地说。

"那……"克拉拉说,"你明年一定要再来,好好玩儿几天。"说着,她又随意剪下了一片叶子。

"如果……如果……"

一个小孩叫喊着从暖房旁跑了过去。克拉拉拎着一篮子葡萄,慢慢爬下梯子。

"一串白色,两串紫色。"她说着,将两片大大的葡萄叶子盖在了暖暖地缩在篮子里的葡萄上。

"我今天过得很开心。"雅各布低头看着暖房说道。

"是啊,今天的确让人很开心。"她说得含糊其词。

"啊,杜兰特小姐。"他说着,接过了那一篮子葡萄;但是,她没有理会,朝暖房的门口走去了。

"你太好了……太好了。"她想,心里想着雅各布,想着绝对不能让他说出他爱她。不,不,不。

孩子们一溜烟穿过暖房的门,把手里的东西向空中抛得老高。

"这些小捣蛋鬼!"她大声说。"他们手里拿的是什么?"她问雅各布。

"洋葱吧,我觉得。"雅各布说。他看着他们,一动不动。

"明年八月,记住了,雅各布。"杜兰特太太在露台上与他握手的时候说。在她的脑后,挂着倒挂金钟,就像猩红色的耳环。沃特利先生从窗户后走了出来,脚上穿着黄色拖鞋,《泰晤士报》松散地拿在手里,热情地伸出手。

"再见。"雅各布说。"再见。"他也说。"再见。"他又说了一遍。

夏洛特·威尔丁推开卧室窗户,大声喊道:"再见,雅各布先生!"

"弗兰德斯先生!"克拉特巴克先生大声说着,试图从蜂巢形椅子上站起来,"雅各布·弗兰德斯!"

"太晚了,约瑟夫。"杜兰特太太说。

"坐下来给我照个相,还不算晚。"艾略特小姐说着,将三脚架支在了草坪上。

雅各布的房间

第五章

"我倒是觉得，"雅各布把烟斗从嘴里拿出来，说，"这是维吉尔的诗句。"他把椅子向后一推，走到窗前。

世界上最轻率鲁莽的司机，无疑当数邮车司机。猩红色的邮车摇摇晃晃地行驶在兰姆市的康迪特大街上，紧贴着信筒拐了个弯儿，因车速太快而撞上了路边石，一个正踮起脚尖投信的小姑娘抬起头，又是害怕，又是好奇，她的手在投信口停了一下，扔下信，跑开了。我们很少会对一个踮起脚尖的孩子心存怜爱之情……更多的是隐隐的不安，就像鞋里的一粒沙子，几乎不值得倒掉——这就是我们的感受，所以——雅各布转身去书架那儿。

很久以前，伟大的人物在这里住过。午夜之后从宫廷回来，他们身穿缎裙，站在雕梁画栋之下；而坐在地垫上的男仆突然惊醒，急忙扣好背心下面几个纽扣，迎接主人进门。那是十八世纪，苦雨沿着阴沟奔流而下。然而，如今的南汉普敦大街最大的特点是，你总能发现有人想把乌龟卖给裁缝。"能衬托出粗花呢布呢，先生；贵族们想要的，是能吸引眼球的新奇玩意儿，先生——而且没什么坏习惯，先生！"于是，他们展示着乌龟。

伦敦牛津大街上的穆迪街口，串成一条线的红蓝珠粒堆在了一起，公共汽车堵在了路中央；去往城里的斯伯丁先生，看着赶往谢波德公园的查尔斯·巴津；马路两侧的公共汽车彼此相邻，让坐在外侧的乘客得以看清对方的面容。然而，很少有乘客这样做。每个人都在盘算着自己的心事。每个人都心门紧闭，将心事藏在其中，就像一本书，里面的故事只有自己知晓；即便是朋友，也只得见书名，比如斯伯丁，或者查尔斯·巴津。而对面车里的乘客，则什么也看不到——除了"红胡子男人""穿灰色衣服、抽着烟斗的年轻人"。男男女女静静地坐在车上，十月的阳光洒落在身上。小约翰尼·巴津瞅准时机，跳下车，抱着一个神秘的大包，左右躲闪着车辆，跑到人行道，吹了个口哨，转眼就消失了——彻底消失了。公共汽车猛地加速前行，每个人都为越来越接近旅途的终点而感到宽慰。有些人骗自己说很快就能好好享乐一番——到大饭店烟雾缭绕的角落吃顿牛排和腰子布丁，喝上一杯酒，玩一会儿多米诺骨牌。是啊，坐在霍尔本的公共汽车的上层，警察举起手臂指挥交通，阳光照在背上，生活还是相当过得去的。如果真有一样类似壳的东西，被人隐藏起来，供人栖身，就像蜗牛背上的螺旋形的壳，那么，在车水马龙的泰晤士河两岸，在圣保罗大教堂，我们就发现了这东西……雅各布下了车，踯躅着走上台阶，又看看手表，最终还是决定进教堂去……这有什么难的吗？是的，情绪的变化，太折磨人。

  这里灯光晦暗，白色大理石雕刻的神灵若隐若现，管风琴永远弹奏着圣歌。如果靴子咯吱作响，那就太糟糕了；一切有条不紊，秩序井然。教堂司事手执节杖，将生命中所有困惑统统消除。天使般的唱诗班歌声甜美、神圣。响亮的歌声和着琴声，萦绕在大理石雕像的肩头，流淌在交叠的指间。永远的安魂曲——安息吧！利格特太太年复一年地擦洗互济会办公室门口的台阶，擦累了，就坐在公爵墓下歇息，抱着双臂，两眼微睁。对于这个老妇人来说，这是个绝好的休憩之所，大公爵的遗骸就在身边，其功绩于她毫无意义，其名姓她也闻所未闻，但每次走出来，她总是会向对面的小天使们致意，希冀着自己也能睡在这样一座坟墓里，因为心之窗帘已经敞开，悄悄流淌出安息的念头、甜美的旋律……然而，黄麻商人老斯派瑟从未想过这些。说来也怪，教堂墓地就在他办公室窗户下面，但五十年来他从未踏进过圣保罗大教堂。"就这些吗？呃，是个阴沉、破旧的地方……内尔森的墓在哪儿？现在没时间了——以后再来吧——往功德箱里放一枚硬币吧……晴天还是雨天？老天爷，你倒是拿定主意啊！"孩子们在教堂里闲逛——教堂司事劝止他们——又来一个，又来一个……男人，女人，男人，女人，小男孩……眼珠上翻，双唇紧闭，同样的阴影掠过同样的脸庞；心灵的窗帘已经敞开。

雅各布的房间

　　从圣保罗大教堂的台阶完全可以确定,每个人都有大衣穿,有长裙穿,有皮靴穿,有收入,有目标,这简直是个奇迹。唯有雅各布,手里拿着芬利的《拜占庭帝国》,是他从路德门山买来的。他看起来有点与众不同,因为他手里拿着一本书,九点半准时坐在自己的火炉旁,打开书研读,而其他众多善男信女中没有一个会这么做。他们没有房子。街道属于他们,商店属于他们,教堂属于他们,数不清的桌子属于他们,被拉得长长的办公室灯光属于他们,货车属于他们,大街上高悬的铁路属于他们。如果走近观察,你会看到人行道上三个老人驾着轻便马车,相互间隔开一段距离,就好像这大马路是自家客厅,这边还有一个女子倚墙而立,眼神呆滞,面前摊着鞋带,倒也并不主动向你兜售。海报也是他们的,上面有关于他们的报道。毁了一座城镇,赢了一场赛马。他们无家可归,在蓝天白云之下东游西逛,头顶是钢筋建筑和散落在尘土中的马粪渣。

　　在那边,绿荫下,西布利先生低头看着一张白纸,将数字抄到对开笔记本上。在每一张桌子上,你都能看到一摞文件,如饲料一般,那是他们一天的口粮,在勤勉的笔下一点点消耗掉。无数做工精良的大衣,整日空瘪瘪地挂在走廊上,但六点的钟声一响起,每个大衣都被装得满满的,小人影儿分别钻进裤子里,或者变成臃肿的一团,在人行道上快速晃动着前行,动作相当笨拙,之后便消失在暗夜之中。在人行道下面,泥土深处,空洞的排水管中亮着黄色的灯光,永远指引着他们走这边儿,走那边儿。在这地下的世界,瓷盘上印着的大字代表着上面世界中的公园、广场、马戏团。"大理石拱门——谢波德公园"——对于大多数人来说,大理石拱门和谢波德公园永远都是用白色字体写在蓝色背景上的。只有一个地方——可能是阿克顿、霍洛韦、肯萨尔伦敦绿林墓园或者加里东路——这个名字表示买东西的商店或是房舍,沿着右手边走下去,会看到其中一间房舍的甬道上的树被剪掉了树枝,一扇方形的窗户上挂着窗帘,还有一个卧室。

　　太阳早已落下山去,一个盲眼老太太坐在折椅上,背靠着伦敦史密斯银行的石墙,怀里紧抱着一只棕色杂种狗,大声唱着歌,并不是为了让人赏几块铜板。不是,因为那歌声从她欢快、狂野的心灵深处发出来——她罪孽深重的、饱受生活之苦的心——来接她的那个孩子就是她的罪孽之果。那个孩子本应躺在床上，拉上窗帘，好好睡觉，而不是跑到路灯下听妈妈乱唱。她靠着银行的墙壁坐着，唱歌不是为了铜板，怀里抱着小狗。

他们回家了，消失在了灰色的教堂尖塔之中。这座古老的城市，年代久远，罪孽深重，又庄严雄伟。河岸上挤满了尖塔、办公室、码头、工厂，一个挨着一个，有的圆，有的尖，有的直冲云霄，有的收拢作一团，像扬帆的轮船，像坚硬的峭壁，善男信女长途跋涉来到这里，满载的驳船停泊在河中央，有人认为，城市深爱堕落的人们。

但是，似乎很少有人能如此深入这座城市。所有的马车驶离歌剧院拱门，一辆也没有向东行驶。当小毛贼在空旷的市场上被捕，穿黑白色或者玫瑰红晚礼服的人中，没有一位停下来，将手放在车门上帮忙堵住他的去路，也没有人谴责小毛贼——尽管查尔斯夫人回到家上楼的时候，出于正义之心，悲伤地叹了口气。她从书架上取下托马斯·肯皮斯的《效法基督》，难以入眠，思绪深深陷入了复杂的世事之中。"为什么？为什么？为什么？"她叹着气说。总体来说，最好能从歌剧院走回家。疲劳是最保险的安眠药。

此时正值盛秋。特里斯坦每周两次拔掉腋毛；伊索德挥舞着丝巾，节奏与乐队指挥的指挥棒完全一致。歌剧院的各个角落，都能看到粉嫩的脸庞和珠光宝气的胸脯。当女王到来，身体轻盈如仙女，伸手取下放在猩红色壁架上的红白相间的花束，英国女王似乎值得让人为之舍弃生命。温室里的那种美（这并不是最糟糕的），盛开在一个又一个包厢里；尽管都是些无足轻重的话，尽管小说家沃尔浦尔去世的时候，人们普遍认为智慧已经抛弃了美丽的双唇——不管怎么说，当维多利亚女王身穿睡袍下楼接见大臣的时候，那娇唇（透过观剧镜看）依然红润、可人。秃顶的显贵们手执金头手杖，漫步走过正厅前座位之间的大红地毯，直到灯光变暗才停止了与包厢间的交际活动。指挥先朝女王鞠躬致意，又对秃头显贵致意，最后原地转身，举起了指挥棒。

接下来，两千颗心在半明半暗之中缅怀着，期盼着，穿过黑暗的迷宫；克拉拉·杜兰特与雅各布·弗兰德斯道了别，体会着象征死亡的甜

雅各布的房间

蜜；杜兰特太太坐在她身后黑暗的包厢里，发出清晰的叹息声；沃特利先生坐在意大利大使夫人身后，他调整着坐姿，觉得布朗格安娜的声音有点儿沙哑；爱德华·威泰格坐在高出他们数英尺的顶层楼座里，悄悄拿手电筒照着袖珍乐谱；如此这般……凡此种种……

总之，观众都屏住呼吸，静静地观看。为了防止剧场过于喧闹，自然与社会以最简单的方式对观众进行划分：舞台前的座位，包厢，阶梯式座位，顶层楼座位。每天晚上都按这个模式划分，无须再区分细节。但困难还是存在的——人们需要做出选择。因为尽管我无意做英格兰女王——哪怕只是一小会儿——我也非常愿意坐在她旁边；我想听听首相大人的闲聊；伯爵夫人耳语，听听她有关大厅和花园的回忆；听听上流显贵们如何体面地掩盖着内心的秘密；否则为何如此捉摸不透呢？而后，摘下自己的帽子，有那么一刻你会想象这是别人的帽子——随便什么人的帽子——一位曾经统治大英帝国的英勇之士；在布朗格安娜的歌声中念几句索福克勒斯的诗，或者牧羊人吹奏曲子的时候，桥梁和水渠在眼前一闪而过。这一切多么奇怪啊！但是，不——我们必须做出选择。非常必要，而且在所难免！此番抉择要承受巨大痛苦，注定是个灾难。因为无论我坐在哪儿，都将客死他乡；威泰格死在他的公寓里；查尔斯夫人死在庄园里。

一个长着威灵顿公爵式鼻子的年轻人，坐在票价七磅六便士的座位，歌剧结束后他走下石阶的样子，仿佛依然沉浸在音乐之中，显得有点与众不同。

午夜，雅各布·弗兰德斯听到一声叩门声。

"天啊！"他高兴地说，"终于找到你了！"他们之前找了一天的诗句，竟然不费吹灰之力就找到了；只不过，这不是维吉尔的诗句，而是卢克来修的。

"是的，这个得让他睡不着觉了。"博纳米说。雅各布不看书了，他太兴奋了。这还是他第一次大声读出自己的文章。

"该死的蠢猪！"他说，语气有些夸张，但是溢美之词依然回荡在脑海。利兹大学的布尔提尔教授出版了一版威彻利的剧作，并没说明他删掉了一些猥亵的词语和不得体的语句，或者仅用星号标注了一下。这

第一部分 ▍雅各布的房间

简直令人愤慨，雅各布说，背信弃义，纯粹是惺惺作态，思想龌龊，人间奇葩。他还引用了阿里斯托芬和莎士比亚的词句，驳斥了现代生活。伟大的剧作都是出自专业人士之手的，利兹大学这个神圣的学问殿堂成了人们的笑柄。难得的是，这两个年轻人是完全正确的——非常难得，因为雅各布在誊抄文章之时就知道没有人会出版这样的东西；他的文章被《双月刊》《当代》《十九世纪》杂志社退稿的时候，他就非常确定——他把文章扔进了黑色木盒子里。盒子里装着母亲的来信，他的旧法兰绒裤子，还有一两封盖有康沃尔邮戳的信。他盖上盒子，将真理挡在了外面。

这只黑木盒子放在客厅中两个大窗户之间，上面用白漆写的他的名字还依稀可见。窗下就是大街。无疑，卧室就在后面。家具——三把藤椅，一张折叠桌子——都是从剑桥带过来的。这些房屋（房东是佳菲特太太的女儿，怀特霍恩太太）大概都是一百五十多年前建造的。房间设计美观，有高高的屋顶，门廊的木头上刻着一朵玫瑰花，亦或是公羊头。十八世纪的痕迹还很明显。即使是刷成小红莓色的嵌板，也别具一格……

"别具一格"——杜兰特太太说雅各布·弗兰德斯"看起来一表人才"。"非常别扭，"她说，"但看起来可真是一表人才啊。"第一次见面，人们无疑会这样评价他。他仰靠在藤椅上，从嘴里取下烟斗，对博纳米说："现在我们聊聊这出歌剧吧。"（因为粗言秽语这个话题已经聊完了）"瓦格纳这个家伙吧"……与众不同，自然可以用来形容他，尽管从相貌看，很难说他在歌剧院中坐的是哪个座位——舞台前的座位、顶层楼座，还是二楼一排的特等座位？他是个作家吗？他缺少自我意识。他是个画家吗？他的手型（他母亲来自一个古老但名不见经传的家族）倒是还有那么点儿品味。他的嘴——当然，在前面列举的职业所需的特点中，嘴的特点是最糟糕的了。一个词就足够了。可如果找不到这个词呢？

"我喜欢雅各布·弗兰德斯。"克拉拉·杜兰特在日记中写到。"他真是超凡脱俗啊，一点儿也不摆架子，在他面前可以畅所欲言，虽然也有点吓人，因为……"然而，莱特斯先生店里卖的一先令一本的日

雅各布的房间

记本上写不下太多内容。克拉拉不是个妨碍周三正常生活的人。她是最谦逊、最坦诚的女人了!"不,不,不,"她叹了口气,站在暖房门口,"不要打破——不要打破"——什么?那份无限美好。

但是,这只是一个年轻女子的心声,一个欲爱又止的女子。她希望时间永远停留在那个七月的早晨。然而时间不会停留。比如,现在,雅各布正在讲他的一次徒步旅行,住的旅店叫泡沫洞,想到女店主太太的名字……他们哈哈大笑起来。这个笑话有些不雅。

这时,茱莉娅·艾略特说:"这个年轻人话不多。"当她与首相共进晚餐时,无疑她的意思是说:"要想出人头地,就得能说会道。"

蒂莫西·杜兰特从未对雅各布做过任何评价。

女佣发现自己得到了非常慷慨的奖赏。

索普威斯先生的观点和克拉拉一样伤感,尽管他的表达要婉转得多。

贝蒂·弗兰德斯对阿切尔总是抱有浪漫的幻想,对约翰也温柔可亲,但雅各布在家里表现得笨拙不堪,总是没来由地惹恼她。

几个孩子中,巴夫特船长最喜欢雅各布,但至于为什么嘛……

似乎男人和女人同样都会犯错,似乎要对我们同胞做一个深刻、公平、绝对公正的评价,完全不可能。我们不是男人,就是女人;不是冷漠,就是多愁善感。不是年轻,就是年老。不管怎样,生命不过是一串身影而已,天知道为何我们会如此渴望地拥抱生命,目睹生命离去会如此痛苦,那不过只是影子而已啊。如果这些——而且不止这些——真是这样,我们坐在窗户角落里,突然瞥见椅子上坐着的年轻人是世上最真实、最实在、最为我们所熟知的,为什么我们会惊讶不已?——到底是为什么?因为此刻过后,我们对他一无所知。

这就是我们看人看事的方式。这就是我们的爱的状态。

("我二十二岁。快十月底了。生活还是非常快乐的,尽管周围有许多傻瓜。人总得干点什么——天知道干什么。每件事都很让人开心——除了早上起床和穿燕尾服。")

"喂,博纳米,说说贝多芬怎么样啊?"

("博纳米这家伙特别厉害。他几乎无所不知——英国文学不如我懂得多——但法国人的作品他全部读过了。"）

"有点怀疑你是在胡说八道，博纳米。不管你说什么，可怜的老坦尼森……"

（"事实上，我们早该学学法语。我猜现在老巴夫特正在跟我妈妈聊天。这件事当然是挺奇怪的。但是，我看不见博纳米在下面。可恶的伦敦！"）市场运货的马车在街上笨拙缓慢地移动着。

"周六去散步如何？"

（"周六有什么事儿呢？"）

接着，他掏出袖珍笔记本，确定杜兰特家的晚会在下周。

然而，尽管这一切可能都是真的——雅各布所想、所说都是真的——他交叉双腿，填满烟斗——喝一小口威士忌，又看了看袖珍笔记本，撸了一下头发，动作间有种东西，除了他自己，再没有第二人可以体会。另外，这不单是雅各布的，还是理查德·博纳米的——这个房间，市场运货的马车，时间，这一历史时刻。想一下性别的作用——男人和女人之间为何会有波动、震颤，此时山谷，彼时山峰，而实际上，可能一切都如我这只手掌般平整。即使是同样的话语，到了他们嘴里，也有了不同的味道。　然而，总有什么东西在促使人们发出嗡嗡的震动声，就像神秘洞口的天蛾，赋予雅各布·弗兰德斯各种从不曾有过的特质——因为，尽管他确实坐在那儿与博纳米聊天，所说的内容大多无聊得很，还有很多令人费解（都是关于我们所不认识的人和议会的），其余部分基本也只能靠猜了。然而，人们依然围在他周围，嗡嗡地震颤着。

"是的。"巴夫特船长说着，在贝蒂·弗兰德斯的炉盘上敲了敲烟斗，把烟灰倒出来，又穿好外衣，"工作量多了一倍，但我并不介意。"

他现在是镇议会的议员了。两人仰望着夜空，如同伦敦一样的夜空，只是这夜空更加清澈。镇上的教堂敲响了十一点的钟声。海上风平浪静。所有卧室的窗户都暗下来了——佩琪一家睡了；佳菲特一家睡了；克兰奇一家睡了——而此刻在伦敦，人们在国会山上对盖伊·福克斯施以火刑。

雅各布的房间

第六章

　　火焰熊熊燃烧起来了。
　　"圣保罗大教堂！"有人喊道。
　　木头被火点着了，瞬间伦敦城亮了起来；火堆的周围树木林立，只在一侧映着人们的脸庞，那般清晰、鲜活，仿佛用黄色、红色绘制而成的，其中一个小女孩的脸尤其引人注目。由于火光只照亮了她的脸，她看起来似乎没有身体，椭圆形脸庞和头发挂在火堆旁，背后是一片漆黑、空洞。她呆呆地看着火焰，仿佛被火光迷乱了那双蓝绿色的眼睛。她脸上每一块肌肉都紧绷着。这样呆呆地盯着火堆，有些悲凉——年纪在二十岁到二十五岁之间。
　　忽明忽暗之中，一只手伸下来，将一顶锥形白色小丑帽戴在了她头上。她晃了晃脑袋，依旧盯着火光。一张蓄着络腮胡子的脸出现在她上方。人们往火堆里扔了两条桌子腿、几根树枝、几片叶子。这些东西助长了火势，也照亮了后面远处的一些脸庞，圆润，苍白，光滑，蓄须，戴着小礼帽；每张脸庞都很专注；火光照耀之下，圣保罗大教堂在飘忽不定的白雾中飘荡，露出两三个塔尖，窄窄的，颜色如纸一般白，形状像灭火器。
　　火焰在木头之中挣扎着，直往上蹿。突然，天知道从哪儿冒出来许多水桶，水从桶里泼出来，形成美丽的弧线，就像擦亮的乌龟壳；水泼了又泼，直到火堆发出一群蜜蜂的嘶嘶声；所有的脸庞都消失了。
　　"噢，雅各布，"那个女孩说着，和人群一起在黑暗中步履沉重地向山上走去，"我实在是太难受了！"
　　一阵阵笑声从人群中传来——有的高，有的低；有的在她前面，有的在她后面。

旅店餐厅灯光闪亮。餐桌的一端放着一只石膏雄鹿头,另一端是某位罗马人物的半身像,上面涂抹了黑色和红色,表明今晚是属于他盖伊·福克斯的。就餐者由一串纸玫瑰连在一起,人们手拉手唱起《友谊地久天长》时,这条粉黄色玫瑰线在整张桌上起起伏伏。有人敲着绿色酒杯,那声音震耳欲聋。一个年轻人站起身来,弗洛琳达拿起桌上的一个淡紫色球形杯,朝他的头径直扔过去。球形杯摔得稀碎。

"我真是太难受了!"她转过身,对坐在身旁的雅各布说。

餐桌好像长了隐形腿,跑到了餐厅的一侧,装饰手摇风琴的一块红布和两盆纸花,演奏着华尔兹的旋律。

雅各布不会跳舞。他倚着墙抽着烟斗。

"我们觉得,"跳舞的人群中,有两位突然停下来,走到他面前,深深鞠了一躬,"你是我们所见过的最英俊的男子。"

他们把纸花环戴在他的头上。接着,有人拿出一把白色金边椅子,请他坐在上面。人们走过时,都会将玻璃葡萄挂在他的肩上,最后他看起来像是遇难船上的船头装饰。弗洛琳达坐上他的膝头,脸埋在他的背心里。他一只手搂着弗洛琳达,另一只手拿着烟斗。

"现在,咱们谈谈吧,"十一月六日清晨四五点钟,雅各布挽着提米·杜兰特的胳膊走下哈弗斯托克山时,他说道,"谈点正事。"

希腊人——对,这就是他们谈论的内容——当所有的话都已说完,所有的事都已做完,世界各国的文学冲洗着每个人的口腔,包括中国文学和俄国文学(但斯拉夫文学不够文明),最后只有希腊文学让人唇齿留香。杜兰特背诵了埃斯库罗斯的诗句——雅各布背诵了索福克勒斯的诗句。真的,没有希腊人会明白,教授也不愿指出——没关系;如果不在黎明时分在哈弗斯托克山上喊出来,希腊语的意义何在?况且,杜兰特从来没听索福克勒斯吟诵过,雅各布也没听埃斯库罗斯吟诵过。他们自吹自擂、洋洋得意;他们认为自己已经读遍世界上所有的书,知晓每一种罪孽、每一种激情、每一种欢乐。各国文明就像鲜花,盛开在他们周围,等待采摘。岁月拍打在脚下,就像适于航行的海浪。看着眼前的一切,透过层层迷雾,灯光,伦敦城的影影绰绰,两个年轻人决定钟情于希腊。

雅各布的房间

"很可能，"雅各布说，"当今世界只有我们才理解希腊的真正含义。"

他们在一个摊位上喝了咖啡。咖啡壶擦得锃亮，柜台上亮着一排小灯。

摊主以为雅各布是军官，就和他聊起了自己在直布罗陀的儿子，雅各布骂着英国陆军，赞颂威灵顿公爵。之后，他们走下山去，一路谈论着希腊人。

真是奇怪——每当想起来——对于希腊的钟爱，尽管扭曲，也得不到别人的鼓励，却悄悄泛滥，突然跳出来，尤其是在离开拥挤的房间之后，读过大量文字之后，当明月在山间浮动，或者在伦敦度过的空虚无聊、没有任何收获的日子里，这份钟爱就像一剂特效药、一片干净的刀片；永远都是个奇迹。雅各布的希腊语学得不太好，勉强能看看话剧而已。对于古代史，他一无所知。然而，当他拖着疲惫的步子走进伦敦城时，他觉得似乎踩在石板上发出美妙的声音一直传到了雅典卫城，如果苏格拉底看到他们走来，也会精神振奋，冲他们说"我的好朋友们"，因为整个雅典的感情正合他的心意；自由，冒险，奋发向上……未征得他的许可，她就曾叫他雅各布。她曾坐在他的膝头。在古希腊时代，所有好女人都这么做。

这时，一声哀婉的悲叹抖落在空中，摇摆着，颤抖着，似乎无力传开，仍摇摇晃晃地向前；一听到这悲叹，后面街上的门被猛然推开，工匠步履沉重地向前走着。

弗洛琳达生病了。

杜兰特太太依旧难以入眠，《炼狱》中有几行，她在边上做了记号。

克拉拉在睡觉，头埋在枕头里；梳妆台上散乱地放着几朵玫瑰，还有一副白色长手套。

弗洛琳达病了，头上还戴着锥形白色小丑帽。

卧室似乎也很应这些灾难的景——便宜，褐黄色，半阁楼，半画室，装饰也很奇特，有银箔纸叠成的星星，有威尔士女人戴的帽子，有煤气壁炉架上垂下来的念珠。至于弗洛琳达的故事，她的名字是拜一位画家所赐，象征其少女之花尚未采摘。即使如此，她并没有姓氏；至于父母，她只有一张墓碑的照片，墓碑下，她说，埋葬的是她父亲。有时候，她会琢磨坟墓有多大，因为据说她的父亲死于骨质增生，无人可以阻止；正是由于母亲得到了皇室宗亲的信任，弗洛琳达时不时就觉得自己是个公主，但大多是在喝醉的时候。命运就这样抛弃了她，再加上她天生丽质，又有一双幽怨的眼睛，孩子般稚嫩的双唇，她比一般女性都更关注贞操；据与她聊天的那个男人说，前一天晚上她才刚刚失了贞操，或者她珍视贞操更胜于珍视胸膛里的那颗心脏。但是，她总是和男人聊天吗？不，她有自己的闺蜜：斯图亚特妈妈。据这位女士说，斯图亚特是皇室的姓氏；但没有人知道这意味着什么，她到底是做什么的，无人知晓；人们只知道，她每周一早上都会收到邮局汇票，养着一只鹦鹉，相信轮回转世，还能够用茶叶预测未来。她就像是弗洛琳达身后出租屋里脏兮兮的墙纸。

现在，弗洛琳达哭哭啼啼，整日在街上游荡；站在切尔西桥上，望着河水流逝；在商业街上闲逛；在公共汽车上打开手包，往脸上扑粉；在百货商店里看情书，把情书靠在奶锅旁；发现糖罐里有玻璃，指责服务员要毒害她；声称有年轻男子盯着她看；后来突然意识到，相比那些肮脏的犹太人，他更喜欢那个叫雅各布的男子，所以，黄昏时分，她不知不觉就慢慢逛到了雅各布住的那条街上，到他家里坐坐（他正在誊写关于亵渎伦理的论文），摘下手套，告诉他说，斯图亚特妈妈用茶壶的保温套砸了她的脑袋。

雅各布听着她说话，相信她还是很纯真的。她坐在火炉旁，喋喋不休地说起了著名画家。还提到了她父亲的墓。她看起来狂野、脆弱、美丽，就像古希腊女人一样，雅各布想，这就是生活，自己是男人，弗洛琳达是个纯洁少女。

她走了，腋下夹着一本雪莱诗集。斯图亚特太太，她说，经常说起他。

纯真的人太美好了。相信这个女孩本身胜过所有谎言（雅各布还没有蠢到毫无保留地相信他人的地步），羡慕别人没有羁绊的生活——相

雅各布的房间

比之下，他自己的生活太过安逸，甚至与世隔绝——内心有任何波动，手边都有雪莱的《阿童尼》和莎士比亚的戏剧作灵丹妙药；构想一种伙伴式的情谊，在她心中是激情满怀，在他心中则是心怀戒至，但双方是平等的，因为女人，雅各布认为，与男人无二——如此的纯真太美好了，也许一点也不蠢。

那晚，弗洛琳达回到家中，先洗了头，又吃了奶油夹心巧克力，然后打开了雪莱诗集。其实，她觉得特别无聊。这写的都是什么啊？她不得不跟自己打赌，在吃完这块巧克力之前一定要读完这一页。事实上，她睡着了。但她这一天多么漫长啊，斯图亚特妈妈朝她扔了茶壶保暖套，街上的景象让人生畏。尽管弗洛琳达像猫头鹰一样无知，甚至连情书都有些看不太懂，但她也有自己的感受，也对某些男子心生好感，完全听从命运的召唤。她是不是处女，似乎并不重要。除非除了这个再没有其他重要的事了。

她走之后，雅各布焦躁不安。

一整夜，男男女女踩着熟悉的节奏，情绪沸腾。即使在体面的郊区，晚归的人们也能看见映在百叶窗上的影子。广场上，雪中，雾中，到处可见热恋的情侣。所有的话剧都上演着同样主题的故事。正因为如此，每夜都有子弹飞进宾馆房间，打穿房客的脑袋。即便有人能幸免于难，心灵也会饱受创伤。剧院里，通俗小说中，人们谈论的也几乎都是同样的话题。然而，我们却说，这根本无足轻重。

发生在莎士比亚、阿童尼、莫扎特、贝克莱主教身上的——随便是谁——事实被掩盖，我们大多数人都安稳度过每个夜晚，或者仅有像蛇在草丛中滑过那般细小的战栗。但是，这掩盖本身就会分散人们阅读和倾听时的注意力。如果弗洛琳达有思想，她阅读时眼睛就会比我们更明亮。弗洛琳达，以及和她同类的其他人，已经解决了这个问题，办法就是把它变成睡前洗手这样的小事一桩，唯一的难题是要用热水还是凉水。一旦这个问题解决了，就可以安心做自己想做的事情了。

但是，晚饭席间，雅各布还真就怀疑她到底有没有思想。

他们坐在一家饭馆的一张小桌子旁。

弗洛琳达胳膊肘支在桌上，双手托着下巴，披风滑落在身后，佩戴的首饰闪闪发亮，显得她光彩照人，脸庞如盛开的花朵，纯真，不施粉黛，双眼左顾右盼，最后目光慢慢落到雅各布身上，停在那儿不动了。她侃侃而谈。

"很久以前那个澳大利亚人留在我房间的那个大黑盒子，你知道吗？……我真的觉得女人穿皮草显得老气。……现在走进来的是贝希斯坦……真想知道你小时候是什么样子，雅各布。"她咬了一小口面包卷，看着雅各布。

"雅各布，你就像一尊雕像……我觉得大英博物馆里的展品挺有意思的，你觉得呢？很多都挺好的……"她表情迷离地说。饭馆里人满为患，越来越热了。人们谈话，神情恍惚，像是在梦游，有太多东西要看——这么大的噪音——其他人也在谈话。能听到别人在说什么吗？噢，他们绝对不能偷听我们说话。

"那个人像是艾伦·纳格尔——那个姑娘……"凡此种种。

"认识你之后，我特别快乐，雅各布。你这人真是太好了。"

饭馆里越来越拥挤，谈话声越来越大，刀叉碰击盘子的声音也越来越响亮。

"你看，她之所以这么说，是……"

她不说话了。所有的人都不说话了。

"明天……周日……一个可恶的……你跟我说啊……走啦！"啪！她摔门而去。

那是他们隔壁桌，说话声音一句高过一句，突然，那女人把盘子摔在地上，把那男人独自晾在那儿。每个人都在盯着看。接着——"可怜的家伙，我们别再盯着他看了。那女人可真厉害啊！你听见她说什么了吗？我的天，那个男人简直像个傻瓜！依我看，还没到动手抓挠的地步。芥末酱洒得满桌布都是，服务生都在笑呢。"

雅各布仔细看着弗洛琳达。在他看来，她的脸显得愚蠢又白痴——当她坐在那儿盯着看的时候。

那个女人夺门而出，身穿一袭黑衣，帽子上的羽毛还在舞动。

但她总得去个什么地方啊。黑夜，不是波涛汹涌的大海，任你如星

雅各布的房间

星般航行或沉入海底。事实上，那是十一月的雨夜。苏豪区的路灯照在人行道上，投射下大块湿滑的光点。街道两侧一片漆黑，看不清有人站在门口。雅各布和弗洛琳达走过来的时候，一个女人抽身离开了。

"她掉了一只手套。"弗洛琳达说。

雅各布快走几步，把手套递给了她。

她非常热情地谢过他，继续前行，又弄掉了手套。但这是为什么呢？是为了谁呢？

这段时间，刚才吵架的女人去哪儿了？那个男人去哪儿了？

街灯不能照亮所有的黑暗，无法给我们答案。人们说话的声音，气愤、渴望、绝望、热诚，都无异于笼中的野兽在夜里发出的吼声。只不过，人们不在笼中，他们也不是野兽。拦住一个人，问个路，他会告诉你；但人们是不敢问路的。害怕什么呢？——人的眼睛。刹那间，人行道变窄了，裂缝加深了。你瞧！他们融进裂缝里去了——男人和女人一起。再往远处看，一家旅馆大肆宣传自己多么安全可靠，没有挂窗帘的窗户也向人们表明伦敦城的公正。人们坐在竹椅上，衣着考究，灯光照亮了每个人的脸庞。商人的遗孀极力向大家证明，她们与法官有关系。煤商的妻子立即反唇相讥，说她们的父辈就有车夫。一个服务生端来了咖啡，编织篮不得不挪一下。又是一片黑暗，一会儿过来一个卖身的小女孩，一会儿过来一个卖火柴的老太太，一会儿从地铁里走出来一群人，蒙着头发的女人。终于再无人走过，只剩下一扇扇大门紧闭着，雕花的门廊，一个独居的警察。雅各布挽着弗洛琳达，回到自己的房间，点亮了灯火，却一言不发。

"你那个样子，我不喜欢。"弗洛琳达说。

这个问题永远得不到解决。身体与大脑共为一体，美貌与愚蠢相伴相随。她坐在火炉旁呆看的样子，和她盯着看打碎的芥末罐的神情一样。尽管他会为不得体辩护，但也怀疑自己是否会喜欢这样赤裸裸的亵渎。他对男人的世界、与世隔绝的房间、古典著作，都有强烈的反感；不管是谁，如果因此而改变了生活，他都会跟他翻脸。

弗洛琳达将手搭在他的膝盖上。

毕竟，这不是她的错。但那种想法还是让他难过。让我们衰老、夺去我们生命的,并不是灾难、杀戮、死亡、疾病,而是人们看待事物的方式、笑的方式、跑上公共汽车踏板的方式。

然而,愚蠢的女人,只需随便给她一个理由。他告诉她,他头疼。

但是,当她默默地看着他,半猜半懂,可能还有点歉意,仿佛在说着他那句话:"这不是我的错。"她身体挺拔,优美,头上的帽子使她的脸像一只贝壳。他知道,隐居和古典著作,不管怎么样都是没用的。问题永远得不到解决。

雅各布的房间

第七章

　　差不多就是这个时候，一群与东方有贸易往来的商家将纸制小花推向了市场，这种纸花一遇水就会开花。由于那时还保持着餐后用洗手盆的习俗，这种新发明就起到了很大的作用。小小洗手盆有如室内的清湖，各色纸花在湖中浮动、滑行，随平滑的水波飘荡，有时沉到湖底，就像鹅卵石躺在玻璃盆底。一双双专注、灵动的眼睛注视着小纸花开开合合的命运。能让心与心相连、巩固家庭基础的，当然可以称得上是一项伟大的发明。而小纸花完全做到了。

　　然而，我们绝对不能认为他们能取代大自然中的花朵。特别是玫瑰、百合、康乃馨，在花瓶口向外张望，目睹着它们的人造亲戚那鲜活的生命旋即走向死亡。斯图亚特·奥蒙德就看到了这一点，而人们也觉得这一见解很独到；六个月之后，正是由于这一见解，基蒂·卡斯特嫁给了他。然而，鲜花依然不可或缺。否则，人类的生活就是另一番景象了。因为鲜花会凋谢，菊花最易凋谢，夜间还是娇艳欲滴，第二天早晨，便成了明日黄花，无精打采——不堪入目了。总体来说，虽然价格高得要命，但康乃馨还是最物有所值的；然而，问题是，把花用线捆起来，是不是明智之举呢？有些花店建议人们捆起来。当然，这是舞会上用花的唯一方法；但宴会上是否有必要这样做，还是值得商榷的，除非室内太热。坦普尔老太太曾建议将常春藤叶子——一片就好——放在洗手盆里。她说，这样可以让水很多天后依然清澈如初。但是，人们也有理由认为，老坦普尔太太的说法是错的。

　　然而，那些印着名字的小卡片，比花朵的问题更严重。多少马匹为它们跑断了腿，多少车夫为它们消耗了生命，多少个美好的下午时光被白白浪费掉，滑铁卢之战也没有花费这么多的时间；再者，花费还不少呢。这其中的罪魁祸首是各种耽搁、天灾和焦虑,就像滑铁卢之战一样。有时候,伯纳姆太太恰好刚出门;有时候她会在家。但是,就算是取消了名片(这似乎不大可能),也还有难以驾驭的强大力量使平静的生活狂风乍起,使原本勤快忙碌的早晨乱成一团,打破下午的宁静——也就是说,去女装裁缝店和糖果店。六码的绸缎就够做一身衣裳了;但如果非要设计出六百种样式,一千二百种颜色,结果会怎么样呢?——其中还有个棘手的问题,点缀着一团团杏仁糊的青奶油布丁,还没送到呢。

  晚霞像火烈鸟轻轻拍打着翅膀,轻柔地飞上天空。然而,等到漆黑的夜晚,它们会将翅膀收拢;比如,诺丁山,或者克拉肯韦尔周边地区。难怪那个意大利人一直是一门神秘的艺术,而钢琴总是弹奏着同一首奏鸣曲。寡居的佩琪太太现已六十三岁,为了买一双弹力丝袜,得到了五先令的街头救济,和她独子的帮助。她的独子在麦基先生的染坊里工作,冬日里总是胸口难受,就必须要写信、填表,字迹清楚、圆润,就像赖茨先生的日记本中描写天气是多么晴好,孩子们是如何的调皮,雅各布·弗兰德斯是多么的超凡脱俗。克拉拉·杜兰特买到了丝袜,弹奏了奏鸣曲,插满了花瓶,取了布丁,送了名片。这时候,出现了能漂在洗手盆里的纸花这一伟大发明,纸花的生命如此短暂,她也非常感慨。

  对于这个主题,不乏诗人来吟诵。比如,埃德温·马莱写的诗,结尾句为:"在克洛伊的眼中看到了他们的宿命。"克拉拉第一次读这句诗时脸红了,第二次笑了,说自己的名字是克拉拉,他却叫她克洛伊,这正是他的风格。这个年轻人真是可笑!但是,一天早晨,天空下着雨,十点到十一点之间,埃德温·马莱拜倒在她的石榴裙下,她却跑出客厅,躲到了卧室里,哭泣声搅得蒂莫西一个上午都无法工作。

  "这都是太自以为是的结果。"杜兰特太太严厉地说。她在看舞会节目单,每一次都是同样那些人名的首字母,或者这次与以往不同——以往是E. M.,这次是R. B.;这次是理查德·博纳米,长着威灵顿式鼻子的年轻人。

  "我可不能嫁给长着那样的鼻子的男人。"克拉拉说。

雅各布的房间

"一派胡言。"杜兰特太太说。

"不过,我的要求太高了。"克拉拉暗自思忖着。克拉拉现在没有了刚才的轻松愉快,将手中的舞会节目单撕碎,扔进了炉围里。

这也恰恰是发明漂在洗手盆里的纸花的严重后果。

"拜托了,"茱莉娅·艾略特一边说,一边选了靠窗帘的位置,正对着门,"不要介绍我。我只想在一旁随便看看。有意思的是,"她接着对塞尔文先生说,他腿脚不便,坐在一把椅子上,"来参加晚会,有意思的是观察人——出出进进,来来往往。"

"上一次我们见面,"塞尔文先生说,"是在法夸尔家里。可怜的夫人!她承受得太多了。"

"难到她看起来不迷人吗?"克拉拉·杜兰特经过的时候,艾略特小姐惊声说道。

"哪一位……?"塞尔文先生压着嗓门,迷惑不解地问。

"有这么多……"艾略特小姐回答。三个年轻人站在门口,四下寻找着女主人。

"我比你了解伊丽莎白,"塞尔文先生说,"她在斑彻利跳过苏格兰高地里尔舞。克拉拉没有她妈妈的气质,她脸色略显苍白。"

"在这儿看到的人真是各有不同啊!"艾略特小姐说。

"很高兴我们不用受晚报的左右。"塞尔文先生说。

"我从来不看晚报。"艾略特小姐说。"我对政治一窍不通。"她又补充说。

"这架钢琴音调很准,"克拉拉从他们身边走过时说,"不过我们得找人帮忙挪一下。"

"他们是去参加舞会吗?"塞尔文先生问。

"没有人会搅扰您的。"杜兰特太太经过的时候这样说,语气不容置辩。

"茱莉娅·艾略特。那是茱莉娅·艾略特!"希伯特老夫人说着,双手伸了出去。"塞尔文先生。这是要发生什么事儿吗,塞尔文先生?据我对英国政治的了解……亲爱的,我昨晚上想起你父亲了——我们两个是多年的老朋友,塞尔文先生。你可别跟我说十岁的小姑娘不懂爱情啊！我十多岁的时候，所有的莎士比亚的情诗我都会背了，塞尔文先生。"

"真的吗？"塞尔文先生说。

"确实真的。"希伯特夫人说。

"噢，塞尔文先生，真抱歉……"

"我换个座位，麻烦你帮我一下。"塞尔文先生说。

"您坐在我母亲旁边吧。"克拉拉说。"好像大家都到了……卡尔索普先生，我来给您介绍一下，这位是爱德华兹小姐。"

"圣诞节你要出门吗？"卡尔索普先生说。

"如果我哥哥能请到假的话，我就走。"爱德华兹小姐说。

"他在哪个部队？"卡尔索普先生说。

"第二十骑兵团。"爱德华兹小姐说。

"说不定他还认识我弟弟呢。"卡尔索普说。

"抱歉，我还不知道您的尊姓大名。"爱德华兹小姐说。

"卡尔索普。"卡尔索普先生说。

"不过，何以证明确已举行了结婚仪式呢？"克洛斯比先生说。

"没有理由怀疑，查尔斯·詹姆士·福克斯……"伯利先生开始解释；但是，斯特雷顿太太告诉他说，她和他的妹妹很熟络，一个多月前还去她家做客了；她家房子很漂亮，不过冬季显得太冷清了。

"当今社会，女孩也经常出去旅行了——"福斯特先生说。

鲍利先生环顾四周，突然发现了露丝·肖，就向她走过去，伸出双手，欣喜地说："怎么样？！"

"没什么！"她答道，"什么也没有——尽管我有意让他们整个下午都单独相处。"

"天啊，天啊，"鲍利先生说，"我要叫吉米一起吃早餐。"

"可是，有谁能拒绝她呢？"露丝·肖大声说，"我最最亲爱的克拉拉——我知道，我们不该阻拦你……"

"你和鲍利先生在乱嚼舌根子，我知道。"克拉拉说。

"生活太邪恶——生活太可憎！"露丝·肖哭着说。

"像这种事情，没什么可说的吧？"蒂莫西·杜兰特对雅各布说。

雅各布的房间

"女人们喜欢。"

"喜欢什么?"夏洛特·威尔丁走过来问道。

"你这是从哪儿来啊?"蒂莫西问,"在哪儿吃饭了吧,我估计。"

"我怎么就不能来啊?"夏洛特说。

"大家都下楼用餐吧,"克拉拉经过的时候说,"带夏洛特一起过来,蒂莫西。你好,弗兰德斯先生。"

"你好,弗兰德斯先生,"茱莉娅·艾略特说着,伸出了一只手,"最近还好吗?"

"西尔维娅,你是谁?

为何小伙子们都把你倾慕?"

埃尔斯贝特·西顿唱道。

每个人都站在原地,如果有空椅子就坐下。

"唉。"歌唱到一半的时候,站在雅各布身旁的克拉拉叹了口气。

"让我们为西尔维娅歌唱,

西尔维娅卓尔不群;

她超凡脱俗

不染一丝尘埃。

让我们为她戴上花环。"

埃尔斯贝特·西顿唱道。

"啊!"克拉拉大声说。她戴着手套,鼓起了掌;雅各布没戴手套,也鼓起了掌;之后,她便走上前去,引导着人们从大门一一进入大厅。

"你现在住在伦敦吗?"茱莉娅·艾略特小姐问。

"是的。"雅各布说。

"住在租住的公寓里?"

"是的。"

"那是克拉特巴克先生,在这儿总能看见他。恐怕,他在家里很不开心。人们说克拉特巴克太太……"她压低了声音。"所以她常来杜兰特家。沃特利先生的话剧上演的时候,你去看了吗?噢,不,你当然没去——就在最后一刻,你没听说过——你当时得去看你母亲,我记得,在哈罗盖特——就在最后一刻,我刚刚说,一切准备就绪了,服装都制作好了,所有事情都准备好了——现在埃尔贝特又要唱歌了。克拉拉在弹琴伴奏,要不就是为卡特先生翻乐谱,我猜。不,是卡特先生独自弹奏——是巴赫的曲子。"她小声嘀咕着,卡特先生弹奏的乐声响起。

"你喜欢音乐吗?"杜兰特太太说。

"是的,我喜欢听音乐,"雅各布说,"我对音乐一窍不通。"

"懂音乐的人没几个,"杜兰特太太说,"我估计你从来没学过音乐。这是为什么呢,贾斯珀爵士?——这位是贾斯珀·比格姆爵士——这位是弗兰德斯先生。为什么人人都应知道的东西,却没有人学过呢,贾斯珀爵士?"她转身离开了,留下两位男士站在墙边。

这两位先生沉默了三分钟,只是雅各布向左挪了大概五英寸,后来又向右挪了五英寸。之后,雅各布嘟哝了一句,就突然穿过了房间。

"你要不要过来吃点东西?"他对克拉拉·杜兰特说。

"好的,吃块儿冰激凌。快快,现在就去。"她说。

他们一起下楼了。

但走到一半的时候,他们遇上了格雷沙姆夫妇,赫伯特·特纳,西尔维娅·阿什利,还有一位他们贸然带来的朋友,是美国人,"这位是杜兰特太太——我来介绍一下,这是皮尔彻先生,从纽约来的——这位是杜兰特小姐。"

"久仰,久仰。"皮尔彻先生说着,深深鞠了一躬。

就这样,克拉拉离开了他。

雅各布的房间

第八章

　　九点半左右，雅各布离开寓所，砰地关上自己的房门，又砰地关上其他门，买份报纸，坐上公共汽车，或者，天气好的话，也会像其他人那样走走。低着头，一张桌子，一部电话，绿色封皮的书，电灯……"添点儿煤吗，先生？"……"您的茶，先生。"……聊聊足球，热刺队，丑角队；六点半的时候，办公室勤杂员送来《星球报》；格雷律师学院的白嘴鸦从头顶飞过；雾霭中，枝丫显得瘦削、脆弱；车马喧闹声中，不时传来一阵呐喊："判决——判决——胜利者——胜利者。"篮子里堆着信笺，雅各布一一签上了自己的名字。每天傍晚他取下外衣的时候，都感到脑力的过分消耗。

　　下班之后，有时下下棋，有时到邦德街看看画展，有时走在长长的回家路上，挽着博纳米的胳膊，在户外呼吸呼吸新鲜空气，若有所思地迈着步，高仰着头，眼前的世界仿佛一道奇观；月亮刚刚爬上塔尖，等待人们的赞美，海鸥在高空飞翔，尼尔森在柱子上俯视着地平线，世界就是我们的航船。

　　与此同时，可怜的贝蒂·弗兰德斯的信赶上了第二批邮件，现在正躺在大厅的桌子上——可怜的贝蒂·弗兰德斯像所有的母亲一样，写上儿子的名字，雅各布·艾伦·弗兰德斯先生，墨汁泛白，如泉涌出，让人联想到在斯卡布罗，茶水已经端走，母亲坐在炉火旁，双脚搭在炉围上，草草地写着信，唠叨着母亲的种种嘱咐——可能是这样吧——不要结交坏女人，做个好孩子；穿上厚衬衫；回来吧，回来吧，回到我身边来吧。

　　但是，这样的话，她一字没写。"你患百日咳的时候，悉心照顾你的老沃格雷夫小姐，你还记得吗？"她写道，"她最终还是走了，真可怜。如果你能写信慰问一下，他们会很高兴的。埃伦来过，我们一起去逛街，度过了快乐的一天。老慕斯身子骨越来越不灵便了，哪怕一个小山坡，都要有人扶着才能爬上去。丽贝卡终于去看亚当森医生了，我都不记得她犹豫多长时间了。医生说，她得拔掉三颗牙。现在这个时节，天气温暖，梨树上竟然都长出新芽儿了。还有，贾维斯太太告诉我说——"弗兰德斯太太喜欢贾维斯太太，说起她的时候总是说，她待在这样一个偏僻的地方，太可惜了，虽然她从没听她说过任何不满，最后告诉她（抬起头，抿一下棉线，摘下眼镜），泥炭块儿裹上虹膜根，可以防霜冻。帕洛特床上用品特卖会是在下周二。"要记得啊。"——弗兰德斯太太非常清楚贾维斯太太的感受；她在信中对贾维斯太太的描写太有意思了，读上千遍也不厌倦——那是未获出版的女性作品，在火炉边写就，墨汁泛白，如泉涌出，墨汁被炉火烤干，吸墨纸已经磨破，笔尖裂开，结成了块儿。然后是巴夫特船长。她叫他"船长"。说起他，她很坦然，但也很有分寸。船长帮她询问了加菲特那亩地的事儿；给出了关于养鸡的一些建议；肯定能赚钱；船长得了坐骨神经痛；巴夫特太太有好几周没出门了；船长说现在形势不好，他说的是政治，雅各布知道，夜渐深时，船长有时会谈谈爱尔兰或者印度；接着弗兰德斯太太就会想念弟弟莫蒂，这么多年了，一直杳无音信——被当地人抓走了，还是沉船了——海军部会通知她吗？船长把烟斗里的烟灰敲出来，就像雅各布知道的那样，然后站起身，动作僵硬地伸出手臂，帮弗兰德斯太太捡滚落到椅子下的毛线球。后来又反复提到养鸡场的话题，而这个女人，即便到了五十岁，构想着将来成群的来亨鸡、交趾鸡、奥尔平顿鸡时，内心仍然有冲动；雅各布也在她模糊的蓝图里，还是那样富有活力、精神抖擞、精力充沛，在家里跑来跑去，斥责着丽贝卡。

　　那封信还在大厅的桌子上；晚上弗洛琳达过来的时候把信拿了上来，亲吻雅各布时把信放在了桌上。雅各布看了看笔迹，把信随手放在了灯下，在饼干盒和烟盒之间。他们关上了身后的房门。

　　客厅既不知情，也不在意。门关上了；木头咯吱的声音，除了老鼠的忙碌、木头太干以外，如果你认为还有别的意思的话，你就太幼稚了。这些老房子是砖木结构，浸透着人们的汗水，吸纳了人类的污垢。

雅各布的房间

但是，如果那个饼干盒旁的淡蓝色信封懂得一个做母亲的感受，心也会被这咯吱声——这突如其来的动静——撕裂。门后那不堪的一幕，令人震惊，她会感到恐惧，犹如面临死亡或生产孩子一样。也许，冲进去，面对它，可能比坐在前厅更好，听着这咯吱声，这突如其来的动静，她的心已经肿胀，感到丝丝缕缕的疼痛。我的儿子，我的儿子——她会这样呼喊着，试图掩盖心中儿子和弗洛琳达躺在一起的幻觉，她一个人带着三个孩子生活在斯卡布罗，儿子这样做不可原谅、不可理喻。而且，错在弗洛琳达。事实上，如果房门打开，两个人走出来的话，弗兰德斯太太真想撕烂了她——只不过，先走出来的是雅各布，身穿睡袍，和蔼，威严，健美，就像刚从户外呼吸了新鲜空气的婴儿，眼睛清澈如泉水。弗洛琳达跟在后面，伸着懒腰，打了个哈欠，对着梳妆镜梳理着头发——雅各布在看母亲的来信。

我们来说说信笺吧——它们于早餐时送达，晚餐时送达，贴着黄色、绿色邮票，因邮戳而不朽——看到自己的信封到了别人的桌上，就会意识到行为这么快就被分解了，变成了陌生之物。最后，思想挣脱躯体的力量显现出来，躺在桌上的信笺，有如我们自己的幽灵，可能我们又恐惧，又憎恨，又希望它被消灭。另外，有些信上只写着晚宴七点开始；还有些是订购煤炭；安排约会。在信中几乎察觉不到写信人的手，更不要说她的声音和她的愁容。是啊，可是每当邮递员来敲门，送来信笺，似乎奇迹总是一次次发生——人们总是有话要说的。信笺庄严、勇敢，又孤独、迷失。

没有了信笺，生活就会被撕裂。"过来喝茶，过来吃晚饭，故事的真相是什么呢？你听说那个消息了吗？在都城的生活很开心；俄国舞蹈演员……"这些就是我们的立足点和后盾，编织着我们每天的生活，让生活变得更完美。然而，然而……当我们去用晚餐，当我们捏着指尖，期盼着快点见面，心里不禁怀疑：这就是我们的生活方式吗？罕见的东西，限量的东西，很快就送到了我们手里——喝茶？出去吃饭？短笺越积越多。电话铃响了。无论走到哪儿，到处都有电线和管道，传递着人们的声音，最后一张卡片还没处理完，日子还没有结束，那声音总在试图打探着什么。"试图打探"，因为，当我们端起茶杯、与人握手、表达希望时，总有个东西在悄悄地说，就这些吗？不能让我知道吗？不能分享一下吗？不能让我也确定一下吗？我每天注定要写信、发送声音，信落到餐桌上，声音在传送过程中减弱，生命一点点消磨在安排人们赴宴上吗？然而，信笺庄严，电话勇敢，因为旅途孤独，若有信笺和电话同行，或许——谁知道呢？——我们还可以一路畅谈。

有些人已经尝试过了。拜伦写过信，古珀也写过信。几百年来，书桌上的信纸都是朋友之间沟通的最好媒介。语言大师、不朽的诗人，不再创作传世之作，而转向了信手涂鸦，将茶盘推到一边，凑到炉火旁（因为只有在黑暗之中，围在一个明亮火红的洞穴旁，才能写出信来），专心去靠近、碰触、深入每个人的内心。如果真是这样就好了！但是，词语使用得过于频繁，反复推敲，暴露在街上的尘土之中。我们搜寻的词语挂在树上，黎明时过来，发现它们在树叶下面甜甜地睡着。

弗兰德斯太太写信；贾维斯太太写信；杜兰特太太也写信；斯图亚特妈妈还会在信纸上喷香水，信就有了英语这门语言所没有的味道；白日里，雅各布还曾给大学生们写过长篇书信，有的关于艺术，有的关于道德，有的关于政治。克拉拉·杜兰特的信有点像孩子写的信。弗洛琳达——在弗洛琳达和她的笔之间，似乎隔着一道无法逾越的障碍。想象一下，一只蝴蝶、蠓，或者其他有翅昆虫，拖着一根沾了泥的小树枝，在纸上爬过。她的拼写太糟糕，观点如婴儿般幼稚。由于某种原因，每当她提起笔，总要宣布自己对上帝的忠诚。信上划着叉叉——那是她的泪迹；写信的那只手在纸上随意闲逛，想到感兴趣的事就会停下来——弗洛琳达总是有感兴趣的事让她停笔。是的，吃块奶油巧克力，洗个热水澡，照照镜子看看自己的脸型，弗洛琳达不会在感情上弄虚作假，就像她不会假装喝下威士忌一样。她拒绝纵欲。那些伟人们说得没错，小妓女们盯着炉火，掏出粉扑，照着小镜子涂抹着双唇，其忠诚不可亵渎（雅各布这样认为）。

后来，他看见她拐进了希腊大街，手挽着别的男人的胳膊。

拱形的路灯下，他从头到脚都沐浴在灯光里。他在灯下站了一会儿，一动不动。大街上光影斑驳。人们或独自一人，或与他人一起，涌上街头，摇摇晃晃地穿过马路，弗洛琳达和那个男人消失在了人群中。

雅各布的房间

　　灯光从头到脚洒在雅各布身上，连他裤子上的图案都能看见；他手杖上的老刺；他的鞋带；裸露的双手；还有脸庞。

　　仿佛石头碾压成了粉末；仿佛青灰色磨刀石（那是他的脊梁）上飞溅的白色火光；仿佛之字形铁轨猛然跌进了深渊，坠落，坠落，坠落。这就是他脸上的表情。

　　至于我们是否知晓他的内心，那是另外一个问题。假如年长他十岁，又是个女人，开始可能会对他有些恐惧；之后，惧怕他变成了想帮他一把——于情，于理，都应该帮他，况且又是晚上；紧接着是气愤——气弗洛琳达，气命运；最后会冒出一个不负责任的乐观想法。"这个时候，大街上灯光明亮，想必所有的烦恼都烟消云散啦！"唉，说这些又有什么用呢？就在你说话的时候，就在你回头看着沙夫茨伯里大街的时候，命运之手已经伸到了他身上。他已经转身离开。至于跟随他回房间嘛，不——我们不会那么做。

　　然而，当然，人们恰恰就是那么做的。他走进去，关上门，尽管伦敦的时钟刚刚敲响了十点。没有人十点就睡觉，没有人会想到睡觉。现在是一月份，天气阴沉，但瓦格太太站在门口台阶上，仿佛在期待着什么事情发生。手摇风琴弹奏的曲子，就像一只讨厌的夜莺在雨水打湿的树叶下唱歌。孩子们跑着穿过马路。在大厅门里面，随处可以看到棕色镶板……思绪在他人窗下游走，真是古怪得很。一会儿是棕色镶板，一会儿是一盆蕨类植物；一会儿即兴作几句诗，随着手摇风琴起舞；一会儿从醉汉身上得一点超然的快乐；一会儿又全神贯注地听着街道两边的穷人们高声对骂（骂得那么痛快，那么带劲）——然而，思绪的中心像磁石一样，始终围绕着独自在房间里的这个年轻人。

　　"生活太邪恶——生活太可憎。"露丝·肖大声说。

　　生活的奇怪之处就在于，尽管千百年来，每个人都清楚生活的本质，但从未有人能够诠释它。伦敦的街道有地图，但我们的情感却没有地图。转过这个拐角，你会遇到什么？

　　"前面直走就是霍尔本。"警察会这样告诉你。唉，但你要去哪儿呢？如果不与那个戴着银奖章、手拿廉价小提琴的白胡子老头擦肩而过，而是让老人继续讲述自己的故事，最后可能他会邀请你去某个地方，可能是他家里，在女王广场附近，他会给你看他收藏的各种鸟蛋，还有一封威尔士亲王的秘书的来信，而且（此处略去中间环节）还有可能在冬日里带你到埃塞克斯海岸，小船离开岸边驶向大船，大船扬帆起航，你凝望着天边的亚速尔群岛；火烈鸟飞上天空，你坐在沼泽地的边缘，喝着朗姆潘趣酒，被文明所抛弃，因为你已犯下罪过，多半还染上了黄热病——你可以这样随意遐想。人生路上沟沟坎坎，好比霍尔本街道上的拐角一样多，但我们依旧前行。

几天前，在杜兰特太太的晚会上，露丝·肖情绪非常激动地对鲍利先生说，生活是邪恶的，因为一个名叫吉米的男人拒绝娶一个名叫（如果没记错的话）海伦·艾特肯的人为妻。

两个人相貌都很好，但两个人都死气沉沉。他们总是分别坐在椭圆形茶几的两侧，一盘饼干是他唯一送给她的东西。他鞠躬，她微微点一下头。他们翩翩起舞，他跳得好极了。他们坐在角落里，从来都是一言不发。泪水沾湿了她的枕头。善良的鲍利先生和可爱的露丝·肖小姐既感到惊讶，又为他们痛惜。鲍利先生在奥尔巴尼有自己的房产，露丝每天早晨八点钟准时起床。他们四个人都是文明的宠儿。如果你坚持认为掌握英语就是部分对传统的传承，我只能回答说，美貌几乎总是蠢笨的。男性之美与女性之美相结合，在旁人看来会心生恐惧。我曾经常见到这样的例子——比如海伦和吉米——他们好比随波逐流的船只，担心自己力不从心。或者，你有没有见过蹲在二十码之外的纯种科利牧羊犬？当她把茶杯递给他的时候，身体两侧都在颤抖。鲍利看到这一幕——遂邀请吉米一起吃早餐。海伦肯定已经向露丝吐露了心中的秘密。在我看来，听懂没有歌词的曲子是再难不过的了。现在，吉米在弗兰德喂乌鸦，海伦成了医院的常客。噢，生活果真如露丝·肖所说，是可憎的，是邪恶的。

暗夜里，伦敦的灯火仿佛烧红了的刺刀尖。四柱大床上的黄色罩子落下又鼓起。　十八世纪时，乘客乘坐邮车去往伦敦城，透过光秃秃的树枝，看见树枝下灯火闪耀。黄色、粉色的百叶窗、扇形窗、地下室窗户都透着火红的灯光。索霍区夜市更是灯光闪耀。生肉、瓷杯、丝袜，都在灯下闪烁着光芒。　粗俗的叫卖声回荡在火光摇曳的煤气灯周围。

雅各布的房间

他们双手叉腰，站在人行道上大声叫卖着——凯特尔先生和威尔金森先生；他们的妻子坐在店里，脖子上围着皮毛围巾，抱着胳膊，目光中透着轻蔑。人们看到的都是这样的嘴脸。一个小个子男人用手指拨弄着一块肉，他肯定在无数出租公寓的火炉前都坐过，眼睛深邃，口若悬河，处处都显出他见闻甚广。他静静地摆弄着肉，脸上的表情如诗人般忧郁，未曾唱过一首歌。披着披肩的女人抱着紫色眼睑的婴儿；小男孩站在街角；小女孩朝着马路对面看——拙劣的插图，书里有插图，但我们一页一页翻着，仿佛最终就能找到我们要找的内容。每一张脸庞，每一家店铺，每一扇卧室窗户，每一家酒馆，每一个漆黑的广场，都是书中的插图，我们迅速地翻着——在找什么呢？书也是一样的。我们要在这千百万页书中找到什么呢？还在满怀希望地翻着——噢，到雅各布的房间。

他坐在桌边看着《波士顿环球报》。这份激进小报摊在面前。他用手托着腮，所以脸颊上的皮肤起了深深的褶皱。他看起来异常严肃，表情坚定，目空一切。（在半个小时里，人们能经历多少煎熬啊！但他已无药可救了。这些事情是我们生活中的风景。外国人来到伦敦，一般都会去看圣保罗大教堂。）他是人生的法官。这些或激进或保守的报纸，如同薄薄的一层明胶，每天晚上都贴在世人的头上、心灵上。它们关照全局。雅各布扫了一眼报纸。罢工，谋杀，足球，发现死尸，英格兰各地同时发出喧嚣之声。《环球报》没给雅各布带来一丁点儿好消息，这太让人痛苦了！当一个孩子开始读史书，人们听到他用稚嫩的声音说出那些古老的词语时，会很惊讶，却也会很难过。

关于首相演讲的报道，超过了五个专栏。雅各布摸摸口袋，掏出烟斗，慢慢装着烟丝。五分钟过去了，十分钟过去了，十五分钟过去了。雅各布把报纸拿到火炉旁。首相提议给予爱尔兰地方自治权。雅各布磕磕烟斗，把烟灰倒出来。他一定是在思考给爱尔兰地方自治权的事——非常棘手的一件事。非常寒冷的一个夜晚。

雪，已经下了一晚上。下午三点钟，雪停了。田野里，山冈上，处处覆盖着白雪。山顶上的几丛枯草分外显眼；荆豆丛是黑色，当风一阵阵吹动冻结的雪颗粒，时不时会看到雪面上有黑色在颤抖。那声音就像扫把扫过——嗖。

溪水沿着路边缓缓流淌，无人留意。枝丫和树叶被冰冻在草地里。天空是阴沉沉的灰色，树木是铁一般的黑色。乡村环境无比恶劣。四点钟，雪又开始下了。一天就这么过去了。

一扇染着黄色的窗户，大约两英尺宽，独自对抗着白茫茫的田野和黑漆漆的树木……六点钟，有个人影提着提灯穿过田野……石块上的一堆小树枝突然脱离了石块，向水沟漂去……一坨积雪从冷杉树枝上滑落了下来……后来，传来一阵悲恸的哭声……一辆汽车沿路驶来，推开了车前方的黑暗……汽车驶过的地方，黑暗再次合拢过来……

完全静止的空间，将所有这些活动逐一分解。大地似乎没有了生气……牧羊老人步履僵硬地从田野归来。冰冻的大地被踩在脚下，僵硬，痛苦，大地又像压面机一样，碾压着下方的泥土。整个晚上，疲倦的钟声一次次报着时间。

雅各布也听到了钟声，然后熄灭了炉火。他站起来，伸了个懒腰，上床睡觉了。

雅各布的房间

第九章

　　洛克斯比尔伯爵夫人独自与雅各布坐在餐桌的首席座位上。至少两个世纪（如果从女方这一脉来算，是四个世纪）以来，这个家族喝着香槟美酒，吃着各种调味品，露西公爵夫人看上去保养得不错。她的鼻子对气味有超常的鉴别能力，长长的鼻子，似乎总在搜寻气味；她的下唇凸出，就像一块红色的窄搁板；她的眼睛很小，两条眉毛呈浅黄色，下颚宽大。在她的身后（窗外就是伦敦格罗夫纳广场），摩尔·普拉特站在人行道上，正卖着紫罗兰；希尔达·托马斯太太拎起裙摆，准备穿过马路。摩尔·普拉特来自华尔沃兹，希尔达·托马斯太太来自帕特尼。两个人都穿着黑色长丝袜，但是托马斯太太浑身裹着皮毛衣服。相比之下，洛克斯比尔夫人更胜一筹。摩尔更幽默些，但有点暴力，而且也比较愚蠢；希尔达·托马斯的嘴太刻薄，家里所有的银质相框都斜放着，客厅里放着蛋杯，窗户上都安了防尘罩。洛克斯比尔夫人虽然从侧面看不是那么完美，但她曾经是个骑猎高手。她从容地操着刀，又用手撕开了鸡骨，请雅各布不要见怪。

　　"刚才路过的是谁的马车？"她问管家博克索尔。

　　"那是福托米尔夫人的马车，夫人。"这让她想起来要寄一张卡片，问候一下福托米尔阁下的身体状况。真是一个粗俗的老太太，雅各布想。葡萄酒相当不错。她称自己为"老太婆"——"和我一个老太婆共进午餐，你真是太善良了"——这让他很高兴。她说起了约瑟夫·张伯伦，她曾与他相识。她说雅各布一定得来见见他——他可是个知名人士。后来，爱丽丝夫人用一根皮带牵着三只狗走了进来，杰基跑过来亲吻了祖母，这时，博克索尔送进来一封电报，给雅各布奉上一只上好的雪茄。

在跃起之前，马会放慢速度，侧身向前跑几步，然后使出全身力气向前蹿出去，如巨浪一般，之后落在不远处。树篱与天空构成了一个半圆形。这时，仿佛你自己进入了那匹马的身体里，马的前腿就是你的前腿，跃起，奔跑，大地富有弹性，浑身都是健硕的肌肉，但你依然能控制这匹马，镇定自若，双目有神，做出精准的决断。之后，跳动的弧线停止了，代之以重锤敲击，上下颠簸；你猛然停住了马，身体微微后倾，神采奕奕，兴奋不已，剧烈跳动的脉搏之外有一层汗珠让你显得光滑明亮，你气喘吁吁地说："吁——！"马匹身上蒸腾着热气，挤在标有路牌的路口，系着围裙的女人站在那儿盯着门口看，男人不再侍弄卷心菜，也抬头盯着门口看。

就这样，雅各布在埃塞克斯的原野上疾驰，在泥淖里扑腾，丢了猎物，独自骑在马背上吃着三明治，向树篱墙那边望去，看到那些颜色仿佛新刮的一般，咒骂着自己的霉运。

他在小酒馆里喝了茶；他们都在那儿，拍打着身体，跺着脚，说着："您先请。"声音清楚，利落，诙谐，口无遮拦，个个脸红得像火鸡颔下的肉垂，直到霍斯菲尔德太太和她的朋友达丁小姐出现在门口，裙摆撩起，头发披散在肩上。后来，汤姆·达丁用马鞭敲着窗户。一辆汽车在院子里突突作响。诸位先生在口袋里摸着火柴，走了出去，雅各布和白兰地·琼斯走进酒吧，跟乡下人一起抽着烟。独眼老杰文斯，衣服呈泥土色，背上背着背包，大脑深埋在土壤里，周围是紫罗兰根和荨麻根；玛丽·桑德斯手捧着木匣子；教堂司事的傻儿子汤姆奉命来取啤酒——所有这一切都发生在距离伦敦三十英里范围之内。

科芬园恩代尔街的帕普沃思太太在新广场的林肯律师学院为博纳米先生服务，她在洗涤室清洗晚餐用具时，听到年轻的绅士们在隔壁房间谈话。桑德斯先生又来了；她指的是弗兰德斯；好打听的老太太连人名都会弄错，又怎么能指望她如实转述你辩论的情况呢？她一边听着，一边将盘子放入水中清洗，然后码在嘶嘶作响的燃气炉下面；她听到桑德斯声音高亢，语气有点盛气凌人；"好，"他说，"绝对""公正""判决""群众的意愿"。接着，她的主人博纳米开始大声辩论，他与桑德斯辩论，她作他的后盾。但桑德斯青年才俊（食物的残渣在水

雅各布的房间

槽里打转,她用手清除着残渣,她的手呈紫红色,指甲几乎磨没了。)

"女人"——她想着,不知道桑德斯和博纳米在"那边"在干什么,她陷入了沉思,一只眼皮明显地垂了下来。她是九个孩子的母亲——其中三个是死胎,一个天生聋哑。把盘子放到架子上的时候,她听到桑德斯又开始说了("他连一次机会也不给博纳米。"她想)。"客观的东西。"博纳米说;"共识之处",还有别的什么——她发现都是些特别长的词语。"这都是学识啊。"她暗自想着。当她双手穿上短外衣的时候,听到有东西——可能是火炉旁边的小桌子——倒了;接着是重重的脚步声,咚,咚,咚——好像是在打架——绕着房间跑,震得盘子都跟着晃动了。

"明天的早餐,先生。"她打开门说。桑德斯和博纳米像两只巴珊大力公牛在彼此追赶,弄出如此巨大的声响,所有的椅子都挡在他们之间。他们谁也没有注意到她。她对他们产生了慈母般的疼爱。"您的早餐,先生。"趁他们靠近的时候,她说。博纳米头发蓬乱,领带飞扬,猛然停住,一把将桑德斯推到椅子上,说桑德斯先生打碎了咖啡壶,他正在教训桑德斯先生——

果不其然,摔碎的咖啡壶躺在壁炉前的地毯上。

"这周除了周四,哪天都行。"佩里小姐写道,这绝不是第一次邀请了。除了周四以外,佩里小姐真的一周都有空吗?她唯一的愿望就是见一见老朋友的儿子吗?时光对于富家老姑娘来说,犹如长长的白色丝带,她们一圈一圈地缠啊,绕啊。家里有五个女仆侍奉,还有一个管家,一只漂亮的墨西哥鹦鹉,按时奉上的三餐,穆迪的藏书楼,还有朋友们偶尔来访。雅各布没有来看她,她已经感觉有点受伤害了。

"你母亲,"她说,"是我多年的老朋友了。"

罗塞特小姐坐在火炉旁,将一本《旁观家》杂志放在眼前,挡住火光。她原本不想要挡火隔板,但最终还是安了一个。人们开始谈论天气,由于帕克斯在摆放小餐桌,出于尊重,严肃的话题只好暂时放一放。罗塞特小姐请雅各布来看一看漂亮的壁橱。

"能淘到这样的宝贝,真是太聪明了。"她说。壁橱是佩里小姐在约克郡发现的。人们又谈起了英格兰北部。雅各布说话的时候,她们两人都认真听着。正当佩里小姐思考着说点什么适合于男人的话题的时候，大门开了，仆人报告说班森先生到了。现在，房间里坐着四个人：佩里小姐，六十六岁；罗塞特小姐，四十二岁；班森先生，三十八岁；雅各布，二十五岁。

"我的老朋友看起来还是那么精神。"班森先生拍着鹦鹉笼说；这时，罗塞特小姐称赞着说茶挺好；雅各布递错了盘子；佩里小姐还想深入讨论那个话题。"你们的兄弟们。"她开始说得有些含糊。

"阿切尔和约翰。"雅各布接着她的话说。让她欣慰的是，她想起了丽贝卡的名字；以及有一天，"你们三个还都是小孩子，在客厅里玩耍——"

"可是佩里小姐拿着茶壶柄呢。"罗塞特小姐说。的确，佩里小姐的怀里紧抱着茶壶呢。（她，当年，爱过雅各布的父亲吗？）

"太聪明了"——"不如以前好"——"我曾经觉得太不公平了。"班森先生和罗塞特小姐在谈论星期六的《西敏寺报》。他们不是定期参加各种有奖竞赛吗？班森先生不是三次都赢得了一几尼吗？罗塞特小姐不是赢得过一次十六便士吗？当然，埃弗拉德·班森心脏不好，但仍能获奖，能记住鹦鹉，今天能记住佩里小姐，能贬低罗塞特小姐，能在自己家里举办茶会（颇具惠斯勒风格，桌上摆放着精美的书刊）。因此，虽然雅各布并不了解他，所有这些也让他觉得这人是个可鄙的笨蛋。至于罗塞特小姐，她曾经照顾过癌症病人，现在则画水彩画。

"这么快就要跑啦？"佩里小姐含糊地问。"我每天下午都在家，如果你没有别的更好的事可做的话——除了周四。"

"我从没见过你弃老朋友而去啊。"罗塞特小姐说着，班森先生弯腰看着鹦鹉，佩里小姐起身走向摇铃……

炉火在两根浅绿色大理石柱之间燃烧，壁炉架上放着一个绿色钟表，旁边守护着手持三叉戟的不列颠女神像。至于画像嘛——一个头戴大帽子的少女站在花园里，越过墙头将手中的玫瑰献给一位身穿十八世纪服装的绅士。一只大驯犬横卧在破旧的门前。窗户底层的玻璃是磨砂玻璃，窗帘很精致地挽起，有毛绒穗子，也是绿色的。

劳蕾特和雅各布并排坐在绿毛绒大扶手椅上，脚尖搭在炉围上。

雅各布的房间

劳蕾特的裙子很短，两腿修长，似有若无地遮盖着。她用手指摩挲着脚踝。

"并不是我不理解他们，"她若有所思地说，"我必须要再去试一试。"

"你什么时候去那儿？"雅各布问。

她耸了耸肩。

"明天？"

不，明天不行。

"这种天气让我盼望着回到乡村。"她说着，回头望向窗外高高的房屋。

"真希望周六你能和我一起来。"雅各布说。

"我过去常常骑马。"她说着，从容、优雅地站起身。雅各布也站了起来。她朝他笑了笑。她关上门的时候，他在壁炉架上放了很多的先令。

总体上看，这是一次非常不错的交谈；一个相当体面的房间；一个聪慧的姑娘。只是在女主人送雅各布出门的时候，那媚眼，那淫荡的表情，那表面的震颤（主要是在眼睛里），就好像很费力地提着一大包污秽之物，险些洒在人行道上。总之，就是有点儿不对劲儿。

前不久，匠人刚刚给麦考莱勋爵名字中最后一字母Y镀了金，大英博物馆的穹顶之上，伟人的名字一字排开。在高高的穹顶下方，成百上千的鲜活生命乘坐马车而来，将印刷的书籍抄录成手抄本；时不时起身查一下目录，再蹑手蹑脚地回到自己的座位上，偶尔会有一男子默不作声地为各个隔间添些炉火。

发生了一个小悲剧。玛奇蒙特小姐的一摞书失去了平衡，倒在了雅各布的隔间里。类似的事情经常发生在玛奇蒙特小姐身上。她身穿旧毛绒裙子，头戴酒红色假发，珠光宝气，又生了冻疮，她翻阅万卷书，到底在找什么呢？时而找这个，时而找那个，就是为了证明自己的哲学观——颜色即声音——或者，可能与音乐有点关系。她从来都说不清楚，尽管并非没有尝试过。她也不能邀请你去她的房间，因为她的房间"恐怕，不太干净"，所以，她必须在走廊里拦住你，或者坐在海德公园的椅子上，向你解释她的哲学观。灵魂的韵律有赖于它——（"小男孩真是太没礼貌了！"她会说），她会说到阿斯奎斯先生的爱尔兰政策，会说到莎士比亚，她还会一边优雅地挥手赶走远处的小男孩，一边说"亚历山德拉皇后曾经表示收到过我的一个小册子"。然而，她需要资金来将书出版，因为"出版商都是资本家——出版商都是胆小鬼"。她将一只胳膊肘戳在书堆上的时候，书倒了。

雅各布岿然不动。

然而，坐在对面的无神论者弗雷泽很烦躁地挪动着身体，因为厌恶毛绒服饰，而玛奇蒙特小姐又不止一次拿着小传单来与他搭讪。他憎恶含糊其词——比如基督教，还有老迪恩·帕克教长的公告。迪恩·帕克写了几本书，却被弗雷泽用逻辑的力量驳斥得体无完肤，而且没有让孩子们受洗——他的妻子偷偷在洗脸盆里给孩子们受洗了——但弗雷泽并不理睬她，继续支持渎神者，分发传单，到大英博物馆来收集论据，总是穿着同一件格子西装，系一条火红的领带，但他脸色苍白，身上污迹斑斑，烦躁易怒。的确，那是多么艰难的一项工作啊——要摧毁一个宗教！

雅各布转录了诗人马洛的一整段文字。

女权主义者茱莉娅·赫奇小姐在等她要的书。书还没有到。她浸湿了笔尖，四下看看，一眼就看到了麦考莱勋爵的名字中最后几个字母。她读着穹顶上的名字——这些伟人的名字，让人想起——"噢，该死，"茱莉娅·赫奇说，"他们怎么不给艾略特和勃朗特留点地方呢？"

可怜的茱莉娅！心怀怨恨地浸湿了笔尖，鞋带都没有系。当她要的书送来的时候，她就开始了浩大的阅读工程，透过她敏感的神经可以看出她的镇定自若、心无旁骛、完全像男性读者一样去思考。比如那个年轻人，除了抄录诗歌，他还能做什么？她得做一下数据统计。女人比男人多。是的；但是如果你让女人像男人一样工作，她们会比男人死得快得多，甚至会濒临灭绝。这就是她的观点。死亡、怨恨、苦楚流注于笔尖；午后时光慢慢消逝，她的双颊渐渐泛出红晕，两眼也闪着光芒。

然而，是什么促使雅各布·弗兰德斯到大英博物馆来读马洛呢？

青春，青春——有一点狂野——有一点迂腐。比如梅斯菲尔德先

雅各布的房间

生，比如班尼特先生。把他们扔进马洛热情的火焰中，烧成灰烬，一丝不留。不要随便拿二流作品来凑合。谴责你自己的时代，重建一个更好的时代吧。要建立一个更好的时代，就要给朋友们读一读有关马洛的极其无聊的文章。为此，人们要在大英博物馆核对各个版本，这件事必须亲力亲为，除非你相信维多利亚时代的作家，他们挖空了实质性内容；或者相信当今的生者，他们只会搞公关。未来有血有肉的人们完全仰仗于六位青年。雅各布就是其中之一。他翻开书页的动作看起来确实有点高贵，有点傲慢，茱莉娅·赫奇自然很讨厌他。

然而，一个大胖脸的男子朝雅各布推过来一张纸条，雅各布靠在椅背上，两个人开始紧张地低声交谈着，然后一起出去了（茱莉娅·赫奇望着他们），走到大厅就哈哈大笑起来（她这样想着）。

没有人在阅览室里大笑。有人变换着坐姿，有人低声细语，有人深表歉意地打喷嚏，有人不加掩饰地突然狂咳。马上就要下课了，助理教员正在收作业本。懒散的孩子们想伸伸懒腰。好学的孩子孜孜不倦地写着——啊，又一天过去了，却只完成了这么一点点！时不时传来人们深深的叹息声，之后便是老头公然的咳嗽，丝毫不觉得难为情，玛奇蒙特小姐像马一样发出嘟噜的声音。

雅各布回来得正是时候，及时还了书。

书又回到了原来的位置。字母表中的几个字母散落在穹顶上，紧密排列成一圈儿，有柏拉图、亚里士多德、索福克勒斯、莎士比亚；有罗马文学、希腊文学、中国文学、印度文学、波西文学。一部部诗歌彼此紧邻，一个闪闪发亮的字母彼此相连，寓意丰富，样式精巧。

"人总想喝杯茶。"玛奇蒙特小姐在取回她那把破旧的雨伞时说。

玛奇蒙特小姐也想去喝杯茶，但总是忍不住最后再看一眼埃尔金石雕。她侧身看着那石雕，挥挥手，低语着心中的敬意，引得雅各布和另外那个男人不由得转过身来。她亲切地朝他们笑了笑。这些都秉承于她的哲学观——颜色即声音，或者，可能与音乐有点关系。表达完敬意之后，她步履蹒跚地去喝茶了。闭馆的时间到了，大家都聚在大厅，取回各自的雨伞。

由于多数情况下学生都会耐心等待，所以，有人查看领雨伞的白色圆牌的时候，站着等候还挺让人觉得轻松宽慰的。雨伞肯定能找到。然而，一整天你都怀揣着这样的想法，徜徉在麦考莱、霍布斯、吉朋的作品之中，穿梭于八开本、四开本、对开本之间，透过象牙纸和羊皮面装订的书籍，逐渐深入思想的海洋、知识的宝库。

雅各布的手杖和其他所有拐杖一样，并没有什么差别；也许，它们已经把雨伞架搅得一团糟了。

大英博物馆里有一个巨大的智囊团。想想吧，柏拉图与亚里士多德紧密无间，莎士比亚与马洛形影不离。这个大智囊团团结在一起，比任何单个头脑的力量都要强大。尽管如此（他们花了很长时间才找到手杖），人们不禁会想，可能有人会拿个笔记本进来，坐在桌旁，通览全书呢。有学识的人最令人尊敬——就像三一学院的赫克斯特布尔，据说他所有的信件都是用希腊语写的，而且能与本特利相媲美。还有科学、绘画、建筑——一个巨大的智囊团。

他们把手杖从柜台上推了过来。雅各布站在大英博物馆的门廊下。外面在下雨。大罗素街像打了蜡一样，闪闪发亮——这里是黄色，那里，药店外，是红色和淡蓝色。人们都快步躲到墙根下；马车咣当咣当地在马路上疾驰。其实，淋一点雨也没什么妨碍嘛。雅各布在雨中走了很久，就像当年他在乡下那样；夜深了，他坐在桌旁，一个烟斗，一本书。

大雨如瓢泼一般。大英博物馆矗立在雨中，固若金汤，颜色灰白，油光发亮，距离他不过四百米。这个巨大的智囊团有石墙保护，里面的每一个隔间都又安全又干燥。守夜人用提灯照着柏拉图和莎士比亚的背影，确保在二月二十二日这一天，不管是火焰，还是老鼠，或是盗贼，都不会侵害这些宝贝——这些可怜又可敬的守夜人，妻儿老小都在肯迪什镇，二十年来，他们尽心竭力保护着柏拉图和莎士比亚，死后被葬在海格特公墓里。

石块儿结实牢固，保护着大英博物馆，就像冰冷的骨骼，使大脑冷静、清醒。只不过，这里的大脑是柏拉图之大脑，是莎士比亚之大脑；这大脑创作了陶器和雕像，创造了伟大的教令和小巧的珍宝，以这样或那样的方法不断跨过死亡之河，寻找着陆地点；现已包裹好尸体，准备

雅各布的房间

长眠；现在双目之上犹如压着一便士硬币，不再睁开；现在小心翼翼地将脚尖转向东方。与此同时，柏拉图继续着他的对话；尽管雨在下，尽管出租车在鸣笛，尽管大欧蒙德街后面小巷里的女人醉酒回到家，整夜都在喊着："让我进去！让我进去！"

雅各布房间外面的街道上，人声鼎沸。

但他还是继续看书。毕竟，柏拉图泰然自若，没有被打断；哈姆雷特还在念着自己的独白；埃尔金雕像还整夜躺在那儿。老琼斯的提灯有时照亮了尤利西斯，有时照亮一匹马的头部，有时闪过一道金光，有时照在木乃伊那深陷的黄色脸颊上。柏拉图和莎士比亚仍在继续；雅各布在读《斐德罗篇》，听见人们在灯柱下大嚷大叫，那个女人拍着门喊着："让我进去！"仿佛一块儿煤从火堆里掉出来，或者一只苍蝇从天花板上跌落下来，躺在地上，身体太虚弱，无力翻身。

《斐德罗篇》晦涩难懂。所以，当你终于硬着头皮读的时候，调整节奏，大步向前迈进，一时间（似乎）拥有了一股冷静、沉稳的力量，就像柏拉图走过雅典卫城时为他驱散黑暗的那股力量一样，因为点火把是不可能的。

对话接近尾声。柏拉图的论证结束了。柏拉图的论证记在了雅各布心中，有五分钟的时间，雅各布的思想独自在黑暗中前行。后来，他站起身，拉开窗帘，异常清晰地看见对面斯普林格特一家已经就寝；大雨还在下着；街道尽头的犹太人和那个外国女人站在邮筒旁争吵。

每一次开门，都会有新人进来，已经在房间里的人就略微动一下身体；站着的人会回头看一眼，坐着的人会话说到一半停下来。灯光，美酒，吉他演奏的乐声，每次开门，总会发生点令人兴奋的事。是谁进来了呀？

"是吉朋。"

"那个画家？"

"还是接着你刚才的话说吧。"

他们所说的内容太过私密，不宜直接说出口。然而，嘈杂的人声，就像钟锤响在娇小的威瑟斯夫人心中，吓得一群群小鸟飞向空中，之后又落下；她会感到害怕，一只手放在头上，又双手交叉抱着膝盖，抬头紧张地看着奥利弗·斯凯尔顿，说："答应我，答应我，千万不要告诉别人。"……他是那么贴心，那么温柔。她谈论的是她丈夫的性格。他很冷漠，她说。

光彩夺目的玛格德莲朝他们走来，棕色皮肤，热情四射，体态丰腴，脚穿凉鞋，步履轻盈地掠过草地。她头发飞扬，胸针勉强别在飞舞的丝绸衫上。当然，她是一名演员，脚下永远都有一束聚光灯。她只说了句"亲爱的"，但她的声音就像动听的歌声回荡在阿尔卑斯山口。她一边唱歌一边在地板上翻滚跳跃着，因为除了嗯嗯啊啊以外，实在无话可说。诗人曼金走到她跟前，低头看着她，吸了一口烟斗。开始跳舞了。

灰白头发的凯默太太问迪克·格雷福斯，曼金是谁，说她在巴黎这样的事见多了（玛格德莲一下子坐到了他的腿上，把他的烟斗衔在自己的嘴里），早已见怪不怪。"那个人是谁？"他们走到雅各布身边的时候，她稳住眼镜问道，因为雅各布看起来真的是很安静，却并不冷漠，就像一个人坐在沙滩上，瞭望着远方。

"噢，亲爱的，让我靠你一下。"海伦·艾斯丘单腿蹦着过来，喘着气说，因为她脚踝上的银色鞋带松了。凯默太太转过身，看着墙上的一幅画。

"你看雅各布。"海伦说（他们将他的眼睛蒙住，在玩什么游戏）。

迪克·格雷福斯有点醉了，很真诚又很天真地对她说，雅各布是他见过的最棒的男子。他们盘腿坐在垫子上，谈论着雅各布。海伦的声音有点颤抖，因为在她看来他们两个人都是英雄，他们之间的友谊要比女人之间的友谊美好得多。这时，安东尼·珀莱特来请她跳舞了。跳舞的时候，她回头看见他们在桌旁，一起喝着酒。

这美妙的世界——这生动、清醒、活力的世界……这样的词语所形容的是哈默史密斯和霍尔本之间的一段木质路面。此时正是一月份，凌晨两三点钟。这段路就在雅各布的脚下。这地方健康且美妙，因为这里就在马厩的上方，近邻泰晤士河，有五十个兴奋、健谈、友好的人。大步走在这段路上（几乎看不见什么马车或者警察），本身就是件振奋

雅各布的房间

人心的事情。长长的皮卡迪利大街,星星点点的街灯,发出钻石般的光芒,空荡无人的时候更能显出其魅力。年轻人是无所畏惧的,恰恰相反,还自信满满,坚持立场,尽管可能并没有什么惊人之语。他很高兴遇到了曼金,也很欣赏坐在地板上的那位年轻女子,这些人他都很喜欢,他喜欢这样的事。总之是鼓号齐鸣。大街上只能看到清道夫的身影。雅各布对这些人多么有好感,自不消说;也不必说他拿出钥匙打开房门时心情有多愉快;他现在似乎带了十多个人跟他一起回到空荡荡的房间,而出门时他还不认识他们;他环顾四周,想找点东西来读,找到了却根本没读就睡着了。凡此种种,自不必言说。

是啊,鼓号齐鸣,不只是说说而已。事实上,皮卡迪利和霍尔本,还有这空荡荡的客厅,坐有五十个人的客厅,随时都可能将音乐奏响。女人大概比男人更容易兴奋。很少有人说起这个,而当人们看见一群群人穿过滑铁卢桥,赶上开往瑟比顿的直达车,心里可能会想,是理性驱使他们这么做的。不,不,是那鼓,是那号。只不过,如果你拐进滑铁卢桥上的桥节去思考一下整件事情,很可能你会觉得一片混沌——整件事就是一个谜。

人群不断穿过滑铁卢桥。有时在马车和公共汽车中会出现一辆货车,后面拖着捆在一起的大树。然后,可能还会出现一辆石匠的敞篷车,拉着新刻好的墓碑,上面写着某人深爱着葬在帕特尼的某人。接着,走在前面的汽车突然加速,墓碑一闪而过,其余的字看不清了。人群一直川流不息,从萨里一侧到斯特兰德一侧,从斯特兰德一侧到萨里一侧,仿佛穷人突袭了小镇,现在又悠悠嗒嗒回到自己的驻地,就像甲壳虫匆忙爬回自己的洞穴,因为有个老太太步履蹒跚地走向滑铁卢桥,手里抓着个闪亮的提包,仿佛刚刚去了明亮之处,现在又拿着剔掉了肉的鸡骨头,回到她的地下茅舍。在另一侧,尽管凛冽的寒风刮在脸上,姑娘们手牵手大步走着,大吼着唱歌,似乎觉察不到寒冷,也不觉得羞愧。她们没有戴帽子。她们得意扬扬。

狂风卷起了浪花。脚下河水湍急,站在驳船上的人们不得不将整个身体都靠在舵柄上。一块黑色防水帆布罩在满满一大车金币上,大量的煤炭闪着黑色光芒。像往常一样,匠人吊在木板上,粉刷河边大酒店的外墙，酒店的窗户里已经点起了点点灯火。伦敦城的另一侧泛着白色，仿佛上了年纪一般；圣保罗大教堂也泛着白色，俯瞰着周围或方或尖或椭圆形的建筑。十字架独自闪着玫瑰色的光芒。可是，我们这是到了哪个世纪了？从萨里一侧涌向斯特兰德一侧的大军永不停歇了吗？六百年来，那个老人一直在穿过滑铁卢桥，后面跟着一大群小男孩，因为他已喝醉，或者因痛苦而模糊了双眼，身上的衣服已破成碎片，仿佛衣衫褴褛的朝圣者。他拖着脚继续向前走去。没有人站在原地不动。仿佛我们和着乐声在前进；或许是风声，水声，亦或许还是那些鼓啊，号啊——灵魂的迷醉与骚动。哎，就连不快乐的人都会笑呢。警察非但不指责这个醉汉，反而饶有兴致地打量着他，小男孩们蹦蹦跳跳地回来了，萨默赛特宫的教堂执事拿他也没有办法，只好忍耐。在书店里读了半页《洛泰尔》的男子把目光从书上移开，若有所思的样子。小姑娘在路口踌躇着，那悄悄看着他的眼神，明亮又空洞。

　　明亮又空洞。她大约二十二岁，衣着寒酸。她穿过马路，看着花店橱窗里的水仙和红色郁金香。她犹豫了一下，又匆匆朝坦普尔法学会的方向走去。她走得很快，但双眼不住地看着沿路的一切人和事。她一会儿好像是看见了什么，一会儿又好像什么也没看见。

雅各布的房间

第十章

穿过圣潘克拉斯教区废弃的墓地，范尼·埃尔默游荡在靠墙的白色坟墓之间。她穿过草地去看墓碑上的名字，这时守墓人朝她走来，她就快走几步来到了大街上，时而在有青瓷装饰的窗前停下来，时而又加快脚步以弥补耽搁的时间，又突然走进一家面包店，买几个面包卷，又买几块儿蛋糕，然后继续往前走，如若有谁想跟着她，须得小步快跑才行。然而，她的衣着却也并不单调、寒酸。她穿着长筒袜，鞋子上还有银色带扣，只是帽子上的红色羽毛耷拉着，提包的卡环松动了，走路的时候一份杜莎夫人蜡像馆的展出单掉了出来。她有着牡鹿一样纤细的脚踝，脸上蒙着面纱。当然，在这暮色之中，人们自然会快步疾走，自然会快速瞥上几眼，自然会萌生不着边际的希望。她正好从雅各布的窗下走过。

客栈里气氛沉闷，灯光黑暗，悄无声息。雅各布在家中研究一盘棋局，棋盘就放在两腿之间的一个小凳子上。他一只手挠着后脑勺，然后慢慢将手向前伸，拿起了白皇后，又把她放回了格子里。他装上烟斗，反复思考着，挪了两个卒子，将白骑士向前走了一步，又用一个手指按在主教上思考着。这时候，范尼·埃尔默从他的窗下走过。

她要去找画家尼克·布拉默姆，请他为自己画像。

她坐在那儿，披着西班牙风格的印花披肩，手中拿着一本黄色封面的小说。

"再低一点儿，放松点儿，好——很好，就这样。"布拉默姆一边为她画像，一边咕哝着说，他同时还在抽烟，自然也就说不出话了。他的头可能出自雕塑家之手，方额头，大嘴巴，还有雕塑家的手指摆弄黏土时留下的条条印记。他的双眼未曾合上过，突出得很厉害，而且布满了血丝，似乎是过于专注地瞪着眼看导致的，而当他说话的时候，会有那么一秒钟不再盯着看，但紧接着又继续凝视着。她的头顶上，吊着一盏没有灯罩的电灯。

女人的美，就像海上的灯光，从来不会痴迷于某一朵浪花。她们都拥有美；她们也都会失去美。她时而如培根肉一样迟钝愚笨，时而如高悬的玻璃杯一样晶莹剔透。呆滞的面庞总是无趣。比如，威尼斯夫人的美令人赞叹不已，但若雕刻成白色大理石像，摆放在壁炉架上，却落满灰尘，无人拂拭。一个从头到脚干净整洁的黑皮肤女子的画像，只适合摆在客厅的桌子上。大街上的女人个个都像扑克牌一样面无表情；脸上涂满了或粉或黄的胭脂，轮廓清晰可见。然而，从顶层的窗户探着身子向下看的时候，你会看见真正的美；或者在公共马车的角落里，或者蹲在水沟里——闪着微光，刹那间，那光亮变强，随后又变弱。没有人可以依赖它、夺走它，更没有人可以将它用纸包裹起来。逛商店不能为你增添一丝一毫的美。与整日逛商店、挑选花花绿绿的衣裳相比，坐在家里肯定是更好的选择。浅盘中的海玻璃和丝绸一样，光泽持续不了多久。因此，如果你说一个女人很美，你指的仅仅是某种稍纵即逝的东西，比如范尼·埃尔默的眼睛、嘴唇、双颊偶尔散发的光芒。

身体僵直地坐在那儿，她并不美；下唇过于凸出，鼻子太大，双眼靠得太近。她是个瘦削的姑娘，有着漂亮的脸庞、乌黑的头发，现在有点闷闷不乐，或者是因久坐而身体僵硬了。布拉默姆啪的一声折断炭笔的时候，她吓了一跳。布拉默姆生气了。他蹲在煤气炉前暖着手。这时候，她看了看他的画作。他不满地嘟囔了一声。范尼匆匆穿上便袍，去烧一壶开水。

"天哪，画得太不好了。"布拉默姆说。

范尼坐在地上，双手交叉抱着膝盖，看着他，她那美丽的双眼——是的，美，瞬间闪耀着穿过房间。范尼的眼睛似乎是在询问，满眼怜悯，有那么瞬间，她的双眼就是爱本身。但是，她过于夸张了。布拉默姆什么都没有注意到。壶水烧开的时候，她快速爬了起来，一点也不像一个深情的女子，倒更像是一个小马驹或者一只小狗。

此时，雅各布走到窗前，双手插在口袋里站在那儿。对面的斯普林

雅各布的房间

格特先生走出来，看了看橱窗，又走了进去。孩子们溜达着走过，眼睛盯着糖果上的粉色棒棒。皮克福德的货车在街上一溜烟驶过。一个小男孩吊在一根绳索上旋转着。雅各布转身走开了。两分钟之后，他推开前门，朝着霍尔本方向走去。

范尼·埃尔默从衣帽架上取下披风，尼克·布拉默姆将画从画架上取下来，卷好夹在腋下。他们关了灯，出门走上大街，穿行在人群中、汽车中、公共马车中、二轮马车中，最后来到了莱斯特广场，雅各布比他们晚到五分钟，因为他走的那条路稍长一点，而且在霍尔本耽搁了时间，因为很多人都在等着看国王的车队驶过，所以，尼克和范尼已经倚身在帝国剧场走廊的栏杆上的时候，雅各布才推开回转门，来到他们身边。

"哈罗，一直没看到你啊。"五分钟之后尼克说。

"胡说八道。"雅各布说。

"这是埃尔默小姐。"尼克介绍说。

雅各布非常尴尬地将烟斗从嘴里取下来。

他确实很尴尬。他们在一个长毛绒沙发上坐下来，任凭烟雾在舞台前弥漫，听见远处传来嘹亮的歌声，欢快的管弦乐适时响起。他依然觉得尴尬，而范尼想："多么美妙的声音啊！"她想，他少言寡语，但每一个字都掷地有声。她想，年轻男子真是高贵、超然，对身边的事情浑然不觉，让人可以安安静静地坐在雅各布的身边看着他。她想，他就像一个孩子，傍晚劳累之后来到这里，表情是那么庄严，可能还有一点点傲慢；"但我绝不会退让。"她想。他站起来，倚在栏杆上。烟雾在他周身缭绕。

年轻男子的魅力似乎总是定格在烟雾之中，不管他们在足球场上多么拼命地奔跑，不管他们多么卖力地击打板球，不管他们多么疯狂地跳舞、奔跑，或是在路边大步前行。也许，很快他们就会失去这种美。也许，他们双眼直视着远方的英雄，半倨傲地站在我们中间，她想（就像琴弦一样颤抖着，等待着被拨弄，却"啪"的一声断了）。总之，他们都喜欢安静，言谈优美，吐出的每个字都像一张新灌的唱片，不像小姑娘们使用的光滑的小硬币发出的喧闹声；他们举止果断，仿佛知道要停留多久,何时离开——噢,弗兰德斯先生只不过是去拿节目单。

"舞蹈节目排在了最后。"他回到他们身边时说道。

范尼接着想,年轻男子从裤袋里掏出许多银币,看着它们,而不是把那么多银币都放在钱包里,不是也很好吗?

此时,她站在距离雅各布·弗兰德斯两英尺远的地方,身体僵硬地靠在栏杆上,她感觉自己正穿着荷叶边白裙,独自在舞台上旋转,音乐就是她的灵魂,在舞蹈,整个机器,这世界的基石和传动装置,都在平稳地旋转,跌入激流漩涡之中。

她的一只卷成一团的黑色手套掉在了地上。雅各布捡起来还给她的时候,她吃了一惊,有点生气。如此不理性的情感,以前是从未有过的。有那么一刻,雅各布有些怕她——当年轻女子僵直地站着,紧握着栏杆,坠入爱河,那情感是多么强烈,又是多么危险啊。

此时已是二月中旬。汉普斯特德园郊学院的屋顶在薄雾之中若隐若现。天气太热了,不适合步行。一只狗在山谷里叫啊,叫啊,叫啊。流动的影子掠过平原。

久病之后,身体会软弱无力,没精打采,想吃甜食,却又因太虚弱而不能消受。狗在山谷中叫的时候,孩子们玩着推铁环的游戏,眼泪如泉涌出,扑扑簌簌流淌下来。乡村暗了下去,又亮了起来,好似戴着面纱一般。啊,请把面纱戴得厚一些吧,免得我闻到甜味而晕倒,范尼·埃尔默叹着气,坐在汉普斯特德园郊学院对面法官大道上的一个长椅上。但狗一直叫着,汽车在马路上嘟嘟鸣笛。她听见远处传来匆匆声和蜂鸣声,心中感到焦虑不安。她站起身走动走动。草地是一片嫩绿的颜色,太阳烤着大地。小孩子们围在水塘边,弯着腰放小船,或者一路尖叫着被保姆拖回去。

中午时分,年轻女子都到户外散步了,所有的男人们都在城里忙碌着。她们站在蓝色水塘边上,清风吹拂,将孩子们的声音传送到每个角落。我的孩子们,范尼·埃尔默想。女人们站在水塘周围,轰走欢腾跳跃的长毛大狗。婴儿在摇篮车里轻轻摇晃,所有的保姆、母亲、漫步的女人,目光都有些呆滞,眼睛一动不动。当小男孩拉她们的裙子,央求她们继续向前走时,她们并不回答,只是轻轻点着头。

雅各布的房间

范尼走着走着,听到半空中传来什么声音——可能是一个匠人在吹口哨。现在,林间的画眉欣喜地拍打着翅膀飞到温暖的空中,但又好像突然受到了惊吓,范尼想;仿佛它也按捺不住心中的喜悦——仿佛有人在看着它歌唱,仿佛是因内心的喧嚣而歌唱。你瞧!它焦躁不安,飞到旁边那棵树上了。她听到它的歌声越来越微弱了。远处传来了嗡嗡的车轮声和嗖嗖的风声。

她花了十便士吃了午餐。

"哎呀,小姐,她把伞落在这儿了。"快运乳业公司的商店里,靠近大门的玻璃隔间里,一个满脸斑点的女人嘟囔着说。

"说不定我能追上她。"编着几缕苍白色辫子的女服务生米莉·爱德华兹回答。说着,她便冲出门去。

过了一会儿,她拿着范尼的廉价雨伞回来了,说:"没追上。"一只手摸着自己的辫子。

"噢,那扇门!"收银员抱怨道。

她双手戴着黑色的露指手套,收账单的手指肿得像香肠。

"一人份的馅饼和蔬菜,一大杯咖啡和一份松脆饼,吐司煎蛋,两块水果蛋糕。"

女服务生声音清脆响亮地说着。用餐的人听着服务生重复着自己所点的菜肴,表示赞同。看着隔壁桌上了菜,眼神中都充满了期待,等到他们自己的吐司煎蛋终于端上来的时候,便不再两眼四下张望了。

松软的糕点送入嘴中,张开的嘴巴就像三角形的袋子。

打字员奈莉·詹金森漫不经心地捣碎了蛋糕。每次门一开,她都会抬头看看。她想看到什么呢?

煤商一边读者《每日电讯报》一边吃着饭,没有看到茶碟,就将茶杯放在了桌布上,感觉有些心不在焉。

"你听说过这么粗鲁的话吗?"帕森斯太太吃完了饭,掸着裘皮上的面包屑。

"一杯热牛奶和一块烤饼,一壶茶,面包卷和黄油。"女服务生大声说道。

门开了又关上。

这就是老年人的生活。

躺在船上看着海浪，会让人感到很奇怪。海浪一个接着一个，有规律地涌来，三个浪头大小差不多，紧接着又涌来第四个，这次非常大，来势汹汹；将船掀起，又继续向前涌去，却没什么大作为，就不知怎的消退了，融入海水归于平静了。

还有什么比狂风大作时的树枝摇摆得更猛烈的吗？从树干到树冠，每一条枝干都任由狂风摆布，随风呼啸着，颤抖着，却从未在凌乱之中被风刮走。玉米扭动着身躯，自叹不如，仿佛准备将自己连根拔起，却无奈根已经牢牢地扎进了泥土里。

哎呀，从窗户向外望去，即使在黄昏时分，你也能看到一大群人在街上跑，心怀渴望，伸开双臂，眼神渴求，张着嘴巴。然后，我们渐渐平静下来。如果这种欣喜持续下去，我们可能就会像泡沫一样吹到空中。星光照耀在我们身上。我们顺风而下，流下咸咸的汗珠——有时候会这样。冲动的人们是享受不了摇篮般的温柔的。他们从不需要任何摇摆或者漫无目的、懒洋洋的倚靠，无须任何矫揉造作，或者惬意地躺着，或者亲切地认为人与人大概都差不多，火炉温暖，美酒香甜，奢侈是罪过。

"一旦你了解这些人，就会发现他们都很好。"

"我不忍心说她的坏话。人必须得记住——"但是，尼克或者范尼·埃尔默可能隐隐地相信当下的事实，愤愤而去，刺痛了脸颊，像突如其来的冰雹一样，很快就消失了。

"噢。"范尼说着，冲进了书房。她迟到了四十五分钟，因为她一直在育婴堂附近闲逛，只为了有机会看到雅各布沿大街走来，掏出钥匙，打开门。"抱歉，我来晚了"；对此，尼克什么都没说，范尼也懒得理他。

"我以后再也不来了！"她终于说出口了。

"那就别再来了。"尼克回答道。她跑着离开了，连一句晚安也没有说。

多么雅致啊——沙夫茨伯里大街上的埃维莉娜店里的那条裙子！这是四月初，天气晴好，下午四点钟。天气如此晴好，又是下午四点钟，

雅各布的房间

除了范尼还有谁会待在家里吗？就在那条街上，其他姑娘有些坐在墙壁凸起的基石上，或者百无聊赖地扯着丝纱之间长长的丝线，有的系着丝带在斯万和埃德加公司，在账单背面锱铢必较地快速计算着，然后用薄纸将五六英尺布料卷起来，问着下一个进来的人："您要点儿什么？"

在沙夫茨伯里大街上的埃维莉娜店里，女性的各个身体部位的服饰被分开陈列。左手边是裙子，中间一根杆子上缠绕着一条羽毛围巾。像法学协会里罪犯的头一样排列的是帽子——祖母绿色的，白色的，用花环简单装饰的，装饰着深色羽毛的。地毯上是鞋子——鞋尖是金色的，或者带猩红条纹的漆皮鞋。

在女人的眼里，这些服饰就像一顿大餐，到了下午四点钟的时候，它们就像蛋糕店售卖窗口的焦糖蛋糕一样抢手。范尼也看着这些服饰。但是，爵禄街上走来一位高个男子，身穿一件破旧大衣。一个身影投射在埃维莉娜店的窗户上——像雅各布一样的身影，但这个人不是雅各布。范尼转身走在爵禄街上，真希望自己能读读书。尼克从来不读书，从来不谈论爱尔兰，从来不谈论上议院，只会说自己的手指甲！她要学拉丁语，要读一读维吉尔。她曾经读过很多书。她读过斯科特，也读过大仲马。在斯莱德美术学院，谁也不读书。但是，在斯莱德没有人了解范尼，也没有人猜到斯莱德在她眼里有多么空旷；她对耳环的喜爱，对舞会的热衷，对夜总会的痴迷——只有法国人才会画画，雅各布说。现代人没有什么大作为；绘画是最难登大雅之堂的艺术形式；不读马洛和莎士比亚，还能读什么呢？雅各布说，如果非要读小说，干吗不读菲尔丁呢？

"菲尔丁。"当查令十字街书店里的人问范尼想买什么书时，她回答说。

她买了本《汤姆·琼斯》。

范尼·埃尔默与一位教师同住在一个房间里。早上十点，她读起了《汤姆·琼斯》——这本书很神秘。因为无聊的作品，人物的名字稀奇古怪（范尼想），正是雅各布所爱。好人都喜欢那样的作品。毫不在意自己举止的邋遢女人则读《汤姆·琼斯》——一本神秘的书；范尼想，书中有种东西，如果我受过教育，我也会喜欢——那比耳环、鲜花更好,她叹了口气,想起了斯莱德美术学院的长廊,还有下周的化装舞会。她还没有衣服穿呢。

他们很真实,范尼·埃尔默这样想着,将双脚搭在壁炉架上。有些人很真实,可能尼克就是这样,只不过太蠢笨了。而女人从来不那么真实——除了萨金特小姐,但她在午餐时间出去了,还装腔作势。他们一晚上都静静地坐在那儿读书,她想。没有去音乐厅,没有逛商店,没有互换衣服穿,罗伯森就披过她的披肩,她也穿过他的背心。做这些,雅各布只会感到尴尬;因为他喜欢《汤姆·琼斯》。

她把这本书放在腿上,书双纵栏排版,价格三英镑六便士;许多年前,在这本神秘的书中,亨利·菲尔丁曾谴责范尼·埃尔默贪恋色欲,写得文采熠熠,雅各布说。因为他从不读现代小说。他喜欢《汤姆·琼斯》。

"我特别喜欢《汤姆·琼斯》。"范尼说道。还是四月初的那一天,五点半的时候,雅各布坐在她对面的扶手椅上,掏出烟斗。

唉,女人真能撒谎啊!但克拉拉·杜兰特从不撒谎。她心灵纯洁无瑕,坦诚待人,就像一位拴在(朗兹广场附近某个地方的)岩石上的纯情少女,永远为身穿白色背心的老人倒着茶水,那双湛蓝色的眼睛直视着你的脸,弹奏着巴赫的曲子。在所有女人中,雅各布最敬重她。但是,与身穿丝绒裙的贵妇同席而坐,桌上放着面包黄油,他从不与克拉拉·杜兰特多说话,就像老佩里小姐倒茶时班森和鹦鹉说的话一样少,这实在是对人类本性中自由和礼仪的侮辱,让人忍无可忍——大概就是这个意思。因为雅各布什么也没说。他只是瞪着炉火。范尼放下了《汤姆·琼斯》。

她在缝着或者织着什么。

"那是什么?"雅各布问。

"在斯莱德学院的舞会上要穿的。"

她又拿出了头饰,裤子,带红色流苏的鞋子。她穿什么好呢?

"那时候我应该在巴黎。"雅各布说。

化装舞会有什么意义呢?范尼想。你会遇到同样的人;你会穿同样的衣服;曼金会喝醉;弗洛琳达会坐在他的腿上。她会肆无忌惮地眉来

雅各布的房间

眼去——刚才还和尼克·布拉默姆调情呢。

"在巴黎?"范尼说。

"我要途径巴黎去希腊。"雅各布答道。

因为,他说,再没有什么比五月的伦敦更让人厌恶的了。

他会忘了她的。

一只麻雀叼着一根稻草,从窗前飞过——一个农场院子里的谷仓旁边就有一堆稻草。棕色的西班牙老猎犬在草堆底部嗅着寻找老鼠,榆树较高的树杈上已经筑满了鸟巢,栗树也已经挥动着扇子一样的树叶,蝴蝶招展着翅膀在树林里飞舞,紫蛱蝶可能在橡树根儿下,就像莫里斯所说的那样,享用着一堆腐烂的污物。

范尼想,这一切都来自于《汤姆·琼斯》。他可以在口袋里装一本书,独自去看獾;他会坐上八点半的火车,然后步行一整夜;他会看见萤火虫,将各种会发光的小虫子装在小药瓶里带回来;他会带新森林猎犬出去打猎。这些都来自于《汤姆·琼斯》;他会在口袋里装一本书去希腊,将她遗忘。

她去拿带手柄的镜子,镜子里是她的脸。想象一下将穆斯林头巾戴在雅各布的头上是什么样呢?镜子里是他的脸。她点亮了台灯。但是,由于日光从窗户照了进来,台灯只照亮了半个房间。虽然他看起来很可怕,但也很庄严,他说他会放弃去树林,去参加斯莱德艺术学院的化装舞会,扮作土耳其骑士或者罗马皇帝(他任由她将他的嘴唇涂黑,并咬紧牙关,看着镜中的愁容),静静地——那本《汤姆·琼斯》就躺在那儿。

第十一章

"阿切尔,"弗兰德斯太太语气温和地说,就像所有母亲提到长子时的语气一样,"明天要到直布罗陀了。"

她一直在等待的邮车(漫步在道兹山上,偶尔传来的教堂钟声回荡在她耳边,听起来就像圣歌;时钟敲了四下,暴风雨来临之前,乌云之下的草地变成了紫色,村里二十几栋房屋都笼罩在乌云之下,弯腰屈膝,无限谦卑),那邮车,承载着各种各样的信笺,信封上的字有的是粗体,有的是斜体,有时贴着英国邮票,有时贴着殖民地邮票,有时匆忙贴上一个黄色纸条,邮车将信笺传送到世界各地。借助于这种写信的习惯,彼此之间的交流如此频繁,但到底有没有收获,就不是我们说了算的了。但是,当今人们写信谎话连篇,特别是当年轻人在国外游历的时候,似乎极有可能这么做。

比如,来看看这个例子。

雅各布·弗兰德斯去了国外,在巴黎稍作停留。(他母亲的表姐,老伯克贝克小姐,去年六月刚刚去世,给他留下了一百英镑。)

"你不用把这件破事儿从头到尾说一遍了,克鲁藤顿。"马林森说道。他是个画家,光头,身材矮小,正坐在大理石桌旁,桌上溅了咖啡,沾了酒。他语速很快,显然是已经喝醉了。

"那个,弗兰德斯,给你母亲的信写完了?"克鲁藤顿问道。此时,雅各布正走进来,坐在他们旁边,手里拿着封信,信是写给英格兰斯卡布罗附近的弗兰德斯太太的。

"你支持维拉斯奎斯吗?"克鲁藤顿说。

"上帝可以作证,他支持他。"马林森说。

"他总是这副德行。"克鲁藤顿生气地说。

雅各布的房间

雅各布看着马林森,异常镇静。

"所有文学作品中最了不起的三句话,我来给你们说说,"克鲁藤顿突然大声说,"'我的灵魂似果实挂在枝头,'"他开始说着……

"他不喜欢维拉斯奎斯,别听他的。"马林森说。

"阿道夫,别再给马林森先生上酒了。"克鲁藤顿说。

"公平对待,公平对待。"雅各布像法官似的说。"想醉酒让他醉吧。那是莎士比亚的诗句,克鲁藤顿。这个我同意,莎士比亚最有种,那些可恶的像青蛙一样胆小的人加一起都没有他的胆量。'我的灵魂似果实挂在枝头,'"他晃动着酒杯,也开始引述,语调起伏,有点夸张。"你这个可恶的黑家伙,白脸笨蛋!"他大声嚷嚷着,酒溢出了酒杯。

"'我的灵魂似果实挂在枝头。'"克鲁藤顿和雅各布又不约而同地说道,然后两个人都哈哈大笑起来。

"可恶的苍蝇,"马林森说着,轻拂着自己光秃秃的脑袋,"它们拿我当什么了?"

"闻起来很甜的东西呗。"克鲁藤顿说。

"闭嘴,克鲁藤顿。"雅各布说。"这家伙太没礼貌了,"他非常客气地向马林森解释道,"想断了人们的酒吗?喂,我要烤排骨。烤排骨用法语怎么说来着?烤排骨,阿道夫。现在就要,这群笨蛋,难道你们还不明白吗?"

"我跟你说,弗兰德斯,文学史上第二了不起的话。"克鲁藤顿说着,双脚落地,身体趴在桌子上,脸几乎碰到了雅各布的脸。

"'稀奇,稀奇,真稀奇,小猫拉着小提琴,'"马林森打断他,手指轻轻敲打着桌子说。"文学史上最精——美——绝——伦的表达是……克鲁藤顿是个大好人,"他像透漏什么机密似的说道,"但是,他也有点傻气。"说着,他的头突然向前伸了一下。

当然,这些事,雅各布对弗兰德斯太太只字未提;也没有告诉她,他们付账之后离开饭店、走在法国拉斯帕伊大道上时所发生的事情。

这里还有一次他们的谈话。时间是上午十一点,地点是在工作室里,日期是在星期日。

"我跟你说，弗兰德斯，"克鲁藤顿说，"我很想要一幅马林森的小作品，就像我想要夏尔丹的画一样。我这么说……"他挤着一管快用完了的颜料……"夏尔丹曾经是个了不起的人物……现在他靠卖画糊口。你等画商发现他吧，是个了不起的人物——噢，一个了不起的人物。"

"能在这儿潇洒度日，"雅各布说，"生活真是太惬意了。不过，这是一种愚蠢的艺术，克鲁藤顿。"他在房间里踱着步。"现在，有这么一个人，皮埃尔·路易。"他拿起一本书。

"哎呀，我的好先生，你能不能坐下来啊？"克鲁藤顿说。

"这幅画真心不错。"雅各布说着，将一幅帆布油画竖在椅子上。

"噢，那是我好多年前画的了。"克鲁藤顿回头看了看，说道。

"依我看，你是个非常有能力的画家。"过了一会儿，雅各布说。

"如果你想看看我目前在画什么的话，"克鲁藤顿说着，把一块画布摆在雅各布面前，"看吧，就是这个。这还像点样儿。这儿……"他用大拇指围绕着一个画成白色的灯泡蹭了一圈儿。

"这幅画真是不错，"雅各布说着，两腿叉开站在画前，"但我希望你能解释一下……"

吉尼·卡斯莱克小姐走进了画室。她面色苍白，满脸雀斑，一副病态。

"噢，吉尼，这儿有一位朋友，弗兰德斯，英国人，富有，有地位。接着说，弗兰德斯……"

雅各布什么也没说。

"是那个——那样不行。"吉尼·卡斯莱克说道。

"不，"克鲁藤顿果断地说，"那样不行。"

他将画布从椅子上拿下来，倒扣过去，立在了地板上。

"请坐，女士们，先生们。卡莱斯克小姐从你的家乡来，弗兰德斯，从德文郡来。噢，我想你说的是德文郡吧？太好了！她也是教会家庭的女儿，是家里的败家子。她母亲给她写过这样的信。我说——你身上带着信吗？通常都是周日才送到的。某种教堂钟声的作用，你懂的。"

雅各布的房间

"你见过所有的画家了吗?"吉尼说。"马林森喝醉了吗?如果你去他的画室,他会送你一幅他画的画。哎,泰迪……"

"稍等一下,"克鲁藤顿说,"现在是什么季节了?"他向窗外望去。

"我们周日休息一天吧,弗兰德斯。"

"他会……"吉尼看着雅各布说,"你……"

"对,他会和我们一起去的。"克鲁藤顿说。

后来,他们来到了凡尔赛。吉尼站在池塘边的石台上,身体前倾,差点儿掉进了池塘里,幸好克鲁藤顿抱住了她。"在那儿!在那儿呢!"她大声喊着。"游出水面了!"几条斜肩鱼慵懒地从水下浮上来吃她的面包屑。"你看啊。"她说着,跳了下去。接着,一股耀眼的白色水花憋足了劲儿,猛地喷向空中。喷泉开始喷水了。远处传来了军乐声。喷泉的水珠又落回到池塘里,水面出现褶皱的涟漪。一个蓝色气球轻柔地落到了水面上。所有的保姆、孩子、老人、青年,都涌到池塘边,探着身子,挥舞着手中的棍子!小女孩张开双臂,跑着去捡气球,但气球沉到喷泉下面去了。

爱德华·克鲁藤顿,吉尼·卡斯莱克,雅各布·弗兰德斯,一行三人并排走在黄色砾石小路上,走上草坪,从树下穿过,最后来到玛丽·安托瓦内特皇后曾经喝巧克力饮料的凉亭。爱德华和吉尼走了进去,但雅各布坐在手杖的手柄上,在外面等他们。他们又出来了。

"走吗?"克鲁藤顿笑着对雅各布说。

吉尼等着;爱德华等着;两个人都看着雅各布。

"走啊?"雅各布笑着说,双手紧握着手杖。

"走吧。"他下了决定,起身走了。吉尼和爱德华两人微笑着跟在他身后。

再后来,他们走进了小巷里的一家小咖啡厅,人们坐在里面喝着咖啡,远远地看着士兵,若有所思地将烟灰敲到烟灰缸里。

"可他是那么与众不同。"吉尼说着,双手交叉在杯子上方。"泰德那么说,是什么意思,我看你不明白吧?"她看着雅各布说。"我明白。有时候我能杀了我自己,有时候他一整天都躺在床上……就那么躺着……我可不想让你们到桌上来。"她挥了挥手。羽毛闪亮的胖鸽子在他们脚旁摇摇摆摆地走来走去。

"你看那位女士的帽子,"克鲁藤顿说,"他们是怎么想到这个的呢?……不,弗兰德斯,我觉得我不能过你这样的生活。当走在大英博物馆对面的大街上——它叫什么来着?——我就是这个意思。就是那样。那些胖女人——还有站在马路中央、好像要大发雷霆的那个男人……"

"人人都喂这些鸽子,"吉尼说着,轰走了鸽子,"他们真是些愚蠢的老家伙。"

"这个,我不知道,"雅各布抽着烟斗说,"这儿有个圣保罗大教堂。"

"我是说,要去坐办公室。"克鲁藤顿说。

"你可得了吧。"雅各布劝他说。

"你干不了,"吉尼看着克鲁藤顿说,"你真是疯了。我是说,你还是想着画画吧。"

"对,我知道,我就是忍不住。哎,乔治国王会在贵族的问题上做出让步吗?"

"他肯定是要让步的。"雅各布说。

"你看!"吉尼说,"他知道得可真多!"

"你看,要是可以的话,我也会这么说,"克鲁藤顿说,"但我真是不行啊。"

"我觉得我可以,"吉尼说,"只不过,所有人都在说这个,这让人很不爽。在家里,我是说,除了这个,别的什么也不谈,连像我母亲那样的人都在谈论这个呢。"

"如果我到这儿来生活——"雅各布说,"我能干点什么呢,克鲁藤顿?噢,很好,你们自己随便吧。那些笨鸟,真该有人逮住它们——它们已经飞走了。"

最终,在荣军院的弧光灯下,吉尼和克鲁藤顿凑到了一起,尽管两个人动作有些古怪,虽然不显眼,却很明确,拐弯抹角或者悄悄不为人注意,却能让人感到很不舒服;雅各布离他们远了一点。他们要分别

雅各布的房间

了。必须说点什么,但什么也没有说。有个人推着手推车从雅各布身边经过,距离太近,差点擦伤他的腿。雅各布站稳之后,发现吉尼和克鲁藤顿正在转身离开,尽管吉尼回头看了看,克鲁藤顿挥着手臂,以他一贯的天才方式消失了。

不——弗兰德斯太太对这些全然不知,尽管雅各布觉得,可以说,除了这些,世上再没有什么大事儿了。至于克鲁藤顿和吉尼,他认为他们是他所见过的最不同寻常的人——当然,世事难料,将来克鲁藤顿开始画果园,也说布丁,因此不得不住在肯特郡;人们会想,到现在他就必须得去观察苹果开花了,因为他妻子与一个小说家私奔了,也正是因为她,他才这样做的;但是,不,克鲁藤顿还是会孤身一人,痴迷地画着果园。而吉尼·卡斯莱克,结束了与美国画家拉芬努的恋情之后,经常与印度哲学家们接触,而现在,她则在意大利的养老院,把玩着一个小珠宝盒,里面装着从路边捡来的小石子。然而,如果你自己看看这些石子,她说,你会发现不同的石子变为了一体,这就是生活的奥秘,尽管她还是会追着通心粉围着桌子绕圈,春天的时候,晚上有时也会对着腼腆的英国青年吐露着内心深处的秘密。

雅各布在母亲面前没有什么可隐瞒的。只是,他不知道自己为何如此兴奋,至于要写下来嘛——

"雅各布真是文如其人啊。"贾维斯太太一边叠着信纸一边说。

"是啊,看来他这日子过得⋯⋯"弗兰德斯太太说着,停了下来,因为她在剪一条裙子,得把纸样铺平,"⋯⋯过得挺开心啊。"

贾维斯太太想到了巴黎。她身后的窗户开着,因为今夜比较暖和,这是一个平静的夜晚,月亮似乎蒙上了面纱,苹果树也静谧无声地站着。

"我从来不怜悯死者。"贾维斯太太说着,调整了一下身后的靠垫,十指相扣抱在脑后。贝蒂·弗兰德斯没有听见她的话,因为她手中的剪刀碰在桌上发出很大的声响。

"他们安息了,"贾维斯太太说,"而我们的日子还得过,做着没用的傻事,却全然不知为什么。"

贾维斯太太在村里不太受欢迎。

"晚上这个时候,你从不出去走走吗?"她问弗兰德斯太太。

"今晚的天气确实挺温暖舒适的。"弗兰德斯太太说。

然而,她上一次在晚饭后推开果园大门,到道兹山上散步,已经是好几年前的事了。

"已经干透了。"他们关上果园大门,踏上草地,贾维斯太太说道。

"我不想走太远。"贝蒂·弗兰德斯说,"是的,雅各布周三要离开巴黎。"

"三个孩子之中,雅各布一直都是我的朋友。"贾维斯太太说。

"好了,亲爱的,我不再往前走了。"弗兰德斯太太说。她们已经爬上了漆黑的山顶,来到了罗马营地。

防御土墙矗立在她们脚边——光滑的土墙围绕在营地或者说是墓地周围。贝蒂·弗兰德斯在这儿丢了多少根针啊,还有她的石榴石胸针。

"有时候会看得更清楚些。"贾维斯太太站在山脊上说。天空没有云,但海上笼罩着一层薄雾,沼泽地上空也是雾霭沉沉。斯卡布罗灯光闪耀,就像一个女人戴着钻石项链,一会儿朝这边扭扭头,一会儿又朝那边扭扭头。

"真静啊!"贾维斯太太说。

弗兰德斯太太用脚尖蹭着地上的草皮,想着她的石榴石胸针。

贾维斯太太发现,今天晚上她很难把心思放在自己身上。夜,是如此静谧无声,没有一丝风,没有人跑,没有虫儿飞,也没有动物逃跑。黑色阴影静静地罩在银色沼泽地上,荆豆丛纹丝不动,贾维斯太太也没有想到上帝。当然,他们身后就是教堂。教堂的钟敲了十下。钟声传到荆豆丛这里了吗?荆棘树听见钟声了吗?

弗兰德斯太太俯身捡起一个小石子。有时候,人们确实会发现什么东西。贾维斯太太想,然而,月光如此朦胧,不可能看见什么,除了骨头,和小块儿的白垩石。

"雅各布自己攒钱给我买的,那天我还带帕克先生一起来这里看风景了,胸针肯定是滑掉了——"弗兰德斯太太喃喃地说。

尸骨会动吗?生锈的刀剑呢?弗兰德斯太太那两个半便士的胸针也

雅各布的房间

会永远成为这些遗迹的一部分吗?如果幽灵都聚拢到土墙里来,与弗兰德斯太太摩肩接踵,这位活生生的、日渐发福的英国妇女,就不能泰然处之了吗?

教堂的钟敲响了十点一刻的钟声。

教堂的钟把每个小时分成四次来敲,声波脆弱,消失在僵直的荆豆丛和山楂树枝之间。

沼泽地纹丝不动,它宽阔的脊背接收着讯息:"现在是十点十五分了。"但它没有回应,只有一丛树莓动了一下。

然而,即使在这朦胧的月光下,墓碑上的传奇碑文仍依稀可见,一个个简洁的声音在说着:"我是贝萨·拉克。""我是汤姆·盖奇。"他们诉说着自己何年何月死去,《新约》中有献给他们的文字,或自豪,或动情,或抚慰。

所有这一切,沼泽地全盘接受。

皎洁的月光落在教堂的墙上,白得像一张纸,照亮了壁龛中跪着的一家人,也照亮了1780年设立在这里的石碑,那是纪念济贫、虔诚的教区乡绅的——精准的钟声顺大理石经卷而下,仿佛它可以强加在岁月和旷野之上。

此时,有一只狐狸从荆豆丛后面悄悄溜了出来。

即使在夜晚,教堂里也常常人满为患。经年的靠背长椅已经油得发亮,坐垫已摆放就位,壁架上放着赞美诗集。它就像一艘轮船,全体人员都已登船,木板艰难地支撑着各色人士,有死者,也有生者,有庄稼汉,也有木匠,有猎狐的绅士,也有混杂着泥土和白兰地气味的农民。他们汇聚在一起,口中祝祷着经典文字,将时间与广袤的沼泽永久分开。悲叹,信仰,挽歌,绝望,欢欣,但更多的是理智和异常的冷漠,近五百年来,随时都从窗户传出来。

然而,正如贾维斯太太走在沼泽地上时所说,"真是太静了!"中午时分也很安静,只有猎人散布其间;下午也很安静,唯有羊群三三两两;夜晚的沼泽地亦是静谧无比。

一枚石榴石胸针掉到了草丛里。一只狐狸轻手轻脚地走过。一片树叶翻滚着。朦胧的月光下,知天命之年的贾维斯太太,在营地里闭目养神。

"……呃,"弗兰德斯太太坐直了身子说,"我一直不喜欢帕克先生。"

"我也不喜欢。"贾维斯太太说。他们开始往家走。

然而,她们的声音在营地上空飘荡了片刻。月光无损于任何事物,沼泽地兼收并蓄。汤姆·盖奇只要墓碑不烂,呼喊就会不止。罗马人的遗骸保存完好,贝蒂·弗兰德斯的织补针和石榴石胸针也保存完好。有时候,正午时分,太阳照耀下的沼泽似乎像一个保姆,把这些宝贝都收了起来。但是,在午夜,无人说话,也无人策马疾驰,荆棘树一动不动,拿问题——这是什么?这是为什么?——来烦扰沼泽是很愚蠢的。

然而,教堂的钟声敲响十二点。

雅各布的房间

第十二章

水像铅一样从壁架上流下来——就像一根由厚重的白色链环组成的链条。在意大利,火车疾驰驶入绿油油的陡峭的草场,雅各布看见草场上长着条纹郁金香,听见一只鸟儿在歌唱。

一辆满载着意大利军官的汽车,沿着平坦的大道奔驰,追赶着火车,一路尘土飞扬。树木与藤藤蔓蔓纠缠在一起——如维吉尔所说,这里有个火车站;一场声势浩大的离别正在上演,有穿着黄色高靴的女人,还有穿着横条纹袜子、脸色苍白的古怪男孩。维吉尔的蜜蜂飞到了伦巴第平原。在榆树空隙间种植藤蔓作物,是这里古老的习俗。在米兰,有老鹰在屋顶上露出头来,翅膀尖尖,羽毛呈亮棕色。

午后的太阳照在意大利火车上,车厢里热浪逼人;可能等火车开到峡谷顶端的时候,哐啷作响的车厢连接扣就要断裂了。火车一路向前,向前,向前,就像一列观光列车。每座山峰都覆盖着尖尖的树木,突出的岩石上到处都是漂亮的白色村落,每个山顶上都有一座红色平顶的白塔,下面则是悬崖峭壁。这里并不是茶后散步的好去处。原因之一是这里没有草地。整个山坡都被橄榄树霸占了。四月里,树间的泥土都结成了干土块。没有台阶,也没有人行小径,没有树影斑驳的小路,也没有人们可以吃到的火腿鸡蛋、带有弓形窗的十八世纪风格的客栈。噢,不,意大利到处是一片野蛮与荒芜,一切都裸露在外,身穿黑袍的牧师拖着脚走在马路上。另外,很奇怪的是,到处都是乡间别墅,你躲都躲不掉。

然而,兜里装着一百英镑独自旅行,是件很惬意的事。如果钱花光了——这是很有可能的——他还可以徒步旅行。靠面包和葡萄酒他就能度日——装在吸管瓶中的葡萄酒——因为到达希腊之后,他还打算去罗马。罗马文明无疑是低等文明,但博纳米仍说了一箩筐的废话。"你应该去雅典的。"回去后他会对博纳米说。"站在帕特农神殿里。"他会说,或者"罗马竞技场的废墟里让人产生庄严的遐想。"他会在信中将这些都详细写一写;他还有可能写一篇关于文明的文章,对比一下古人与今人,运用一些抨击阿斯奎斯先生的方式——有点吉朋的风格。

一位矮胖的先生吃力地爬上了火车,灰头土脸,大腹便便,戴着金链子。雅各布望着窗外,很遗憾自己不是拉丁种族。

说来奇怪,经过两天两夜的旅行,你就到了意大利的中心地带。橄榄树林中偶现别墅,男仆浇灌着仙人掌。黑色四轮折蓬马车从华丽的石膏门柱间驶过,柱子上都粘有石膏盾形徽章。柱子与马车擦肩而过,相遇短暂却又无比亲密地——展示在一位外国人眼前。有一座孤独的小山,从未有人登顶,但我最近乘公共汽车去往皮卡迪利的时候还是看见了它。而我想做的,就是走到田野里,坐下来,听听蚱蜢的鸣叫,捧上一抔土——意大利之土,就像粘在我鞋子上的意大利之尘土。

整个晚上,雅各布都听见火车站里有人喊着陌生的名字。火车停了下来,他听见附近有青蛙呱呱叫着,小心地将百叶窗旋开,看见广袤奇特的沼泽在月光下呈现一片白色。车厢里弥漫着雪茄的烟雾,缭绕在绿色灯罩下的灯泡周围。这位意大利绅士脱掉了靴子,躺在那儿呼呼大睡,背心扣子也解开了……去希腊这件事,似乎让雅各布厌倦到难以忍受的地步——独自一人坐在宾馆里,看着纪念碑——和提米·杜兰特一起去康沃尔也比这有意思多了……"噢——嗬。"雅各布表示抗议,光线射了进来,打破了眼前的黑暗,那个人越过他伸手来取东西——那个胖胖的意大利人戴着假领衬衫,衣服皱巴巴的,胡子拉碴,肥头大耳,正要开门出去洗漱。

因此,雅各布坐起来,看见一个瘦削的意大利运动员,在晨曦之中拿着枪走在路上,帕特农神殿立刻出现他的脑海中。

"天啊!"他想,"我们肯定就要到了!"他将头伸出窗外,空气迎面铺在脸上。

你身边二十五个熟人都能立即说出去希腊的种种理由,而你却不知为何不再想去,这是非常让人恼火的。在帕特雷的宾馆洗漱过后,雅各

雅各布的房间

布沿着电车轨道走出去大约一英里,又沿原路往回走了大约一英里。他遇到了几群火鸡,几队驴子,曾在偏僻小巷中迷路,看了几则女性束身衣广告和美极牌清汤的广告,孩子们踩到了他的脚趾,这地方有股臭奶酪的味道,突然发现自己来到了旅馆对面,甚是高兴。咖啡杯间有一份旧《每日邮报》,他读了读。但是,晚饭之后他能做点什么呢?

总的来说,如果没有天马行空的幻想天赋,我们的生活肯定比现在难过得多。在大概十二岁的时候,不再玩布娃娃,打坏了蒸汽机,法国,但更可能是意大利,几乎肯定是印度,引起人们无限的遐想。某某人的姑姑去了罗马;谁都有个叔叔——可怜的人——听说他最近去了仰光,再也不会回来了。但是,最先开始讲希腊神话故事的是女家庭教师。看看那头(他们说)——那鼻子,你看,鼻梁挺直,那卷发,那眼眉——处处显示着阳刚之美;再看那双腿和双臂的线条,显示着完美的发育程度——希腊人在意脸庞,同样也在意身体。他们画的水果如此鲜活,甚至会引得鸟儿啄上两口。你先读色诺芬,再读欧里庇得斯。有一天——天啊,那是一个重大时刻——人们所说的那句话似乎有了内在意义:"希腊精神";希腊这种精神,那种精神,别样的精神;顺便说一下,随便哪一个希腊人都是个小莎士比亚,尽管这样说有些荒唐,但重点是,我们都是在幻想中长大的。

雅各布一定是在这样想,《每日邮报》在他手里攥出了褶皱,他双腿伸直,一副无聊的样子。

"可是,我们就是这样长大的。"他接着想。

这一切似乎都让他反感。应该做点什么。本来他只是有些沮丧,后来变得就像一个即将被处决的人。在一次舞会上,克拉拉·杜兰特弃他而去,与一个叫皮尔查德的美国人攀谈起来,而他也大老远跑到希腊来,离开了她。他们穿着晚礼服,说着无聊的胡话——真他妈的无聊——他伸手去拿《环球旅行者》杂志,这是一个国际发行的杂志,免费发放给旅馆老板。

尽管现代希腊风雨飘摇,却有着非常先进的有轨电车系统。雅各布坐在旅馆客厅里,窗外电车当啷,当啷,敲着报站的铃声,飞扬跋扈地催促驴子从路上走开,还有一位不愿让路的老太太。此刻,整个文明都受到了谴责。

服务员对此也非常冷漠。亚里士多德是个卑鄙的家伙，只对坐在仅有的一把扶手椅上的旅馆里唯一一位房客的身体感兴趣。他大摇大摆地走进来，把什么东西放下，又把什么东西摆放整齐，看见雅各布还坐在那儿。

"明天早上早点儿叫醒我，"雅各布回过头说，"我要去奥林匹亚。"

这种忧郁，这种对包围着我们的黑暗水域的屈服，是现代人的发明。可能正如克鲁藤顿所说，我们的信念不够坚定。不管怎么说，我们的父辈们尚且有东西可以推翻，在这一点上，我们也一样，雅各布这样想着，揉搓着手里的《每日邮报》。他要去议会，做一番精彩演说——可一旦你向那黑暗水域屈服哪怕一英寸，精彩演说和议会还有什么用呢？是啊，对于我们血液之潮的涨落——我们的喜怒哀乐——从来都没有任何解释。名望，盛装出席的晚会，格雷客栈后身的破败的陋巷——这些东西切实存在，不可动摇，又荒诞怪异——可能就是其背后的原因，雅各布想。但后来，大英帝国又开始让他困惑不解，他也并不完全赞同给爱尔兰自治权。《每日邮报》对此是怎么说的？

他已经长大成人，即将专心做事——女服务员为他清理楼上的水盆时，收拾散在梳妆台上的钥匙、领扣、铅笔和药瓶时，都注意到了这一点。

他已经长大成人，这个事实弗洛琳达凭直觉就知道，就像她知道所有的事情一样。

贝蒂·弗兰德斯现在甚至有点怀疑这一点。她读着雅各布从米兰寄来的信，对贾维斯太太抱怨说："他跟我说的事，没有一件是我想知道的。"对此，她忧心忡忡。

范尼·埃尔默也非常真切地体会到了这一点。因为他会拿起手杖和帽子，走到窗前，看起来完全心不在焉，表情也非常凝重，她想。

"我要走了，"他会说，"去找博纳米讨顿饭吃。"

"至少，我还可以跳进泰晤士河自尽。"范尼匆匆走过育婴堂的时候哭着说。

113

雅各布的房间

"但《每日邮报》并不可信啊。"雅各布自言自语着,看看有什么其他可读的东西。他又叹了口气,心情实在是太烦闷了。这烦闷的心情一定是认准了他,随时来骚扰他,这对于一个如此热爱生活的人来说很是奇怪,让人捉摸不透,当然这倒也非常浪漫,博纳米在林肯法律协会自己的房间里这样想着。

"他会恋爱的,"博纳米想,"他会爱上哪个高鼻梁的希腊女人。"

雅各布在佩特雷写的信,是写给博纳米的——写给不爱女人也从不读什么傻乎乎的书的博纳米。

毕竟,好书不多,因为我们无法计算浩如烟海的史书,也不能乘着骡子车去探索尼罗河源头的游记,更不能计算口若悬河的长篇小说。

我喜欢将精髓凝练在一两页之内的那种书。我喜欢纵使大军横扫也毫不动摇的语句。我喜欢艰深晦涩的词语——这些都是博纳米的观点,也正是这样的观点让他饱尝众人的敌意,那些欣赏早晨万物萌发的人们,那些打开窗户、看见罂粟花在阳光下盛开的人们,那些面对英国文学的强大活力不禁欢乐惊呼的人们。但这根本不是博纳米的风格。有人说他的文学品味影响了他的交友,使他变得沉默寡言、神神秘秘、过分苛求,只有和一两个与他想法一致的年轻人在一起才会舒服自在。这些都是人们对他的指责。

但是,雅各布·弗兰德斯与他的想法并不一样——完全不同,博纳米叹了口气,将薄薄的信纸放在桌上,陷入了沉思,思考着雅各布的性格。这已不是第一次了。

问题在于他血液里流淌着的浪漫气息。"可是,导致他目前的荒唐窘境的,除了愚蠢以外,"博纳米想,"还有别的什么东西——有什么东西"——他叹了口气,因为他喜欢雅各布胜过这个世上其他任何人。

雅各布走到窗前,双手插在口袋里。他看见三个穿着苏格兰短裙的希腊人,看见了船上的桅杆,看见下层社会的人有的无所事事、慢悠悠地走着,有的忙忙碌碌、步履匆匆,有的聚在一起、指手画脚。没有人在意他,倒不是因为他的阴郁,而是因为某种更深奥的信念——孤独的并非只有他一人,所有人都很孤独。

然而,第二天,火车缓缓行驶在去往奥林匹亚的山路上,希腊农妇们在葡萄园里劳作,希腊老人们坐在火车站里品尝着葡萄美酒。尽管雅各布依然心情郁闷,但他从未怀疑过一个人独处的快乐,离开英格兰,只身一人,远离一切。去往奥林匹亚的路上,随处可见光秃秃的陡峭山峰;山与山之间的三角形空间里,是蔚蓝的大海。有点儿像康沃尔的海岸。好了,现在整天独自散步吧——踏上小径,沿路走去,两侧灌木丛生——哦,那些是小树吗?——走到山顶,可以俯瞰半个古老的希腊。

"好了,"雅各布说,车厢里空无一人,"来看看地图吧。"

责怪也好,褒奖也罢,我们内心的野马都无可否认地切实存在。纵情奔跑,累了就跌倒在沙滩上,感受地球在旋转,偶尔钟情于石子和花草,仿佛人类已终结,至于那男男女女,让他们见鬼去吧——这些欲望,时不时就会袭上我们的心头,这是不争的事实。

在奥林匹亚一家旅馆的房间里,脏兮兮的窗帘被傍晚的微风轻轻拂动。

"我心中对每个人都充满了爱意,"温特沃斯·威廉姆斯太太想,"——特别是对穷人的爱——那些傍晚归来、身背重担的农民。一切都是那么柔弱,那么朦胧,那么悲伤。太悲伤,太悲伤了。但是,一切又都有它的意义,"桑德拉·温特沃斯·威廉姆斯想着,头微微仰起,看起来非常美,很悲伤,很高贵,"人要对一切充满爱意。"

她手捧着一本方便旅行时阅读的小书——契科夫的小说——在奥林匹亚的旅馆里,她头戴面纱,一袭白衣,站在窗前。多美的傍晚啊!她的美就是这傍晚之美。希腊的悲剧就是所有崇高灵魂的悲剧。妥协不可避免。她似乎已经领会了什么。她要把它写下来。她走到丈夫曾经坐着看书的桌子旁,双手托着下巴,想着农民,想着苦难,想着自己的美貌,想着不可避免的妥协,想着她该如何把这一切都写下来。一盘汤端了上来,埃文·威廉姆斯并没有说什么粗鲁、老生常谈或者愚蠢的话,只是合上书,将书收好,给汤腾出了位置。只不过,他那鹰犬一样低垂的双眼和阴沉的蜡黄色双颊流露出了他的隐忍,他坚信虽然被迫谨小慎微地生活,但那些他深知真正值得追求的东西,他可能永远也得不到。

雅各布的房间

他的思虑天衣无缝，他的沉默无人打扰。

"一切都显得那么重要。"桑德拉说。但是，她自己说话的声音，将魔咒解除了。她忘记了农民，心中只留下了自己的美，刚好眼前就有一面镜子。

"我太美了。"她想。

她略微调整了一下帽子。丈夫见她在照镜子，也认为美貌很重要，这是父母所赐，谁也不能对它视而不见。但是，美貌也是一种障碍，事实上，它更是一种麻烦。于是，他喝了口汤，眼睛始终盯着窗户看。

"鹌鹑，"温特沃斯·威廉姆斯太太懒洋洋地说，"我觉得还有山羊，然后是……"

"可能还有焦糖布丁。"丈夫取出了牙签，用同样的语调说道。

她将汤勺放在餐盘上，汤被端走了，她只喝了一半。她无论做任何事，从未有失体面。她的举止中有英国式的优雅，也是希腊式的优雅，村民们会摸一下帽子向她致敬，教区牧师也很尊敬她。周日早晨，当她从宽敞的阳台上走下来，在石瓮旁摘下一朵玫瑰花，与首相调情，园丁和花匠都恭敬地挺直了腰背——可能，她想忘了这些，她环顾奥林匹亚旅馆的餐厅，寻找着她放书的那扇窗户，就在几分钟之前，她还在那扇窗户下有所发现呢——那一发现意义深远，关乎爱情、悲伤和农民。

然而，叹气的人是埃文。不是出于绝望，也不是出于反抗。但是，他曾经是那么意气风发，而眼下又是如此慵懒倦怠，一事无成；他对英国政治史如数家珍，生活中很多时光都与查塔姆、皮特、伯克、查尔斯·詹姆士·福克斯一起度过，不禁要对比一下自己和这些政界要人，对比一下彼此所处的时代。"现在正是伟大的人物施展自己才华的时代。"他已经习惯了叹着气自言自语。这时，他正坐在奥林匹亚的旅馆里剔着牙。他已经吃完了。但桑德拉的目光依旧在徘徊。

"那些粉色的瓜吃了肯定会有危险。"他阴沉着脸说。就在他说话的时候，餐厅的门开了，走进来一位穿灰格子西装的年轻人。

"好看，但很危险。"当着外人的面，桑德拉立即与丈夫交谈起来（"啊，一个出来旅行的英国男孩。"她暗自思量。）

而埃文也知道这一切。

是的，他全知道，他很钦佩她。能有点艳遇，他想，也挺让人开心的。但是他自己，他的身高（拿破仑身高五英尺四英寸，他记得），肥硕的身材，不善于展示自己的魅力（但现在就是伟大人物展示自己才华的时候，他叹了口气），没用的。他扔掉雪茄，走到雅各布跟前，以一种雅各布所喜欢的非常真诚的语气问雅各布，他是否从英格兰直接就到希腊来了。

"真是典型的英国人！"第二天早晨，服务员告诉他们说，那个年轻先生五点就出发去爬山了，桑德拉笑着说，"我敢肯定，他问你洗澡的事了吧？"服务员对此摇了摇头，说他会去问经理。

"你不明白的，"桑德拉笑着说，"还是算了吧。"

雅各布在山顶舒展着身体，尽情地享受着独处的快乐。或许，他这一生从未如此开心过。

但是，那天晚饭席间，威廉姆斯太太问他想不想看看报纸，后来威廉姆斯太太问他（当时他们在露台上边散步边抽烟——他怎么能拒绝那位男士的雪茄呢？）有没有看过月光下的剧院？认不认识埃弗拉德·舍尔本？读不读希腊作品？（埃文默默地站起来，走进屋去）若非要舍弃一个，会放弃法国文学还是俄国文学？

"现在，"雅各布在给博纳米的信中写道，"我不得不读她那本可恶的书了"——他指的是她那本契科夫的小说，她把书借给了博纳米。

有人说荒芜之地、石块太多无法耕种的原野，英国与美国之间的咸水沼泽，比城市更适合我们。尽管这种说法不大受人欢迎，但很可能就是这样。

在我们内心深处，绝对是蔑视资质的。恰恰就是这一点，常在社会上受嘲弄、被扭曲。人们聚到一个房间里。"见到你，"有人说，"真高兴。"这是在撒谎。接着又说："与秋天相比，我更喜欢夏天。我想，人上了年纪都这样吧。"女人一直、一直、一直都在谈论着各种感受，如果她们说"人上了年纪"，那就是想让你说些不着边际的话。

雅各布在采石场坐了下来。希腊人从这个采石场开采大理石建造了剧院。中午时分在希腊爬山是很热的。野生的红色仙客来开得正艳，他还看见小乌龟笨拙地从一个花丛爬到另一个花丛；空气中味道浓烈，

雅各布的房间

突然又有股甜丝丝的味道；阳光照在粗糙的大理石碎块儿上，发出耀眼的光芒。雅各布坐在那儿抽起了烟斗，他居高临下，神情自若，表情傲慢，又有一丝忧伤，同时感到一阵令人敬畏的厌倦。

博纳米会说，就是这种事让他感到不安——雅各布如此情绪低落，就像个失业的马盖特渔夫，或者英国海军上将。如果他是这样的心情，你跟他说什么也说不明白。就只好让他一个人静静。他自己无精打采，还很容易发脾气。

雅各布早早起床，拿着旅行指南来看雕像。

早饭之前，桑德拉·温特沃斯·威廉姆斯在漫游世界，寻求刺激或是一种观点。她一袭白衣，可能个子不太高，但身体站得笔直——桑德拉·威廉姆斯说，雅各布和雕刻家普拉克西特利斯雕刻的赫米斯一样高。这样比较是给雅各布面子了，但她还没来得及开口说话，雅各布就已经走出博物馆、离她而去了。

但是，一位时尚女士出门旅行，不会只带一套衣服。如果白色适合早晨，可能晚上就是适合穿带紫色斑点的沙黄色，配上一顶黑色帽子，再带上一本巴尔扎克的书。因此，雅各布进来的时候，她就坐在露台上，穿戴整齐，看起来非常美。她双手交叠，若有所思，好像是在听丈夫说话，又好像在望着农民背着柴草走下山来，好像在观察山的颜色由蓝变黑，又好像在思辨真伪，雅各布想。他突然发现自己的裤子无比寒酸，遂将双腿交叉相叠。

"但他可真是相貌堂堂啊。"桑德拉肯定地说道。

埃文·威廉姆斯躺在椅子上，报纸放在膝盖上，对他们心生羡慕。他能做的最好的事，就是让麦克米伦出版社出版他关于查塔姆外交政策的专著。但是，这种不断膨胀、让人恶心的感觉真讨厌——这种焦躁、膨胀、激动——那是嫉妒！嫉妒！嫉妒！他曾经发誓永远不要再有这种感觉。

"和我们一起去柯林斯吧，弗兰德斯。"他走到雅各布的椅子旁说道，语气比平时更热情些。雅各布的回答，或者说是他坚定、直接、可能还有点害羞的说话方式让他如释重负。雅各布说，他非常愿意与他们一道去柯林斯。

"这小伙子，"埃文·威廉姆斯想，"可能在政界大有前途。"

"在我有生之年，我每年都要到希腊来，"雅各布写信给博纳米说道，"只有在这里，才能让我自己不受文明的烦扰。"

"天知道他这么说是什么意思。"博纳米叹息道。他从未语出不当，但雅各布的这些悲观之语让他很担心，但也有种莫名的钦佩，因为他自己的言语总是明确、具体、理性。

桑德拉走下哥林多卫城时所说的话再直白不过了。一路上，她踩着小径，雅各布陪在她身边，大步走在高低不平的路上。她四岁的时候母亲就去世了；卫城的公园一望无际。

"似乎永远都走不出去了。"她笑着说道。当然，那儿还有图书馆，亲爱的琼斯先生，还有关于事物的见解。"我曾经跑到厨房，坐在管家的腿上。"她笑着说道，那笑里饱含着悲伤。

雅各布想，如果自己当时在场，会去救她的；他觉得，她当时处于非常危险的境地。他心里想着："女人所说的话，不能仅从字面意思去理解。"

山路的崎岖，她并不放在眼里；他看见她的短裙下面穿着马裤。

"像范尼·埃尔默那样的女人就不会这样，"他想，"那个叫什么卡斯莱克也不会这样，她们都装作……"

威廉姆斯太太总是直言不讳。他很惊讶自己竟然对行为准则知之甚少，竟然有那么多的话都可以说出来，与女人说话可以如此的坦率，此前他对自己的了解真是太少了。

埃文在大路上与他们汇合；他们驾着马车上坡、下坡（希腊一派生机盎然的景象，但轮廓异常鲜明，陆上不见树木，随处可见绿草茵茵，每一座山峰，在波光粼粼的蓝色大海的映衬之下，显得棱角分明，轮廓清晰。如沙般洁白的岛屿浮在地平线上，偶尔看见山谷里有一片片棕榈树，几只黑色山羊散布其间，时不时有几棵小小橄榄树，有时候在左右两侧还会交替着闪现白色的山洞），他们一路上坡、下坡，他阴沉着脸坐在角落里，一只手紧紧地攥着，指关节间的肉皮紧绷着，汗毛根根竖立。桑德拉坐在他对面，驾驶着马车，就像一个胜利女神，正准备一飞冲天。

雅各布的房间

"冷酷无情！"埃文心想（但那不是真的）。

"愚蠢！"他猜想着（这也不是真的）。"可是……！"他很羡慕她。

睡觉的时间到了，雅各布发现很难给博纳米写信。然而，他看过了萨拉米斯城，也远远眺望了马拉松平原。可怜的老博纳米！不，感觉有点怪怪的。他无法再给博纳米写信了。

"我还是要到雅典去。"他下定了决心，样子很坚决，心里还是隐隐觉得有点奇怪。

威廉姆斯夫妇已经去了雅典。

在一个年轻人眼里，雅典依然是最奇怪的组合体，最不协调的搭配。一面是土里土气，一面是经世不朽；时而像便宜的欧洲大陆珠宝放在了豪华托盘上，时而又像高贵的夫人裸身而立，仅在膝盖以上遮了一块布。一个阳光灿烂的午后，他漫步在巴黎大道上，感官上很难形成什么具体的感觉。他跳着躲开皇家马车，那皇家马车行驶在坑坑洼洼的路上，发出嘎啦嘎啦的声响，眼看着摇摇欲坠。马路两边的男女老少向马车致敬，他们头戴廉价的圆顶礼帽，身穿欧洲大陆的服饰。有位牧羊人，身穿苏格兰短裙，头戴便帽，脚蹬长筒橡胶靴，差点将羊群赶到了皇家马车的车轮下；卫城高高在上，直上云霄，就像一波静止的巨浪，上面矗立着帕特农神殿的黄色石柱。

在一天中的任何时候都能看见帕特农神殿的黄色石柱岿然屹立于卫城之上；尽管在黄昏时分，比雷埃夫斯港口的船只枪炮鸣响，钟声响起，出现了一位身穿制服的男子（背心的扣子没有扣好）；坐在柱影里织袜的妇女卷起黑色袜子，呼唤着孩子们，然后成群结队下山回家了。

一切还是老样子；柱子，山墙，胜利女神殿，厄瑞克修姆庙，矗立在一块被阴影劈开的黄褐色岩石上；清晨，你拉开百叶窗，探出头去，听见外面吵嚷喧闹，街上马鞭啪啪作响。还是老样子。

它们矗立在那儿，异常坚定；时而呈现出耀眼的白色，时而又变成黄色，时而在某些灯光下呈现出红色，给人经久不衰的感觉，让人内心产生某种精神力量，这种力量在别处会浪费在雅致的琐事之中。但是，这种持久性，丝毫不依赖于我们的敬仰而存在。尽管这种美中所蕴含的人性足以让我们变得软弱，足以搅动深积的淤泥——回忆，放荡，遗憾，多愁善感——帕特农神殿与这些都毫不相关；如果你想想几百年来它是如何整夜地屹立在那儿，那光芒（正午时分，阳光刺眼，几乎看不见雕带）会让你想到，唯有美方才不朽。

此外，粉饰灰泥已经起泡，吉他与留声机唱着刺耳的新情歌，无名小卒在街头涌动。相比之下，静默的帕特农神殿泰然自若，着实令人吃惊；它是那么雄伟，丝毫没有衰败的迹象，仿佛要永生永世见证世事变化。

"希腊人很明智，从不会费心雕刻雕像的背面。"雅各布说着，用手遮在额头，发现一尊雕像，在人们视线之外的一侧未作加工。

他留意到台阶的线条略微有些不规则，但他在旅游手册中看过，说"希腊人更注重艺术感，对于数学一般的精确不甚在意"。

他站在雅典娜雕像曾经耸立的地方，看见脚下有更为著名的景观。

简而言之，他精准、勤奋，但又极其孤僻。另外，还有导游不断来烦扰他。今天是周一。

但是，周三的时候，他给博纳米写了一封电报，让他马上来希腊。但随后他又把电报揉成一团，扔进了水沟里。

"一则，他是不会来的。"他想，"再则，这种事情可能慢慢就会好了。""这种事情"指的是那种不安、痛苦的感觉，就比如说自私——人们总希望这种事情能停下来——然而总是愈演愈烈——"如果再这样下去，我可能就应付不了了——但是如果别人也能同时看到这一点——可博纳米在林肯法律协会饱食终日——噢，真该死，唉呀。"——夕阳西下，站在帕特农神殿，一面是海美塔斯山、彭忒利科斯山、利卡贝特斯山，一面是大海，天空一片粉红，平原五彩缤纷，大理石雕像也呈现出黄褐色，这景象令人感到非常压抑。幸好雅各布不善私交；也很少想到柏拉图或苏格拉底长什么模样；而另一方面，他对建筑有着非常强烈的感觉；与绘画相比，他更喜欢雕塑；而且他开始认真思考文明的问题，当然，这些问题古希腊人已经漂亮地解决了，但他们的解决方法于我们无益。后来，周三晚上，他躺在床上，再次感到心中隐隐的不安；他非常用力地翻了个身，想起了他深爱着的桑德拉·温特

雅各布的房间

沃斯·威廉姆斯。

第二天，他去爬彭忒利科斯山了。

第三天，他登上了卫城。他到的时间很早，几乎看不到什么人，可能天空要响起雷声。但卫城却洒满了阳光。

雅各布想坐下来看会儿书，他找到一块儿像鼓一样的圆形大理石，坐在上面刚好可以看到马拉松平原，可惜见不到阳光，而厄瑞克修姆庙在眼前闪耀着白光。他就在那儿坐下来，看了一页之后，他把拇指夹在了书里。为什么不能用恰当合理的方式治理国家呢？他又接着读下去。

毫无疑问，他所在的位置能够俯瞰马拉松平原，这使他的情绪莫名地高涨了起来。或者说，缓慢而有着海量存储的大脑，本来就有这样百花芬芳的时候。再或者，他在国外游历的过程中，已然不知不觉养成了政治思维方式。

后来，他抬起头，看着清晰的马拉松平原的轮廓，思绪也飞扬起来；希腊完了，帕特农神殿也已成废墟，只有他还在。

（女士们打着绿色、白色雨伞穿过院子——法国贵妇们要去君士坦丁堡与丈夫汇合。）

雅各布又继续看书。他把书放在地上，好像是书上的内容给了他灵感，开始做笔记，有关历史——民主——的重要性，可能只是简单几笔，就能成就一生的杰作；也可能，二十年后，笔记从某本书中散落出来，却一个字也想不起来了。说起来有点痛苦，还是烧了的好。

雅各布写着笔记，他开始画一个高鼻梁；所有法国贵妇在他脚下，雨伞开开合合，她们看着天空，感叹着真不知道该盼着什么了——是盼下雨还是盼晴天呢？

雅各布站起来，慢慢走向厄瑞克修姆庙。这里还有几个雕刻着女神像的石柱，用头支撑着屋顶。雅各布微微挺直了身体，因为稳定和平衡会最先影响到身体。这些雕像挡住了视线，几乎什么也看不到了！他注视着雕像，然后转过身，看见吕西安·格拉夫太太正蹲在一块大理石上，用手里的柯达相机对着他的头拍照。当然，她跳了下去，尽管年岁已高，身材肥胖，还穿着紧腿靴子——她女儿已经结婚，她由于奢侈放纵，满身的赘肉已使她严重变形；她跳了下去，但雅各布还是看见了她。

"这些可恶的女人——这些可恶的女人！"他心想。他走过去，拿起放在帕台农神殿地上的那本书。

"她们真是太煞风景了。"他嘟囔着，靠在一根柱子上，将书紧紧夹在腋下。（至于天气，无疑风暴就要来了；雅典的上空已是乌云密布。）

"都怪那些可恶的女人。"雅各布说道，语气中没有一丝痛苦，而是悲伤和失望，因为有些事原本有可能，却永远也不会实现。

（这样的大彻大悟，一般会发生在血气方刚的年轻人身上，他们身强力壮，马上就要娶妻生子，当上银行经理。）

确定那些法国女人已然离去，又警惕地四下看了看后，雅各布漫步走向厄瑞克修姆庙，偷偷看着左手边头顶着屋顶的女神像。女神像让他想起了桑德拉·温特沃斯·威廉姆斯。他看着她，又转过头去。他格外动情，脑海里浮现着女神像已经磨损的希腊式鼻梁、桑德拉，还有种种云烟过往。他独自一人，在酷暑之中，径直向海美塔斯山顶走去。

就在那天下午，博纳米到斯隆街后面的广场与克拉拉·杜兰特喝茶，专门为了跟她聊聊雅各布。春季的天气已经很炎热，前窗上都有百叶窗，单匹的马在门外刨着碎石路面，身穿黄色背心的老绅士按响门铃，女仆端庄地回答说杜兰特太太就在府中，他们彬彬有礼地进了门。

博纳米与克拉拉坐在阳光明媚的前厅，屋外传来手摇风琴甜美的乐曲；洒水车缓慢驶过，在人行道上洒着水；马车叮当而过；银器、印花布、棕色、蓝色的踏脚垫，插满绿枝的花瓶，在阳光的照耀下，所有这一切都摇曳着黄色光线。

其中的乏味无须赘言——博纳米始终温柔轻语地回答着，越来越惊讶那脚是如何塞进那只白色缎面鞋里去的（杜兰特太太在后屋与某位要人大谈特谈政治），忽然发现纯洁的克拉拉还是很坦诚的；但她的内心深处，他却无从知晓；若不是他非常确定克拉拉爱着雅各布，他就要提及雅各布的名字了——他束手无策了。

"束手无策！"他说着，关上了门。像他这种性情的男子，穿过花园的时候，有种非常奇怪的感觉，马车速度快得无法阻挡，花圃形状无可挑剔，世间万物的运转模式让人捉摸不透。"克拉拉，"他停下脚

雅各布的房间

步,看着小男孩在蛇形湖中戏水,思忖着,"是个安静的女人吗?——雅各布会娶她吗?"

但是,在雅典,阳光灿烂的雅典,喝下午茶几乎是不可能的,老绅士们谈论政治的方式与英国大相径庭;也是在雅典,桑德拉·温特沃斯·威廉姆斯头戴面纱,一袭白衣,双腿伸展而坐,一个胳膊肘支在竹椅扶手上,手中的香烟青烟袅袅。

宪法广场上,橘子树郁郁葱葱;乐队,脚步声,天空,柠檬色和玫瑰色的房屋——在温特沃斯·威廉姆斯太太喝完第二杯茶之后,所有这一切都显得意义非凡,她开始编起了故事,在迈锡尼,一位高贵又冲动的英国妇人,让一位美国老太太(达根太太)坐上了她的马车——这并不是完全杜撰的故事,尽管故事中只字未提埃文,他左脚站一会儿,右脚站一会儿,等着女人们结束喋喋不休的闲聊。

"我要把戴梅恩神父的一生写成诗歌。"达根太太说。她什么都没有了——这个世上所有的东西,丈夫,孩子,一切的一切——但她还有信仰。

桑德拉靠在座位上出神,思绪从个体飘动到众生。

飞逝的时光,一路悲歌,催促着我们;永世不停地辛苦劳作,现在一切都化作熊熊火焰,就像绿叶之中的黄色小球(她在看着橘子树);亲吻弥留之人的双唇;世界在旋转,旋转在热浪与声浪的迷宫之中——尽管到了夜晚,必定是一片寂静,月光皎白。"因为它的每一面我都很了解,"桑德拉想,"达根太太会一直给我写信,我也会给她回信。"这时,皇家乐队举着国旗列队走过,激起民众情绪沸腾,生命就像一艘船,勇敢的人登船到海上驰骋——头发被吹到脑后(微风轻轻吹动橘子树,她这样想象着),她自己也从银色浪花中露出头来——她看见了雅各布。雅各布正站在广场上,腋下夹着一本书,表情茫然地向四周看着。事实上,他身材魁梧,将来可能会发福。

但是,她怀疑他可能只是个土包子。

"这就是那个年轻人,"她扔掉香烟,气恼地说,"那个弗兰德斯先生。"

"在哪儿呢?"埃文说,"我看不见他。"

"噢，他走开了——现在就在树的后面。不，你看不见他。但我们肯定能遇到他。"当然，他们遇到了他。

但是，他究竟有多像一个土包子呢？二十六岁的雅各布·弗兰德斯真的是个傻瓜吗？给他人下定论是没有用的。必须观察细节，不完全看说了什么，也不完全看做了什么。的确，有的人一见面就对他人做出概论，而有些人则不急不慌、慢慢观察。善良的老太太非常肯定地告诉我们说，猫最能看透人的性格。她们说，猫总是择良人而处；但是雅各布的房东怀特霍恩太太很讨厌猫。

还有一种备受推崇的观点：当今社会，性格炒作得太过了。那么，这到底有什么要紧的呢——范尼·埃尔默心思细腻、感情丰富，而杜兰特太太心如铁石？克拉拉，主要是由于（依照性格炒作者所说）她母亲的影响，从未有机会独立做事，只有善于观察的眼睛才会看到她内心深处的感受，而她那些感受必定是很惊人的；她定会委身于一个配不上她的人，除非，如性格炒作者所说，她有一点点她母亲的精神——有那么一点英雄气概。但是，"英雄气概"这个词怎么能用在克拉拉·杜兰特身上呢！她太天真了，别人都这样认为。人们说，这正是她吸引迪克·博纳米的原因所在——那个长着威灵顿大鼻子的年轻人。现在，他也许就是一匹黑马。那些闲言碎语马上就会消失。显然，人们指的是他的独特性情——人们一直都在说三道四。

"可是，有时候恰恰就是克拉拉这样的女人，才是那种性格的男人所需要的……"茱莉娅·艾略特会这样暗示。

"好吧，"鲍利先生回应说，"可能是这样吧。"

不管他们的闲言碎语讲多久，不管他们怎么编排两个人的性格，即便等到他们身体发福、软弱无力，如大火煮过的鹅肝，也没有一个定论。

"那个年轻人，雅各布·弗兰德斯，"他们说，"真是一表人才——但又是那么笨手笨脚。"接着，他们又开始专心评判雅各布，永远在两个极端之间来回摇摆。他骑马打猎——做得马马虎虎，因为他一文不名。

"你们听说过他父亲是谁吗？"茱莉娅·艾略特问道。

"他的母亲，据说跟洛克斯比尔家族有点关系。"鲍利先生回答道。

"不管怎么说，他并不怎么做作。"

"他的朋友们挺喜欢他的。"

"你是说迪克·博纳米吗？"

"不，我不是这个意思。恰恰相反，雅各布显然很喜欢博纳米。他就是一头坠入爱河、再为之悔恨终身的那种人。"

"噢，鲍利先生，"杜兰特太太说着，以一种盛气凌人的态度扫视着众人，"你还记得亚当斯太太吗？你看，这位是她侄女。"鲍利先生站起身，彬彬有礼地鞠躬行礼，然后取来草莓吃。

现在，我们来看一看另外一些人怎么看——俱乐部和内阁里的人——他们说谈论他人的人品是很无聊的事，让人很不舒服，说起来冠冕堂皇，实际却空洞无物，不过是华而不实、信口胡诌。

在北海，战舰摆好了阵势，彼此间保持着固定的距离。收到约定的信号后，所有枪炮对准同一个目标发射（主炮手看着秒表，数到第六秒的时候，抬起头），火光四射，目标被炸得粉碎。十二个风华正茂的青年男子沉入深海，冷漠的脸上没有任何表情，（尽管能熟练操控设备）溺水窒息，却无怨无悔。军队就像一批批玩具士兵，走过玉米地，爬上山头，停下来，踉跄着倒在地上，通过望远镜可以看到，有一两个还在挣扎着起来，又倒下，就像折断了的火柴棍儿。

据说，这些军事行动，再加上银行不断的商业活动、科学实验室、政府大臣、商行，都是推动世界之船前行的动力。操控船桨的人，如鲁德盖特圆形广场上冷漠的警察一样，外表光鲜亮丽，不过，你会发现他们没有圆胖的脸庞，坚强的意志使他们脸上的表情冷峻，不懈的努力使他们面容消瘦。当他举起右臂，血管中所有的力量都从肩部流到指尖，一时冲动、悔悟感伤、闲情琐事，都不能使他分散一丝一毫的精力。公共汽车准时停下了。

人们说，我们的生活，就是这样被一股难以掌控的力量所驱使的。他们说，小说家永远捕捉不到这股力量；它冲破渔网，将网撕得粉碎。他们说，这，就是我们赖以生存的力量——这股难以掌控的力量。

"男人们都去哪儿了？"老吉朋将军环顾了一下客厅说道。像往常一样，每到周日下午，客厅里就挤满了穿着考究的人们。"枪支都在哪儿？"

杜兰特太太也环顾了一下客厅。

克拉拉想着母亲可能需要她，走进了客厅；然后又出去了。

人们在杜兰特家里谈论着德国。雅各布（受那股难以掌控的力量所驱使）沿着赫米斯街疾步快走，与威廉姆斯夫妇撞了个满怀。

"噢！"桑德拉大声说道，语气中透着热诚，这时她突然感觉到了这份热诚。埃文接着说："我们可真幸运啊！"

他们在宪法广场旁边的旅馆里招待了他，晚餐很丰盛。编花的小篮子里盛着新烤的面包，有上好的黄油，沙司酱中红红绿绿的小菜丁，使肉看起来更加美味诱人。

然而，还是有点怪怪的。大红的地板上间隔摆放着小餐桌，还装饰着黄色的希腊国王姓氏的首字母。晚餐期间，桑德拉像往常一样戴着帽子和面纱。埃文扭头左看看、右看看，泰然自若，又逢迎顺从；有时还叹一口气。气氛好不奇怪。他们是英国人，在五月的一个傍晚，相聚在雅典。雅各布尝尝这个菜，尝尝那个菜，言语机智地应答着，却隐隐地感觉有些奇怪。

威廉姆斯夫妇说，第二天一大早他们要去君士坦丁堡。

"在你起床之前就走。"桑德拉说。

那么，他们要扔下雅各布一个人了。埃文稍稍转过身，点了一样儿东西——是一瓶红酒——他为雅各布斟了酒，颇为体恤的样子，就像父亲体恤孩子一样，如果可能的话。一个人独处——对年轻人是好事。这个国家，此时比任何时候都更加需要男人。他叹了口气。

"你去过卫城啦？"桑德拉问。

"是的。"雅各布说。他们两人一起走到窗前，而埃文则对服务员领班说早点叫醒他们。

"太不可思议了。"雅各布粗声粗气地说道。

桑德拉微微睁大了眼睛。可能，她的鼻孔也张大了一点。

"那么，就定在六点半吧。"埃文说着，朝他们走来，看到妻子与

雅各布的房间

雅各布背窗而立，他脸上的表情就好像在面对着什么重大事件。

桑德拉冲他笑了笑。

他走到窗前，一言不发，桑德拉接着说，语句有点凌乱，"那个，多好啊——是不是？去卫城，埃文——或许，你太累了吧？"

听到这句话，埃文看着他们两人，或者说是因为雅各布公然在他面前盯着他妻子看，态度粗鲁，脸色阴沉，还有点悲伤的样子——这倒不是说她会同情他。那难以压制的爱意，无论如何也不会停止对人的折磨。

他们走了，只剩下他一人坐在吸烟室里，外面就是宪法广场。

"埃文独自一人的时候更开心，"桑德拉说，"报纸已经把我们分开了。如果，人们都能得偿所愿，就更好了……自从我们相遇，这些美妙的东西你都见过了……我记得非常清楚……我觉得你变了。"

"你想去卫城的话，"雅各布说，"那就去吧。"

"它令人终生难忘。"桑德拉说。

"是的，"雅各布说，"希望你能在白天的时候来。"

"那就更好了。"桑德拉挥着手说。

雅各布看着她，双眼茫然。

"不过，你应该看看白天的帕特农神殿，"他说，"你明天来不了吧——是不是太早了？"

"你一个人在那儿坐了几个小时吗？"

"今天早晨，那儿有几个可怕的女人。"雅各布说。

"可怕的女人？"桑德拉重复着他的话问道。

"法国女人。"

"但也有美好的事发生啊。"桑德拉说道。十分钟，十五分钟，半个小时——在她面前就是永恒了。

"是的。"他说。

"人在你这个年纪——年轻的时候，你会干什么呢？你会恋爱——哦，是的！但是别太心急。我的年纪可大多了。"

游行的人群将她挤下了人行道。

"我们还要继续往前走吗？"雅各布问。

"继续走吧。"她坚持说。

因为,她停不下来,她还没有告诉他——或者亲耳听他说——或者,她是要求他做出什么举动吗?她看到了远处地平线上的卫城,她不能停歇。

"你永远也不可能让英国人像这样坐在外面。"他说。

"永远不可能——不可能。回到英国之后,你不会忘了这些吧——跟我们一起去君士坦丁堡吧!"她突然大声说。

"可是,那样的话……"

桑德拉叹了口气。

"当然,你是一定要去特尔斐的。"她说。"但是,"她问自己,"我想从他身上得到什么呢?可能是一些我错过的东西……"

"晚上六点左右,你就能到那儿了,"她说,"你会看到老鹰的。"

在街角的灯光下,雅各布看起来心意已定,甚至有点孤注一掷,但依然很镇定。他可能在饱受苦痛折磨。他很容易轻信别人,但他也有点刻薄。在他的内心深处,埋藏着幻灭的种子,幻灭会从中年妇女身上传到他的身上。或许,如果奋力爬到山顶,那幻灭也就不必转到他身上来了——中年妇女身上传来的这种幻灭感。

"旅馆太差劲了,"她说,"洗手盆里全是前面客人弄的脏水,总是会碰到这样的事。"她笑着说。

"遇到的人确实让人讨厌。"雅各布说。

他的兴奋显而易见。

"写信告诉我啊,"她说,"告诉我你的感觉和想法,把一切都告诉我。"

夜色很黑。黑暗中的卫城高低不一,参差不齐。

"好的,非常愿意。"他说。

"回伦敦以后,我们还要再见面……"

"好的。"

"我想,他们可能没关大门吧?"他问道。

"我们可以爬过去啊!"她豪放地答道。

129

雅各布的房间

云朵从东边飘到西边,遮住了月亮,整个卫城一片漆黑;云团积聚,水汽浓重,氤氲蔓延的一层薄雾停了下来,越积越浓。

此刻,雅典上空黑暗笼罩,只见沿街几缕薄纱似的红光,电灯将宫殿的前面照得惨白。码头兀自屹立在海边,周围标示着一些隔开的小点点;波浪不见了踪影,岬角和岛屿也成了黑幽幽的小山,只能看见些许的灯光。

"我想带我兄弟一起来,如果可以的话。"雅各布低声说道。

"等你母亲来伦敦的时候——"桑德拉说。

希腊大陆一片黑暗;埃维厄岛上空,定是一团乌云触到了海浪,波涛四溅——海豚打着圈儿逐渐游向海底深处。此时,在希腊与特洛伊平原之间的马尔马拉海上,狂风肆虐着。

在希腊、阿尔巴尼亚高地、土耳其高地,狂风扬起沙子和尘土,裹挟着干燥的颗粒,攻击着清真寺光滑的圆屋顶,刮得矗立在伊斯兰教徒墓碑旁的柏树嘎吱作响,枝叶上扬。

桑德拉的面纱被风吹得卷了起来,裹在了身上。

"我送你一本书,"雅各布说,"给。你会一直留着吗?"

(这本书是唐恩的诗集。)

时而,躁动的空气中露出一颗流星。时而,一片漆黑;时而灯一盏接一盏地熄灭;时而,大都市——巴黎——君士坦丁堡——伦敦——如散落的石块一样漆黑。航道可能清晰可辨。在英国,树木已是枝繁叶茂。在这里,或许在南方某处的树林里,老人点燃了干蕨草,惊扰了鸟儿。羊群咳嗽般地叫着,花朵也向彼此弯着腰。英国的天空,比东方的天空更柔和,多了些乳白色。那里的山坡绿草如茵,可能也向天空传递着某种温和的东西、湿润的东西。夹杂着咸味的狂风,从窗户吹进贝蒂·弗兰德斯的卧室。这位寡妇微微起身,支起胳膊肘,叹了口气,好像感觉到了永恒的压抑,却又希望多撑一小会儿——噢,就一小会儿!

我们还是回到雅各布和桑德拉这边来吧。

他们已经消失在夜色中。卫城在这儿,但他们到卫城了吗?石柱和神殿还在;年复一年,生者总是对着它们抒发着情感;这些情感,现在还剩下多少呢?

至于说到达卫城，有谁能说真正到过那儿呢？或者，雅各布第二天早晨醒来，谁能说他找到了什么长久不衰的东西呢？当然，他和他们去了君士坦丁堡。

桑德拉·温特沃斯·威廉姆斯早上醒来，一定发现了梳妆台上的那本唐恩的诗集。这本书将来会放在英国乡间别墅里的书架上，将来某一天，萨利·达根所做的诗《戴米恩神父的一生》也会放到书架上来。书架上已经有十多本小书了。黄昏时分，桑德拉信步走进来，打开书，眼中会闪烁着光芒（不是因为书的内容），她窝在扶手椅里，回忆着那美好的瞬间；有时候，她显得焦躁不安，就把书一本一本抽出来，随手放家里什么地方，就像杂技演员从一根横木荡到另一根横木。她已经过了风华正茂之年。就在这时候，落地大钟滴答滴答地响着，桑德拉能听到时间在一秒一秒过去，她问自己："这是为什么？为什么呢？"

"这是为什么？为什么呢？"桑德拉会这样说着将书放回书架，慢慢走到穿衣镜前，抚摸着自己的头发。晚饭席间，爱德华兹小姐张开嘴享用着烤羊排时，吓了一大跳，因为桑德拉突然很关切地问她："你快乐吗，爱德华兹小姐？"——对于这个问题，茜茜·爱德华兹已经很多年未曾考虑过了。

"这是为什么？为什么呢？"雅各布从来没有问过自己这样的问题。从他鞋带系得那样利落整齐，脸上的胡子刮得那样干净，夜间好几只蚊子在耳边嗡嗡叫着，风吹的百叶窗哗哗响，他还能睡得那么深沉，据此能够判断出来。他还年轻——一个男子汉。至今他还很轻信他人，桑德拉对他的这一点判断是正确的。等到了四十岁，事情可能就不同了。他在唐恩的诗集中标出了自己喜欢的诗句，都是些非常狂野的语句。然而，你却可以拿他们与莎士比亚最纯情的诗句相提并论。

但是，雅典的街道上，狂风在黑暗中呼啸着，呼啸着，人们可能会设想，狂风践踏蹂躏的心情，让人难以对任何人的任何感受加以深入分析，也难以观察容貌。所有人的脸庞——希腊人，黎凡特人，土耳其人，英国人——在黑暗中都是一个模样。终于，石柱和神殿亮白了起来，又渐渐变黄，转而呈现出玫瑰红色；金字塔和圣彼得大教堂也逐渐显现出来；最后是懒洋洋的圣保罗大教堂，隐约出现在人们的

雅各布的房间

视野之中。

基督徒总是有权用他们对日子意义的诠释唤醒大多数城市。之后，其他不同教派的反对者会唱反调似的修正着他们的解释话语不那么中听。汽轮的鸣笛，就像巨大音叉发出的声音，回荡在空中，诉说着古老、久远的故事——绿色的海水为何在海上无情地摇摆涌动。但是，现如今，鸣笛声已经变成了一缕细微的声音，从烟囱顶端传进来，召集了一大群民众。夜晚不过是铁锤敲击间隙的一声长长的叹息，一次深呼吸——即使在伦敦的中心地带，你也可以透过敞开的窗户听得到。

但是，除了精神衰弱和失眠的人，除了站在高高峭壁之上、众人之上、双手蒙住眼睛的思想家，有谁能够透过外在的血肉，将一个人内在的骨架轮廓看得如此透彻呢？在瑟比顿，内在骨架包裹在外部血肉之中，人们是很难看透的。

"阳光明媚的早晨，水难得这么快就烧开了。"格朗德吉太太说着，瞟了一眼壁炉架上的钟。灰色波斯猫在窗台上伸着懒腰，又伸出软软的圆爪子，扑打着一只飞蛾。早饭吃到一半的时候（那天他们起晚了），有人把一个婴儿放在了她怀里，她还要看好糖罐子，汤姆·格朗德吉读着《泰晤士报》上有关高尔夫球的文章，啜一口咖啡，摸摸小胡子，吃完饭就要去上班了。他是负责兑换外汇的一把手，升迁在即。内在骨架在外表血肉之下包裹得严严实实。即使是在这样漆黑的夜晚，在伦巴第大街上、费特巷里、贝德福德广场上，狂风大作，（由于此时正值夏日，仲夏之夜）装饰着电灯的法国梧桐在风中摇曳，遮蔽着房间不让黎明入侵的窗帘也随风摆动着。人们还在喃喃地说着在楼梯上最后说过的话，或者睡梦中还在担心闹钟响了没有。因此，当风在树林里游荡，搅扰了无数的枝丫；昆虫在草叶上摇晃，蜘蛛沿着树皮的缝隙快速向上爬着，空气都在随着风的呼吸而震颤，如细丝般有弹性。

只有在这里——伦巴第大街上，费特巷里，贝德福德广场上——每一种昆虫脑子里都装着全世界，森林王国的运行方式，是为顺利交易演变而来的；蜂蜜总是备受珍视；空气的震颤，是生活中难以形容的躁动。

但是，色彩回来了；爬上了草梗；渲染了郁金香和藏红花；树干也染上了颜色；天空的薄雾、草地、池塘，都充满了色彩。

英格兰银行隐约露出了身影；纪念碑的顶端金光闪闪；拉着运货马车穿过伦敦桥的马匹呈现出灰色、草莓色、铁青色。郊区的火车冲进终点站时，响起了一阵呼呼拍动翅膀的声音。曙光慢慢爬上遮着窗帘的高耸的房屋，从缝隙流进去，照亮了鼓起的鲜红色窗帘、绿色的酒杯、咖啡杯、歪歪斜斜的椅子。

阳光照在剃须镜上；照得黄铜盆闪亮起来；照着白天所有快乐的诱惑；这夏日明亮、好奇、披盔戴甲、灿烂夺目，早已压制了混乱局面；晒干了中世纪的伤感迷雾；抽干了沼泽，还在上面竖起了玻璃和石块；将我们的身体和大脑全副武装，仅仅为了看一看，在日常生活中我们挥舞手臂的姿势，要比军队在平原上拉开的战斗队形更潇洒。

雅各布的房间

第十三章

"盛夏之际。"博纳米说。

海德公园里，太阳照在绿色椅背上，油漆已经晒出了水泡；法国梧桐也被晒得树皮脱落了；泥土晒成了粉末，晒成了光滑的黄色卵石。在公园的周围，车马络绎不绝。

"盛夏之际。"博纳米说，语气中带着讽刺的意味。

他言语讽刺，是因为克拉拉·杜兰特；因为雅各布已经从希腊回来，皮肤晒黑，身体消瘦，口袋里装满了希腊笔记（管理员过来收费的时候，他顺手掏出了笔记）；还因为雅各布的沉默不语。

"他连一句表示很高兴见到我的话都没有说。"博纳米难过地想。

蛇形大桥上，车马川流不息；上流社会的人们或昂首阔步，或优雅地弯腰趴在围栏上；下层人士则仰面躺着，曲起膝盖；绵羊笨拙地吃着青草；小孩子张开双臂从草坡上跑下来，跌倒了。

"温文尔雅。"雅各布说。

"温文尔雅。"雅各布嘴里说着，显得很神秘。博纳米日益感到，雅各布比以往更加崇高、惊人、了不起，尽管自己还是老样子，可能将来永远也都是这样，粗野，微贱。

这是多么高的赞誉！这是多么动听的形容词啊！博纳米如何才能摆脱那庸俗的情感？如何才能不像木塞一样随波逐流？如何才能对人的性格有稳定的洞察力？如何才能摆脱对理性的依赖？如何才能学会从经典之作中找到慰藉？

"高度的文明。"雅各布说。

他很喜欢使用拉丁词汇。

慷慨，善行——雅各布与博纳米聊天的时候使用这样的词语，就意味着他掌控了局面；而博纳米像一只柔情的西班牙猎犬，在他身边跳来跳去；（说不定）最后他们两个还会在地板上翻滚着玩耍。

"希腊呢？"博纳米说，"帕特农神殿等等这些东西呢？"

"完全不具备欧洲的这种神秘感。"雅各布说。

"是那种氛围吧，我估计。"博纳米说，"你去君士坦丁堡了吗？"

"去了。"雅各布回答说。

博纳米停顿了一下，拿起了一个卵石；接着又扔了出去，速度之快，态度之坚决，就像蜥蜴的舌头。

"你恋爱了！"他生气地大声说。

雅各布的脸红了。

即使是最锋利的刀子，也从不曾切得这么深。

作为一种回应，或者至少表示自己听到了他的话，雅各布直盯着前方，一动不动，坚如磐石——啊，真是太俊美了！——就像一个英国海军上将。博纳米气愤地说完，从座位上站起来，走开了：他在等待着什么声音；但什么声音也没有听到；自尊心让他不能回头看；他越走越快，最后发现自己来到了汽车和满嘴脏话的女人中间。那可人儿的脸庞在哪儿呢？克拉拉的脸——范尼的脸——弗洛琳达的脸？谁是那个漂亮的小可爱呢？

不是克拉拉·杜兰特。

必须要出去溜一溜阿伯丁小猎犬了。鲍利先生正要走的时候——他最喜欢散步了——克拉拉和善良的小鲍利一起去了——在奥尔巴尼有房产的鲍利，给《泰晤士报》写写关于外国酒店和北极光的滑稽文章的鲍利——喜欢年轻人的鲍利，右手背在身后在皮卡迪利大街上散步的鲍利。

"你这个小淘气鬼！"克拉拉喊着，给特洛伊拴上了狗链。

鲍利一直期望——希望——找到一个知己。克拉拉尽管对母亲非常孝顺，有时候也觉得母亲有点太过自负，不能理解他人——"像我一样荒唐可笑"，克拉拉趔趄了一下（狗在拽着她往前走）。鲍利觉得她看起来像个猎手。他反复想着到底是什么——像是某个发间别着月牙儿、

雅各布的房间

脸色苍白的少女,这在鲍利看来是奇思怪想。

她脸红了。这样直白地评论自己的母亲——但仅仅是对鲍利先生说,他爱她的母亲,肯定每个人都爱她;但这样说出口,她还是觉得很不自然。然而,一整天来,她一直觉得,必须得找个人说说,这种感觉很糟糕。

"等我们过了马路。"她弯腰对狗说道。

她很高兴那时候心情已经平复。

"她满脑子想的都是英国,"她说,"她总担心——"

鲍利又像以往一样上当了。克拉拉从未对任何人吐露过真心。

"年轻人为什么不解决这个问题呢?"他想问,"英国到底是怎么回事?"——对于这个问题,可怜的克拉拉无法做出回答,因为杜兰特太太与埃德加勋爵讨论爱德华·格里勋爵的政策时,克拉拉只想知道壁橱为何看起来满是灰尘,雅各布为何许久不来。哦,考利·约翰逊太太来了……

克拉拉会端上精美的陶瓷茶具,笑盈盈地回应着人们的夸赞——在伦敦,烹茶手艺最好的当属克拉拉。

"我们在布洛克班克商店买到的,"她说,"就在柯西特大街上。"

难道她不应该感恩吗?她不应该幸福吗?

特别是母亲这么健康,如此乐于和埃德加勋爵谈论摩洛哥、委内瑞拉或类似的地方。

"雅各布!雅各布!"克拉拉想;而好心的鲍利先生,向来对老夫人们很客气的鲍利先生看了看,停下来,琢磨着伊丽莎白是不是对女儿太过严厉了;想着博纳米,雅各布——是哪个年轻人来着?——克拉拉一说她要去溜特洛伊,他立刻跳了起来。

他们来到了展览馆旧址。他们欣赏着郁金香,或坚挺,或卷曲,一株株光滑油亮的小花茎钻出土壤,接受着土壤的滋养,也受着土壤的牵绊,饱满的猩红色与珊瑚红色。每一株花都投射了影子,它们很整齐地开放在菱形花丛中,正如园丁设计好的那样。

"巴恩斯种的郁金香从未开得这样好看过。"克拉拉想着;她叹了口气。

"有你的朋友,你没有看见。"走在对面的一个人冲他们脱帽致意时,鲍利说道。她看了看,向莱昂内尔·帕里回了礼,刚才惦念雅各布的心思被他的出现一扫而光。

("雅各布!雅各布!"她在心里呼唤着。)

"可如果我一松手,你会被车撞到的。"她对狗说道。

"英国似乎还不错嘛。"鲍利先生说。

阿基里斯雕像下的一圈围栏上,全是阳伞和背心、表链和手镯;还有女士们和先生们在优雅地漫步,随便看着什么。

"'本雕像由英国妇女所立……'"克拉拉一边大声读着,一边傻笑,"噢,鲍利先生!噢!"嗒嗒——嗒嗒——嗒嗒——一匹马飞奔而过,马背上没有人。马镫乱晃,崩起的小石子飞得老高。

"哦,停下!拦住它,鲍利先生!"她大喊着,脸色苍白,浑身颤抖,一把抓住了他的胳膊,自己却完全没有意识到,眼泪也淌了下来。

"啧啧!"一个小时以后,鲍利先生在更衣室里说。"啧啧!"他这个评论含义深刻,尽管没有清楚地表达出来,因为那时候贴身男仆正递给他衬衫扣。

茱莉娅·艾略特也看见那匹马跑了,她从座位上站起来,想看看这件事如何收场。她觉得这件事有点可笑,因为她来自一个爱好运动的家庭。小个男人啪嗒啪嗒追在马后面,马裤上沾满了尘土,看来他真是气坏了,有位警察扶他跨上马背。看到这一幕,茱莉娅·艾略特面带嘲讽的笑容,转身走向大理石拱门去做善事。她不过是去看望一位生病的老夫人,她认识她的母亲,可能也认识威灵顿伯爵;因为茱莉娅像其他女人一样,对不幸之人充满爱心,愿意去看望弥留之人,喜欢在婚礼上扔鞋子,收到许多倾慕者吐露心声的来信,认识的名门望族比学者知道的重要日子还要多,是个和蔼可亲、慷慨大方、毫无保留的女人。

然而,在她走过阿基里斯雕像五分钟之后,她那专注的神情,就像一个人在夏日午后从人群穿过,树叶沙沙作响,车轮卷起黄土,眼前的喧闹似乎是对逝去的青春和过往夏日的哀挽。她心中升起一股奇怪的悲伤,仿佛人们的衣裙、背心中透露着岁月与永恒,她看见人们悲惨地走

137

雅各布的房间

向毁灭。然而，苍天作证，茱莉娅不是傻瓜。没有比她更精明的人了。她总是很守时。腕上的手表显示，她还有十二分半的时间可以到达布鲁顿大街。她要在五点钟去看康格里夫夫人。

韦里大楼上的镀金钟敲响了五点的钟声。

弗洛琳达看着金钟，表情呆滞，就像一只动物。她看看金钟，看看大门，又看看对面长长的玻璃窗，放好披风，靠近桌子坐下，因为她已有身孕——这一点确凿无疑，斯图亚特大妈说，还给她推荐了补救的药物，也咨询了朋友；尽管她脚步很轻，但鞋跟拌了一下，跌坐了下来。

服务员给她端上了一杯粉色的甜甜的东西，她用吸管喝着饮料，眼睛看着穿衣镜，又看看门，从甜甜的味道中得到了抚慰。尼克·布拉默姆走了进来，连年轻的瑞士服务员都看得出来，显然他们之间有一笔交易。尼克笨手笨脚地挂着衣服，用手指撸了撸头发，紧张地坐下来，似乎在经受着酷刑。她看看他，突然大笑起来；笑啊——笑啊——笑啊。年轻的瑞士服务员双腿交叉站在柱子旁，也跟着笑了起来。

大门开了；涌进了摄政街上的喧闹，车水马龙的喧闹，冷漠又无情；阳光裹挟着尘土也跟了进来。瑞士服务员要去招呼新来的客人了。布拉默姆举起了酒杯。

"他很像雅各布。"弗洛琳达看着新进来的这位客人说。

"他凝视的样子很像。"她不再笑。

海德公园里，雅各布身体前倾，在地上画了一幅帕特农神殿的平面图，至少是交叉的线条构成的一个整体，可能本来是要画帕特农神殿的，也可能是一个数学图解。为什么角落里的鹅卵石埋得那么坚固？他掏出了一沓纸，并非要数一数笔记，而是要看一下桑德拉文笔流畅的来信。信是两天前桑德拉在弥尔顿·道尔公馆写的，当时雅各布那本唐恩诗集就放在她眼前，她回忆着他们在黑暗中前往卫城的路上说过的或欲说还休的话，还有那值得永远珍藏的点点滴滴（这就是她的信念）。

"他，"她沉思着，"像莫里哀作品中的那个人。"

她指的是阿尔希斯特。她的意思是，他很严肃。她的意思是，她能欺骗他。

"我真的可以吗？"她想着，将唐恩诗集放回到书架上。"雅各布,"她接着想,走到窗户前,望着窗外花圃中的星星点点,花斑奶牛在山毛榉树下吃草,"他会大吃一惊的。"

婴儿车从围栏上的小门穿了过去。她亲吻了她的手;吉米在保姆的引导下,挥舞着小手。

"他就像个小男孩。"她说,心里想着雅各布。

然而——阿尔希斯特呢?

"你可真是麻烦!"雅各布抱怨地嘟囔着,伸出一只脚,接着又伸出另一只脚,在裤兜里摸着座位票。

"我估计座位票被羊吃了。"他说,"你们为什么要养羊呢?"

"很抱歉打扰了您,先生。"检票员说,手伸进了他那巨大的钱袋子。

"好吧,我希望他们为此付给你薪水。"雅各布说,"给你。不用找了。你留着吧,去好好喝一杯。"

他给了检票员半克朗,宽容,慈悲,还有对他同类的不屑。

即使到了现在,可怜的范尼·埃尔默走在斯特兰德大街上,雅各布那漫不经心、冷漠、傲慢的态度,依然让她不知如何是好,比如他与火车站保安或行李搬运工说话时的方式;再比如怀特霍恩太太的小儿子被学校老师打了之后,找他商量时,他说话的态度。

最近两个月,雅各布寄来的有图画的明信片,犹如范尼的精神食粮,在她心中,雅各布比以往更加如雕像般俊美、高贵,让人不忍直视。为了强化她这种感觉,她还特意去了大英博物馆,但她一直目光低垂,直到来到了斑驳的尤利西斯雕像旁边她才睁开双眼,仿佛雅各布突然出现在眼前,让她为之一惊,而这一眼,就足以支撑她半天了。不过,这样的感觉还是渐渐变淡了。现在,她也开始写作了——诗歌、从未寄出的信笺——她仿佛在广告牌上的广告里看见了他的面孔,她会穿过马路,任手摇风琴将她的沉思谱成狂想曲。而在早餐的时候(她与一位老师合住),黄油涂抹在盘子上,叉子尖沾了蛋黄,她对雅各布的那些感觉被彻底颠覆了;事实上,她非常生气;脸色也变了,因为马格丽·杰克逊告诉她说,整件事情(她在系靴子带)不过是本性使然,庸俗且多愁善感,因为她也曾爱过,也曾是个傻瓜。

雅各布的房间

"教母都应该告诉过我们的。"范尼说着，往斯特兰德大街上的培根地图商店的橱窗里看——告诉我们没必要大惊小怪的；她们应该告诉我们生活就是这样，就像此刻范尼看着标有轮船航线的黄色大地球仪时所说的。

"生活就是这样，这就是生活。"范尼说。

"这张脸线条太硬了。"巴雷特小姐想。她在玻璃窗的另一面，想买一张叙利亚沙漠地图，很不耐烦地等着。"现在的姑娘们老得可真快啊。"

透过泪水，赤道显得模糊不清。

"到皮卡迪利吗？"范尼问公共汽车上的售票员，然后爬上了顶层。他终究是要回到她身边来的，他一定会回到她身边来。

但是，雅各布正坐在海德公园的梧桐树下，可能正想着罗马，想着建筑，想着法理学。

公共汽车在查令十字街停了下来。后面挤满了公共汽车、敞篷货车、小汽车等各种车辆，因为举着标语的队伍正在怀特霍尔街上游行，还有一些老人刚刚做完礼拜，动作僵硬地从光滑的狮爪间走下来，他们深情吟唱，目光从歌谱抬起，仰望着天空，一直到他们走到了用金色字母写出来的信条的后面，眼睛依然在盯着天空。

车马全都停了下来，空中不再有微风吹拂，太阳炙烤着大地。但是，游行的人群走过去了，标语在怀特霍尔街的另一头闪烁着耀眼的光芒；车辆放行了，缓缓前进着，街上又变得车马喧闹，弧形的考克斯珀大街车辆熙熙攘攘，沿着怀特霍尔大街，从政府办公室门前经过，从骑士雕像下走过，从高耸的尖塔下走过，这些尖塔就像用绳索连在一起的灰白色舰队，最后是西敏寺巨大的白钟。

大本钟敲了五下；内尔逊接受着人们的致敬。海军部的电线随着远方传来的讯息颤抖着。有一个声音在不停地说着各国首相和总督们在德国国会大厦讲话了，巴基斯坦的拉合尔市也进来了，皇帝出门旅行了，米兰发生暴动了，维也纳谣言四起了，驻君士坦丁堡大使觐见苏丹王了，海军舰队到达直布罗陀了。这个声音持续不断，怀特霍尔政府办公室的工作人员（蒂莫西·杜兰特就是其中一员）各个脸上表情无比凝重,他们聆听着,解读着,记录着。文件越摆越高,上面记录着德国皇帝的言论,稻田的统计数据,千万劳动人民的呐喊,在偏僻小巷里谋划的叛乱,在加尔各答集市上的集会,在阿尔巴尼亚高地集结军力,如今那里已是黄土满山、尸骨遍野。

这个声音从广场上一间安静的小屋清晰地传来,屋里摆放着厚重的桌子,一位老人在打印的纸张空白处做着笔记,银顶雨伞斜靠在书架上。

他的脑袋——秃顶,可见红色血管,看起来空空荡荡的样子——代表了这栋楼里所有人的脑袋。他的脑袋上浅色的眼睛,眼神亲切,承载着沉重的知识穿过马路,将这些知识卸载在同样负重的同行者面前;之后,十六位先生拿起笔,也可能是在椅子上疲惫地转过身,裁定着这样或那样书写历史的进程,果断裁决,因为他们脸上的表情表明了要将印度王公酋长与德国皇帝、集市上的悄声低语、阿尔巴尼亚高地秘密集会等事件关联起来,那集会在怀特霍尔办公室都能依稀可见,参与集会的人是穿苏格兰褶裙的农民。他们就是这样操控着历史的进程。

皮特和查塔姆,还有伯克和格莱斯顿,左看看,右看看,眼神坚毅,神态如仙人一般静默,可能会令凡人心生嫉妒,举着标语游行的人群还走在怀特霍尔大街上,空气中弥漫着哨声和动荡。此外,还有些人消化不良;有个人恰好在这个时候把眼镜片摔碎了;还有个人明天要在格拉斯哥演讲;总之,他们脸色太红润,亦或肥胖,亦或苍白,亦或瘦削,不能像大理石脑袋那样操控历史进程。

提米·杜兰特在海军部的小办公室里,正要查阅一本蓝皮书,在窗前停留了片刻,仔细看着贴在电灯柱上的标语。

托马斯小姐是一位打字员,她对朋友说,如果内阁再不散会的话,她就见不到在快乐剧院门口等她的男朋友了。

提米·杜兰特腋下夹着那本蓝皮书回来了,看到街角有一小群人聚在一起,仿佛其中一人知道什么秘密似的,而其他人挤在他身边,上看看,下看看,又沿着马路看看。他到底知道些什么呢?

蒂莫西将书放在面前,开始研究一份财政部派发过来让大家传阅的文件,他的同事克劳利先生把一封信插在了信件插杆上。

雅各布的房间

海德公园里,雅各布从椅子上站起来,将座位票撕成碎片,走开了。

"日落真美啊。"弗兰德斯太太在给阿切尔的信中写道。她在给在新加坡的阿切尔写信。"总是舍不得回去。"她写道,"好像一分钟都浪费不得。"

雅各布走开的时候,肯辛顿宫长长的窗户闪着热烈的玫瑰红色,一群野鸭从蛇形河上飞过;树木突兀地站在天空之下,幽暗,壮观。

"雅各布,"弗兰德斯太太写道,红色灯光映在信纸上,"经历了快乐之旅之后,正在刻苦地工作……"

"德国皇帝,"怀特霍尔街上远远传来那个声音,"正式接见了我。"

"哎,我认识那张脸——"安德鲁·弗洛伊德牧师从皮卡迪利大街上的卡特商店里走出来,说道,"可他究竟是谁呢——?"他望着雅各布,转过身来看了看他,但还是不能确定——

"噢,雅各布·弗兰德斯!"他突然想起来了。

不过,他现在长这么高了,完全没有认出他来,多好的一个小伙儿啊。

"我还给过他拜伦的诗集呢。"安德鲁·弗洛伊德思忖着继续向前走去,雅各布穿过马路的时候,他犹豫了一下。一会儿的工夫,机会就错过了。

又一波游行的队伍,没有举标语,堵塞了朗埃克路。马车上坐着佩戴紫水晶饰品的老贵妇和手捧康乃馨的先生,被堵在中间的出租车和汽车掉头反向行驶,车上身穿白色背心、精疲力尽的人们懒洋洋地靠在座椅上。他们这是在回家的路上,回他们在帕特尼和温布尔顿的家,家中有灌木丛和台球室。

路边有人在拉着手摇风琴,奥德里奇家臀部印着白色标记的马匹,撒开腿正要跨过马路,被猛地拉了回去。

杜兰特太太和沃特利先生坐在汽车里,心急如焚,唯恐错过了音乐会的序曲。

但是,沃特利先生仍旧是那么温文尔雅,总是能及时赶上序曲。他系好手套，夸赞着克拉拉小姐。

"这样美好的夜晚，我们在剧场里度过，真是太可惜了！"杜兰特太太说着，看见朗埃克路上马车制造厂的窗户都闪着光亮。

"想想你的沼泽地，多么美啊！"沃特利对克拉拉说。

"是啊！但克拉拉更喜欢现在这样。"杜兰特太太笑着说。

"我也不知道——真的。"克拉拉说着，看了一眼闪着光亮的窗户。她突然一惊。

她看见了雅各布。

"谁？"杜兰特太太身体前倾，厉声问道。

其实，她谁也没看见。

在歌剧院的拱门下，大脸庞的人，瘦脸庞的人，涂脂抹粉的人，不加修饰的人，在夕阳的余晖下，都映红了脸；吊灯发出幽暗的黄光，催促着人们加快脚步，那重重的脚步声，那鲜红的颜色，那盛大的仪式，都在催促着人们。有几位女士朝附近蒸腾着热气的卧室看了一会儿，卧室里的女人披散着头发将头探出窗外，还有小姑娘们——孩子们——（长长的镜子将女人们悬在那里）但你必须得跟上，谁也不能堵住路。

克拉拉的沼泽很美。腓基尼人安睡在堆起的灰色岩石下，古老矿井上的烟囱直冲云霄；早生的蛾子在石楠花的花铃上留下了斑点；车轮隆隆地碾压着地面，在地下深处都能听到；海浪吮吸着，叹息着，温柔，执着，永不停歇。

帕斯科太太站在菜园里，将手放在额头上遮挡着阳光，望着大海。两艘汽船和一艘帆船相对而行；交汇而过；海湾里，海鸥一次次落在一根木头上，又高高飞起，再回到木头上；而有些海鸥则追逐着浪花，停在水边，直到月光将一切照成亮白色。

帕斯科太太早就已经回屋去了。

但是，红光照在帕特农神殿的石柱上，照在织着长袜的希腊女人身上，她们时而把孩子叫过来，拿掉孩子头上的虫子，欢快得就像热浪中飞舞的灰沙燕。她们吵架，责骂，给宝宝吃奶，直到听见了比雷爱斯福港的船只鸣炮的声音。

这声音慢慢传播开来，之后，在岛屿之间的海峡中打开一条通道，

143

雅各布的房间

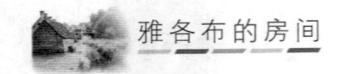

发出阵阵的爆破声。

黑暗像一把刀一样降临在希腊。

"炮声？"贝蒂·弗兰德斯说。她半睡半醒，从床上爬起来，走到窗前，窗户的边缘有一些黑色的树叶。

"这么远，不可能的。"她想，"是海浪吧。"

她又一次听到了那闷闷的声音，远远的，好像夜猫子女人在敲打着巨大的地毯。莫蒂失去联系了，斯布鲁克去世了，他的儿子们在为国家而战，那些小鸡安全吗？有人在楼下走动吗？丽倍加牙疼了吗？不，夜间活动的女人们在拍打着巨大的地毯子。她养的母鸡在栖木上微微抖动着翅膀。

第十四章

"他就这么走了,"博纳米感到很惊讶,"什么东西也没收拾,所有的信都这么乱扔着,谁都可以随便看。他想干什么呢?他想过要回来吗?"他站在雅各布房间的正中间沉思着。

十八世纪有着非常明显的特点。这些房屋是大概一百五十年前建造的,房间设计美观,有着高高的屋顶;门廊上的木头上刻着玫瑰花或公羊头,就连镶板也涂成了树莓色,别具一格。

博纳米拿起一张买马鞭的账单。

"这个好像还没有付钱。"他说。

还有些是桑德拉的来信。

杜兰特太太要去格林尼治参加一个舞会。

洛克斯比尔夫人祝她开心……

空荡荡的房间里,百无聊赖,只有窗帘被风吹得鼓鼓的;花瓶里的花动了一下。柳条编的扶手椅上的一条藤咯吱响了一下,尽管并没有人坐在上面。

博纳米走到窗前。皮克福德商行的货车飞奔在大街上,公共汽车都被堵在了穆迪街的拐角处。发动机突突突地颤抖着,运货马车夫用力刹车,马被缰绳拉得高高扬起了头。一个刺耳不悦的声音喊着让人听不懂的话。突然,所有的树叶好像都自己飘了起来。

"雅各布!雅各布!"博纳米站在窗户旁喊道。树叶又都垂了下去。

"到处都乱成一团!"贝蒂·弗兰德斯猛地推开卧室的门,恼火地说。

博纳米从窗前走开了。

"这个,我该怎么处理呢,博纳米先生?"

她拎着雅各布的一双旧鞋。

145

第二部分　达洛维夫人

雅各布的房间

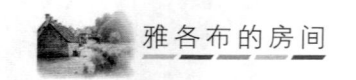

达洛维夫人说她自己去买花。

因为露西有自己的活儿要忙,她要把门从合页上卸下来,朗博梅尔的人就要来了。而后克拉丽莎·达洛维心想:多好的早晨啊——清新得像是送给沙滩上孩子们的礼物。

好一只百灵!瞧它那俯冲!这感觉就像从前一样,那时候她一听到合页的吱吱声(这声音她现在也能听到)就会猛地推开落地窗,冲到伯顿的户外去。在那里,清晨的空气多么清新,多么平静,当然比此时的更显寂静,像海涛的拍打,似波浪的浅吻,寒意袭人又(对她这样一个十八岁的姑娘来说显得)庄严肃穆。那时候她站在敞开的窗前,感觉有什么可怕的事将要发生。她凝视着花、烟雾缭绕的树和飞起飞落的白嘴鸦,定定地站在那里看着,直到彼得·沃尔什问道:"在菜园里沉思吗?"——是那样说的吗?——"比起白菜花,我更喜欢人。"——是那样说的吗?他——彼得·沃尔什,一定那么说了,就在一天早饭的时候,而那时她已经走到外面的露台上去了。他不久就要从印度回来了,六月或是七月,她不记得了,因为他的信实在太无趣。他的双眼、他的小折刀、他的微笑、他乖戾的性情以及无数的往事全然消散之时——多么奇怪啊!——他说过的关于卷心菜的这几句话却让人记得。

她站在路边,微微直了直身子,等着德特纳尔的货车开过。在斯克罗普·珀维斯看来,她是个迷人的女人(他对她的了解就像是一个人了解住在自己威斯敏斯特的隔壁邻居一样),尽管她已年过五十,自患病以来也越发苍白,却有一点像松鸦,蓝绿的、明艳又活泼。她站在路边,像鸟儿一样轻盈,她没看见他,笔直地站着,准备过马路。

到如今在威斯敏斯特住了有多少年?二十几年啦——克拉丽莎可以肯定的是,即便置身车流,抑或午夜梦醒,你都能感受到一份特殊的缄默或肃穆,一种不可名状的停顿和一丝大本钟敲响前的悬而未决(但他们说那可能是她心脏感染过流感,受了影响的缘故)。听!钟声响了。先是一段悦耳的预响音乐,紧接着则是不容置疑的报时声。沉闷的音波消失在了空气中。我们真是傻瓜啊,她穿过维多利亚大街时如是想着。因为只有上帝才会知道人们为什么那么热爱生活,怎样看待生活,围绕自身将其构建,又推翻,又每时每刻地忙于重建。但就算是衣着最邋遢的女人，坐在门阶上最沮丧的失意者，也都如此。因为他们热爱生活，克拉丽莎确信，即便是议会法案也对此无济于事。在人们眼里，在招摇、沉重而艰难的步伐中；在吼叫和喧嚣里；在于马车、汽车、公共汽车、货车；在于步履拖拉摇摆的夹板广告员（身体前后挂着广告牌的人）；在于铜管乐队；在于手摇风琴；也在欢庆凯旋的丁零声和头顶上飞机奇异的高鸣里；生活；伦敦；此刻的六月。

因为现在是六月中旬。战争都过去了，只有福克斯克罗夫特夫人那样的人除外，昨晚她在大使馆伤心欲绝，因为她那出色的儿子牺牲了，而今那座古老的庄园只有归入表亲名下，还有贝克斯伯勒女士，他们说她在开办义卖会时，手里拿着份电报，上面是她最爱的儿子约翰牺牲的消息。但战争结束了，谢天谢地，终是结束了。正值六月，国王和王后都在白金汉宫。尽管时间还早，敲打声、马驹飞奔的嗒嗒声、板球拍的拍击声已随处可闻。洛兹板球场、阿斯科特赛马场、拉内拉赫公园，所有的地方都被笼罩在一片如软网般的灰蓝色晨雾之中，天渐渐大亮，雾也将逐渐散去，蹦跳的小马驹跑到草坪和球场上，前蹄刚一落地又立刻腾起。转着回旋的年轻小伙，笑容满面、身着透明薄纱的姑娘，在通宵跳舞之后，即使这个时间，还在牵着可笑的卷毛小狗慢跑。而且即使在这个时候，那些谨慎的上了年纪的贵妇们已经坐上了私家车，外出办些神神秘秘的事情。店老板们正在橱窗里不停地摆弄着他们的人造宝石和钻石，美丽的海绿色复古胸针被放在十八世纪风格的底座上，用来吸引美国佬〔不过他必须节约，不要轻易给伊丽莎白买东西〕。她自己也爱珠宝首饰，对此怀着一种荒诞又忠实的酷爱，将自己的生命融入其中。因为她的先辈们曾在乔治王朝中做过侍臣，她今晚也要光彩照人，举办自己的聚会。但是步入公园那一瞬，寂静得太奇怪了！那薄雾、那低哼，欢快的鸭子缓缓游动着，长着喉袋的水鸟摇摇摆摆地走着，迎面走来一个人，出奇的得体，他背向政府大楼，提着一只印有皇家纹章的公文箱。除了休·惠特布莱德还会是谁呢，那是她的老朋友休——令人钦佩的休！

"早上好啊，克拉丽莎！"休说得十分随意，因为他们从小就认识。"你去哪儿啊？"

雅各布的房间

"我爱在伦敦散步,"达洛维夫人答道,"真的,这儿比在乡下好。"

他们刚来,遗憾的是,为了看病来的。别人来这里都是看电影、去剧院、带着女儿出门,而惠特布莱德家的人却是来"看医生"的。克拉丽莎去看望伊芙琳·惠特布莱德,不知道跑了多少次疗养院。伊芙琳又病了吗?休说伊芙琳身体很不舒服,他噘了噘嘴,挺了挺身子,穿得衣冠楚楚、颇有风度、英俊不凡、装点考究(他总是穿着讲究,不过想来也是客观需要,因为他在宫廷里多少有份差事),并暗示她患了点儿内科病,不严重。作为老朋友,克拉丽莎·达洛维无须详询也能够意会。是啊,她当然明白那病有多害人,她内心生出一种姐妹情愫的同时又奇怪地注意到自己的帽子。大清早戴这顶帽子是不是不合适?因为当休阔步向前、煞有介事地抬抬帽子并向她承诺赴约时,她感觉自己就像个十八岁的小姑娘。当然,在伊芙琳的强烈要求下,今晚的宴会他会去,只是可能会稍晚一些,因为他得先带吉姆的一个儿子去参加宫里的晚会。在休身边,她总觉得自己有点不足与他相配,像个学生,但是她依恋着他,一定程度上是因为自己一直都了解他,的确觉得他有他好的地方,而理查德快被他逼疯了,彼得·沃尔什则对她喜欢休这件事永远也不能释怀。

她还记得发生在伯顿的一幕又一幕——彼得怒不可遏,休在各方面都不是他的对手,但也并非他口中所说的那样一无是处,绝不仅是理发店里的盖帽。当他年迈的母亲想要他放弃打猎或是带她到巴斯去的时候,他照做了,绝无二话。他根本不自私,至于彼得所说的,休除了英国绅士的那一套规矩和教养外,既没感情又没头脑,那些只不过是爱人最糟糕的气话。他可能会令人无法容忍,也可能让人无法接受,但是像这样在晨间与他一同漫步却是美妙的。

(六月,树木已繁茂。皮姆利科区的母亲们在给孩子喂奶。文电不断地从舰队传入海军部。阿灵顿街和皮卡迪利大街仿佛使公园里的空气也变热了,树叶在那一片充满非凡生机的热浪里翻飞着,光灿明亮,克拉丽莎深爱着这份生命力。跳舞、骑马,她什么都爱。)

她和彼得,两人像是分开了几百年,她从不写信,而他的信枯燥如柴，但她会有一些闪念，如果此时和他在一起，他会说什么呢？她会在某些日子、某些场景想到他，心平气和地，没有了过去的那些怨怼，这也许就是关怀他人的回报吧。她想到的是一个晴朗的早上，他们回到了圣詹姆斯公园的中央——他们的确是的。可是无论天气多好、草木多美、衣着粉嫩的小女孩多可爱，彼得全都视而不见。他戴着眼镜，要是她叫他看看，他就照做一下。他感兴趣的是世界的局势、瓦格纳的音乐、蒲伯的诗歌、人性的不朽，还有她灵魂的缺陷。他是那样地斥责她！他们是那样地相互争辩！她将嫁给首相，站在楼梯最高处，他说她是个完美的女主人（她为此在卧室里痛哭流涕），他说她具有成为完美女主人的特质。

于是她感觉自己仍在圣詹姆斯公园争辩着，依旧试图证明自己不嫁给他是对的——而她的确没错。因为在婚姻中，对两个每日朝夕相伴的人来说，必须有一点独立空间，理查德给了她这份自主，她也给予了理查德。（比如他今早在哪里？还有关于某个委员会，她从没问过。）但是和彼得在一起什么都要共享，什么都得探究，这着实让人受不了。经历了小花园喷泉边的那一幕后，她不得不和他分手了，否则两人都会被毁，都会崩溃，对此她深信不疑。但她多年来一直忍受着利剑穿心般的悲伤和痛苦，后来却是那惊魂一刻：一次音乐会上有人告诉她，他娶了一位去印度时在船上认识的姑娘。她永远忘不了这一切！冷酷、无情、做作，他曾经这样说她。她是永远无法理解他的关怀了。但想必那些印度女人是能够理解的——那些愚蠢、漂亮、浅薄的傻瓜们。她真是白费同情心，因为他向她保证他很幸福，极其幸福，哪怕从未做过一件他俩谈过的事，他是个彻头彻尾的失败者。到如今她还是气愤难平。

她来到公园门口，伫立片刻，看着皮卡迪利大街上的公共汽车。

她现在不愿议论这世上任何人的是非长短。她觉得自己非常年轻，又难言的衰老。她像把刀一样剖析了万物，却又置身事外、冷眼旁观。她注视着来往的出租马车，一种无止无尽的感觉油然而生，仿佛独自立于很远很远的海上。她总觉得即使活在世上一天，也是非常非常危险的。倒不是她觉得自己聪慧或超群。她想不出自己是怎么靠着丹尼尔斯小姐传授的那点知识的皮毛活下来的。她一无所知，不懂语言，不懂历

雅各布的房间

史，现在除了床上的回忆录，她几乎不读书。但是对于她来说，这一切，过往的出租马车，都有着极致的吸引力。她不会提起彼得，不愿谈及自己，这般那般，都不会说。

她唯一的天分就是可以几乎只靠直觉识人，她边想边往前走着。若是和他人共处一室，她会像猫一样，警觉地弓起背，或者发出满意的咕噜声。德文郡庄园、巴斯府邸、摆着瓷凤头鹦鹉的宅子，它们灯火光灿的时候她都见过。她记得西尔维亚、弗雷德、莎莉·西顿这些人，也记得那时曾通宵达旦地跳舞，路过的运货车沉重缓慢地驶向市场，回家的路上开车穿过公园，还记得自己曾向公园的蛇形池里投过一枚先令。可是以前的事谁都记得，而她热爱的是这里、当下、眼前的所见，出租马车里的丰满女人。走向邦德大街的路上，她问自己，这重要吗？她的生命最终定会终止，而没有她一切仍将继续，她会怨恨吗？或者即便知道死亡会结束一切，不也感到欣慰？但是在伦敦的大街上，经历了世间的兴衰荣辱，她莫名地幸存了下来，彼得也幸存了下来，他们生活在彼此心中。她相信自己是家乡树木的一部分，是那所丑陋杂乱的房子的一部分，是那些素未谋面的人们的一部分。她就像一层薄雾铺散在她最熟悉的人们之间，他们用自己的一部分将她托衬着，如同她所见的树木托起薄雾一般。可是她的生活、她自己，却蔓延得如此遥远。但是，当她看向哈查兹书店的橱窗时，在梦想着什么呢？她在努力追忆什么？当她读到摊开书页上的诗句，又会对乡间那白色的黎明有着怎样的构想呢？

不要再怕炎炎骄阳，
也不要害怕寒冬肆虐。

如今的世界、当下的遭际已经让所有人的内心，无论男女都含泪隐忍。泪水和哀恸，勇气与毅力，刚直与坚忍。比如，她想到了自己最敬佩的女人——贝克斯伯勒女士——主持开办义卖的场景。

这里有乔罗克斯的《野游和欢宴》，有《肥皂海绵》，还有阿斯奎斯夫人的《回忆录》和《尼日利亚大型猎物射捕记》，全都打开陈列着。那里的书那么多，可似乎没有哪一本非常适合给疗养院里的伊芙琳·惠特布莱德。没有什么可以取悦她，可以让这个异常干瘪瘦小的女人有片刻的热忱，克拉丽莎走进门看到的便是此情此景。然后她们坐下来开始漫无边际地谈论妇科病。她是多么希望在她进门时看到人们脸上愉悦的表情，克拉丽莎心里想着，转身往回走向邦德街的方向，有些恼火，因为为了其他原因而做事是愚蠢的。她宁可自己是理查德那样的人，凡事只为自己。可她不是，等着过马路时她思索着，一半时间自己做的事都不是单纯为了那些事本身，而是为了让别人这样或那样想。她知道这样愚不可及（警察现在举手让行了），因为谁也不会上当，哪怕是一秒钟的工夫。唉，要是能重活一回多好啊！她边想边踏入了人行道，甚至还能改变样貌！

　　首先她会有贝克斯伯罗女士那样的深肤色，有着起皱皮革般的皮肤和迷人的眼睛。她也会像贝克斯罗女士一样从容庄重，身形高大，像男人一样热衷政治，有座乡村房产，十分端庄，十分诚挚。可她自己呢，身材像根豌豆杆，有一张可笑的小脸和鸟儿一样的小嘴。事实上，她举止优雅，手脚秀气，花销极少但衣着得体。然而现在她的这个躯体（她停下来观赏着一幅荷兰画），有着这些特性的这副躯体似乎都没了意义，什么也不是。她有种最奇怪的感觉，觉得自己是无影无踪的，不为所见的，不明身份的，如今再也不用结婚，也不用生儿育女，仅是和其他人一起沿着邦德大街前行，这种前行令人惊心动魄又隆重庄严，感觉自己是达洛维夫人，甚至不再是克拉丽莎，是理查德·达洛维夫人。

　　邦德大街令她着迷，这个季节里清晨的邦德街旗帜飞扬，店铺朴实低调。一卷粗花呢摆放在店里，父亲前五十年起就在那儿买衣服；几粒珍珠，冰块上的大马哈鱼。

　　"就是这些，"她一边看着水产店一边嘀咕，"就是这些。"她重复着，在手套店橱窗前驻足片刻，在战前，这里可以买到近乎完美的手套。她的老叔叔威廉从前常说，鞋子和手套可以诠释一个女人。战时的一天早上他死在了自己床上。他曾说过："我已知足了。"就手套和鞋子而言，她酷爱手套。但是她的女儿，她的伊丽莎白，对这两样却是没有一丝兴趣。

　　毫无兴趣，她边想边继续沿邦德街向上，朝着一间花店走去，那

雅各布的房间

家是在她举办聚会时为她预留鲜花的店。伊丽莎白其实最在意她的狗。今天早上,房间里到处都是焦油味儿。不过可怜的小狗格里兹尔仍好过基尔曼小姐,犬瘟、焦油如此等等仍好过关在憋闷的卧室里读祈祷书!她想说什么都比这个好。可也许像理查德说的那样,这只是一时的,是所有的女孩子都要经历的。可能是陷入了爱情,但为什么是基尔曼小姐呢?她受过虐待,这点大家都该体谅,还有理查德说她很能干,具有史学头脑。

不管怎样,他们都形影不离,而伊丽莎白,她的女儿,参加圣餐仪式去了。她衣着如何、待人如何,她丝毫不在意,因为经验告诉她,对宗教的狂热会使人冷漠(事业也是如此),使人麻木。因为基尔曼小姐愿为俄国人付出一切,愿为奥地利人忍饥挨饿,但在个人的事上却给人以巨大的折磨,她是如此的麻木不仁,穿件绿色的防水外套。她年复一年地穿着那件外套,她总是出汗,她就算在屋子里待上五分钟也得让你感到她的优越、你的卑微,她如何的贫穷,你如何的富裕,她如何住在贫民窟里,那里没有垫子、没有床、没有小地毯,什么都没有,她整个灵魂都被那根植其中的怨恨锈住了。战争期间,她被学校解雇了——这可怜、哀怨又不幸的人啊!人们恨的不是她,而是她的想法,确实,这想法里面有许多是不属于基尔曼小姐的,它们化身为人们夜里与之搏斗的幽灵,变成了跨在我们身上吸食我们一半生命之血的幽灵,成为统治者、暴君。毫无疑问,如果再掷一次骰子,黑色朝上而不是白色的话,她会喜欢基尔曼小姐的!但今生是不会的。不可能。

然而如此纵容头脑中的怪兽搅乱自己的心,这令她恼怒!她自己的灵魂中,这片枝繁叶茂的森林的深处听到了树枝的断裂声,感到了他人的涉足,没有完全的满足感和安全感,因为内心的野兽随时会扰乱自己,尤其自生病以来,这使她感到擦伤、刺脊之痛,带给她肉体的痛苦,让她从美貌、友谊、健康、被爱和使家庭赏心悦目中获得乐趣,产生摇摆、震颤和扭曲,仿佛真的有一个魔头在掘她的根,仿佛心满意足的全副盔甲都是自我安慰!好恨!

荒谬,荒谬!她对自己叫喊着,推开了马尔伯里花店的转门。

她走上前去,步伐轻盈,身形高挑,站得笔直,脸蛋圆如纽扣的皮姆小姐迎上前来,她的两只手总是通红,就像拿着花在冷水中站立过一样。

那里鲜花如云:飞燕草、麝香豌豆花、一簇簇的紫丁香和康乃馨,无数的康乃馨。那儿还有玫瑰花、鸢尾花。啊,真好!她站在那儿和皮姆小姐说话,呼吸着混合了泥土气息的花园馨香。皮姆得到过她的帮助,认为她很和善,因为她多年前就很和善,非常和善,可她今年看上去老了一些。转头在鸢尾和玫瑰间以及摆动的丛丛丁香中徘徊,她半闭着眼睛,在经受了街上的喧嚣之后尽情地吸嗅着美妙的芳香、细腻的清凉。然后她睁开了眼睛,玫瑰是那样的清新,就像从洗衣房清洁后叠放在柳条托盘中带花边的亚麻,深红色的康乃馨整齐而端庄,高抬着头,麝香豌豆花都在盆中铺放着,浅紫的、雪白的、灰白的——仿佛黄昏中穿着细布衣裙的姑娘们外出采摘麝香豌豆花和玫瑰,华美的夏日白昼过后,天空里一片深蓝,飞燕草、康乃馨、马蹄莲漫山遍野的。正值傍晚六七点钟,这时每种花——玫瑰、康乃馨、鸢尾花、丁香花——都绚丽夺目,白色、紫色、红色、深橘,似乎每一朵花都在迷蒙的花圃中燃烧自己,轻柔而纯粹。她好喜欢那些灰白的飞蛾啊!它们旋转着飞进飞出,飞过樱桃派,又飞过月见草。

她开始和皮姆小姐逐一地走过一个个花坛,挑选着。荒谬、没意义,她暗自呢喃着,声音越来越轻柔,仿佛这美感、这芬芳、这色彩以及皮姆小姐的喜爱和信赖,是一袭波浪,她任其涌过自己,去克服那份怨恨、那个恶魔、征服一切。这浪潮把她涌起,一波高过一波,这时——啊!外面街上响起一声枪鸣!

"天啊,那些汽车,"皮姆小姐说着,走到了窗边去查看,回过来的时候怀着歉意的微笑,手捧着满满的麝香豌豆花,好像那些汽车、那些车胎,全都是她的错。

这猛烈的爆炸声来自一辆汽车,已停在了马尔伯里花店橱窗对面的人行道边。就是它把达洛维夫人吓了一跳、使皮姆小姐走到窗前并道了歉。行人自然都停下来看热闹,正好看见靠着鸽子灰色座椅的一位首要人物,而后一只男士的手拉上了窗帘,于是除了一方鸽子灰色就什么也看不到了。

雅各布的房间

　　但谣言还是立刻从邦德街中段流了出来，一头传到了牛津街，另一头传到了阿特金森香水店；不可见、不可闻，像一团云迅速笼上了山丘，如云般的骤然清醒与沉静实在地落到了前一秒钟还全然慌乱的人们脸上。可现在神秘之翼扫过他们，人们已然听到了权威之音。宗教之灵无所不在，她的双眼被紧紧蒙住，嘴巴大张着。但是没有人知道看见的是谁的脸。是威尔士王子的、王后的，还是首相的？究竟是谁的？无人知晓。

　　埃德加·沃基斯的胳膊上缠着一卷铅，他用人们听得到的声音调侃道："是搬（首）相的汽侧（车）。"

　　塞普蒂默斯·沃伦·史密斯发现自己难以经过，听到了他的话。

　　塞普蒂默斯·沃伦·史密斯约莫三十岁，脸色苍白，鹰钩鼻子，脚踩棕色鞋子，身着件破旧外衣，他淡褐色的眼睛中流露出恐惧，使得完全的陌生人也跟着不安起来。世界已举手扬鞭，它会落向何处？

　　一切都静止了。发动机的震动犹如脉搏，不规则地敲击着全身。太阳变得格外炽热，因为车就停在马尔伯里的橱窗外。坐在公共汽车上层的老妇们撑起了黑色阳伞，一把绿伞、一把红伞砰的一声打开了。达洛维夫人抱着麝香豌豆花走到窗前，皱着她那粉红的小脸疑惑地向外张望。人人都在看着那辆汽车，塞普蒂默斯也在看，骑着自行车的男孩们跳下车来，交通阻塞起来。那辆轿车停在那儿，拉着窗帘，上面有奇怪的图案，就像一棵树，塞普蒂默斯思索着，这种在他眼前逐渐把万物吸引到一个中心来，仿佛某种恐怖的事物即刻就要浮出表面，迸发出烈焰，这样一种感觉令自己害怕。世界摇晃着，颤抖着，有熊熊燃烧的危险。他觉得是自己堵住了路。难道他没有被打量、被指点吗？难道他不是为了什么才像在人行道上生了根一般死死地站着吗？究竟是何目的呢？

　　"咱们接着走吧，塞普蒂默斯。"他的妻子说，她是个娇小的女人，面色发黄，尖尖的脸蛋上嵌着一双大眼睛，是个意大利姑娘。

　　但是卢克雷齐娅自己也禁不住看向那辆汽车和窗帘上的树形图案。王后在里面吗？——王后是要购物吗？

　　司机一直在打开、转动、关闭着什么东西，然后进了驾驶室。

"走吧。"卢克雷齐娅说。

她那结婚四五年的丈夫却吓了一跳,气恼道:"知道啦!"好像她打断了他似的。

人们肯定注意到了,人们肯定看到了。人们,她看着死盯着那辆汽车的人群,心里在思索。英国人,他们的孩子、马匹和衣物,在某种程度上她有些羡慕这些,可他们现在是"人们",因为塞普蒂默斯说过"我要自杀",这话太可怕了。他们要是听到怎么办?她看了看人群。救命,救命!她想朝着肉铺的小伙和女人们大喊。救命!就在去年秋天,她和塞普蒂默斯裹着同一件斗篷站在泰晤河堤上,塞普蒂莫斯在读报,没有说话,她从他手中一把夺过报纸,对着那个打量他们的老人大笑起来!但人总会掩藏失败。她得带他离开这儿,去某个公园。

"咱们过去吧?"她说道。

她有权挽起他的胳膊,尽管没有什么感觉。他会由着她,她单纯、爱冲动,年仅二十四岁,在英国没有朋友,为他离开了意大利,瘦得只剩骨头。

那辆车拉着窗帘、载着一份高深莫测向皮卡迪利大街驶去,依旧受到注视,依然以那受人敬奉的神秘气息引起街两边人们表情的波动。而那份尊敬是对王后、王子还是首相的,不得而知了。只有三人看见了车里的那张脸,短短几秒而已。现在甚至连那人的性别都是有争议的,但是毫无疑问的是那里坐着个大人物。这个大人物正驶过邦德街,面不示人,离老百姓仅一步之遥,很多人可能是平生第一次也是最后一次与英国的最高权威、永久的象征保持着可以交谈的距离。只有到了伦敦变成了青草漫布的小路的时候,这个周三晨间人行道上匆匆的行人都变成了白骨,只剩下几枚婚戒和无数腐烂牙齿里的黄金填充材料的时候,好奇的文物研究者滤过岁月的遗迹,一探究竟,汽车里的面孔才会大白于天下。达洛维夫人觉得那很可能是王后,拿着花走出了马尔伯里花店,是王后。她站在花店旁、阳光下,掩着窗帘的汽车在离她一尺之远的地方驶过,那一瞬间她的脸上出现了极为庄严的神情。王后也许要去医院,也许要开办某场义卖,克拉丽莎揣摩着。

这个时候街上就这么多人了。是因为洛兹板球场、阿斯科特赛马

雅各布的房间

场,还是赫林海姆马球场呢?为什么呢?她琢磨着,街道堵塞着。英国的中产阶级们坐在公共汽车顶层的两侧,手里拿着小包和雨伞,这样的天还穿着皮草,太可笑了,可笑得难以想象啊,她心想着。王后也被堵住了,难以通行。克拉丽莎被堵在了布鲁克街的一侧,老法官约翰·巴克赫斯特先生在另一侧,他们中间便是那辆车(约翰先生主持立法多年,喜欢衣着考究的女人)。这时那位司机倾了倾身子,对警察说了什么或是给他看了什么,那警察敬了个礼,举起手臂,摆头示意,让公共汽车移到一旁,那车便开了过去,缓慢地、无声无息地向前开去。

克拉丽莎猜测着,她当然是知道的。她看到侍从手中有一只白色的神奇的圆盘,上面刻着名字——是王后的、威尔士王子的还是首相的?圆盘借着自身的光辉,灼出一条路来(克拉丽莎眼看着那车逐渐变小、消失不见),白金汉宫的那一夜,它将在枝状的大烛台、闪烁的星辰、挂着橡树叶的坚挺胸膛、休·惠特布莱德和他所有的同事——英国的绅士们中间流光溢彩。而克拉丽莎也要举办聚会。她微微挺了挺身子,站在家中楼梯的最高处。

汽车已经开走了,却留下了一小阵波动,波及邦德街两侧的手套店、帽子店和裁缝店。半分钟的工夫,所有人都朝同一方向——窗口望去。正在挑选手套的女士们——要齐肘的还是过肘的,柠檬黄还是浅灰色?——停了下来。一句话刚说完毕就有事发生了。有些事单独发生时微不足道,没有任何数学仪器能记录到它引起的震动,即便能够传送发生在中国的震荡的仪器也不行。然而它们聚沙成塔后则势如破竹,能够鼓动人心。因为所有帽子店和裁缝店里那些素未相识的人们看见彼此就会想到逝者,想到国旗,想到整个帝国。后街的一个酒馆中,一个殖民地居民冒犯了温莎王室,从而引发了争执、人们摔碎了啤酒杯、场面一片骚动。莫名地,街对面的姑娘们听到了这些动静,她们正为自己的婚礼购买带有纯白缎带的白色内衣。因为那辆路过的汽车所引起的表面的激动,在退却的过程中触伤了某些十分深沉的地方。

汽车驶过皮卡迪利大街,转入了圣詹姆斯大街。高大的男人、健硕的男人、穿着燕尾服和白衬衫、头发后梳的穿着讲究的男人,不知为何,都站在布鲁克斯店铺的弓形窗前,双手背在燕尾服后,向外看着，本能地感受到有伟大的人物途经此处，那神圣的存在散发出淡淡的光辉照落在他们身上，正如刚才照在克拉丽莎·达洛维身上的一样。他们立即站得更直了，手移到身侧，似乎已准备为君王效劳，如有必要，他们会去冲锋陷阵，就像先辈们曾经做过的那样。背后的一个个白色半身塑像与一张张放着《闲谈者》和苏打水的小桌子似乎也表示赞许，它们仿佛象征着英格兰的滚滚麦浪和领主庄园，似乎把车轮微弱的嗡嗡声反射回去，就像回音廊墙壁的一个回音能够借助整个大教堂的力量膨胀、变得洪亮。围着披巾的莫尔·普拉特手持鲜花立于人行道上，祝愿那尊敬的男子身体健康（里面无疑是威尔士王子），要不是看到警察在盯着她，阻止她表达忠诚的话，出于完全的轻松和对贫穷的蔑视，这个爱尔兰老妇就会把一罐啤酒的钱——一束玫瑰——抛到圣詹姆斯街上去。圣詹姆斯宫的哨兵行礼致敬，亚历山德拉皇王后的警卫则回礼示意。

这时，有一小群民众聚在了白金汉宫门前。等在那儿的都是些穷人，无精打采却又理直气壮。他们望着王宫，望着那飘扬的旗帜，望着高处的维多利亚女王，钦羡着她周身的层层流水和丛丛天竺葵。先是从林荫大道上的诸多汽车中挑出这一辆，继而又挑出那一辆，徒劳地向开车平民倾注着情感，在一辆又一辆的汽车驶过后又将称颂之词收回。自始至终，那传闻便不断地凝聚于心，刺激着他们的大腿神经。想着王室在看着他们，王后躬身，王子致意，想到了上帝赐予国王们的神圣人生、侍从深深的屈膝礼、王后以前的娃娃屋，想起了玛丽公主下嫁给一个英格兰人，而王子——啊，王子！

人们说他长得像老爱德华国王，但是更为修长苗条。王子住在圣詹姆斯宫，但他早上可能会去拜访母亲。

抱孩子的莎拉·布莱奇利如是说着，她不停地跺着脚，就像在皮姆利科自家的围炉旁一样，可眼睛却盯着大道。而埃米莉·科茨的眼光则离不开王宫的窗户，想着那里的女佣、无数的女佣、卧室、无数的卧室。人越聚越多，牵着阿伯丁犬的老绅士和一些无业者来凑热闹。在奥尔巴尼拥有房产的小个子鲍利先生，他生命深处的源泉已被蜡密封，触及此情此景后却被开启了，那么突然、不合时宜又多情伤

雅各布的房间

感：穷困的妇女们等着看王后经过——贫穷的女人、可爱的小孩、孤儿、寡妇、战争——啧啧啧，自己的眼中竟有了眼泪。微风温暖地拂过大街，穿过稀疏的树丛，经过一座座英雄铜像，拂起了这个英国人鲍利先生胸中飘扬的旗帜，当车子拐进林荫大道时他脱下礼帽，随着车辆的临近他高举着帽子，笔直地站着，任凭皮姆利科的穷困母亲们拥挤着他。汽车开了过来。

科茨夫人突然抬起头看向天空。飞机的声音钻入了人们耳中，透着不祥。它正飞向树木上空，身后留下弯弯曲曲的白烟，竟然是在写字！天上出现了字母！所有的人都抬头看着。

飞机俯冲直下又陡然上升，翻转、疾行、下落、上升，无论怎样，无论去哪儿，身后都飘散着浓厚的白烟，缭绕着在空中形成一个个字母。但又是什么字母呢？是A和C吗？一个E，然后一个L？这些字母只展现片刻就飘移着消散了，被擦去了空中的痕迹。飞机又飞远了些，在一片新的空间又一次开始写下K，E和貌似Y的字母。

"Glaxo。"科茨夫人声音发紧又透着敬畏之情，她凝视着上空，她抱在臂弯里的宝贝儿也望着天空，脸色苍白，一动不动的。

"Kreemo。"布莱奇利夫人低声咕哝着，像梦游者的呓语。鲍利先生举着手中的帽子定在那儿，眼望着上空。整条林荫道上，人人都直立着凝视天空。

此时此刻，整个世界鸦雀无声。一群海鸥掠过天空，先是一只领头鸥，然后是另一只。在这非凡的寂静与平和之中、在这苍白与纯净之中，十一点的钟声敲响了，声音散入上空的海鸥群里。

飞机掌控自如，随意地翻转、疾行、俯冲，敏捷又无拘，像个溜冰者。

"那是个字母E。"布莱奇利夫人说道，她同时也是名舞者。

"写的是太妃糖。"鲍利先生讷讷地说着。（汽车驶入了大门，谁都没有看到）飞机停止了喷烟，急速飞远了，烟雾散去，环聚在大片大片的白云周围。

飞机飞走了，消失在云团之后。四下里寂静无声。与字母E、G或是L融为一体的云团自由地飘动着，由西向东，似是注定要去完成一件至关重要又永不可说的使命。然而事实的确如此，那使命至关重要。突然之间，一列火车开出隧道，飞机又一次冲出云团，声音钻入了人们耳中，回响在林荫道上、格林公园里、皮卡迪利大街上、摄政街和摄政公园里。机尾的那缕烟雾弯弯曲曲的，继而向下坠落。飞机又骤然高飞，写下一个又一个字母，可它写的是什么呢？

摄政公园里，卢克雷齐娅·沃伦·史密斯和丈夫并肩坐在路边的长椅上，望着天空。

"看，塞普蒂默斯，快看！"她喊着。因为霍姆斯医生告诉过她，让她丈夫（他没什么严重的问题，就是有些情绪欠佳）去关注自身以外的事物。

塞普蒂默斯抬头看着，心里道，这么说他们正在向我传递信息。那些并不是具体的词句，也就是说，他还不能读懂这种语言。但这种美，这种精美是显而易见的。他看着那些烟雾消息渐渐消散、融于天空，眼中溢满了泪水。它们不断变幻着形状，用无尽的仁慈和含笑的善意赠予他难以想象的美，并向他表示要永远带给他美好、更多的美好，不求回报。泪水顺着脸颊淌了下来。

一个保姆告诉雷齐娅说，那是"太妃糖"，他们在为太妃糖做广告。然后他们便一起拼读t……o……f……

"K……R……"保姆念道，塞普蒂默斯听见她贴近耳边的呢喃，"凯阿尔"，低沉，柔和，犹如芳醇的风琴之音，却又夹杂着一丝蚱蜢般的沙哑，声音擦入脊骨，舒适怡人，声波上行传入脑中，震颤着开裂。的确，这是个不可思议的发现——在某种环境下，人声（因为人须得讲科学，讲科学最重要）能够加快树木的生长！雷齐娅愉快地把一只手放在他的膝盖上，使劲地向下压着，按住钉牢，否则摇曳起伏的榆树会让他激动、让他疯狂。片片树叶都泛着亮光，色泽忽浓忽淡，在蓝绿之间变换迭起，像马儿头上的鬃毛、女士佩戴的长羽，它们起伏着，那样的昂扬，那样的华丽。但他不会为之疯狂了，他将闭上眼睛，不再去看。

但是它们在召唤着他，树叶是鲜活的，树木也是鲜活的。树叶通过无数的纤维与长椅上他的身体相连，起起伏伏地扇动着他，枝条也伸向

雅各布的房间

他，表达着同样的心意。麻雀拍打着翅膀，上下飞舞在高低交错的喷泉间，成了这图景的一隅，蓝白的天空里，映衬着一缕缕黑色的枝条。声音与沉思和谐相融，两者的间隔与声音一样的意味深长。一个孩子哭了起来，同时，远处响起了号角。这一切意味着新生宗教的诞生。

"塞普蒂默斯！"雷齐娅叫道。他猛然一惊，人们一定都注意到了。"我要去喷泉那儿再回来。"她说。

因为她再也忍受不了了。霍姆斯医生可能会说他没有问题。但她更宁愿他死去！她无法那样坐在他身旁，他瞪着双眼无视她，把一切都弄糟。天空和树木、嬉戏的孩子、拉货的马车、口哨声、摔跟头，一切都很糟糕。而他不会自杀，她也无人可诉。"塞普蒂默斯工作太辛苦"，这就是她所能对自己母亲说的一切了。她心想，爱使人孤独。她不能告诉任何人，甚至现在对塞普蒂默斯也不行。她回头看去，只见他穿着他那破旧的外套独自坐在长椅上，蜷着身子发呆。一个男人若说要自杀那便是个懦夫，但塞普蒂默斯战斗过，他很勇敢。他现在已经不是以前的塞普蒂默斯了。她戴上蕾丝衣领，戴上了新帽子，而他丝毫都没注意到。没有她，他很快乐。而没有他，任何事都不能让她开心！任何事！他是自私的。男人都自私。因为他没有病。霍姆斯医生说过他没有问题。她把手伸到自己面前。看，她的婚戒滑下来——她变得那么瘦。痛苦的是她，可是却无人倾诉。

意大利离她很远，那里有白色的房屋，姐妹们坐在屋里制帽子，街上每晚都挤满人，大家散步，高声谈笑。不像这里的人，半死不活的，蜷在轮椅中看着卡在花盆里的几株丑花！

"你们应该去看看米兰的花园！"她高声喊着，可是说给谁听呢？

四下无人，声音消失了。火箭也是这样消失的。它的火光一路擦破天际，进入黑夜，终于屈服了，夜幕降临，倾盖了房屋和古塔的轮廓。阴冷的山坡变得柔和，沉入夜色。尽管一切已经看不见了，但它们仍沉浸在黑暗之中。失了颜色，没了窗户，更为凝重地存在着，散发出直白的日光所不能传达的一切——烦恼和悬念在黑暗中集在一起、聚拢成团。黎明将墙壁洗成灰白，点亮每一面玻璃窗，驱散田间的薄雾，现出安静吃草的红棕色奶牛，一切重新盛装打扮，再现于人们眼前。然而破晓带来的宽慰被夺去了。我形单影只！我孤单一人！她在摄政公园的喷泉旁哭泣（凝视着那个印度人和他的十字架），感到仿若身处午夜，一切界线都不见了，这个国家变回了远古的模样，如当时罗马人登陆后所见的那样，乌云密布，山川无名，河流不知去向何方——这就是她内心的黑暗。突然，仿佛有一方陆架伸出，她站在上面，诉说自己几年前如何在米兰结婚，如何成为他的妻子，他的夫人，而永远，永远也不会说他疯了！一转身，支架坠落，她不断地向下跌去。因为他不见了，她心想，他走了，就像他曾威胁的那样，要自杀，要卧于马车之下！但并非如此，他就在那儿，仍旧独自坐在长椅上，穿着破旧的外套，叠着腿，发着'雾，大声地自言自语。

人们不该砍树。上帝存在着。（他把这些启示写在信封背面）改变这个世界。没有人因仇恨而杀戮。这点要为人所知（他写了下来）他等待着。他倾听着。落在对面栏杆上的麻雀啁啾着：塞普蒂默斯，塞普蒂默斯，四五次后又接着拉长调子叫，用希腊语歌唱世上如何没有罪恶，声音清新而尖锐。又一只麻雀加入进来，他们一起拉长了尖声用希腊语歌唱，在死者行走的河之彼岸那生命的牧草地上的树丛中，歌唱世上如何没有死亡。

他的手在这儿，死者在那儿。对面栏杆后面正聚起一些白色的东西。但是他不敢看。埃文思在那栏杆后面！

"你说什么？"坐在身旁的雷齐娅突然发问。

又被打断了！她总是打断他。

离开人群，他们必须离开人群，他口中念念有词（跳起身来）。就在那儿，那棵树下有几把椅子，公园的长斜坡像段绿色的布料向下沉去，蓝色和粉色的烟雾高悬在天顶，远处朦胧错落的房屋成了一道壁垒，车辆在环行道上嗡鸣，右手边上，焦茶色的动物伸着长长的脖子越过动物园围篱，吠叫着，咆哮着。他们在那边的树下坐着。

"你看。"她恳求着他，指着一群拿着板球柱门的男孩儿，其中一个跳着曳步舞，用脚后跟打转，继而又滑步而行，像是音乐厅里扮演的小丑。

"你看呀。"她求着他，因为霍姆斯医生曾告诉她，要让他留心真

雅各布的房间

实的事物，去音乐厅，打板球——霍姆斯医生说那是合适的运动，一种很好的户外运动，对她丈夫而言很适合。

"看啊。"她重复道。

有无形的人命令他看，这个声音正在和他交流，而他塞普蒂默斯，最伟大的人类，最近经历过出生入死，是来复兴社会的主，他如床单般平躺着，犹如唯有太阳才能摧毁的雪毯，永无损耗、永受苦楚，是替罪的羔羊，是永远的患者。然而他不甘如此，他呻吟着，挥着手驱走那永久的痛苦，那永恒的孤独。

"快看啊。"她重复着，因为他不该在外面大声地自言自语。

"看看吧。"她乞求他。可那儿有什么可看的呢？几只羊。仅此而已。

去向摄政公园地铁车站——梅齐·约翰逊想知道他们能不能告诉她去摄政公园地铁车站的路。她两天前刚从爱丁堡来到伦敦。

"不是这边，是那边！"雷齐娅大声喊着，挥着手让她去那边，唯恐她看见塞普蒂默斯。

梅齐·约翰逊心想，这两人都很奇怪。一切都很蹊跷。这是她第一次来伦敦，要到利德贺街她伯父那里去工作，如今在晨间走过摄政公园，长椅上的夫妇吓了她一跳。那个年轻的女人看上去是外国人，那个男人看着则古怪得很，以至于年迈的她仍然会记得那一幕，五十年前一个明媚的夏日清晨，她穿过摄政公园，此时的情景从记忆里跃然纸上。因为她只有十九岁，并且终于来到了伦敦。多么奇怪啊，她向这对夫妇问路，女人却忽然惊起，急急地挥着手，而那个男人，他好像十分古怪。他们或许在争吵，或许要永别，她知道一定是出了什么事。而现在这里所有人（因为她返回了人行道）、这些石花坛、这些整洁的花、这些老年人——他们大多坐轮椅，对从爱丁堡来的她而言都显得十分蹊跷。而梅齐·约翰逊，当她加入到那些缓慢跋涉、茫然凝望、微风轻拂的人群时——松鼠在树上舔理身上的毛，麻雀在喷泉边抖着翅膀寻找面包屑，狗儿们在围栏边嬉戏。暖风轻拂，为他们对生活的漠然注视平添了一丝怪异与平和。梅齐·约翰逊非常肯定自己要哭喊了，啊！（因为刚才坐在椅子上的年轻人吓到了她，肯定出了什么事，她心里清楚。）

可怕！好可怕！她想哭。（她离开了家人，他们提醒过她会出的事。）

她为什么不待在家里？她哭着，扭转着铁栏杆上的球形把手。邓普斯特夫人心里想（给松鼠留了面包皮，她常在摄政公园吃午饭），那个姑娘还什么都不懂呢，真的，对她来说结实一点儿、放松一点儿、一点适度的期待会更好。珀西酗酒。嗯，最好生个儿子，邓普斯特夫人想着。她自己曾过过苦日子，因此看到这样的女孩儿就不禁面带微笑。你会结婚的，因为你很漂亮，邓普斯特夫人想到。结婚吧，然后你就会明白了。哦，那些厨师等等。每个人都有自己的路要走。可若是早知如此，我还会做出那样的选择吗？邓普斯特默默地问自己。她不禁想要和梅齐·约翰逊耳语几句，去感受同情之吻落在自己那褶皱的、松弛的苍老面颊上。邓普斯特夫人心想，此生多艰辛。还有什么是她没付出的？浪漫、身材、还是双脚？（她把自己粗笨的脚趾拖到裙子下面。）

浪漫，她讽刺地想着。全是没用的，亲爱的。说真的，吃喝、做爱、日子的时好时坏，生活早就不是浪漫那么简单，还有，让我来告诉你吧，卡丽·邓普斯特不会与肯特镇的任何女人交换命运！然而她又乞求同情。同情她失去的浪漫。她想要得到梅齐·约翰逊的同情，而此时的梅齐正立于风信子花坛旁边。

啊，但那飞机！邓普斯特夫人不是总想去外国看看吗？她有一个侄子，是个传教士。飞机猛冲着飙升。她总在马尔盖特出海，且从未让陆地离开过她的视野，可她却不能容忍怕水的女人。飞机又猛然下落，令她提心吊胆。又骤然上升了。邓普斯特夫人敢打赌飞机上有个优秀的小伙子。飞机越飞越远，猛冲着，很快就不见了，高高地掠过格林威治和所有的船桅，掠过遍布灰色教堂的小岛，那里有圣保罗大教堂及其他教堂，最后飞过伦敦两侧蔓延的田野和深褐色的树林。林中大胆的画眉鸟无畏地跳跃着，迅速扫视一周，便抓住一只蜗牛往石头上敲打，一下，两下、三下。

飞机越冲越远，直到徒留一星亮点、一份渴望、一种浓缩、一个人类灵魂的象征（对本特利先生来说似乎就是这样，他正在格林威治拾掇一块草皮，干得十分带劲儿）。本特利先生一面清扫雪松周围，一面下

雅各布的房间

定决心要通过思维、爱因斯坦、推测、数学、孟德尔学说来超越自身和自己的居所。飞机飞远了。

而后，一个提着皮包的男人站在圣保罗大教堂的台阶上迟疑不前，衣衫褴褛，不伦不类。不知道里面会有怎样的慰藉、多盛大的欢迎，多少旗帜飘扬的坟墓，他心想：这里象征的胜利不是打败了敌军，而是战胜了那恼人的追求真理的精神，这种精神至今令他没有立足之地。不仅如此，大教堂里有同伴，会邀你成为社团的一员，伟人归属于此，烈士为之献身。为什么不进去呢？把这只装满宣传册的皮包放到圣坛和十字架前，它象征着一种超越寻觅、探索和语言的东西，一种完全精神上的、脱离了躯壳的、幽灵般的东西。为什么不进去呢？在他思索迟疑之际，飞机又出现在了卢德盖特广场上空。

奇怪，一片寂静。除了车辆的声响周围鸦雀无声。飞机肆意翱翔，似无人驾驶一般。现在又盘旋而上，不断向上，仿佛出于内心的狂喜、纯粹的欢愉，机尾喷出圈圈白烟，写出了T、O和F。

"他们在看什么呢？"克拉丽莎·达洛维向开门的女佣问道。

房子的客厅像地窖般凉爽。达洛维夫人将一只手举到眼前，女佣关门时，她听到了露西的裙子在窸窣作响，她感觉自己就像远离尘世的修女，头裹着熟悉的修女面纱，回应着古老的虔诚之心。厨子在厨房里吹着口哨。她听到了打字机的咔嗒声。这就是她的生活，她在客厅的桌前低着头，埋首于这份影响中，感受神佑和净化。她拿起记有电话留言的便签本，在心中告诉自己，这样的时刻是生命之树的嫩芽，是黑暗中的花（好似有枝可爱的玫瑰只在她的眼前绽放）。她从不相信上帝。因而更应在日常生活中回报佣人、狗儿们、金丝雀，以及最重要的，她的丈夫理查德。他是一切的基础——快乐的声音、绿色的灯光、吹口哨的厨子（沃克夫人是爱尔兰人，所以整天吹口哨）全都源于他。必须用这个私藏的美妙时刻来作为报答，她拿着便签本思索着，而露西正站在她身旁，欲言又止。

"夫人，达洛维先生……"

克拉丽莎读着电话留言，"布鲁顿夫人想知道达洛维先生今天能否与她共进午餐。"

"夫人，先生让我转告您他中午要在外面用餐。"

"哎！"克拉丽莎叹道，如她所愿，露西也感受了她的失落（但并非苦闷），感受到她们之间的默契，领会了她给的暗示，思索着上流社会的爱情，镇定地为自己的将来镀金，然后，拿着达洛维夫人的阳伞，把它像神圣的武器一样小心对待，放置在伞架上，好像那是从战场上光荣归来的女神身上卸下的。

"不再害怕，"克拉丽莎说，不再怕烈日的炽热。因为布鲁顿夫人只邀请了理查德吃午饭而没邀请她，这份震惊使她在得知的那一刻都颤抖了，像河床上的植物感受到了船桨划过时的震动和颤抖：因此她震动，她颤抖。

米莉森特·布鲁顿没有请她，据说她的午宴格外有趣。她和理查德不会被任何庸俗的妒忌所分开。但她畏惧的是时间本身，并且，她在布鲁顿夫人的脸上读到了生命的消逝，就像冷漠的石头上刻着的钟表。她的生命如何被年复一年地削去，剩下的空间太少，再也无法像年轻时那样去伸展、去吸收生活的色彩、刺激和音调。她踏进的房间都会充盈起来。站在自己的客厅门前踟蹰不前会让她感到异常的焦虑，犹如潜水者跃入大海前的逗留，脚下的海水忽明忽暗，海浪叫嚣着要破开水面，却只轻轻地一划，珍珠般的浪花翻动着卷起海草，将其淹没。

她把便签本放在客厅桌上。她开始缓缓地上楼，手扶着栏杆，仿佛刚离开某个聚会，那里会有朋友在脑海中回想她的脸庞、她的声音。她关了门走出去独自站着，只身面对可怕的夜晚，更确切地说，抑或是面对这现实中的六月晨光。她知道对有些人而言，柔和的清晨就如玫瑰花瓣的光晕，而她自己也感受到了，在开着的楼梯窗口前逗留了片刻，窗外飘进百叶窗的轻拍和犬吠的声音，传来了白日研磨、吹打和盛开的声音。她边想边觉得自己忽然就枯萎了、衰老了，胸部也缩水了，感觉自己在门外、在窗外，脱离了躯壳和已经不中用了的大脑，因为布鲁顿夫人——据说她的午宴格外有趣——没有邀请她。

她走上楼，像个回身离去的修女、探索塔屋的孩子，在窗前逗留片刻后，她进了洗手间，里面铺着绿色油毯，水龙头在滴水。生活的中心是空虚；一间阁楼屋。女人须得卸下她们华丽的服饰。中午时须得脱

雅各布的房间

去华服。她将插针刺入针垫,把带着羽毛的黄色帽子放在床上。床单洁净、平整,四周绷着白色的宽带。她的床会越来越窄。蜡烛燃掉了一半,她入神地读着马尔博男爵的《回忆录》。在深夜,她读了从莫斯科撤退的记叙,因为议会总是议事到很晚,她生病后,理查德坚持说她必须有安静的睡眠环境。而她其实更爱读莫斯科撤退的内容。他知道。所以这是间阁楼屋,床很窄。她睡眠不好,因此躺在那里看书,她生育过,却无法摆脱那留存于心的童贞,这份童贞如床单般紧贴着她。少女时的她很可爱,但突然的一瞬——例如在克利夫登树林下流过的河中——由于表现出了冷淡的情绪,她辜负了他。而后在君士坦丁堡也是一再如此。她看得出自己缺乏什么,不是美貌,不是头脑,而是某种核心的、遍布周身的东西。那是一种温暖的、冲破表面的、能够在男女之间或女人之间的冷漠接触中荡起波澜的东西。这一点她依稀可以察觉。她厌恶它,对它多有顾忌,天知道这顾忌从何而来。或许同她所感受到的一样,来自于自然(自然总是明智的)。而她有时却难以抵抗地被女人的魅力所折服,她们不是女孩儿,而是坦言自己困境或愚蠢的女人,于她而言,这些女人常常这样做。无论是出于同情,还是因为她们的美貌,是由于自己年纪大些,还是一些偶然因素——像是一缕微弱的香气、隔壁的小提琴音(某些时候声音的力量是那样奇特),她的确能体会到男人的所感。只是片刻,但已足够。这是一种突如其来的启示,有点像脸红的感觉,你本想抑制它,而随着那潮红的蔓延,却也只能任由它扩大。冲到最遥远的边界,颤抖着,感受世界的迫近,充满了惊人的意义、压抑着的狂喜,划破她轻薄的皮肤喷涌迸发、倾泻而出,极大地减轻了伤痕和痛苦。就在那时,她看见一束亮光,一根番红花中燃烧的火柴,一种内含呼之欲出。但亲近的疏远了,坚硬的软化了。那样的时刻结束了。(她放下帽子)床、马尔博男爵的书以及燃掉一半的蜡烛与那些时刻(也包括和女人们在一起)形成了反差。她躺在床上,地板咯吱咯吱地响,明亮的房间忽然暗了下来,若是她抬起头,就能听到理查德极尽轻柔地松开门柄时传出的咔嗒声,他只穿着袜子溜上楼,却时常把热水袋掉到地上,然后便会低声咒骂。她觉得很好笑。

但是爱情这个问题(她思索着收起了大衣),爱上女人这个问题。

就像和莎莉·西顿之间，她们从前的关系，说到底，难道不是爱情吗？

她坐在地板上——那是她对莎莉的第一个印象——她双臂环膝坐在地板上抽着烟。可能是在哪儿呢？是曼宁，还是金洛克·琼斯家呢？那是某次聚会（她不记得具体在哪儿了），因为她清楚地记得问自己的男伴那人是谁，他告诉了她，还说莎莉的父母关系不好（她是那么的吃惊——父母还会吵架啊！）可是一整晚她的目光都无法从莎莉身上移开。那种美是她最羡慕的超凡之美，麦色的肌肤、大眼睛、放纵不羁，仿佛什么都能说，什么都能做，这是她自己所没有的，所以她总是羡慕莎莉。与英国女人相比，这种个性在外国女人身上更为常见。莎莉总是说自己身上有法国血统，她的一位先祖曾追随玛丽·安托瓦内特，后被砍了头，留下一枚红宝石戒指。可能那个夏天她来伯顿待过，她是在一天晚饭过后忽然来的，身无分文，惹得可怜的海伦娜姑妈很是心烦，因而一直都不肯原谅她。家里吵架了，而她来投奔他们那天也确实身无分文——她当掉一枚胸针才来到这儿。她是一时冲动。她们彻夜促膝谈心。因为莎莉，她第一次感到伯顿的生活是多么的平静无波，对性、对社会问题都一无所知，有一次看到一位倒在田里死去的老汉，见过刚产下小牛的母牛。可是海伦娜姑妈不喜欢谈论任何事。（当莎莉给他威廉·莫里斯的书时，要用牛皮纸把书包起来）她们坐在房顶的卧室里聊天，一小时又一小时地谈论着生活、谈论着如何改造这个世界。她们打算建立一个社团，废除私有财产，而且拟了一封信，尽管并未寄出。当然，这是莎莉的主意——但很快她也跟着热血沸腾了起来——早餐前在床上读柏拉图，读莫里斯，整小时地读雪莱。

莎莉有着惊人的力量：她的天赋和她的品性。比如她布置鲜花的方式。在伯顿，人们总是把小花瓶生硬地放在桌上摆成排。莎莉出去采了蜀葵、大丽花等各种未曾见摆在一起的花，她把花冠剪下来让它们漂在盛着水的碗中。效果非凡——傍晚进来用餐时会被惊艳到。（当然海伦娜姑妈认为那样对待花是罪恶的。）还有她要是忘记拿海绵，就会光着身子跑过走廊去取。埃伦·阿特金斯，那个严厉的老女佣逢人便说："要是让男士看见可怎么好哇？"她确实让人吃惊。爸爸说她邋遢懒散。

雅各布的房间

　　回想起来，奇怪的是她对莎莉的那份纯洁诚挚的感情，它与对男人的感情有所不同。它是完全无私的，而且只能存在于女人之间，成年女人之间。就她而言，这种情感具有保护性，它源于一种同盟感、一种势必被某种事物所拆散的预感（她们总说婚姻是灾难），并由此引发出了骑士精神和保护性的感情，这点在她身上要比在莎莉身上强烈得多。因为那时候莎莉行事完全不计后果，故作勇敢地做出非常愚蠢的事来，她在阳台的围墙上骑自行车，她抽雪茄。确实荒唐，十分荒唐。但这份魅力是无法抗拒的，至少对克拉丽莎来说是如此，以至于她还记得自己站在屋顶卧室里，手拿热水罐喊道："她就在这里……就在这个房子里！"如今这些话对她而言已没有任何意义了。对于过去的那份感情，她甚至一丝回声也探不到了。但她还记得曾兴奋得发冷，带着某种狂喜理头发（现在从前的感觉又回来了，她取出发卡放在梳妆台上，开始理头发），白嘴鸦在粉色夜幕中肆意地飞起飞落，她换好衣服，走下楼去，穿过大厅时心想："若现在死去，此刻就是最幸福的。"那就是她的感觉——奥赛罗的感觉，她感受到了，她深信着，与莎士比亚意在使奥赛罗感受到的同样强烈。一切皆因她身穿白色衣裙下楼吃饭，要见到莎莉·西顿！

　　她穿着粉色纱衣——那有可能吗？不管怎样，她看上去容光焕发，好似飞进来的鸟儿或气球，在荆棘上逗留了片刻。可最奇怪的莫过于恋爱中人（这不是恋爱是什么？）对他人的冷漠。海伦娜姑妈晚饭后散步去了，爸爸在看报。彼得·沃尔什和老卡明斯小姐可能在，约瑟夫·布莱特科普夫肯定在，因为这个可怜的老人每年夏天都来，住上几个星期，假装和她一起读德语，其实是来弹钢琴的，来默默地哼唱布拉姆斯的曲子的。

　　这些都只不过是莎莉的陪衬。她站在壁炉边和克拉丽莎的爸爸聊天，声音迷人，她的谈吐像爱抚一般。纵然不情愿（他曾借给她一本书，却在阳台上发现那书都湿透了，对此他一直耿耿于怀。）爸爸还是不由自主地开始被莎莉所吸引。她忽然说："坐在屋里多可惜呀！"于是他们全都去了外面的阳台，来来回回地走着。彼得·沃尔什和约瑟夫·布莱特科普夫继续谈论着瓦格纳。她和莎莉走在后面一点。接着她迎来了人生中最美妙的时刻,她们经过一处摆着花的石坛, 莎莉停下来摘了一朵,吻了她的嘴唇。整个世界天翻地覆!一切都消失了,徒留她与莎莉两人。她感到自己接到了一份礼物,包装好的,被告知好好保管,不要去看——是颗钻石,极其珍贵的东西,包好的,她们散步的过程中(来来回回,来来回回)她打开了,或是有光芒穿透出来,是心灵启示、是虔诚的感情!——此时,老约瑟夫和彼得走上前来:

"发什么愣呢?看星星?"彼得问道。

就像在黑暗中脸撞到了花岗岩墙上!太可怕了,太可恶了!

不是为她自己。她只是感到莎莉受到了伤害和虐待,她感到了他的敌意、他的妒忌,他决意插足她们之间的情谊。她看到的这一幕如同电闪之际所见的风景。而莎莉(她从未如此钦佩过她)豪气地选择了自己那不可战胜的方式。她大笑出来。她让老约瑟夫告诉她星星的名字,这是他喜欢的事,做起来很认真。她站在那儿听着,听见了星星的名字。

"唉,真可恶!"她暗自说道,仿佛一直都知道会有什么来打断,来毁掉她的幸福时刻。

然而,毕竟,她后来欠了他很多。不知什么原因,想起他时便总会想到他们之间由于某种原因发生的争吵——也许是因为她太想得到他的好评了。他说她"多愁善感""文明开化",她生活的每一天都以这两个词开始,就像他守护着她。一本书是伤怀多愁的,一种生活态度是感情用事的。也许她总在回忆过去是"感伤的"。她想知道他回来以后会怎样想。

想她是不是老了些?他回来后会那样说吗?或者她会看出来他觉得她老了吗?这是真的。生病后她变得很苍白。

把胸针放在桌上,她忽然打了一个颤,就像有冰爪在她沉思之际趁机栖身上来。她还没有老,刚刚才过五十二岁。还有许多未涉足的岁月。六月、七月、八月! 每个月都还近乎完整,而且,似要抓住已逝的点滴时光一般,克拉丽莎(走向梳妆台)深深投入到了这片刻时光之中,停在这一瞬——这片刻的六月清晨的瞬间,担负着以往所有的清晨,她以新的眼光重新打量着镜子、梳妆台,以及上面的瓶瓶罐罐,(她看向镜中时)把自己全身集于一点,看见了那晚要举办宴会的

雅各布的房间

女人，她面庞精致、面若桃花。那是克拉丽莎·达洛维的脸，是她自己的脸。

她曾无数次地看自己的脸，每次都带着同样的、微不可察的收缩。她照镜子时会噘起嘴，为的是使脸看起来有重点。那就是她自己——锥子脸、像只飞镖、明确无疑。那就是她自己：当某种努力、某种保持自我的召唤将各部分凝聚于一体时，只有她自己知道这有多不同，多么矛盾。只因外界的一切，她把自己塑造成了这样一个中心、一颗钻石、一个坐于自家客厅为他人提供聚会场所的女人、一丝确能穿越某些暗淡生活的光彩、一方孤独者的避难所，大抵如此。她帮助过年轻人，他们对她充满感激。她试图一直如此，从不将其他方面示人——失误、妒忌、虚荣、猜疑，比如像布鲁顿夫人没有邀请她共进午餐这样的事，她就觉得（此刻她终于开始梳头了）十分卑鄙！她的衣服在哪儿？

衣柜里挂着她的晚礼服。克拉丽莎把手伸进柔软的衣服之中，轻轻取出那件绿色的连衣裙，把它拿到窗前。之前衣服被撕破了，有人踩到了上面。大使馆的晚宴上，她感觉到裙褶顶端被扯开了。灯光下这绿色会发亮，但阳光下却不光鲜。她要把它补好。她的女佣们要做的事太多了。而她今晚就要穿。她要拿丝线、剪刀，还有——还有什么？对，是顶针，到楼下客厅去，因为她还要写东西，要查看各项准备是否都大致就绪了。

她在楼梯平台上停了一会儿，心想道："真是奇怪。"把自己塑造成那个钻石的形状、单独的个体，奇怪的是女主人从何得知家中的特别时刻以及房子某处的特性呢？模糊的声音沿着楼梯井盘桓着传了上来，拖把传来的嗖嗖声、轻拍声、叩击声、前门打开时发出的声响、地下室里重复的话语、托盘上银器的叮当声、为宴会准备的干净银器。一切都是为了这个晚宴。

（露西端着托盘走进了客厅，她把大蜡烛台放在壁炉架上，把一个银质小箱放在中间，转了转水晶海豚，让它对着钟表。他们会来，那些女士先生们会站在那儿矫揉造作地交谈，那种语气她也能模仿。所有人当中，她家女主人最可爱——银器、亚麻、瓷器的女主人，因为当她把裁纸刀放在细工镶嵌的桌子上时，太阳、银器、摘下合页的门、朗博梅尔的人都带给她一种得到感。她透过玻璃窗窥视着,对面包店里的老朋友说道:"看!快看!"那是她在凯特汉姆第一次工作的面包店,他们在看安吉拉女士,玛丽公主的侍从。这时达洛维夫人走了进来。)

"哦,露西,"她说,"银器看着确实漂亮!"

克拉丽莎一边转动着水晶海豚让它立起来,一边问露西:"你觉得昨晚的剧怎么样?"露西说:"哦,结束前他们就得走了!他们得十点钟回来!所以他们不知道演的什么。""的确有些不太走运,"达洛维夫人说(因为如果佣人们请示她的话,就可以多待一会儿)。"确实很遗憾。"她拿起沙发中间那只磨得发秃的旧靠垫,塞到露西怀里,轻推了她一下,大声说道:

"把它拿走!给沃克夫人送去,替我问候她!把它拿走!"

露西停在客厅门口,手里拿着靠垫,脸色微红,很是羞怯地问能不能帮忙缝补那条衣裙。

可达洛维夫人说,她手边的活儿已经够多了,不补裙子都够她忙的了。

"不过还是谢谢你,露西,哦,谢谢。"达洛维夫人答道。谢谢,谢谢,她不停地说着"谢谢"(她在沙发上坐下,把裙子、剪刀和丝线放在膝盖上),不停地对佣人们表示感谢,感谢他们帮她成为现在的样子,她所希望的样子,温和、有雅量。她的佣人们喜欢她。那么她这条裙子——撕裂处在哪儿呢?现在要穿针了。这是她最爱的一条裙子,出自莎莉·帕克之手,这几乎是她做的最后一件衣服了,唉,因为莎莉现在已经退休了,人住在伊灵。克拉丽莎心想有时间一定要去伊灵看望她(但她再也不会有机会了),因为她是个人物,是个真正的艺术家。克拉丽莎想起了有关莎莉的一些小事,的确有点儿离经叛道,但她做的衣服却从来不怪异。你可以在哈特非尔德穿,在白金汉宫穿。她就在这些地方穿过。

一份静谧笼罩在她身上,平和、满足,衣针平滑地牵引着丝线,轻拉到底端,把绿色的裙褶拢到一起,非常轻柔地缝在腰带处。于是在这样一个夏日,波浪聚起、失衡、回落,聚起又回落,仿佛整个世界都在说"就是如此了",越发的沉重,直到连在沙滩上沐浴阳光的人内心

雅各布的房间

里也如是说着，就是如此了。那颗心说，别再害怕。那颗心说，别再害怕，把烦扰交给那片海，它为所有的哀伤叹息，继而恢复、开始、聚拢、回落。躯体独自聆听着过往的蜂鸣，浪花四散开来，狗不停地叫着，声音飘荡在远处。

"天啊，前门门铃响了！"克拉丽莎惊呼出声，停下手边的针线，她警醒地听着。

"达洛维夫人会见我的，"客厅里那个年纪微长的男人说道。"哦，对，她会见我的，"他重复着，非常善意地推开露西，迅速跑上了楼。"对，是的，没错，"他边跑边喃喃自语，"她会见我。去了印度五年，克拉丽莎会想见我的。"

"谁会——什么会？"达洛维夫人正要发问（心想这简直太粗鲁了，今天要举办宴会，还会有人在上午十一点钟来打扰她），楼梯上传来了脚步声。她听到有人把手放在了门上。克拉丽莎尊崇个人隐私，她把裙子藏了起来，像是处女在保护自己的贞洁。这时黄铜把手滑动起来，门开了，那人走进来——那一瞬她忽然想不起他的名字了！见到他时她是那样的吃惊、开心、腼腆，完全被彼得·沃尔什上午的意外到来惊住了！（她还没读他的信。）

"你还好吗？"彼得·沃尔什问道，无疑他在颤抖。他握住她的双手，轻吻她的双手。她老了些，他心想着坐下来。我不能跟她说这个，他想着，因为她变老了。她在看着我，想到这儿，他突然感到一丝尴尬，即便吻了她的双手。他把手伸进口袋，拿出一把大折刀，将刀鞘推开一半。

克拉丽莎心想，他还是老样子，一样的古怪表情、方格套装，似乎脸有一点儿歪，还有些干瘪，但他看上去非常健康，一如从前。

"咱们又见面了，真是太好啦！"她大声说。他拿出了刀。还真是他的作风，她心想着。

他说他昨晚刚到城里，即刻要去乡下，他问她过得怎么样，大家情况如何——理查德怎么样？伊丽莎白呢？"这是怎么回事？"折刀斜着指向她那条绿色的裙子。

他衣冠楚楚，克拉丽莎心想，却总是对我吹毛求疵。

她在这儿补衣裙,一如平常,他想着,我在印度的时候她就一直坐在这里,补她的衣服、到处消遣、参加聚会、跑去议会又回来,做着诸如此类的事。他越想越气恼,越想越焦躁,因为对某些女人来说,这世上没有什么比婚姻更糟糕的事了,他心想。还有政治,以及保守党的丈夫,恰如那可敬的理查德。就是这样,就是这样,想到这儿,他啪的一声合起了刀。

"理查德很好,他在委员会呢。"克拉丽莎说。

她打开剪刀,问他是否介意她把裙子补完,因为他们晚上有宴会。

她说:"我恐怕不会邀请你,我亲爱的彼得!"

听见她叫自己"亲爱的彼得"真是让人愉悦。的确,一切都是那么怡人——银器、椅子,全都那么可爱!

为什么不请他参加她的宴会呢?他问她。克拉丽莎心想,当然,他很迷人,极其迷人!至今我还记得做出不和他结婚的决定是多么艰难——我为什么要做这个决定呢?她想知道原因,那个糟糕的夏天?

"你今早本该来得隆重些!"她大声说,双手交叠放在裙子上。

"你还记得吗,"她说道,"在伯顿的时候百叶窗总是拍打窗户?"

"是啊。"他回答说。他还想起单独和她父亲吃早餐的时候特别尴尬。她父亲已过世了,而他并未写信给她。可他总是不能和老帕里融洽相处,那是个挑剔的、优柔寡断的老人,克拉丽莎的父亲,贾斯丁·帕里。

"我常想,要是和你父亲更合得来就好了。"他说道。

"可是他从没喜欢过我们的任何朋友。"克拉丽莎说。她本该住嘴,因为这么说会让彼得想起他曾想和她结婚。

彼得暗道,我当然想过,他心想,那几乎让我心碎。他沉浸在自己的悲伤之中,那悲伤似升起的明月,从露台看去,在夜幕中散发着苍白迷人的光辉。他想,自那时起再没有那么低落过了。他好似真的坐在了露台上,稍稍移向克拉丽莎,伸出手,举起,又放下。月亮高悬在他们上空,感觉真像她和他一起坐在了露台上,沐浴着月光。

"那里现在归赫伯特名下了,"她说道,"如今我是不再去了。"

雅各布的房间

这时，正如月光下露台上会发生的一样，他已经厌倦了，并开始为此感到惭愧，另一个人却默默地坐着，非常安静，哀伤地望着月亮。他无心交谈，动了动脚，清了清喉咙，注意到了一条桌腿上的卷轴形铁饰，他拨了拨叶子，但并未言语——就像彼得·沃尔什现在这般。因为他在想，为什么要像这样提起过去的事呢？为什么要让他再次想起从前？她已经那样过分地折磨过他，为什么还要让他煎熬？为什么？

"你还记得那个湖吗？"她忽然生硬地发问，揪心的情感压抑着她，使得她喉咙发僵，吐出"湖"字时，嘴唇微微抽搐着。因为当时她还是个孩子，站在父母中间扔着面包喂鸭子，同时又是一个成年女子，怀抱着自己的人生，来到驻足于湖边的父母身旁。她越靠近他们，她的人生便越发成熟，直到变得完整、彻底。将这种生活放在父母身边，她告诉他们："这就是我走过的人生，就是这样！"

而她究竟为自己造就了怎样的生活呢？难道就是像今早这样缝着衣服，和彼得呆坐在一块儿？她望着彼得·沃尔什，神色疑惑，目光越过过往的岁月和情感，停落到他的身上，眼中泪光盈动。而她随即扑闪着睫毛收回了目光，如同鸟儿轻触枝头便振翅蹁跹而去。她毫不掩饰地擦了擦眼泪。

"记得，"彼得回道，"记得，还记得，都记得。"他说着，仿佛她让陈年旧事浮出表面，而这个过程无疑伤到了他。别说了！别说了！他想大声叫喊。因为他还不老，他的人生还很长，绝没到头。他才五十出头。我要不要告诉她呢？他心想。他想对她全盘托出。可她太冷漠了，他暗想，拿着剪刀，一心都在她的针线活上。

和克拉丽莎站在一起，黛西会显得很普通。她会觉得我是个失败者，他想道，在他们心里，在达洛维家族眼中，我很失败。唉，是啊，毫无疑问，他是个失败者。嵌花桌子、镶宝石的裁纸刀、海豚和烛台、椅套和古老珍贵的英国染色版画，比起这些，他的确是个失败者！他暗道，这一切的自命不凡真让我厌恶，这是理查德的所作所为，而不是克拉丽莎的，她只是嫁给了他。（这时露西走进房间，端着银器，更多的银器，当她俯身放东西的时候，他心想，她看起来迷人、苗条而又优雅。）而这些一直在继续着，克拉丽莎一周又一周地过着她的生活，而我呢，他思索着，一切好似立即从他身上散发出来——旅程、骑马、争吵、历险、桥牌聚会、谈情说爱以及工作，工作，工作！他毫不遮掩地拿出了他的短刀，紧握在手里。克拉丽莎笃定他那把牛角柄的旧刀已经跟了他三十年了。

克拉丽莎心想，这个习惯真够特别的，总是玩弄刀子。他总是给人一种轻率、内心空虚的感觉，而且还是和从前那般喋喋不休。但我也一样，她想着，拿起针，召唤佣人，像个女王，因卫兵睡着而无人保护（他的来访让她猝不及防，这让她心烦），因而任何人都可以步入她的领地，看她躺在弯曲的荆棘下召唤帮助，那些她曾做过的事、她喜爱的事物、她的丈夫、伊丽莎白、现在这个彼得几乎不了解的自己了，总之，她要召唤来一切去击退敌人。

"要不，说说你经历的事？"她问道。就像在战斗开始前，战马踢打着地面，摆动着头，弯起脖子，阳光照在它们的侧腹上。就这样，彼得·沃尔什和克拉丽莎并排坐在蓝色沙发上，相互挑战着对方。他的力量在体内蠢蠢欲动，他把各个方面、各种事情都集中在一起：他人的称颂、牛津的事业、他的婚姻。她对此种种一无所知，不知他如何爱过，也不知他是怎样彻底完成工作的。

"太多太多事了！"他叹道。此刻，内心聚起的力量横冲直撞，他感到自己像被看不见的人们抬在肩上，匆匆掠过空中，既害怕又兴奋，于是他将双手举至额前。

克拉丽莎笔直地坐着，屏住了呼吸。

"我恋爱了。"然而并不是在对克拉丽莎说，而是对黑暗中腾空而升的某个人说的，因而你触摸不到她，但须把花环放在黑暗中的草地上。

"恋爱了，"他重复道，"爱上了一个印度姑娘。"这次是对克拉丽莎·达洛维说的，语气相当冷淡。他已放好了花环。随便克拉丽莎怎样吧。

"恋爱了！"她说。他这个年纪了，系着蝴蝶领结，居然会被爱情的魔鬼吞掉！他的脖子干巴巴的，双手红肿，而且年纪比我还大六个月！她的目光回到自己身上，但在心里，她仍然能感到他坠入了爱河。

雅各布的房间

她感到他心中有了爱情，他恋爱了。

但是那不服输的自我意识永远要将反对者践踏于脚下，那是条河，总是在说前进，前进，前进。尽管它承认我们可能没有任何目标，但依然要向前，向前。这份不屈不挠的自我意识让她双颊泛红，使她看上去很年轻，气色很棒，眼神明亮。她坐在那儿，把衣裙放在膝上，用针牵引着绿丝线，拉到顶端，微微颤抖着。他恋爱了！不是和她。当然了，是和某个年轻女人。

"那她是谁？"她问。

现在必须把这个雕像从高处取下来，摆在他们中间。

"很遗憾，她结婚了，"他答道，"是印度陆军少校的妻子。"

他的微笑带着一丝古怪的嘲弄，以这种荒谬的方式将她呈现在克拉丽莎面前。

（克拉丽莎则想，尽管如此，他还是恋爱了。）

他很理智地继续说道："她有两个年幼的孩子，一儿一女，我来就是为了跟我的律师见面商量离婚的事。"的确如此！他心想。

你想怎么对待他们都随你，克拉丽莎！他们就在那儿！时间一秒一秒地过去，当克拉丽莎看着他们的时候，他似乎感到印度陆军少校的妻子（他的黛西）和她的两个孩子变得越发可爱了。就像他把光投射到盘中的一颗灰色小球上，于是在他们轻快的、带着海盐风味的亲密氛围中——他们异常亲密，长起了一棵可爱的小树。（因为在某些方面，没有人能像克拉丽莎那样理解他，对他感同身受。）

她恭维他、愚弄他，克拉丽莎想着。三刀就刻画出了那个女人、那位印度陆军少校妻子的样子。真是个废物！真愚蠢！彼得一辈子都那样被愚弄，先是被牛津大学开除，后来娶了一个在去印度的船上认识的女孩儿，现在又是印度陆军少校的妻子——谢天谢地，幸亏当初没有答应嫁给他！不过，他恋爱了，她的老朋友，她亲爱的彼得，他陷入了爱情。

"那你打算怎么办？"她问他。哦，林肯法律学院的胡珀和格雷特利律师会去处理的，他如是答道，而且竟然开始用折刀修剪起指甲来。

看在上帝的分上，别再碰那把刀了！她心中大喊着，升起一团难以抑制的怒火。他那愚蠢的不顾常规的做法、他的软弱、他对他人感受的忽略，这些都使她恼怒，一直使她恼怒。而今他这个年纪了，多么愚蠢！

我都明白，彼得心想，我知道自己面对的是什么，他边想，手指边沿刀刃滑动，是克拉丽莎、达洛维和其他所有人。但我要让克拉丽莎看到——这时，令他完全出乎意料的是，他突然被从天而降、无法控制的力量抛了开来，他失声痛哭，毫不羞愧地哭泣着，他坐在沙发上，眼泪顺着面颊流下来。

克拉丽莎倾身向前，握起他的一只手，把他拉向自己，轻吻着他。其实，还来不及压下胸中舞动着的银色记忆——那记忆好似热带狂风中的蒲苇絮，她就已经感受到了他的面颊与她相贴。胸中的狂风逐渐平息下来，她握着他的手，拍着他的膝，往后靠去，感觉和他在一起格外轻松安逸。心中忽然闪过一个念头，当初要是嫁给了他，这份愉悦就整天都属于我了！

对她来说，一切都结束了。床单铺得很平，床很窄。她独自走上塔楼，留下其他人在阳光下采摘黑莓。门关着，在那脱落的灰泥和杂乱的鸟窝之间，景色显得那么遥远，单薄颤抖的声音传来（她记得有一次在利思山上），她大声呼喊，理查德，理查德！仿佛一个夜间惊起的沉睡者，黑暗中伸手求救。和布鲁顿夫人一起吃午饭，她又想起这件事来。他离我而去了，我永远孤独，她想着，双手交叠放在膝上。

彼得·沃尔什已起身穿过房间来到了窗前，背对她站着，来回挥动着一条印花大手帕。他看上去熟练、冷淡、孤独，瘦削的肩胛骨微微撑起外衣，他猛地擤了擤鼻子。带我走吧，克拉丽莎冲动地想道，仿佛他即将开启某个伟大航行一般。但下一刻，好像一场激动人心、感人至深的五幕话剧收场了，她在剧中走过了一生，她曾出走，也曾和彼得一起生活，而现在这些已经过去了。

现在是时候行动了，恰似一个女人收好东西——斗篷、手套、观剧望远镜，站起身来踏出剧院走到了街上，克拉丽莎从沙发上站起来，走向彼得。

这太奇怪了，他心想，当她伴着叮叮声和沙沙声走来时，她怎么会依然拥有这种力量，当她穿过房间时，依然有力量使他厌恶的月亮在夏日的天空里升起，就在伯顿的这个阳台上。

雅各布的房间

"告诉我,"他抓着她的肩膀,"你幸福吗,克拉丽莎·理查德——"

门开了。

"这是我的伊丽莎白。"克拉丽莎情绪激动地说,或许表现得有点做作。

伊丽莎白走上前来:"你好。"

这时,大本钟敲响了半点钟,钟声在他们之间显得格外响亮,好似一个健壮、冷漠、轻率的小伙肆意地挥舞着哑铃。

"你好,伊丽莎白!"彼得大声道,他将手绢塞进口袋,快步走向她,说着,"再见,克拉丽莎。"却没有看她,他很快离开了房间,跑下楼梯,打开了客厅大门。

"彼得!彼得!"克拉丽莎喊着,追出来跑到楼梯平台上。"我今晚的宴会!记着我今晚的宴会!"她不得不提高嗓门盖过室外的喧闹,声音淹没在车声和钟声里。"记着我今晚的宴会",在彼得关门的瞬间,她的高喊声听起来微弱而单薄,非常遥远。

记着我的宴会,记着我的宴会,彼得·沃尔什步入大街,附和着大本钟那直接明确的半时钟声有节奏地自言自语着。(一圈圈沉闷的声波荡漾在空气之中)他寻思着,这些宴会啊,克拉丽莎的宴会,她为什么要举办宴会呢?他不是责备她,也不是责备这些朝他走来的雕像一般的男子,他们身穿燕尾服、别着康乃馨。世上只有一人能像他这样坠入爱河,而他就在这儿,这个幸运儿就是他自己,此刻他的身影正映在维多利亚街一家汽车制造厂的玻璃面板上。他的身后是整个印度,平原、山脉、霍乱蔓延,那是个面积两倍于爱尔兰的地区。他独自做了决定——他,彼得·沃尔什,此生第一次真正地恋爱了。克拉丽莎变得冷酷了,他想着,而且他怀疑她还有点儿多愁善感,此刻的他正注视着那些大型汽车,思考着多少加仑汽油能开多少英里。因为他在机械方面有些资质,曾在他生活的地区发明过一种犁,从英国定过手推车,可那些苦力并不愿意去使用,而克拉丽莎对此全然不知。

她说"这是我的伊丽莎白"时的用词让他气恼。为什么不直说"这是伊丽莎白"?虚情假意。而伊丽莎白也不喜欢这样。(大钟浑厚的余音仍回荡在周遭的空气之中，半点钟，时间尚早，才十一点半。）因为他了解年轻人，喜欢年轻人。他想，克拉丽莎身上总有一丝冷淡。即使在少女时代，她也总有种怯弱，人到中年则变得因循守旧，然后一切就结束了，全都结束了，他想着，忧郁地望向玻璃窗深处，猜想着那个时间拜访她是不是打扰了她。他突然感到羞愧，自己像个傻瓜一样哭泣、情绪激动、和以前一样什么都跟她说，一如往常。

如同阴云蔽日，寂静笼罩了伦敦，也笼罩在心间。努力停止了。时光拍打着桅杆。我们停在那儿，站在那儿里，僵硬死板，只以习惯支撑着身躯。彼得·沃尔什对自己说，那是躯壳，感情被掏空了，空洞一片。克拉丽莎拒绝了我，他站在那儿想着，克拉丽莎拒绝了我。

圣玛格丽特教堂的钟声在说，啊，我没来迟，宛如一个在钟响时准时走进自己的客厅却发现客人均已到场的女主人那样。

她说，不晚，时间正好，十一点半整。然而，尽管她说得一点儿没错，她的声音，女主人的声音，却不愿彰显特性。昔日的悲伤和如今的担忧抑制了它。现在是十一点半，她说。圣玛格丽特的钟声潜入了心灵深处，埋藏在圈圈声韵之中，宛如某个生命体要吐露心迹、消散自己、随着欢快的战栗而安息——就像克拉丽莎自己，身着白衣在钟声响起时走下楼来，彼得·沃尔什想象着。这就是克拉丽莎，他情绪深沉、异常清明而又困惑地回忆着她，仿佛这钟声多年前就传入了房间，他们坐在一起，十分亲昵，宛如采蜜的蜜蜂，飞来飞去，满载着那刻的甜蜜而去。但是，在哪个房间，哪一时刻？又为何会在钟响时感到深深的幸福呢？而后，圣玛格丽特的钟声弱了下去，他想，她病了，钟声传达着疲倦和痛苦。他想起来了，她有心脏病，突然高亢的最后一声钟鸣是丧钟之音，忽降在生命中。克拉丽莎倒在了她驻足的地方，在她的客厅里。不！不！他失声大喊。她没有死！我没有老，他喊着，沿怀特霍尔街向上走去，仿佛他那轰轰烈烈、无穷无尽的未来正朝他滚落而来。

他还一点都不老，不呆板，不冷漠。

至于说别人怎么说他——达洛维家族，惠特布莱德家族，以及诸如此类的人，他丝毫不在乎，一点儿也不在乎（尽管他确实要看理查德能否帮他找份工作，这是早晚的事）。他阔步向前，眼睛盯着坎布里奇公

雅各布的房间

爵的塑像。他曾被牛津大学开除——没错。他曾是个社会主义者，在某种程度上说是个失败者——不假。但是，他想，文明的未来掌握在那些年轻人手中，像三十年前的自己那样的年轻人。他们热爱抽象原则，订购的书籍一路从伦敦寄送到喜马拉雅群峰之中，他们读科学，读哲学。未来掌握在那样的年轻人手中，他想道。

树林中，一阵类似树叶的嗒嗒声从他身后传来，沙沙的，有规律的砰砰响着。这声音追上他的脚步，鼓敲着他的思绪，使他身不由己地和着那节拍沿着怀特霍尔街向上走去。年轻小伙儿们身穿制服，手持枪，双目直视前方列队行进着。他们紧绷着手臂，表情仿佛塑像底座周围的铭文，颂扬着责任、感恩、忠诚与爱国。

彼得·沃尔什心想，这是个很好的训练，于是他开始跟上他们的步伐。不过他们看上去并不强壮，大多很瘦弱，这些十六岁的孩子可能明天就会站在摆着一碗碗米饭和一块块肥皂的柜台后面去。现在他们将芬斯伯里街取来的花圈献于那座空墓之前，带着庄重的神情，丝毫不掺杂感官愉悦或日常烦忧。他们宣过誓。车辆对此致敬，货车禁行。

当他们走到怀特霍尔街时，彼得·沃尔什觉得自己跟不上他们了。果然，他们超过了他，超过了所有人。队列步履沉着稳健，似有一个意志支配着腿部和手臂，使他们整齐划一。而生活的多样和开放则被压在了纪念碑和花圈铺设的路面之下，纪律已将人麻痹成了行尸走肉。彼得心想，你须得尊重它，你可能会笑，但你不得不尊重它。他们走到了那边，彼得·沃尔什边想边停在了人行道旁，所有那些崇高的雕像——纳尔逊、戈登、哈夫洛克，那些伟大的战士矗立着直视前方，他们的身躯漆黑伟岸，仿佛他们也同样抑制了自我（彼得·沃尔什感到自己也做到了，做到了那强烈的自我克制），把相同的诱惑踩在脚下，目光最终变得冰冷无神。虽然彼得·沃尔什可以尊重别人眼中的这种目光，但他自己丝毫不想苟同。男孩儿们如此，他能够尊重，因为他们尚不了解世俗烦扰。队列消失在了斯特兰德街的方向，彼得心想，我已历经了一切。穿过马路，他立于戈登雕像之下，这是他年幼时崇拜的对象。戈登孤零零地站在那儿，双臂交叠，一条腿抬起——可怜的戈登，他想道。

正因为除了克拉丽莎没人知道他在伦敦，而且航行过后，陆地对他而言仍像是一座岛屿。十一点半的时候,他站在特拉法尔加广场上,活生生地,孤身一人,不为人知,那份陌生令他无能为力。这是怎么回事?我在哪里?究竟为什么要这样做?他琢磨着,离婚就像水中捞月。他的情绪落至低谷,三种情绪压倒了他:理解,无边的博爱,最后是难以抑制的极乐,而这似是其他二者的产物。他的脑中好像有人在拉弦,打开了心窗,而他与此毫无瓜葛。站在望不到尽头的大道路口,他可以随心沿路漫步。他已多年没有感到自己如此年轻了。

他脱身了!完全自由了——习惯被打破后,头脑犹如无人守护的火焰,忽闪着,摇曳着,仿佛要从烛台上吹落一般。彼得心想,我已经多年没觉得如此年轻了!跳出了自身的束缚(当然只一个小时左右的时间),像个跑出家门的孩子,边跑边看那站错窗口、朝他挥手的老管家。可她真迷人,他边想边穿过特拉法尔加广场向干草市走去,迎面走来一个年轻女子,她经过戈登雕像时,彼得·沃尔什觉得(他是那样敏感),她仿佛揭下了层层面纱,终于变成了他一直心仪的女人:年轻而又庄重,欢乐而又谨慎,肤色深而迷人。

他挺直了身子,暗暗拨弄着小折刀,开始跟随着她。这份激动之情,似乎即使不去面对,它也会照亮他,把他们联系在一起,突出他一人,仿佛嘈杂喧嚣透过虚握的双手轻呼着他的名字,叫的不是彼得,而是他在独自思考时私下给自己的称呼。"你,"她说,她用白手套和肩膀仅表达出一个"你"字。而后她走过科克斯珀街的邓特店,单薄的长披风随风飘荡着,带着宽容的仁善、忧郁的温柔,好似张开的双臂,拥抱疲惫的人。

但她还没有结婚,她年轻,很年轻,彼得心想,她走过特拉法尔加广场,她戴着的红色康乃馨再一次在他眼中燃烧起来,映红了她的嘴唇。不过她在路边石上等待着。她身上有种高贵,不像克拉丽莎那样世故,也不像克拉丽莎那样富有。他在想,她是否人格高尚?当她又走起来时他心中寻思,她是不是个正派女人呢?聪明睿智,能言善辩,他想象着(因为人须得有创造力,得允许自己稍作消遣),那是一种冷静的、随时供取用的、突如其来的机智,但不张扬。

她走了起来,穿过街,他跟着她。他绝不会令她尴尬。而如果她停

雅各布的房间

下脚步,他会说"来吃个冰淇淋吧",他会这样说,她则会非常简单地回答:"好啊。"

但街上的人夹在了他们中间,挡住了他的视线,他看不见她了。他追上去,她有所不同了。她的脸颊红了,眼中有嘲弄的意味。他觉得他是个冒险家、鲁莽、敏捷、大胆,甚至(他昨夜刚从印度抵达此地)是个浪漫的海盗,不顾一切可恶的礼节,不顾门店橱窗里的黄色睡衣、烟斗、鱼竿,也不顾体面、晚宴和背心下穿着白衬衫、衣衫整洁的老男人。他是个海盗。她不停地往前走,穿过皮卡迪利大街,走上摄政街,走在他的前面。她的斗篷、她的手套、她的肩膀,结合橱窗中的流苏、蕾丝、羽毛围巾,构成华丽而奇妙的气质,那气质从商店到人行道,慢慢淡去,宛如灯光,摇曳着照在黑夜中的树篱上。

她笑得赏心悦目,穿过牛津街和大波特兰街,拐进了一条小巷。现在,就是现在,那美好的时刻就要到了,因为现在她放慢了脚步,打开了包,朝他的方向看了一眼,但她看的并不是他。这一眼意味着告别,总结了整个形势并且成功地永远脱身其中,她将钥匙插进锁眼,打开门,消失了!克拉丽莎的声音在他耳边响起,记着我的宴会,记着我的宴会。这是栋单调的红色房子,上面挂着花篮,看似并不相配。事情就此结束了。

好吧,我找过了乐子,开心过了,他想着,抬头看向那些摆动的、装着浅色天竺葵的花篮。而这一切被击得粉碎——因为他清楚地知道,那些乐子多半是他编造出来的,和姑娘的轻佻举动也是自己想象的,他心想着,正如人们总是幻想生活中美好的一面。他想虚构自己,虚构一个她,创造一种极度的欢愉以及更多的东西。但这很奇怪,又很真实,这一切永不为人所知——它被击得粉碎。

他转身,沿街走着,想找个地方坐下来,直到该去林肯法律学院——胡珀和格雷特利律师事务所——的时候。

他该去哪儿呢?没关系,沿着这条街往摄政公园走。他的靴子在人行道上嗒嗒作响,"没关系",因为时间尚早,还早得很。

又是一个灿烂的早晨。街上到处生机勃勃,犹如一颗强健心脏的跳动。没有摸索——没有犹豫。汽车飞速掠过,转了个弯,恰在那一刻安静准时地停在了门前。一个女子走下车来,她穿着长筒丝袜、戴着羽饰、身形纤细,但对他来说并不是特别迷人(因为他已经放纵过一番)。从打开的门看去,彼得瞧见了可敬的男管家、茶色的松狮犬、大厅中的黑白菱格地板和飘动的白色百叶窗,他赞赏这一切。毕竟,伦敦以自己的方式取得了辉煌的成就:它的季节,它的文明。他出生于一个有社会地位的印度英侨家庭,祖辈至少有三代参与管理过大陆事务,(他心想,真奇怪,我竟对此有如此的情感。他厌恶印度,厌恶帝国,厌恶军队。)有时候,文明、即便是这类文明,也会如私有财产那般令他感到珍贵。他也会有片刻的自豪感,为英国感到骄傲,为男管家、为松狮犬、为生活有保障的姑娘感到骄傲。

太过荒唐,但事实就是如此,他想。医生、商人和有能力的女人都忙于自己的事务,守时、警觉、强壮,这些于他而言完全值得钦佩。他们是可以托付终身、共同生活、看透彼此的良伴。眼前的这一幕幕倒是真有可取之处。他要坐在树荫下抽烟。

没错,他记得摄政公园。是的,他儿时曾在摄政公园溜达过——奇怪,他想,怎么总会忆起童年呢——也许是见了克拉丽莎的结果。因为女人更容易活在过去,他想道。她们会依恋某些地方,会依恋父亲——女人总是为父亲感到骄傲。伯顿是个好地方,非常好的地方,但是我永远也无法和那位老人和谐相处,他想。有天晚上发生了一件事——他们争辩起来,因为什么事他不记得了。大抵是关于政治的。

是的,他记得摄政公园。长直的小路、左手边有座卖气球的小屋、某个地方还有尊刻着铭文的荒谬雕像,他想找个空长椅,不想被人问时间而受到打搅(他有些困乏)。一位头发灰白的老保姆,推着睡在摇篮车里的婴儿——这是他能为自己找到的最好的地方了,于是在保姆所坐的另一端坐了下来。

他突然想起了伊丽莎白走进房间、站在母亲身旁的样子,他心想,她是个看上去有点古怪的女孩。她个子很大,完全成人了,不能算漂亮,只能说是端庄,最多也就十八岁。她可能和克拉丽莎相处得不好。"我的伊丽莎白来了"——此类的事——为什么不简简单单地说"这是伊丽莎白"?像多数母亲那样,试图把不是说成是。他心想,她太相信

雅各布的房间

自己的魅力了，表现过头了。

醇厚的雪茄烟雾徐徐旋入咽喉，随即又被他吐出口去，片刻间，环环烟圈勇敢地迎空而上，蓝色的，圆形的——今晚我该试着单独去和伊丽莎白谈谈，他心想——随后烟圈开始游移不定，变成了沙漏状，慢慢消散。他心想，它们的形状真怪。他忽然闭上了眼，吃力地抬起手臂，把沉沉的雪茄烟蒂掷到了一边。一把巨大的刷子平滑地扫过他的思绪，扫过摇动的树枝、孩子的声音、纷乱的脚步、过往的行人，扫过嗡嗡的车辆和起伏的车鸣。向下，向下，他沉入了羽毛般的梦乡，沉陷了下去。

头发灰白的保姆继续织着毛衣，彼得·沃尔什在她身旁温热的座位上打起了鼾。她穿着灰色的衣裙，双手不倦地织着，悄然无声，看上去就像在捍卫沉睡者的权利，又像黄昏中的幽灵，在天空和树枝交错而成的树林中升起。孤独的旅行者游荡于各路小巷，弄乱了蕨草，压倒了大毒芹。抬头间，他忽然看见了小路尽头处的巨大身影。

也许是由于无神论者的坚定信仰，异常的兴奋会令他惊奇。他想，我们的躯体之外，除了心态，再无其他。他想，那是一种对慰藉的渴望、对解脱的渴望，渴望某种卑微的小人物，这些脆弱、丑陋、怯懦的男男女女身上没有的东西。但是如果他能想象出她来，那么她就以某种形式存在着，他想到。他沿小径前行，仰望着天空和树枝，迅速地赋予它们以女性的特点。他惊异地看到她们变得多么的庄重，当微风吹动的时候，她们随着树叶隐隐地颤动，她们播舍出博爱、理解和宽恕，而后，她们突然往上高高一扬，将虔诚的一面与狂欢作乐混淆在一起。

这就是幻象，它会给孤独的旅人提供装满水果的羊角形大口袋，或在他耳际喃喃低语，宛如海妖们在绿色的海浪上雀跃，或如一束束玫瑰撞在他的脸上，又如浮出水面的苍白面孔，渔民们在洪水中挣扎着要去拥抱。

这就是幻象，它不停地浮出，在真实事物旁踱来踱去，把它们的面孔放在真实事物的面前。它们常常压倒孤独的旅人，夺走他对大地的意识和回归的愿望，给他以一种笼统的宁静，似乎（当他沿林中小路前行时心里在这样想）这一切生之狂热是再简单不过的事。无数事物融为一体,而这个由天空和枝丫形成的身影已从波涛翻滚的大海中升起(他岁数大了,已年过五十),仿佛从波涛中可以吸出一个形体,从她那美轮美奂的双手中洒下同情、理解和宽恕。于是,他想道,愿我再也不要回到灯光之下,不要回到客厅之中,再也不要读完我那本书,不要磕掉烟斗里的烟灰,再也不要按铃叫特纳夫人来收拾清理,而让我径直走向这个伟大的身影,她会仰头将我放在她下垂的飘带之上,让我和其他一切一起灰飞烟灭。

这就是幻象。孤独的旅人很快走出了树林,在那儿,一个上了年纪、眼神忧郁的女人来到门前,她举着两只手,风撩动着她的白围裙,也许在期待着他的到来,她似乎(这个虚弱的人是如此有力量)要在沙漠中寻找失去的儿子,要寻觅一个被摧毁了的骑士,要成为在战争中失去了儿子的母亲的形象。因此,孤独的旅人沿着村庄街道前行,女人们站在那里编织、男人们在园中挖土。那个黄昏似有不祥之兆,那些身影都静立不动,仿佛某种他们所知的、毫不畏惧地等待着的威严的命运即将把他们彻底消火。

室内,在食柜、桌子、放着天竺葵的窗台等普通物品之间,正弯身拿掉桌布的女房东的轮廓在灯光下突然变得柔和起来,一个极其可爱的化身,只有忆起冷漠的人际关系才能阻止我们去拥抱它。她拿起橘子酱,放进了食品柜里。

"今晚没有别的事了吧,先生?"

但是,孤独的旅人去回答谁呢?

就这样,那上年纪的保姆在摄政公园守着熟睡的婴儿织毛衣。就这样,彼得·沃尔什鼾睡着。

他极为突然地醒了过来,自言自语道:"灵魂之死。"

"主啊,主啊!"他大声对自己说,一面伸着懒腰,睁开了眼睛。"灵魂之死"这几个字和他刚才梦见的某个场面、某个房间、某件往事紧密相关。他梦见的场面、房间、往事变得更清晰了。

那是九十年代初,伯顿的那个夏天,他正热烈地爱着克拉丽莎。房间里有许多人,吃过午茶后大家围坐在桌旁又说又笑,房间沐浴在金黄的光线中,弥漫着香烟的烟雾。他们谈论着附近的一位娶自己女佣做

雅各布的房间

妻子的乡绅，他已经记不得那人的名字了。他娶了自己的女佣，把她带到伯顿来拜访——真是糟糕。她打扮得过了头，有些荒诞，"像只鹦鹉"，克拉丽莎学着她的样子说，而那女人不住嘴地说个没完。她不停地说呀说，没完没了。克拉丽莎模仿她。后来有人——莎莉·西顿——说如果知道他们结婚以前她有过孩子，人们会对她有所改观吗？（在那个时候，男女都在场的情况下，说这种话是很冒失的）他现在还能想到克拉丽莎当时的样子，脸涨得通红，人好像缩了起来，说："啊，我再也不能和她说话了！"这时，围坐在茶桌旁的所有的人仿佛都不自在起来。真是尴尬透顶。

他并未因她在乎这种事而责备她，因为那时候，受到她那样的教育长大的女孩子什么都不懂。令他不快的是她的态度：胆怯、冷酷、傲慢、古板、过分拘谨。"灵魂的死亡。"他本能地说了出来，像通常那样，他把这个时刻标定了下来——她灵魂的死亡。

所有的人都不知所措，当她说话时所有的人似乎都在点头哈腰，然后站起身来时又变了样子。他仍能看到莎莉·西顿的样子，她像个调皮捣蛋的小孩，身子向前倾着，满脸通红，想说又不敢，而克拉丽莎确实能把人吓住。（她是克拉丽莎最要好的朋友，经常在她家出入，和克拉丽莎完全不一样，是个引人注目的姑娘，漂亮，肤色较深，当时以行为大胆闻名，彼得常常给她雪茄，她在自己的卧室里吸。她要不就是和什么人订了婚，要不就是和家里吵翻了。她和克拉丽莎，老帕里都不喜欢，而这把她们有力地结合在了一起。）后来克拉丽莎仍带着一副所有的人都冒犯了她的神气站起身来，找了个借口，独自走了出去。当她打开门的时候，那只爱追赶羊群的毛发蓬松的大狗跑了进来。她扑向那条狗，欣喜若狂。仿佛她在向彼得说——他知道这些都是冲着他来的——"我知道刚才关于那女人的事你认为我很荒唐，可是你看我是多么富有同情心，看，我多么爱我的罗布啊！"

他们总有种异乎寻常的能力，沟通无需言语。他批评她的时候她马上就能知道。于是她会做件很明显的事来维护自己，比如像这样在狗身上小题大做——可那永远骗不过他，他总能看穿克拉丽莎。当然他不会去说什么，只是沉着脸坐着。他们的争吵常常以这种方式开始。

她关上了门。他立即变得非常郁闷。一切都似乎没有用——继续恋爱、继续争吵、继续和好。他独自在屋外徘徊，走到马厩处，看看马匹。（这个地方很简陋，帕里家一直都不是很富裕，但他们总会雇马夫和马倌儿——克拉丽莎爱骑马——还有个老马车夫，名叫什么呢？那是个老看护，穆迪或是古迪，人们是这么叫她的，要拜访她就去那个挂满照片和鸟笼的房间。）

那是个糟糕的夜晚！他越来越沮丧，不光是为了那件事，一切都令他沮丧。而他见不到她，无法向她解释，无法说出口。周围总是有人——她表现得若无其事。那正是她可恶的地方——冷漠、麻木，这是她内心深处的东西。今早与她的交谈再次令他感受到了她的不可探知。但是上帝知道他爱她。是的，她有种奇怪的力量，能够牵动人的神经，把它变成琴上的弦。

出于某种愚蠢的想法，他很晚才去吃晚饭，想让别人注意到自己。他在老帕里小姐——海伦娜姑妈——帕里先生的姐姐身旁坐了下来。帕里小姐是晚宴的主持，她披着白色的克什米尔披巾，头靠着窗——一个令人敬畏的老夫人，对他却很和善，因为他曾给她找到过某种稀有花卉，而她是一个有名的植物学家，总会穿着厚靴，肩挎黑色标本箱去猎奇。他在她身旁坐下，说不出话来。眼前的一切好似从他面前飞速掠过，他只是坐着，用餐。后来，晚饭过半，他第一次望向克拉丽莎。她正和右边的年轻人说话。彼得突然有了一个发现。"她会嫁给那个人。"他对自己说着，甚至都不知道那人的名字。

当然，达洛维就是在那个下午，正是在那个下午前来拜访的。克拉丽莎管他叫"威克姆"，一切便是由此开始。别人带他来的，克拉丽莎记错了他的名字。她向每个人介绍说他叫威克姆。最后他说："我是达洛维！"——那是他对理查德的第一印象——一个白皙的年轻人，相当尴尬地坐在折叠椅上，脱口而出："我是达洛维！"莎莉记住了这事儿，后来总是叫他"我是达洛维！"

彼得当时信奉各种启示。这个启示——克拉丽莎会嫁给达洛维，使他感到自己丧失了判断能力，茫然不知所措。那种感觉带有一种——他该怎么形容呢？——一种与达洛维相处的自在，一种母性，一种柔情。

雅各布的房间

他们当时在谈论政治,整个晚餐期间他都在尽力去听他们在聊什么。

后来他仍记得在客厅里,他站在老帕里小姐座旁,克拉丽莎优雅地走过来,像真正的女主人一样,想要把达洛维介绍给某个人——她说话的口气好像他们未曾相识,这令彼得恼怒。然而即便在那个时候,他还是因此而钦佩她。他佩服她的勇气、她的社交天赋、她凡事承担到底的能力。他对她说了句"完美的女主人",她听后一顿,但他意在使她如此。看到她和达洛维在一起以后,他会做任何事去伤害她。于是她离开了他。他有种感觉,所有的人都聚在一起谋划着——又说又笑地——背地里跟他过不去。而他像个木雕一样站在帕里小姐的椅子旁,谈论着野花。他从未受过如此可恶的折磨!他甚至忘记了要假装去听帕里小姐说的话。最后他惊醒过来,看见帕里小姐显得很烦躁,很气愤,瞪着眼睛紧盯着他。他无法专心是因为他适才身处地狱!对此他几乎要大喊出来。人们开始往屋外走,他听见他们说去拿斗篷,说水上很冷,等等。他们要乘着月色去湖上泛舟——这是莎莉的疯狂想法。他能听见莎莉在描绘着那月亮。于是他们全都出去了,他被留了下来,孑然一身。

"你不想和他们一起吗?"海伦娜姑妈——老帕里小姐问!——她猜到了。他回过身去,克拉丽莎站在那儿。她是回来找他的。他被她的善良大度征服了。

"来吧,"她说,"他们在等呢。"他一辈子都没那么开心过!无需多言他们就和好了。他俩向湖边走过去,他度过了极其幸福的二十分钟。她的声音、她的笑容、她的衣裙(飘动着,白色与深红相间)、她的情绪、她的冒险精神。她让大家上岸,去小岛一探,她吓到了一只母鸡,她笑着,唱着。而他一直深知达洛维爱上了她,她爱上了达洛维。但这似乎没什么,丝毫无碍。他们席地而坐,谈笑风生——达洛维和克拉丽莎。他们出入着彼此的内心世界,不费吹灰之力。但是转瞬间一切就结束了。他们上船时彼得沉闷、毫不愤恨地对自己说:"她会嫁给那个人。"这是显而易见的事。达洛维会娶克拉丽莎。

达洛维划船把他们带回岸边。他一声不吭。他们目送他跨上自行车,穿越二十英里的树林,摇摆着沿路而去,挥着手逐渐消失。可这时,不知为何,他明显地感受到了一切,那种感觉出自直觉,强烈非常。那个夜晚；那份浪漫；克拉丽莎。他配得上她。

而他自己是荒谬的，他对克拉丽莎的要求（他现在明白了）是荒谬的。他在要求不可能的事。他肆意大闹。如果他不那么荒唐，也许她还能接受他。莎莉是这么想的。整个夏天她都在给他写长信，告诉他别人如何谈论他，她如何称赞他，克拉丽莎如何失声痛哭！那真是个不寻常的夏天——满是信件、事端、电报——他清晨就到了伯顿，闲荡到佣人们起床；心惊胆战地和老帕里先生吃了早餐；海伦娜姑妈令人生畏但宽厚和蔼；莎莉将他拉到菜园去谈话；克拉丽莎因头痛而未起床。

最后那次见面，那次极不愉快的见面，他认为是他一生中最重大的事（可能有所夸大——但如今看来似乎依旧如此）。当时是下午三点钟，天气酷热，起因是件小事——莎莉在午饭时说了关于达洛维的一些事，称他为"我是达洛维"。当时克拉丽莎突然变得很不自然，红了脸，以她特有的方式尖锐地回道："这样的冷笑话我们听够了。"就是这样。但于他而言，她好像恰恰在说："你只是逗我开心的，而我和理查德·达洛维才是心灵相通。"他就是这样理解的，夜夜为此失眠。"会有办法的。"他对自己说。他让莎莉给她带了个信儿，相约三点在喷泉旁见面。在信尾，他寥寥写了句"有件重要的事情"。

喷泉在一小片灌木丛中间，离房屋很远，四周长满了灌丛和树木。她来了，甚至还提早到了。他们隔着喷泉站着，喷口（坏掉了）不断往外流着水。那景象是多么难忘啊！比如，那鲜艳的青苔。

她站着没动。他不停地说："'跟我说实话，跟我说实话。"他觉得头快要炸开了，而她好像惊呆了，瑟缩着，一动不动。拿着《泰晤士报》的老头儿，布莱特科普夫突然探出头，瞠目结舌地看了他们一会儿，走开了。两人都站着没动。"跟我说实话。"他继续重复着，感到自己在和某种坚硬的东西相磨，她不肯屈从。她像铁、像燧石一般，脊背硬挺着。当她说"没用了，没用的，结束了"——他仿佛说了几个小时，泪水在脸颊横流——的时候，感觉就像被她打了一记耳光，她转过身，离他而去。

"克拉丽莎！"他喊着，"克拉丽莎！"但她再没有回来。结束了。那晚他离开了。他再也没见过她。

雅各布的房间

好难过,他喊着,糟透了,糟透了!

尽管如此,太阳依旧炽热。人们依旧能够挺过去。生活依旧日复一日。他回想着,打着哈欠,开始留意周围——自儿时起,摄政公园就没什么变化,只有那些松鼠除外——但想必会有些补偿——小伊莉斯·米切尔一直在拣鹅卵石,想把它们加进她和哥哥收藏的鹅卵石中,那些鹅卵石都放在育儿室的壁炉台上。她又突然将一小把石头放在保姆膝上,飞快地跑开,撞在了一位女士的腿上。彼得·沃尔什笑出声来。

但是卢克雷齐娅·沃伦·史密斯此时正在自言自语道,太可恶了,为什么我就该受罪呢?她沿着一条宽阔的小路走去。不,我再也无法忍受了,她说着离开了塞普蒂默斯身边。他已不再是塞普蒂默斯了,坐在那边的椅子上说出那样无情、残酷、恶毒的话,自言自语,和一个死人说话。这时,小女孩和她撞了个满怀,摔在地上,大哭起来。

这倒使她感到安慰。她扶起孩子,掸了掸她的外衣,亲了亲她。

但是就她自己而言,她没做错什么。她爱过塞普蒂默斯,她感到过幸福,她有过一个漂亮的家,她的姐妹们至今仍住在那里,制作帽子。为什么她就该受苦呢?

那个孩子径直跑回保姆身边,雷齐娅看见保姆呵斥孩子,安慰她,放下手里织着的毛衣抱起了她,而那个样子和善的男人把表给了她,安慰着她。可是为什么雷齐娅就该无人保护呢?为什么不留在米兰?为什么要受折磨?为什么?

眼泪模糊了小路、保姆、穿灰衣的男子,儿童车在她的眼前微微起伏晃动。她命里注定要被这个恶毒的虐待者所摆布。可这是为什么?她像只躲避在树叶浅凹处的小鸟,树叶移动会使它感到愕然,一根枯枝断裂会使它吃惊。她无遮无靠,她被冷漠的世界中的巨树和大片云层包围,得不到保护,受尽折磨。为什么她该受苦?为什么?

她皱紧眉头;她跺着脚。她必须回到塞普蒂默斯身边去,因为快到去威廉·布拉德肖爵士家的时候了。她必须走回去告诉他,回到坐在树下绿椅子上自言自语或是和死人埃文思说话的他那里。她只在一家商店里匆匆见过埃文思一次,他看上去像是个温和安静的人,是塞普蒂默斯的好朋友,在大战中牺牲了。但是每个人都遇到过这种事。每个人都有朋友在大战中牺牲,每个人结婚的时候都得放弃些什么。她放弃了自己的家,住到了这个糟糕透顶的城市。可塞普蒂默斯却听任自己想些可怕的事,她若是愿意,也能如此。他变得越来越古怪了,他说有人在卧室墙后面说话。菲尔默夫人觉得这太怪了。他还有幻觉——他曾看见在一棵蕨树中间有颗老太婆的头。然而只要他愿意,他也能很快活。他们曾坐在公共汽车顶层到汉普顿宫去玩,那次他们就非常快活。草地上开满了红色和黄色的小花,他说像漂浮的灯儿,他说说笑笑,编造故事。突然,他说:"现在我们要自杀。"那时他们正站在河边,他眼望着河水,那神情她曾经在他的眼中看到过,每当一列火车或公共汽车经过时他的眼中就会出现这种神情。她觉得他正在离她而去,便一把抓住了他的胳膊。但是,在回家的路上,他非常平静——非常理智。他会和她争论自杀的事,说人是多么的邪恶。当他们在马路上走过时他如何能够看出人们在编造谎言。他了解他们的一切思想。他说,他什么都知道。他说他了解世界的意义。

可他们回到家里以后他几乎走不了路了。他躺在沙发上,让她握着他的手,好阻止他往下坠落,坠落,落入火海!他大声喊道。他看见墙上有许多脸在嘲笑他,用可怕的、令人恶心的话骂他,许多手在纱窗周围对着他指指点点。而实际上根本没有别人在场。可是他开始大声说话,回答别人,争论,又哭又笑,非常激动,要她把一切都写下来。全是些胡言乱语,关于死亡、关于伊莎贝尔·波尔小姐。她再也无法忍受了。她要回自己家去。

现在她离他很近了,能看见他两手紧握,望着天空喃喃自语。可霍姆斯医生却说他没病。那究竟发生了什么?他为什么走开,为什么当她坐在他身旁时他会受惊,对她皱眉,挪开身子,指指她的手,拿起来恐惧地看着?

是因为她摘掉了结婚戒指吗?"我的手太瘦了,"她说道,"我把戒指放在包里了。"她告诉他。

他放开了她的手。他们的婚姻完了,他痛苦而又轻松地想道。绳索已经割断,他跨上马,他自由了,天意决定他,塞普蒂默斯,人类之君主,应该得到自由。孤身一人(既然他的妻子已扔掉了她的结婚戒

雅各布的房间

指，既然她已离开了他），他，塞普蒂默斯孤身一人，先于大众被召唤去聆听真理，去领悟真谛，现在终于在文明的一切艰辛努力之后——希腊人、罗马人、莎士比亚、达尔文，现在是他自己——即将完整地给予……"给予谁？"他大声问道。"给予首相。"他头上方的沙沙低语声答道。这个机密必须向内阁报告，首先，树木都活着，其次，没有犯罪，再次，爱，普遍的爱。他喘着气，颤抖着喃喃道，痛苦地说出了这些深刻的真理。它们是如此深奥、如此晦涩，需要极大的努力方能说出，但它们永远彻底地改变了这个世界。

没有犯罪，爱，他边重复边摸索着找他的铅笔和卡片。这时，一只长毛短腿的狗在嗅他的裤子。他吓了一跳，又惊又怕。它正在变成人！他不能看着这种事发生！看着狗变成人太恐怖、太可怕了！那狗立刻就跑开了。

上天慈悲为怀，无限宽厚。它赦免了他，宽恕了他的弱点。科学的解释是什么呢？（因为人首先必须讲究科学）他为什么能透视肉体，看到未来，看到狗会变成人？想来是热浪在影响了历经千百万年进化而变得敏感的大脑罢？从科学的角度来说，肉体从世界上消失，他的身体被浸解，最后只剩下了神经纤维，像一块面纱铺展在岩石上。

他身子向后靠在椅子里，精疲力竭却受到鼓舞。他倚在那里休息，等待着再一次费力地、痛苦地向人类进行解释。他高高地躺在世界之脊，大地在他身下颤动。鲜红的花朵穿过他的肉体开放，挺立的叶子在他头旁沙沙作响。音乐开始撞击，高耸于此的岩石发出铿锵之声。那是下面街上的汽车喇叭声，他咕哝道。但在此高处，这声音在岩石间轰鸣，分开又聚集成声的震波，形成平滑的圆柱向上升起（音乐竟能有形可见，真是个新发现变成）了一首圣歌，此时这首圣歌和牧羊童的笛声交织在一起（其实是一个老头在酒店门外吹六孔小锡笛，他咕哝道），当牧童静立不动时，音乐声从他的笛子里流涌而出，后来当他攀得更高时，笛声如怨如诉，优美动听，而车流就在下面驶过。这个牧童在车流的声响中吹奏他的哀歌，塞普蒂默斯想道。现在他退隐到高高的雪原中，玫瑰高挂在他周围——他提醒自己，那是我卧室墙上长着的密密的红玫瑰。乐声停止了。他得出结论，老头得到了他的便士，到下一个酒店去了。

但是他自己仍待在高耸的岩石上,就像个淹死的水手躺在石头上。我把身子探到船外,掉进了海里,他想到。我沉入海底。我曾死去,而现在却活着,但是让我再休息休息吧,他乞求道。(他又在自言自语了——糟糕,真糟!)仿佛一个熟睡的人在醒来前,啾啁鸟语和辚辚车声所形成的奇异的和谐之音越变越响,使他感到自己被吸引到生命之岸,塞普蒂默斯也感到自己被引向生活,太阳变得更热,喊叫声听来更响,即将发生什么重大的事情了。

他只需睁开眼睛,但是眼皮上有着重压,是恐惧。他使劲,他挣扎,他睁开眼看:眼前是摄政公园。长长的飘带般的阳光在他脚旁嬉戏。树木摇曳舞动。世界似乎在说,我们欢迎,我们接受,我们创造。美,世界似乎在说。仿佛是为了(科学地)证明这一点,无论他是看房屋、看栏杆,还是看把头探出栅栏的羚羊,美会立即出现。观察树叶在风中颤动是一种极度的乐趣。高空中燕子猛扑、急转、飞速出没、一圈又一圈,却始终控制得当,像被松紧带制约着;苍蝇飞起又落下;阳光戏耍着,一会儿照向这片树叶,一会儿又照向那片树叶,心情愉快,将柔和的金光把叶片照得闪闪发光。时而某种钟声(可能是汽车的喇叭声)在草梗间美妙地叮咚作响——这一切,平静适度,虽由平凡而生,却是美理。真,这就是此刻的真理。美无处不在。

"时间到了。"雷齐娅说。

"时间"一词撕裂躯壳,将自己的财富倾泻在他身上。确凿的、公正的、不朽的词语从他的唇边滑出,像炮弹、像刨床上的刨花,飞去组成了一首时光赞歌,一曲不朽的时光颂。他唱了起来。埃文思从树后应唱。埃文思唱道,死者在色莎莉,在幽兰丛中。他们一直在那儿等到大战结束,而现在的死者,现在埃文思——

"看在上帝的分上别过来!"塞普蒂默斯大叫道。因为他无法面对死者。

但树枝分开了,一个身穿灰衣服的男人真的向他们走来。那是埃文思!但是他身上没有沾泥,没有伤口,他没有变。我必须告诉整个世界,塞普蒂默斯喊道,同时举起了手(当穿灰衣的死者走得更近时),

雅各布的房间

像个双手紧抱额头、脸上刻着绝望的深沟、千百年来独自在沙漠中悲叹人类命运的巨人,此刻他看到沙漠尽头出现了光明,那光扩展开来,照在那铁黑的身影上(塞普蒂默斯从椅子上起身),无数人匍匐在他身后,而他一瞬间接受了眼前的一切——

"可是我很不快乐,塞普蒂默斯。"雷齐娅说着,她试图让他坐下来。

千百万人在悲叹,千百万年以来他们在悲伤着。他会转过身去,片刻后他就会告诉他们,只要再过一会儿,他就会向他们传达这慰藉、这欢愉、这骇人的启示。

"时间,塞普蒂默斯,"雷齐娅反复道,"几点钟了?"

他在说话,他吃了一惊,这个人一定注意到他了。他在看着他们。

"我会告诉你时间的。"塞普蒂默斯非常缓慢地、昏沉地说,脸上带着神秘的微笑。他坐在那儿向着身穿灰衣的死者微笑时,一刻钟的报时声响了——差一刻十二点。

年轻人就是这样,彼得·沃尔什经过他们时心里在想。上午过半就这样争吵着——那可怜的姑娘看来是绝望至极。可为什么争吵呢,他心里琢磨着,那个穿大衣的年轻人对她说了些什么,使她脸上出现这样的神情。他们卷入了什么样的糟糕境遇,什么使两人在这么个美好的夏日上午看上去如此绝望?在离开五年后回到英国,有趣的是,一切都变得好像从未见过般醒目,至少前几天是这样。恋人在树下拌嘴,公园里到处是家庭生活的景象。他从未看过伦敦如此迷人——远景柔和,多姿多彩,青翠欲滴。和印度相比,这就是社会的文明,他心想着,漫步穿过草地。

毫无疑问,易受印象支配是他的致命缺点。他这个年纪还像少男少女般情绪无常,毫无道理地时好时坏。漂亮的面孔会使他快乐,邋遢女人又会使他痛苦不堪。当然,从印度回来后,一个人会爱上遇见的每一个女人。她们身上充满清新之气,就连最穷的女人也无疑比五年前穿得好了。在他看来,时装从未像现在这样般配好看过,长款的黑斗篷、纤细的身材、优雅的风度还有那显然而普遍的、令人赏心悦目的化妆习惯。每一个女人,即使是最有身份的女人,面颊也如温室中盛开的玫瑰,唇如刀刻,鬈发黑如墨汁，处处可见精心的设计和艺术的加工。毫无疑问，某种变化已然发生了。年轻人在想些什么？彼得·沃尔什问自己。

那五年——1918到1923年，出于某种原因，是非常重要的五年，他猜想。人们看上去不同了。报纸也似乎不同了。比方说，现在有个人在一家正派的周刊上公然谈论起抽水马桶来。这在十年前是不可能的——像这样在一家正派的周刊上公然谈论抽水马桶。还有这种在大庭广众之下拿出口红或粉扑来化妆。在回英国的船上有许多青年男女——他特别记得贝蒂和伯蒂——公开地调情，年迈的母亲泰然自若地坐在一旁织着毛衣，看着她们。那个女孩一动不动地站着，当着众人的面往脸上搽粉。而他们甚至没有订婚，只是在一起寻开心而已，不伤双方感情。她是冷漠的——那个名叫什么贝蒂的——但她是个很好的人。她三十岁时会成为一个好妻子的——她会在适当的时候结婚，嫁个阔佬，住在曼彻斯特附近的一所大宅子里。

谁这样做的？彼得·沃尔什思索着，转身走上了大路——嫁了个阔佬，住在曼彻斯特附近的一所大房子里？那人最近给他写了一封长信，洋溢着过分的热情，大谈"蓝色绣球花"。见到蓝色的绣球花使她想起了昔日和他——莎莉·西顿，当然，是莎莉·西顿！——谁也不会想到她会嫁一个阔佬，住在曼彻斯特附近的大房子里，那个野性、大胆、浪漫的莎利！

但是在所有那些老熟人中，在克拉丽莎的朋友中——惠特布莱德家、金德利家、坎宁安家、金洛克琼斯家——莎莉大概是最好的了，至少她力图正确处事。她看透了休·惠特布莱德——那可敬的休——当时克拉丽莎和其他人都拜服在他脚下。

"惠特布莱德家的人吗？"他仍能听见她在说，"他们是什么人？煤炭商人。可敬的商人。"

由于某种原因她讨厌休。她说他只考虑自己的外表。他本该是个公爵，定会娶皇室的某个公主。当然，休对他曾遇到的任何英国贵族怀有着最独特、最本能、最崇高的敬意。就连克拉丽莎也不得不承认这一点。啊，不过他是多么可爱呀，那么无私，为了让他的老母亲高兴而放弃了打猎——记得姑姑们的生日，如此等等。

雅各布的房间

　　客观地说，莎莉看透了这一切。他记得最清楚的事情之一是一场关于女权的争论（那个古老的话题），发生在伯顿，一个星期天的早晨。莎莉突然大发脾气，怒气冲冲地说休代表了英国中产阶级生活中最可憎的一切。她告诉他，她认为他对"皮卡迪利大街上那些可怜的姑娘"负有责任——休，这位十足的君子，可怜的休！一听此话没有哪个男人显得比他更震惊了！后来她说，她这样做是故意的（因为他们常常在菜园里见面，交换看法），"他不读书，不思考，不感知。他现在仍能听到她用十分强调的口吻说这些话，她的声音传得比她意想的要远得多。她说，小马倌儿都比休更有活力。她说他是英国公学造就出来的典型，只有英国才能培养出他这样的人。出于某些原因，她对他确实有股怨气，怀恨在心。在吸烟室里发生过什么事——他记不清是什么事了。他冒犯了她——是不是吻了她？真是难以置信！自然没有人相信关于休的任何坏话。谁会相信？休在吸烟室里吻了莎莉！如果是某个尊贵的伊迪斯小姐或维奥利特女士，倒有可能。但那不会是身无分文、衣着平常的莎莉，况且她父亲或母亲还在蒙特卡洛赌博。因为在彼得认识的所有人中，休是最势利的一个——最阿谀奉承的一个——不，他不是完全地曲意逢迎，他过于自命不凡，不会完全地卑躬屈膝。显然，把他比作一流男仆最合适不过——是个跟在后面提箱子的人，可以托他去发电报——他是女主人不可或缺的帮手。而他也找到了他的职责所在——娶了高贵的伊芙琳小姐，在宫廷里谋到了一份差使，照管国王的酒窖，擦亮王室的鞋扣，身穿及膝短裤和蕾丝褶皱上衣四处奔走。生活是多么无情啊！在宫廷里当个小差！

　　休娶了这个女子，尊敬的伊芙琳小姐。彼得心想，他们就住在附近（他望着俯瞰公园的那些浮华的房子），因为有一次他曾在那里的一所宅子里吃过午餐，那里的东西和休所有的一样，其他房子里是不可能有的——可能是亚麻橱柜。你得去看看才行——无论是什么，你都要花许多时间去赞美——亚麻布艺橱柜、枕套、旧栎木家具、画等等，都是休捡便宜买来的。但有时候休的夫人会露出马脚，她是那种不起眼的、胆小怕羞的小女人，爱慕大男人。她几乎是个无足轻重的人，然而她会突然说些令人意外的话———些尖刻的话。也许她还留有一些高贵气质吧。蒸汽锅炉用的煤对她来说太过刺鼻——它使空气变得浑浊。他们就这样住在那里，和他们的亚麻橱柜、古代名家画作、滚嵌着真正蕾丝花边的枕套一起，过着一年大约五千或一万英镑收入的生活。可他自己呢，比休大两岁，还在乞求着找个工作。

他五十三岁了，还不得不求他们在秘书室给他找份差事，或帮他在教小孩拉丁文的地方找个接待的工作，要听从办公室里某个官吏的支使，一年挣上个五百英镑。因为如果他和戴西结婚，即便加上他的退休金，少于这个数也无法维持生活。惠特布莱德或许能帮他，或者是达洛维。求达洛维办点什么事他倒不在乎。他是个地道的好人，思想有点局限，脑子不太灵活，确实如此，但却是个十足的好人。无论做什么事他都同样讲究实际，用理智的态度去对待，没有丝毫的想象，没有一点才华的火花，但却有他这类人特有的、难以言明的严谨。他该是名乡绅——从政对他来说是个浪费，在户外骑马养狗他最擅长。比如有一次，克拉丽莎的大长毛狗掉进了陷阱里，爪子快被撕裂了，克拉丽莎急晕了，一切都是达洛维处理的：包扎、上夹板，对克拉丽莎说别犯傻。也许这正是她爱上他的原因——那是她所需要的。"好了，亲爱的，别犯傻了。抓住这个——把那个拿来。"他一直跟狗讲话，好像它是个人一样。

不过她怎么忍受他的那套诗歌理论呢？她怎能容忍他妄议莎士比亚呢？理查德·达洛维站在那里，严肃认真地说，正直的人都不该读莎士比亚的十四行诗，因为那就像透过锁眼去偷听（而且他也并不提倡那种关系）。正直的男人不会让自己的妻子去探访某个寡妇的妹妹。真不可思议！这时候能做的只有用甜杏仁堵住他的嘴——那时正值晚餐时间。但克拉丽莎全都听进去了，心想他是那么诚实，那么有主见，天知道她怎能不把他视为生平所见的最有创造性思维的人！

这是他和莎莉之间的纽带之一。那里有一个他们经常去散步的花园，四周有围墙，里面种着玫瑰丛和大花椰菜——他还记得莎莉曾摘下一朵玫瑰，停下来感叹卷心菜叶在夜光下是多么美好（回忆是那样的生动异常，这些他多年来从未想起过）。当然，她一边笑着，一边恳求他把克拉丽莎带走，将她从休和达洛维还有所有其他"完美绅士"的手中

雅各布的房间

解救出来,因为他们会"埋没她的灵魂"(那段时间她写了很多诗),把她变成一个纯粹的女主人,煽动她的世俗心。不过克拉丽莎必须被公平对待。她无论如何也不会和休结婚。她十分清楚自己想要的是什么。她的情绪都溢于言表,但内心非常精明——比如,她对人性的判断远胜于莎莉,一切全凭女人的直觉。这份杰出的天赋,女人的天赋,使她不管在哪里,都能创造出在一片属于自己的世界。她走进一个房间,站在门口,很多人围着她,就像他经常看到的那样。但是人们记住的是克拉丽莎。不是因为她有多么出奇,她并不漂亮,也不具备什么独特之处,她从未说过多么机智的话,但她就在那儿,在人们的脑海中。

不,不,不!他不再爱她了!他只是觉得,自从那天早上看见她忙于针线活,看见她为晚宴做准备,她就在他脑中挥之不去了,在他脑海中反复出现,就像火车上睡着了的人倒在他身上一样,但这肯定不是爱,只是想起了她,评判他,时隔三十年,如今又一次去诠释她。不过她显然很世俗,太在乎地位和社交——从某种程度上说这是事实,她对他也承认了这一点。(如果你愿意花工夫,总是可以让她坦白,她是诚实的。)而她会说她讨厌守旧者、老顽固、失败者,可能他自己就是这样的人,她总觉得人们没有理由两手空空揣在兜里,无所事事,必须得做点什么,有所成就才行。而她客厅里的大人物,伯爵夫人、年迈的伯爵遗孀,他觉得他们无法形容得遥远且无任何价值,于她而言却代表着某种真实。有一次她说贝克斯伯勒女士身姿笔直(克拉丽莎也是这样,她从不懒散,站姿像根标枪,但其实有点僵硬),她说他们有种勇气,自己年纪越大就越尊重这种勇气。当然,这在很大程度上是受了达洛维的影响。很多事情,包括热心公益、大英帝国、关税改革、统治阶级意志都给她影响,这是趋势使然。她远比他聪明,却只能透过他的目光看事物——这是婚姻生活的悲剧之一。她有自己的想法,但又总是引述理查德的话——好像别人就不能从每日晨报的标题中读出理查德的思想似的。比如这场宴会就是为他而办,或者说是为了她自认为的他(不过说实话,理查德要是在诺福克务农会更开心)。她把客厅变成了诸如会议室之类的地方,她在这种事上简直是天才。他多次看到她带着一个青涩的年轻人,折腾他,转变他,让他觉醒,让他上路。当然,她身边总是围绕着数不尽的麻木的人，不过也有意想不到的怪人出现，有时是艺术家，有时是作家，不过在这种气氛的影响下也都成了怪人。然而，这背后所映射的是一套约定俗成的拜访模式，人们互赠名片，善待别人，携带鲜花和礼物四处奔走。有人要去法国——需要一个空气气垫，这都很费力。不过她总是用心地做着这类无休止的事情，都是出于本能。

　　奇怪的是，在他所认识的人中，她是最彻底的怀疑论者之一。而且有可能（他自创过一套理论来诠释她，某些方面那么坦率，其他方面又那么神秘），她对自己说，可能，我们是个在劫难逃的民族，被绑在了一条下沉的船上（当她还是个小女孩的时候最喜欢读赫胥黎和廷德尔，他们喜欢用有关航海的隐喻），好像一切都是一个荒诞的笑话，那么我们无论如何要尽自己的职责，减轻狱友们的痛苦（再次引用赫胥黎的话），用鲜花和气垫来装扮牢狱，力求体面。那些暴徒和神灵，不可以在这里随心所欲——她认为那些神灵会不遗余力地伤害、阻挠、毁坏人们的生活，但与此同时，如果你举止优雅，那多少会牵制它们。经过那恐怖的事件——西尔维娅死后，这是她的直接感受。看到自己的妹妹被树砸死（那都是贾斯廷·帕里的错——是他的大意造成的），眼见她在生命的边缘挣扎，她是他们之中最有天赋的。克拉丽莎总是说，这足以使她心生怨恨。或许后来克拉丽莎就不那么确信了，她想神灵并不存在，妹妹的死不应归咎于任何人。她发展出了无神论的信仰，开始为了美德而行善。

　　当然，她十分享受生活，这是她的天性使然（虽然只有上帝知道她有自己的底线，可他时常觉得，即使过了这么多年，对克拉丽莎也只是略有了解）。无论如何，她过得无忧，没有"好女人"身上那些令人反感的伦理德性。她几乎热爱一切。如果你和她到海德公园散步，会发现她或对一坛郁金香着迷，或对摇篮车里的小孩感兴趣，又或一时兴起编个荒谬的小剧。（若是她认为哪对情侣不幸福，很可能会去和他们谈心。）她很有喜感，这很美好，不过她需要人，总需要他人让她这种特性发挥出来，而不可避免的是她的时间都浪费掉了。午宴，晚宴，她不停地举办这些宴会，说着无关紧要、言不由衷的话，这让她头脑迟钝，丧失判断力。她会坐在餐桌的主位，没完没了地应付着某个对达洛维有

雅各布的房间

帮助的老家伙——他们清楚全欧洲最惊人的八卦——或是伊丽莎白进来后,一切都以她为中心。她在高级中学读书,上次来拜访时见到她,她还不善表达,圆眼睛,面色苍白,沉闷又冷漠,丝毫不像他母亲。她把一切看成是走过场,任母亲在她身上大做一番文章,然后像个四岁孩子似的说"我能走了吗?"接着就离开了。克拉丽莎解释说,她去打曲棍球了,谈吐间夹杂的愉悦和自豪似是达洛维在她心中唤起的。而如今伊丽莎白可能已经步入了社交圈,她觉得父亲是个老顽固,会嘲笑她母亲的朋友们。唉,就这样吧。彼得·沃尔什从摄政王公园走出来,手里拿着他的帽子,心里想,人变老的补偿很简单,那就是激情一如既往的强烈,但又获得了——最终获得了——为生活增加极致情趣的力量。这份力量使人把握住人生体验,并在光明中慢慢回味。

　　承认这一点是可怕的(他又戴上帽子),但是现在,五十三岁的人已经几乎不需要他人了。生活本身,一点一滴,此刻,现在,阳光下,摄政公园里,这些已足够,甚至已太多。拥有了那份力量,品味过所有的酸甜苦辣,才知一生太短,不足以去表达、汲取每一处乐趣,体会每一个含义(二者比以往更加实在,更加无关个人情感)。在克拉丽莎之后,他再也不可能经受那样的折磨了。因为他一次连续几小时(祈祷上帝他说的这些不会被人听到),或是几天都不会想到黛西。

　　彼得回想起那些日子以来的痛苦、折磨和超凡的激情,难道是由于他那时爱上了她吗?这件事完全不一样——这次更令人愉悦——当然,事实是,她现在爱上了他。而这可能就是为什么当船起航时,他感到特别解脱,什么都不想做,只想独自一人。当发现黛西向他献殷勤时——往他的船舱递香烟、便签、航行用的毯子等——他感到心烦。任何一个诚实的人都会说一样的话,年过半百的人不需要人陪,也不想再继续夸赞女人说她们漂亮。彼得·沃尔什心想,大部分五十多岁的人都会这么说,如果他们诚实的话。

　　不过这些惊人的情感爆发——早上的突然大哭,都是因为什么呢?克拉丽莎会怎么想他?可能认为他是个傻瓜,不是第一次这样想了吧。那是一种来自内心深处的嫉妒——嫉妒是人类感情中最长存的,彼得思索着,手中握着他的小折刀,刀子离身一臂远。上一封信中黛西说她总见到奥德少校，而他知道她是故意这么说的，想要让他嫉妒。他能想象到她皱着眉头写信的样子，琢磨着写些什么才会令他伤心，可这没用，他很愤怒！回英国、找律师，这一番受累不是为了和她结婚，而是阻止别人和她结婚。这就是他饱受折磨的原因，也就是他看见克拉丽莎那样平静、冷漠、专注于裙子等事时的感受。他意识到克拉丽莎可能不需要他了，已经把他变成了个哭哭啼啼的老笨蛋。不过，女人根本不了解什么是激情，他边想边收起了小折刀，她们不知道这对于男人来说意味着什么。克拉丽莎冷若冰霜。她会坐在沙发上，坐在他身旁，任他拉着自己的手，给他一个吻——此时他走到了路口。

一个声音打断了他；那是个虚弱颤抖的声音，像气泡般冒出来，没有方向，没有活力，没有开始或终结，无力又刺耳地响着，丝毫无法让人理解。

依恩发恩嗦
弗绥突因呜——

这声音分不清年龄或是性别，像是古老的泉水从地底下涌出的声音；又像摄政公园对面地铁站一个高大颤抖的轮廓发出的声音，那轮廓似漏斗、似生锈的水泵，似一棵被风吹打、枝叶再难繁茂的树，枝条间到处叫嚣着风声，

依恩发恩嗦
弗绥突因呜——

风不停地吹，树木摇晃着发出咯吱声和低吟声。

历经所有年代——当人行道还是草地、沼泽的时候，历经长牙野兽和猛犸象的时代，历经沉默日出的时代，那饱受凌虐的女人——因为她穿着裙子——露着右手，左手抓着身侧，站在那儿歌颂爱情——那是持续了无数年的爱情，她歌唱这千百年来不朽的爱情。她的爱人已故去几个世纪了。数百万年前，他们曾在五月里漫步，他走路，她轻唱。尽管

雅各布的房间

  岁月流逝漫长如夏,但他逝去了,她记得那时红紫荒开得如火如荼。死亡那巨大的镰刀扫过了无数山峦,最后她将自己那花白老朽的头贴在地上,如今徒留一片残冰。她恳请神灵在她身旁放一束紫色石楠花,最后的太阳,最后的光线轻抚着她那凸起的葬身之所,因为那时,宇宙的盛会将会结束。

  古老的歌声从摄政公园对面的地铁站传来,大地依旧绿意盎然,繁花似锦。尽管这歌声源头粗野,不过是地上根须错杂的一个泥洞罢了,而那古老又如水滴般的歌声通过这些根须蔓延,见证了无穷的岁月,浸入到树根深处的骨骼和宝藏,渗入到地下汇集成小河溪水,流淌在人行道,穿过马里勒伯恩街,向下流入尤斯顿街,给大地施肥,留下潮湿的污点。

  她还记得与爱人在某个古老五月漫步的场景,这个犹如生锈水泵、饱经磨难的老妇人露出一只手索要铜板,另一只手抓着身侧。千万年后她依旧会在那儿,回想着曾经怎样地在五月里漫步。而时过境迁,和谁散步已不重要了——他是个男人,哦是的,一个爱过她的男人。而时代的变迁模糊了那古老明晰的五月,曾经鲜艳欲滴的花朵也蒙上了一层灰白。她再也看不到了,当她恳求他(正如此刻她清楚明白的做法一样)"专心用你的可爱的双眼看着我的眼睛"时,她再也看不到那棕色的眼睛、黑色的胡须和晒黑的面颊了,能看到的只是一个隐约的轮廓、朦胧的影子。虽然年纪大了,但她还是用鸟儿般新鲜的声音唱着"给我你的手,让我轻触你的手"(彼得·沃尔什上出租车之前不禁给了那可怜的老妇一枚硬币),"就算有人看见,那又怎么样?"她问道。她身侧的手握着拳,微笑着将那枚先令放入口袋。所有好奇盯着的人都收回了目光,过往的世世代代不见了——熙熙攘攘的中产阶级人群挤在人行道上——销声匿迹了,似树叶,被人踩踏,被那永恒的泉水打湿、浸透直至消融于泥土。

  依恩发恩嗦
  弗绥突因呜——

"可怜的老妇人。"雷齐娅·沃伦·史密斯说,她在等待过马路。

哦,这可怜的老人!

想象在一个下雨的夜晚,假设你父亲,或者是在你衣食无忧时认识的人正巧经过,看见你站在排水沟里,那时怎么办呢?她晚上睡在哪儿?

那势不可挡的声线畅快地、几近欢快地回荡在空中,像是农舍烟囱里冒出的烟,盘桓在干净的毛榉树林,一缕缕蓝烟在树叶顶端消失不见,"就算有人看见了,那又怎样?"

由于几周以来的闷闷不乐,雷齐娅觉得所发生的事都有特定的意义。有时她几乎觉得必须要拦住街上那些面善的行人,只为了跟他们说"我不开心"。而这个在街上唱着"就算有人看见,那又怎样?"的老妇人使她突然间就十分确信一切都会好起来。他们要去威廉·布拉德肖家,她觉得他的名字好听,他能立刻治好塞普蒂默斯。这时候驶过来一辆啤酒公司的马车,灰色马匹的尾巴上粘着猪鬃般竖直的稻草,还有报纸广告。真是个蠢得不能再蠢的愿望,她不开心地想着。

就这样,塞普蒂默斯·沃伦·史密斯夫妇穿过了大街,他们究竟有没有引人注意之处?有没有引路人猜测的地方?猜想这个怀有世上最伟大旨意的年轻人,是世上最幸福也是最痛苦的人。可能他们的脚步比别人的慢,男人的步履中有些许拖沓犹豫,但这对一个多年以来从未在工作日的这个时间来过伦敦西区的职员来说,还有什么比凝望天空、东张西望更合乎常情的呢?波特兰广场就像是个房间,他走进去时,无人在家。树状吊灯上罩着荷兰亚麻布袋,看门人拉起长百叶窗的一角,一束束夹杂着尘土的光线照射在废弃、古怪的手扶椅上,向访客解说着这是一个多么棒、多么好的地方。但同时,他看着那些桌椅,心想,多奇怪啊。

他看上去可能是个职员,但比职员要好些,因为他穿着棕色皮靴,从双手可以看出他受过教育,他的轮廓也有所体现——棱角分明,大鼻子,聪明,敏感。可他的嘴唇由于松弛却是例外,还有他的眼睛(像一般眼睛一样)也只是淡褐色的大眼睛。所以总的来说,他是个临界体,不是这类也不是那类。最终他可能有一套珀利的房子和一辆汽车,又或

雅各布的房间

许一辈子在后街租房住。他属于受过一半教育的那种人，所学的一切都是靠写信征求著名作家的意见后，从公共图书馆中借来图书，每天工作之后在晚间阅读而得。

至于其他经历，那些人们独自在客厅、卧室、办公室，在田间和伦敦大街散步经历的事，他都体验过。当他还是个男孩的时候就离开了家，因为他的母亲说了谎，因为他无数次不洗手就下楼吃茶点，因为他发现在斯特劳德诗人的未来很渺茫。因此，他跟妹妹说了心里话后，留下张荒唐的字条就去了伦敦，内容如同那些名人所写的，在他们的奋斗事迹出名后，会为世人所拜读。

伦敦有数百万个叫作史密斯的年轻人，取一个父母认为会与众不同的、类似塞普蒂默斯那样的洗礼名也没什么特别。住在尤斯顿路的他经历了很多，比如在这里生活的两年时间让一个人红润天真的圆脸变得消瘦、起皱、有敌意。不过，即便是目睹了这一切，最善于观察的朋友也没什么好说的，不过是像早晨打开温室门的园丁发现他的植物开了新花时所说的：花开了。那是在虚荣、雄心、理想、激情、孤独、勇气、懒惰等寻常种子里开出的花，是一切情感的混合体（在尤斯顿岔路的一间屋内）。这使他羞涩、口吃，令他急切地想要提升自己，使他爱上了伊莎贝尔·波尔小姐，她在滑铁卢路讲授莎士比亚作品。

他不像济慈吗？她问，想着怎么才能让他品读一下《安东尼和克利奥佩特拉》以及其他作品。于是她借书给他，给他写简信，点燃了他生命中那只燃烧一次的火焰，它并不灼热，闪动的金色赤焰簇拥在波尔小姐身边，极其缥缈虚幻。《安东尼和克利奥佩特拉》，还有滑铁卢路。他觉得她很美，他相信她无可非议的智慧，他做着关于她的梦，他为她写诗；而她收到后，无视诗的主题，用红墨水笔修改。一个夏日的晚上，他看见她一袭绿裙在广场上散步。"花开了"，园丁若是开门，就有可能这样说；也就是说，任何夜晚的这一时刻，若是园丁走进来，都会发现他在写作，会看到他不停地撕毁作品，在第二天凌晨三点完成他的杰作，接着跑到街上踱步，去教堂，一天斋戒，另一天喝酒，贪食着莎士比亚、达尔文、《文明史》以及萧伯纳的作品。

布鲁尔先生知道有事情发生了，他是西布利和阿罗史密斯公司的主管，负责拍卖、估价、代理房地产。一定有事，他心想。他像父亲般关照手下的年轻人，并且对史密斯的能力评价很高，还预言说在十到十五年内，史密斯一定会成功坐上里屋天窗下的那把皮靠椅，身边还会放着保险箱。"前提是他保持健康。"布鲁尔先生说，但情况不妙——他看上去很虚弱。布鲁尔先生建议他去踢足球，邀他共进晚餐，设法推荐他提薪；而就在这时有事发生了，打消了布鲁尔先生的诸多打算，令他失去了最出色的手下。最终，欧洲战争那虎视眈眈的阴险魔爪打碎了刻瑞斯女神的石膏像，在天竺葵花坛中砸出了一个坑，还彻底使布鲁尔先生在麦斯威山宅邸的厨师陷入了崩溃。

　　塞普蒂默斯是第一批志愿者。为了挽救英国，他去了法国。在他眼里，英国就是莎士比亚戏剧以及身着绿裙子漫步在广场上的伊莎贝尔·波尔。在战壕里，布鲁尔先生建议他踢球时渴望在他身上看到的改变立刻产生了，他有了男子气概，提升了自我，受到了关注，甚至是长官埃文斯的喜爱。这场景看上去就像两只狗在炉前地毯嬉戏；一只在玩纸团，咆哮着，撕咬着，不时会扯一扯老狗的耳朵；另一只困倦地卧在炉火边，眨着眼睛，抬起爪子转身温和地低声咆哮着。它俩就得待在一块，相互陪伴，相互打斗，相互争吵。但是当埃文斯（雷齐娅与他仅有一面之缘，称他为"安静的男人"，他是个有着红头发的健壮男人，和女人相处时很腼腆。）刚好在停战前牺牲于意大利，这时塞普蒂默斯没有任何情绪波动，也没有意识到那是他们友谊的终结，他庆幸自己的无动于衷和理智。战争教育了他，战争是崇高的。他经历了一切，友谊、欧洲战争、死亡，受到提拔，他还不到三十岁，一定要活下去。他是对的。最后一发子弹没有打中他。他麻木地看着那些炮弹爆炸。和平来临之际他身在米兰，被安排在旅馆老板家中，那里有院子，有盆栽的花，还有露天小桌子，老板的女儿们在做帽子，小女儿叫卢克雷齐娅。有天晚上他感到恐慌——因为他无法去感知了，就在那晚他和她订了婚。

　　现在一切尘埃落定，停火协议签订了，死者也都被埋葬，他却突然感到霹雳般的恐惧，尤其是在晚上。他无法去感受了。当他打开房门，里面的意大利姑娘们正坐着做帽子。他能看见她们，能听见她们，她们用线穿过碟子中的彩珠，手中的硬麻布帽子转来转去。桌子上满是羽

雅各布的房间

饰、闪光金属片、丝绸、缎带、剪刀叩敲着桌子，但他不太对劲，他感受不到。然而，剪刀的磕磕碰碰、女孩们的笑声、制作着的帽子成了他的保护伞，他的安全有了保证，他有了避难所。但他不能整晚都坐在那儿，清晨时分总会有醒来的时候。他感到床在下沉，他也在下沉。啊，因为没有了剪刀、台灯和硬麻布帽子！他向卢克雷齐娅求婚，两个女孩儿中年纪较小的那个，她欢快、自在，有着艺术家那样小巧的手指，她会伸出手来说："全靠它们呢。"丝绸、羽毛等等一切被她的手一摆弄都具有了生命。

"最重要的是那顶帽子。"当他们走在一起的时候她会说。她会观察身边经过的每顶帽子，还会留心斗篷、衣裙以及那些女人的仪态。她批判衣着不当或过度装扮，但并不强烈，只是做些不耐烦的手势，就像一个画家将明显带有善意又出色的仿品推开时所做的那样。接着，她会大方地赞扬女店员的穿着，但常常颇具批判性。或者，她会满怀热情，从职业的角度，对一个刚下马车、披着灰鼠毛外套、身穿礼服、佩戴珍珠的法国女士进行不折不扣地赞美。

"真美。"她低声道，推推塞普蒂默斯，使他也能看见。但是美好总在玻璃窗后面，即便是美食（雷齐娅喜欢冰块、巧克力和甜食），于他也是无味。他把杯子放在大理石小桌上，看着外面的人；他们在街道中间聚集着，看上去很开心，他们喊着，笑着，无谓地争吵着。但是他却食不知味，变得没有感觉了。在茶馆，身边是一张张茶桌和闲聊的侍者，那骇人的恐惧感再度袭来——他无法去感受了。他能推理，能轻松地阅读，比如但丁的作品，（"塞普蒂默斯，把你的书放下。"雷齐娅说着，轻轻地合上了那本《地狱篇》），能算账，他的头脑完好。他无法感知了，一定是这个世界的问题。

"英国人是那样沉默。"雷齐娅说，还说她喜欢如此。她很尊重这些英国人，也很想去看看伦敦、英国的马匹还有手工定制的服装。那时她还记得，一个已经嫁人并居住在苏活区的姑姑说过那里的商店有多棒。

他们离开了纽黑文，塞普蒂默斯透过车窗看着英格拉，心想，这是可能的，可能这世界本身就没什么意义。

在公司，他晋升到了一个相当重要的岗位上，他们都为他感到骄傲，他获得过十字勋章。"如今你已经履行了你的义务，该轮到我们——"布鲁尔先生开始说道，但没有说完，因为他太高兴了。他们住进了托特纳姆法院路附近一所极好的房子。

他又一次翻开了莎士比亚的作品。他孩童时代就为之痴迷的语言——《安东尼和克利奥佩特拉》——已荡然无存。莎士比亚到底有多么厌恶人性——穿衣，生子，极尽口腹粗鄙之语！展现在塞普蒂默斯眼前的就是如此，是优美辞藻下隐藏的信息。通过伪装，一代人传给下一代人的暗号便是厌恶、憎恨和绝望。但丁是这样，埃斯库罗斯（译本）也是这样。雷齐娅坐在桌旁装饰帽子，是做给菲尔默夫人的朋友的；几个小时过去了，她看上去脸色苍白，神秘莫测，像朵浸没在水下的百合花，他想。

她会说："英国人实在太严肃。"她的胳膊环着塞普蒂默斯，脸颊与他相贴。

莎士比亚反感男女之爱。性事对他来讲早就是污秽的。但雷齐娅说，她必须得要孩子。他们已经结婚五年了。

他们一起去了伦敦塔，去了维多利亚和阿尔伯特博物馆，站在人群中看国王宣布议会开幕。那里还有很多商店——帽店，女装店，橱窗中摆放皮包的门店，她会驻足凝望。不过她必须得有个儿子。

她必须要个像塞普蒂默斯这样的儿子，她说。但是没有人能像他那样，那样绅士、严肃、睿智。她就不能读莎士比亚的作品吗？那是个很难理解的作家吗？她问。

不能将孩子带到这样一个世界，不能让痛苦永存，让这些充满欲望的动物泛滥；他们没有长久的感情，只有一时之兴和虚荣浮华，而那使他们一会儿这样，一会儿那样。

他看着她裁剪、定型，像是看着小鸟在草丛间蹦跳、飞舞，一动不敢动。因为事实是（让她别理睬这一点吧），人类不善良、不忠诚、不仁慈，不断寻求片刻的欢愉。他们成群结伴地去捕猎，他们的队伍扫荡了沙漠，尖叫声淹没在荒野之地。他们将死者遗弃，用怪相掩饰自己。布鲁尔在办公室，他给胡子打了蜡，别着珊瑚领带夹，身穿白色衬衫，

雅各布的房间

心情舒畅的样子——实则心下一片阴冷淡漠——因为战争，他的天竺葵毁了，厨子也精神崩溃了。一个名叫什么阿梅利亚的衬衫前襟浆得笔挺的女人，五点准时来送茶——她是个爱抛媚眼、轻佻下流的小刁妇。而汤姆和伯蒂们，眼中流露的满是污秽。他们从未见过他在笔记本上画他们滑稽古怪的裸体。街上的货车在他旁边呼啸而过，布告栏上张贴着暴行：工人们被困矿井，女人们被活活烧死。一群精神不健全的疯子曾在托特纳姆法院路进行训练和表演，以供大众消遣（人们放声大笑），他们慢步走过他身旁，点头哈腰，咧嘴傻笑，每个人都半致歉半得意地走着，带给人们无望的痛苦。他是不是也要疯了？

喝茶的时候雷齐娅告诉他，费尔默夫人的女儿要生孩子了。她不能没有孩子就老去！她很寂寞，也不幸福！自从结婚以来这是她第一次哭。他远远地听到她在啜泣，他的确都听到了，也清楚地注意到了，他把这比作活塞重击的声音，可他什么也感受不到。

他的妻子在哭，而他没有感觉。只是每当他的妻子这样深深地、静默地、绝望地哭泣时，他便又往深渊里陷一步。

最后，他机械地把头埋入手中，动作夸张，心里完全清楚这是伪善。如今他屈服了，现在必须有人来帮他一把。必须有人过来。他屈服了。

没有什么能够唤醒他。雷齐娅扶他上了床，给他请了位医生——为菲尔默夫人看病的霍姆斯医生。霍姆斯医生给他做了检查，说没有任何问题。哦，真是松了口气！多善良的人啊，多好的一个人！雷齐娅想。有那种感觉的时候就去音乐厅转转，霍姆斯医生说。他休了一天假，和妻子打了高尔夫球。为什么不尝试在睡前用水溶解两片溴化药物服用呢？霍姆斯医生敲打着墙壁说，这些布鲁姆斯伯里区的老房子都装了最好的门芯板，却被愚蠢的房主用墙纸盖住了。就在几天前，他去给贝德福德广场的某位先生看病——

他没得什么病，由此一来，除了人性的罪行宣判了他死刑之外，没什么借口能解释他丧失感觉的原因了。埃文斯死时他漠不关心，那是最糟糕的。但其他一切罪行都是在清晨时分沿着床头栏杆抬起了头，向已经意识到堕落、却依旧卧在床上的躯壳指指点点，投以讥讽和嘲笑。他不爱妻子却和她结了婚，他对她撒谎，诱惑她，他有辱伊莎贝尔·波尔小姐，他身上罪行斑斑，以至于女人们在街上见到他便不寒而栗。人性判处了这个卑鄙的人死刑。

霍姆斯医生又来了，他身形高大，气色好，人英俊。他轻掸靴子，照了照镜子，他排除了一切可能——头痛、失眠、恐惧、多梦——他说是神经症状，仅此而已。霍姆斯医生体重一百六十磅，哪怕少了半磅，早餐时他都会再向妻子要一份粥。（雷齐娅要学着熬粥。）但是，他接着说，健康很大程度上是由我们自己控制的。要让自己去接触感兴趣的事物，培养一些爱好。他翻开莎士比亚的作品——《安东尼和克利奥佩特拉》，又推到一边。某些爱好，霍姆斯医生说，因为他不把自己极佳的健康状况（在伦敦，他和别人一样努力工作）归功于总能把注意力从病人身上转移到老旧家具上吗？而且如果可以的话，他会说，沃伦·史密斯夫人带的梳子真好看呀！

那可恶的傻瓜再来的时候，塞普蒂默斯拒绝见他。他真不见我？霍姆斯医生笑着说。的确，此时他只能友好地推开史密斯夫人，那位迷人可爱的女士，然后才能进她丈夫的卧室。

"如此看来你害怕了。"他欣然说道，坐在了患者身旁。他确实和他妻子说过要自杀，那么好的姑娘，又是个外国人，不是吗？这难道不会让她觉得英国的丈夫们古怪吗？难道他对妻子没有某种义务吗？比起卧床不起，做点什么不是更好吗？因为他是个有四十年生活经验的人，因而塞普蒂默斯可以相信他所说的——他根本就没什么病。霍姆斯希望下次来的时候会看见史密斯下床，别再让他那迷人的小妻子忧虑了。

总之，人性就盯上他了——那令人厌恶的畜生，有着血红的鼻孔。霍姆斯也和他较上了劲。他一如既往，每天都来。塞普蒂默斯在明信片背面写道，一旦犯错，人性就会纠缠你，霍姆斯也会盯着你。他们唯一的机会就是逃跑，不能让霍姆斯知道。去意大利——任何地方，无论哪里，远离霍姆斯。

但是雷齐娅不能理解他。霍姆斯医生是个如此善良的人。他是那么关注塞普蒂默斯。他说他只是想帮助他们。他有四个孩子，还请她去喝

雅各布的房间

茶,她对塞普蒂默斯说。

现在他被抛弃了。整个世界都在叫嚣:杀死你自己吧,为了我们,自杀吧。但是为什么要为了他们自杀呢?美食怡人,阳光火热;这种情形下自杀,要怎么办?用餐刀么?鲜血喷涌,不堪入目——吸煤气管呢?他太虚弱了,几乎抬不起手来。而且,他现在十分寂寞,已被定罪,众叛亲离,和那些孤独垂死的人一样,却也很享受这种崇高的孤立,这份对于有所依恋的人来说,永远无法理解的自由。当然,霍姆斯赢了,那个有红色鼻孔的畜生赢了。但是即使是霍姆斯自己也伤害不了这个流落天涯的最后的残骸,这个流浪者,他回头凝视着人群栖居的地方,躺下来,像一名溺水的水手,躺在世界之岸。

就在那一刻(雷齐娅出去购物了)他感受到了深刻的启示。屏幕后方传来一个声音。埃文斯正在说话。那些逝去的人和他在一起。

"埃文斯,埃文斯!"他大叫着。

史密斯先生正在大声地自言自语。女仆阿格妮丝在厨房里对着费尔默夫人哭诉。"埃文斯,埃文斯",她端着托盘进来的时候他正喊着。她吓了一跳,真的。她赶忙跑下了楼。

雷齐娅拿着花回来了,她穿过屋子,把玫瑰花放在花瓶里,阳光直射到花瓶上,在房间里欢快地跳动着。

雷齐娅说她不得不从街上一个贫穷男人手中买下这些玫瑰。但它们已经快要死了,她边说边摆弄着这些玫瑰。

外面有个男人;可能是埃文斯。而这些玫瑰,雷齐娅说已经半死了,是他从希腊田野里采摘过来的。"相互交流才健康,相互交流才幸福,相互交流——"他咕哝着。

"你在说什么,塞普蒂默斯?"雷齐娅惊恐地问道,因为他在自言自语。

她派阿格尼丝去找霍姆斯医生。她说,她的丈夫疯了,几乎不认识她了。

"你这畜生!畜生!"塞普蒂默斯大喊着,他看到了人性,也就是霍姆斯医生,进了门。

"这是怎么了?"霍姆斯医生用世界上最亲切的方式问道。"乱说些什么吓唬你妻子？"不过医生会给他开些药让他睡觉。霍姆斯医生讽刺地环顾房间，说道，如果他们是富人的话，若是信不过他，尽管去哈里街看病，霍姆斯医生说这话的时候看起来不那么和善了。

十二点整了，大本钟敲响了十二点钟的钟声，回荡在整个伦敦北部地区。那声音混杂着其他钟声，融进了浮云和缕缕轻烟之中，最终消逝在鸥群里——十二点钟声敲响的时候，克拉丽莎正把她的绿裙子放在床上，沃伦·史密斯夫妇正走在哈里街上。十二点是他们约定的时间。雷齐娅心想，房门前有一辆灰色汽车，房子可能是威廉·布拉德肖爵士家的吧。沉闷的钟声消散在了空气中。

那确实是威廉·布拉德肖的汽车。车身低，马力大，灰颜色，车门上清楚地印着他姓名的连体首字母。这个男人是神灵的助手，是科学的传教士，似乎炫耀家徽是不合适的。而且，由于汽车是灰色的，为了搭配它素净柔和的颜色，车上堆了灰色毛皮、银灰毯子，以便在等待的时候为夫人保暖。因为威廉经常会驱车六十英里或更远的距离前往乡间去给富人看病，这些病人能够支付威廉先生恰当收取的高额服务费。他夫人会将毯子裹在膝上等待一个小时或更长的时间，她靠在椅子上，时而想想病人，时而则有情可原地想着一面金墙，随着等待时间一分一分地过去，金墙越来越高。金墙在他们之间不断攀升；所有的变化及焦虑在他俩之间不断攀升（她曾勇敢地承受一切，他们也曾经历挣扎），直到她感觉自己置身于平静的海洋之中，那里只有咸咸的微风在吹拂。尽管她对自己肥胖的身材不满意，但她受人尊敬、羡慕、嫉妒，几乎已无所求。每周四晚他们都会举办医学大型晚宴，有时候还有义卖开幕式，还受过皇家致敬。不幸的是，她和丈夫待在一起的时间太少，他的工作越来越多；儿子在伊顿读书，成绩优异；她本来还想要个女儿；可她的兴趣太广；儿童福利，癫痫患者病后护理，还有摄影。所以当她等她丈夫的时候，若是看到在建的教堂或待拆的教堂，她就会贿赂教堂司事，拿到钥匙去拍照，那些照片几乎和专业摄影师的不相上下。

威廉先生已经不年轻了。他工作一直非常努力，完全是靠自己的能力赢得了现在的地位（他是个店主的儿子）。他热爱自己的职业，在各种庆典上都是个很好的挂名人物，而且口才很好——在他被授予爵士

雅各布的房间

称号的时候,这一切使他面容沉重、疲惫(患者如流,从不间断,他的责任和权限也越发繁重)。他的疲倦,加上那灰白的头发,都强化了他的卓尔不凡的风度,为他扬名(这对处理精神类疾病是至关重要的)。他不仅有敏捷的技术、近乎精准的诊断,还富有同情心,他老练机智,理解人心。他在他们走进房间的一瞬便已了然(他们是沃伦·史密斯夫妇),一见到这个男人他就非常确定,这是个极其严重的病例。他在两三分钟之内就确诊了这一病例(他谨慎地提问着,并在一张粉色卡片上记下了他们的回答),这是个全面崩溃的病人——身体和精神完全崩溃,每个症状都到了晚期。

霍姆斯医生给他看了多久的病?

六周。

开过一些镇静剂?说没什么问题?是的(这些通看各种疾病的医生!威廉心里想。还得花一半的时间来纠正他们的错误。有些是无法弥补的)。

"你服役时表现很突出,对吗?"

病人疑惑地重复着"战争"这个词。

他正在给这个词加上一些象征性的意义。一个严重的症状,他记在了卡片上。

"战争?"病人问道。欧洲战争——是那个学校小孩用火药搞出来的闹剧吗?他在战争中表现是不是很突出呢?他真的忘记了。他的失败之处在于战争本身。

"是的,他表现十分出色。"雷齐娅确信地向医生说道,"他受到了提拔"。

"而且同事对你评价很高吧?"威廉先生小声地问道,扫了一眼布鲁尔先生慷慨陈词的一封信,"所以你没有什么可担心的,也没有经济困扰,对吗?"

他曾犯下了骇人听闻的罪行,并且被人性判处了死刑。

"我——我——",他开始说道,"犯了罪——"

"他什么错事都没做过。"雷齐娅向医生保证道。威廉先生说,如果史密斯先生愿意等的话,他愿意和史密斯夫人去隔壁房间谈一谈。她的丈夫病得很严重,威廉说。他曾经威胁过要自杀吗?

哦,他说过,她哭道。但他并不是这个意思,当然不是了。这只是休养的问题,威廉先生说道,休养,休养,休养,长时间卧床休养。他们在乡下有个非常漂亮的家,在那里她的丈夫能够得到很好的照顾。离开她?她问道。很遗憾,是的。当我们生病的时候,我们最在乎的人对我们并没什么好处。但是他没有疯,对吗?威廉先生说他从来不用"疯"这个词,他觉得这种说法欠妥当。但是她的丈夫不喜欢医生,他会拒绝去那里。威廉先生简要和气地给她介绍了病人的病情。他曾经威胁要自杀。别无他选。这是法律问题。他会在乡间一座漂亮的房子里卧床休养。护士们都非常好。威廉先生一周会拜访他一次。如果沃伦·史密斯夫人确定她没什么问题要问的话——他从不催促病人——他们就回到她丈夫身边去。她没有什么问题要问了——没有要问威廉先生的问题了。

所以他们又回到了塞普蒂默斯·沃伦·史密斯身边——这个最崇高的人;曾经面临审判的罪犯;被暴露在最高处的受害者;逃兵;溺水的水手;写下不朽诗歌的诗人;经历生死的上帝;他坐在天窗下的靠椅里盯着布拉德肖夫人的一张穿着宫廷服装的照片,口中嘀咕着一些关于美的话。

"我们稍微谈了一下。"威廉先生说道。

"他说你现在病得很严重很严重。"雷齐娅哭道。

"我们安排了你去疗养。"威廉说道。

"霍姆斯的宅子吗?"塞普蒂默斯讥笑道。

这家伙给人的印象非常糟糕。因为威廉的父亲是个商人,因此对教养和衣着有天生的敬意,衣衫不整会惹恼他。此外,威廉先生从来都没时间读书,所以他内心深处对那些受过教育的人有所怨恨。那些人走进他的诊室,并且暗示医生是未曾受过教育的人,虽然这份职业需要持续紧张地发挥最大能力。

"是我的宅子,沃伦·史密斯先生,"他说道,"我们会在那里教你如何休息。"

只剩下一件事了。

雅各布的房间

他十分确定沃伦·史密斯先生身体好的时候是一定不会吓唬他妻子的。但是他之前说过自杀。

"我们都有沮丧的时候。"威廉先生说。

一旦你跌倒,塞普蒂默斯再次和自己说道,人性就会盯上你。霍姆斯和布拉德肖都盯上了你。他们搜遍整个沙漠。他们在田野里飞奔尖叫。他们会用刑架和拇指夹。人性是冷酷的。

"他有时候会冲动吗?"威廉先生问道,笔放在粉色卡片上。

那是他自己的事,塞普蒂默斯说道。

"没人只为自己而活。"威廉先生说着,看了一眼他妻子穿着宫廷服装的照片。

"并且你有一份辉煌的事业。"威廉先生说道。桌上放着布鲁尔先生寄来的信。"一份前途非常光明的事业。"

但是如果他坦白一切呢?如果他和别人交流呢?那他们会放过他吗,那些折磨他的人?

"我——我——"他结结巴巴地说道。

但是他犯了什么罪呢?他记不得了。

"怎么了?"威廉先生鼓励他说。(但是时间不早了)

爱情,树木,没有犯罪——他想说什么呢?

他记不得了。

"我——我——"塞普蒂默斯结结巴巴地说着。

"尽可能少想自己。"威廉先生温和地说道。说真的,他不适合四处走动。

他们有事要问他吗?威廉先生会安排好一切(他对雷齐娅低语着),并且会在下午五六点间告知她,那晚他低声说。

"一切交给我。"他说,然后让他们离开了。

在她的一生中雷齐娅从未觉得如此痛苦过!她曾求助过,然后被抛弃了!他让他们失望了!威廉·布拉德肖不是好人。

那辆汽车的保养一定花了他一大笔钱,当他们走到街上的时候,塞普蒂默斯说道。

她挽住他的胳膊。他们都被抛弃了。

但是她还想要什么呢?

他给病人三刻钟的时间。怎样利用这门严谨的科学,毕竟,我们不知道——也就是那些神经系统,还有人的大脑——一旦一个医生丧失了准确判断的能力,那他就失败了。我们必须健康,健康就是均衡。所以当有人走进房间,说他是耶稣基督(一种常见的错觉),并且带着神启,就像他们大多数人有的那样,此外还威胁要自杀,就像他们常做的那样,你就需要找回平衡。命令他卧床休息,独自休息,安静休养,没有朋友,没有书,没有信息,为期六个月的休养,直到他以一百零五磅的体重进来,以一百六十八磅出院为止。

均衡感,神圣的均衡感,威廉的女神,它来自于威廉巡视医院、捕鲑鱼,以及布拉德肖夫人在哈里街生儿子等经历,布拉德肖夫人自己钓鱼并拍照,且她拍出的照片几乎和专业人士的没有区别。由于崇尚这种均衡感,威廉先生不仅自己事业兴旺,而且还使英国兴旺起来,他把精神病人隔离开,禁止他们生育,对绝望情绪进行惩罚,使那些不健康的人不能传播他们的观点,直到他们也接受了均衡的理念——如果是男人的话那就接受他的观点,如果是女人的话那就接受布拉德肖恩夫人的观点(她刺绣,编织,一周七天有四晚会在家陪儿子)。因此不只他的同事敬佩他,下属敬畏他,就连他病人的亲朋好友都对他心存感激,因为他相信这些预言世界末日、上帝降临的预言家们都应该像他命令的那样躺在床上喝牛奶。威廉靠着他治疗此类病症三十年的经验,以及他准确无误的直觉,这就是精神病,这种感觉;事实上,是他的均衡感。

但是均衡感有一个姐妹,它不苟言笑,甚至令人生畏,这个女神现在正忙于——在印度的酷暑和沙洲中,在非洲泥泞和沼泽里,在伦敦的贫民窟,总之在恶劣天气或恶魔引诱人们背弃自己真正信仰的地方——坠毁圣地,粉碎圣象,并在他们的地盘上树立自己严苛的形象。她的名字就是叛依,她尽情吞噬着弱者的意志,爱博人眼球,压迫强制,钟爱自己刻在众人脸上的容貌。在海德公园角,她站在桶上布教,将自己裹在白色的衣服当中,伪装出手足情深的样子带着忏悔走过工厂和国会;提供帮助,但渴望权术;粗暴地打击异己;赐予那些仰望她、谦恭地想要从她眼里获得光明的人以恩惠。这位女神(雷齐娅·沃伦·史密斯推

雅各布的房间

测）依然存在于威廉心里，虽然多数时候被隐藏在一些看似合理的伪装之下。某个值得敬重的名字，爱，责任，自我牺牲。他会怎样地工作呢？——如何辛苦地筹资，宣扬改革，创立机构！

但是皈依，这位挑剔的女神，嗜血更胜砖瓦，并巧妙地侵蚀人的意志。比如，布拉德肖夫人。十五年前，她就已经屈服了。你难以具体指出什么，没有吵闹，没有崩溃，有的只是她积水的意志的缓慢沦陷，相融其中。她的微笑很甜美，很快就屈服了。哈里大街的晚宴上有八九道菜，款待着十个或者十五个专家级别的客人，晚宴很顺利，很周到。只是当夜色渐深，她才稍稍有些迟钝，或者说不安，她神经抽搐，支支吾吾，跌跌撞撞，慌乱不已。让人难以置信的是，这些都表明这个可怜的女人说了谎。很久以前，她也曾自由地捕捉鲑鱼，而现在，为了快速获取一种渴望，这种渴望能点亮她丈夫的眼神，也就是他对统治、对权力的渴望，她痉挛着，压制、修剪着自己，退缩着，窥探着。尽管并不知道晚宴为何不尽人意，以及什么让她头昏脑涨（可能归于职业性谈话，或是优秀医生的劳累生活，布拉德肖夫人说："并不是他自己的，而是他病人的"），晚宴的确不太愉快。所以当十点的钟声敲响的时候，客人们甚至有些欢喜地呼吸着哈里大街上的空气，而这份解脱是他的病人们所不能有的。

在那间灰色的房子里，墙上挂着画，室内放着贵重的家具，在毛玻璃的天窗下，他们得知了自己越界的程度。他们蜷缩在靠椅里，看着他用胳膊进行一种奇怪的练习，这练习于他们有益，他突然伸出双臂，然后快速回位到臀部，为了证明（如果病人固执的话）威廉先生能够控制自己的行为，而病人则不行。有一些意志薄弱的已经崩溃了，哭泣起来，屈服了；另外一些，天知道受了什么过度疯狂的刺激，当面咒骂威廉先生是可恶的骗子，甚至不恭地质问生活。为什么要活着？他们问。威廉先生回答说生活是美好的。当然了，布拉德肖夫人带着鸵鸟毛帽子的画像就挂在壁炉上方，至于他的收入，一年大概有一万两千英镑。但是对我们来说，他们抗议道，生活并没有那么慷慨。他默认了。他们缺少一种均衡感。毕竟也许上帝并不存在呢？他耸了耸肩膀。总而言之，活与不活都是我们自己的事，但在这一点上他们是错的。

威廉先生在萨里有个朋友，他在那里教授均衡感——坦诚地说，威廉先生觉得这是一门很难的艺术，此外还有家人间的感情、荣誉、勇气、光明的前途。威廉先生这是所有这一切的坚定捍卫者。如果这一切让他失望，他就只能去支持警察以及社会美德。他非常平静地说，在萨里，这些会解决由于出身低微而造成的反社会冲动。然后女神会从隐藏处偷偷溜出来，登上她的宝座，她渴望镇压反对力量，在他们的圣殿上刻上自己永不磨灭的形象。那些赤裸的、脆弱的、筋疲力尽的、无依无靠的人们接受了威廉先生的意志。他猛冲上去，将其吞食。他对病人实施监禁。正是这种决心和人性的结合使得威廉先生在他的病人家属当中很受爱戴。

但是雷齐娅·沃伦·史密斯却在哈里大街上边走边高喊她不喜欢那个人。

哈里街上的时钟吞食着六月的天，把它细分又细分，呼吁人们屈服，呼吁人们维护权威，钟声里宣告着均衡感的至高优势，直到钟声逐渐减弱，一个挂在牛津大街上的商业挂钟，亲切友好地报响了一点半的钟声，仿佛里格比和朗兹先生乐于提供无偿信息。

抬头看去，里格比和朗兹名字里的每一个字母都代表着一个小时，人们下意识地对里格比和朗兹提供格林尼治认可的时间感到感激。而这种感激（休·惠特布莱德在商店窗户面前徘徊思考着）很自然地使人们日后去购买里格比和朗兹的鞋袜。他思考着，这是他的习惯，但他不喜欢深思。他掠过表面，消亡的语言、使用的语言、君士坦丁堡的生活、巴黎的生活、罗马的生活、骑马、射箭、网球，他都曾想过。那些心怀恶意的人宣称他现在穿着丝袜和短裤在白金汉宫站岗，不知看管着什么东西。但是他非常能干。他在英国上流社会游荡了五十五年。他认识几位首相。人们认为他对此感情深厚。但是如果他真的没有参加过任何伟大运动或担任过任何重要职位，那么有一两项小改革应当归功于他。一是改善公共庇护所，二是保护诺福克猫头鹰。女仆们完全有理由感激他。写信给《泰晤士报》、申请资金、呼吁大众保护环境、清除垃圾、减少吸烟、消灭公园不良行为，这些令人起敬。

他的形象甚好，（随着一点半钟声的消逝），他在橱窗外停留了一

雅各布的房间

会儿，批判地、颇具权威地看着那些鞋袜。他完美、富足，仿佛居高俯视着这个世界，而且衣着得体。但他意识到了拥有能力、财富、健康所需承担的责任，并且在不完全必要的时候也要严守时间、礼貌细节和老式礼节，这些使他举止高雅，成为人们效仿、铭记的对象。比如，每当他与相识二十年的布鲁顿夫人共进午饭时，从不忘伸手献上一束康乃馨，并且问候布鲁顿夫人的秘书布拉什小姐在南非的表哥。尽管布拉什小姐没有任何女性的魅力，由于某些原因，她却很厌恶这样的问候。她回答说"谢谢，他在南非过得很好"，而实际上，他六年来在朴次茅斯的生活都很糟糕。

布鲁顿夫人本人更喜欢理查德·达洛维，他待会儿就会到。实际上他们在门阶处刚见过。

布鲁顿夫人当然更喜欢理查德·达洛维。他的出身要好得多。但是她不会让他们贬低她亲爱的可怜的休。她永远都无法忘记他的善良——他真的非常善良——她忘记具体的场合了。但他曾经——特别善良。无论怎样，两个男人相差不大。她从不了解剖析他人的感受，就像克拉丽莎·达洛维所做的那样——抛开他们再粘合起来。对于一个六十二岁的人来讲，这无论如何都是没有意义的。她接过休的康乃馨，消瘦的脸上露出阴冷的微笑。她说，没有别人要来了。她把他们骗到这里是为了让他们帮她度过一个难关——

她说："不过我们先吃饭。"

于是，戴着围裙和白帽的女仆们开始安静优雅地在回转门进进出出，事实上这些女仆是没必要的，但她们善于配合梅菲尔的女主人在一点半到两点之间上演一场排练过的神秘节目或者巨大骗局，只要挥挥手，交通就会停止，取而代之的是意味深长的幻觉。首先有关食物——不需付费，接着餐桌自动打开，摆上玻璃杯、银器、小桌垫，一碟碟红色水果、涂了薄薄一层奶油的棕色比目鱼、漂在砂锅里的鸡肉块，火焰五彩斑斓，非家常物可比。在（免费）红酒和咖啡的作用下，一些愉快的幻影出现在了眼前。那是一双温柔好奇的眼睛，一双能感受到生活悦耳神秘的眼睛。这双眼睛正愉快地观察着一朵康乃馨的美，那是布鲁顿夫人（她的举动总显得生硬）放在碟子旁的红色康乃馨。休·惠特布莱德感到了自身与宇宙的和谐，同时他很清楚自己的身份，于是放下叉子，他说道：

"它们衬着你的蕾丝衣服是不是更漂亮？"

布拉什小姐非常厌恶他这种拉拢。她觉得他是个没教养的家伙。她逗笑了布鲁顿夫人。

布鲁顿夫人举起那些康乃馨，一动不动地举着这些花，姿态与她身后画上那握着卷轴的将军一模一样。她一动不动地待在那里，出了神。她现在是谁呢？将军的曾孙女？还是玄孙女？理查德·达洛维问自己。罗德里克先生、迈尔斯先生、塔尔伯特先生——是的。很显然，在那个家族里，这个女人继承了先辈的长相。她自己本该当上骑兵将军的。那样理查德就会高高兴兴地服从于她。他非常尊敬她，他对那些出身优越、身材较好的老妇人有着许多浪漫的想法，并且他会以他的一种友好幽默的方式，给她介绍一些他熟悉的鲁莽年轻人，并和她一起共进午餐。就好像她这样和蔼可亲的茶水爱好者是可以培养的！他知道她的故乡。他了解她的家人。她老家有一个葡萄树，现在还在结果子，要么是洛夫莱斯要么是赫里克——她从来没读过诗，但是这个故事流传下来了——曾经坐在葡萄架下。最好还是等会儿向他们提出那个让她困扰的问题（是关于一个呼吁大众的问题；如果是这样的话，应该怎么做，等等），最好还是等他们喝完咖啡，布鲁顿夫人心里想。于是就把康乃馨放到了她的盘子旁边。

"克拉丽莎怎么样了？"她突然问道。

一直以来，克拉丽莎都说布鲁顿夫人不喜欢她。确实，布鲁顿夫人有这样的名声：比起人来，她对政治更感兴趣，讲起话来像个男人。此外就是她曾在八十年代卷入过一个臭名昭著的事件当中，这件事现如今也开始在回忆录中被提到。可以确定的是她客厅里有一个壁凹，壁凹里放着一张桌子，桌子上放着一张已过世将军塔尔伯特·穆尔先生的照片，就是这位将军（在八十年代的某个晚上），就在这里，在布鲁顿夫人在场的情况下，可能还听了一些她的建议，写了一封电报，电报内容是命令英国部队在这个历史时刻要勇往直前。（她保存着当时的那支笔，并向人们讲述了这个故事。）正因如此，当布鲁顿夫人突然询问

雅各布的房间

"克拉丽莎怎么样了？"的时候，丈夫们都很难说服妻子相信她是真的关心她们，而且事实上，无论他们对她多么忠诚，也都忍不住怀疑。女人们经常阻碍丈夫的发展，阻止他们出国就职，会议期间还会感染流感，不得不去海边养病。然而，对于女人们来说，"克拉丽莎好吗？"这毫无疑问是来自一个友善祝福者的问候，是来自一位默默无言的伙伴的问候，她的话（一生中可能只有六次）表明她赞同与某种女性之间的友谊，这比请男人参加午宴更深刻。她用一种特殊的方式将布鲁顿夫人和达洛维夫人神奇地联系到了一起。她们很少见面，即便是见面以后也表现冷漠，甚至敌对。

"我今天早上在公园里遇到克拉丽莎了。"休·惠特布莱德说道，边说边埋头吃着炖菜，焦急地用这些小菜犒劳着自己。因为他只要一来伦敦就立马见到了所有人。他太贪吃了，他一定是她见过的最贪吃的人之一，米莉·布拉什心想。她一直都坚定不移地观察男人，并且能永远保持忠诚，尤其对于自己的同性。尽管自己脸上有痘、有刮伤，而且瘦得不成样子，可以说完全没有一点女性的魅力。

"你知道现在谁在伦敦吗？"布鲁顿夫人突然想起她，"我们的老朋友，彼得·沃尔什。"

她们都笑了。彼得·沃尔什！看来达洛维先生是真的高兴，米莉·布拉什心里想着；而惠特布莱德先生就只想着他的鸡。

彼得·沃尔什！布鲁顿夫人，休·惠特布莱德和理查德·达洛维这三个人都想起了同一件事：彼得曾经疯狂地陷入爱恋，被拒绝，去了印度，遭遇失败，陷入困境，并且理查德·达洛维还非常喜欢这个老家伙。米莉·布拉什看到了这一切：看到了他棕色眼眸里的浓情，看到了他的迟疑，看到了他的忧虑，这些都让她很感兴趣。就像她始终对达洛维先生感兴趣一样，她好奇他是怎么看彼得·沃尔什的。

彼得·沃尔什曾和克拉丽莎相恋。他应该会在午饭之后直接回去找克拉丽莎，他会和她讲很多话，告诉她他爱过她。是的，他会那么说的。

米莉·布拉什几乎爱上了这片刻的宁静。达洛维先生永远都是那么可靠，又是个翩翩君子。她如今已经四十岁了，只要布鲁顿夫人点下头或者稍转头，米莉·布拉什就能了解她的用意，无论她当时如何沉浸于一个人的回忆当中。生活无法欺骗她的心情，无法欺骗她那未受浸染的灵魂。因为生活没有给她任何一点有价值的东西：没有漂亮的卷发，没有甜美的微笑，没有诱人的红唇，没有可人的脸颊，没有坚挺的鼻子，什么都没有。布鲁顿夫人只要一点头，她就会叫珀金斯赶快加上咖啡。

"是的，彼得·沃尔什已经回来了。"布鲁顿夫人说道。这对于他们所有人来说可能是个好消息。他回来了，破败不堪，一无所成，回到了他们安全的伦敦。但是帮助他，他们觉得不可能，因为他性格有缺陷。休·惠特布莱德说，当然他们可以向别人提提这个名字。他一想到他要给政府机关负责人写信提到"我的老朋友，彼得·沃尔什"等等，就忍不住悲伤地皱起了眉。但这么做也无济于事——这是不会长久的，因为他性格有问题。

"和某个女人有关系。"布鲁顿夫人说道。他们都早已经猜到了问题的根源。

"但是，"布鲁顿夫人着急地想换个话题，便说道，"我们应该从彼得自己那里听到整个事情的情况。"

（咖啡还没来。）

"地址是什么？"休·惠特布莱德嘀咕道。这话一说就在布鲁顿夫人的仆人当中掀起了涟漪，他们日复一日地为布鲁顿夫人收领物品，拦截烦恼，把她裹进一层密密的织物中，为她减轻震动，减少麻烦。他们在位于布鲁克街的房子里布置了精密的工作网，每一样东西都摆放整齐，并且每一样东西都能立马准确地被这个在布鲁顿夫人身边待了三十年、满头白发的珀金斯找到，此刻他正写下那个地址，递给了惠特布莱德先生。惠特布莱德先生拿出他的小笔记本，皱了皱眉，把这个地址放在了最重要的文件中间，说她会让伊芙琳请他来吃午饭。

（他们正在等着惠特布莱德用完餐后上咖啡）

休吃得真慢，布鲁顿夫人心想。她注意到，他变胖了，而理查德总是让自己保持容光焕发。她开始有些不耐烦了，整个人都在坚定无疑地、盛气凌人地将这些没必要的小事（彼得·沃尔什以及他的情事）推到一边，而把自己的注意力放到引她注意的事上。不仅仅是她的注意力

雅各布的房间

在这件事上,还有她的灵魂之源也在这件事上,那是她身上最本质的东西。若是没有了灵魂,米莉森特·布鲁顿就不是米莉森特·布鲁顿了。那件事就是将出身高贵的年轻男女移民到加拿大,并帮助他们建立良好的发展前景。她言过其实了,可能是她丧失了平衡感。对于其他人来说,移民并不是效果明显的补救良药,也不是什么崇高的设想。出国对于他们来说(对休,或理查德,甚至是忠诚的布拉什小姐)并不是狭隘个人主义的解放。布鲁顿女士强健好战,教育良好,家世优越,直率冲动,但缺少自我反省能力(简单——为什么不能每个人都简单点呢?她问)。她这样的女人,一旦青春流逝,就觉得个人主义在内心高涨,一定要朝着某个目标进击——这些事可以是移民,可以是解放。但是无论是什么,这件事都必须围绕着她的灵魂中心,这件事也终将会让她的灵魂绚丽夺目,熠熠发光,一半似镜子,一半似宝石。时而小心翼翼地隐藏起来生怕人讥笑,时而骄傲地展示于大庭广众之下。总而言之,移民很大程度上已经成为布鲁顿夫人的一部分。但是她不得不写信,她过去常常对布拉什小姐说,给《泰晤士报》写封信比组织一个南非的远征队(她曾在战乱的时候做过)还花时间。经过了一上午的写了撕、撕了写的战斗之后,她感觉到从未有过的作为女性的无用感,因此她生出了非常感激休·惠特布莱德的想法,他对给《泰晤士报》写信真的颇具天赋——这没人会怀疑。

一个精通语言,与她极为不同的人能够按照编辑的喜好编排文字,并且又饱含热情,而且这种热情不能简单地说是贪婪。由于男人与自然法则的神秘关系,布鲁顿夫人通常不急于对男人做出评论,男人知道怎样用词,也知道该写些什么。所以如果理查德能够替她出谋划策,休替她执笔书写,那她就能有几分确定确实是对的。于是,她让休吃完他的蛋奶酥,问候可怜的伊芙琳,一直等到他们吸烟的时候才说道:

"米莉,能帮我拿几张信纸过来吗?"

于是布拉什小姐出去了,回到房间里。将信纸放在桌上,休拿出他的钢笔。这只银色的钢笔已经用了二十年了,他边说边拧开了笔帽。至今仍然完好无损,他拿给制造商看过。他们说,这支笔是没有理由用坏的。这怎么说也是要归功于休,以及这支笔当休在空白处认真书写每个字母的时候所表达的情感（理查德·达洛维感觉）。他就那么神奇地将布鲁顿夫人杂乱的思绪书写成了文字。布鲁顿夫人感觉，就算是《泰晤士报》的编辑看了这奇妙的变化也一定会心生敬意。休写得很慢，也很固执。理查德说人就应该冒点险。休认为依照人的情感应当写得温和些。理查德笑他的时候，他尖刻地回答"必须考虑"，然后大声地读出"尽管，我们认为时机已经成熟……前所未有的人口增长造成的青少年过剩……是我们对逝去的人应尽的义务……"理查德觉得这些话都是空话废话，但是当然放到文章里也没什么坏处。休继续写着，按照字母表的顺序将那些崇高的品质一一罗列出来，一边抖抖马甲上落的烟灰，一边做着总结，直到最后他给布鲁顿夫人读这份草稿的时候整个过程才结束。布鲁顿夫人觉得这份手稿简直就是一份巨作。她自己的本意是那样吗？

休不能保证编辑会录用这篇文章，但是他会在午宴上见见某个人。

于是，很少会做一些优雅事情的布鲁顿夫人，把休的康乃馨塞到裙子胸口，伸出两只手喊道："哦，我敬爱的首相。"如果没有他们两个的话，她还不知道怎么做。他们起身站起来，理查德·达洛维和往常一样，溜达着走了出去，看了一眼将军的画像，因为他打算有时间的时候写写布鲁顿夫人的家族史。

米莉森特·布鲁顿为自己的家族感到骄傲。但是她看着这个画作说道，他们可以等一等，缓一缓。换句话说，要暂缓撰写她的家族史，那些武将、文官、海军上将，都是实干家，他们已经尽了自己的职责。而理查德的第一职责就是保卫国家，但那确实是一张精致的脸，她说。所有的材料都在奥尔特密克斯顿准备好了，时机一到就可以用了；她的意思是工党政府倒台以后。"啊，快看从印度发来的新闻！"她大叫道。

然后，当他们站在大厅，从孔雀石桌上的大碗里拿起黄色手套的时候，休正在给布拉什小姐献殷勤，送了些没用的票和其他一些小恩惠，布拉什小姐打心眼里厌恶这些，脸都涨成了砖红色。理查德手里拿着帽子，转向布鲁顿夫人，说道：

"我们今天晚上能在宴会上看到您吗？"然后，布鲁顿夫人恢复了被写信破坏了的高冷态度。她可能来，也可能不来。克拉丽莎真是精力

雅各布的房间

无限。一个又一个的宴会让布鲁顿夫人感到害怕。但这也说明,她正在慢慢变老。她就这样暗示着,站在门口,端庄,笔挺。她的狗躺在她身后,布拉什小姐手里满是纸张,退到了看不到的地方。

布鲁顿夫人拖着沉重的步子,庄严地上楼去了自己的房间,躺在了沙发上,一只手直直地放着。她叹了叹气,打起了呼噜。但是她并没有睡着,只是有些呆滞沉重,昏昏欲睡,就像是似火的六月阳光下的一块三叶草地,无数的蜜蜂和黄色的蝴蝶在周围飞来飞去。她总回想起位于德文郡的那些原野。在那里她骑着她的小马驹——帕蒂和她的兄弟莫蒂默以及汤姆一起越过了小溪。那里有狗、老鼠,有坐在树下草坪上的爸爸妈妈,有茶具,有栽着大丽花、蜀葵、蒲苇的花坛。而他们,这些小坏蛋,经常做些恶作剧!为了不被发现,他们从灌木丛偷偷溜回去,身上全都因为恶作剧弄脏了。老保姆过去责怪她弄脏了衣服!

啊,天呐,她突然想起来——那是布鲁克大街的星期三。

那两个善良的好朋友,理查德·达洛维和休·惠特布莱德在这个大热天穿过街道走了,街上的喧闹声传到了躺在沙发上的她这里。她有权利,有地位,有金钱。她曾生活在她所在时代的前列。她曾经也有好朋友,认识她们那个年代最有能力的男人。伦敦街道的嗡嗡声向她袭来,她的手放在沙发靠背上,握着一根幻想中的军杖,就像她的祖先可能握过的那种。昏昏欲睡的她拿着军杖,像在指挥队伍向加拿大行进。两个好朋友正穿过伦敦,走在他们自己的领地上,那片小地毯似的地方——梅菲尔。

他们离她越来越远,通过一根纤细的线与她相连(由于他们刚刚和她一起吃了午饭),这条细线一直在拉长,拉长,随着他们穿越伦敦变得越来越细。就好像午饭过后,她的朋友和她通过一条细绳连接在了一起。这条细绳伴随着报时的钟声或召集礼拜的钟声变得越来越不清晰(因为她正在打盹),就像打上了雨滴的蜘蛛网,重力之下,弯了下去。于是她就这样睡着了。

正当米莉森特·布鲁顿躺在沙发上任由细线断裂,打起呼噜的时候,理查德·达洛维和休·惠特布莱德正在康迪街街角犹豫不决。街角两个方向吹来的风正在打斗。他们看着一家商店的橱窗,并不想买东西或者交谈，只是想分别。仅仅因为街角两股冲撞的风，早晨与下午的两股力量拧成一个漩涡，体力有些不足，他们停下了脚步。某家报纸的广告飞上了天空，起初就像只风筝，勇敢地飞着，接着在空中顿了顿，颤颤悠悠地俯冲下来，还有一块女士的面纱挂在那里。黄色的遮阳棚抖动着。早上车辆的速度变慢了，只有几辆马车在半空的街道上漫不经心、吱吱呀呀地驶过。理查德·达洛维正走神想着诺福克。在诺福克，一阵温暖的风吹得花瓣合拢起来，吹得水面起了涟漪，吹得开满花的草地起了皱纹。晒干草的人，经过一上午的劳累躺在树篱下小憩了一会儿。这时他们扒开一片片的绿叶和颤动着的欧芹仰望天空，呈现在眼前的是夏日湛蓝、炙热、永恒不变的天空。

理查德意识到他自己正看一只詹姆士一世时期的银制双耳杯，休·惠特布莱德在以行家的姿态欣赏着一条西班牙的项链，他想问问价格，伊芙琳可能会喜欢——理查德仍然懒洋洋的，既不思考也不动。生活制造了这些残骸。橱窗里列满了各色的宝石，站在那里看的人们就像老人般没有生气没有活力。伊芙琳·惠特布莱德也许会买这条西班牙项链——她可能会的。他实在忍不住要打个哈欠了。休往商店里走去。

"你是对的！"理查德说着，跟着走了进去。

天知道他并不想和休一起去买项链。但是体内浪潮涌动。从早上到下午，就像一叶脆弱的扁舟漂浮在汪洋大海当中。布鲁顿夫人的曾祖父和他的回忆录以及他在北美的战斗都被洪水淹没了，下沉了。米莉森特·布鲁顿也一样。她也沉了下去。理查德一点都不在意移民的最终结果，也不在意那封信到最后编辑到底有没有刊发。那条项链放在休迷人的手指间。如果他一定买这串珠宝的话，那就让他送给一个女孩——任何一个，就算街上的一个女孩都行。理查德被这种无意义的生活强烈地震撼到了——给伊芙琳买项链。如果他有个儿子他会对他说，工作，工作，工作。但是他有了伊丽莎白，他非常疼爱他的伊丽莎白。

"我想见见迪博纳先生。"休用他那世俗的语气简单地说道。好像这位迪博纳先生有惠特布莱德夫人脖子的尺寸，或者更令人奇怪的是，知道她对西班牙珠宝的看法以及她对这类首饰的喜爱度（这点休不记得了）。这一切理查德先生都觉得极其奇怪。因为他从没给过克拉丽

雅各布的房间

莎任何礼物，除了两三年前的那件手镯，而且这个礼物送得并不成功，克拉丽莎从没戴过，这件事也让他很难过。就像一根蜘蛛线摆来摆去终于落到了一片叶尖上，理查德的思绪也是，从他之前了无生气的状态，现在转移到他的妻子克拉丽莎身上，这位曾被彼得·沃尔什热烈地爱过的人。理查德脑子里突然出现了一个场景，他们一起生活的场景，他自己和克拉丽莎在那里吃午餐。他拿过这一盘古老的珠宝，先拿起了一个胸针，然后拿起了一个戒指，"这多少钱？"他问道，但有些怀疑自己的品位。他想打开客厅的大门，手里拿着什么，一个送给克拉丽莎的礼物。问题是什么礼物呢？而休又开始走动了。他真是高傲得没法说。真的，和这家店打过三十五年交道之后，他才不会让一个不懂他想法的孩子来搪塞他。看起来迪博纳先生并不在。这种情况下，休是不会买任何东西的。那个年轻人听后羞红了脸，认认真真地向他鞠了一个躬。真的非常得体。然而，哪怕是为了活命理查德也是不会那么说的！他不明白为什么这些人能容忍那么傲慢的态度。休开始慢慢变成了一个令人无法忍受的傻瓜。理查德·达洛维再也不能与他多待一个小时了。所以，他掸了掸他的圆顶礼帽，算是告别，理查德在康德街拐了个弯，非常急切地沿着连着他和克拉丽莎的那根蜘蛛线走去，他径直走去她那里，走向了威斯敏斯特。

但是他想进家时手里拿些什么。花？是的，花，因为他不相信自己对黄金的品位。多少支花都可以，玫瑰、兰花都可以，为了庆祝无论怎样想都很重要的事。他们在午餐时候谈起了彼得·沃尔什对她的感觉，他们从没谈论过这件事，这么多年都没谈过。他手里握着红白相间的玫瑰花（一大束用纸包起来的花），想道，这是世界上最大的错误，最后变得即便有机会也什么都说不出。他心想，真是羞于说出口，一边把找给他的一两个六便士放进口袋，然后怀里抱着一大束花向威斯敏斯特出发，准备献给她时直接对她说"我爱你"（无论她会怎么想他）。为什么不呢？想起战争，这真的是个奇迹，成千上万个年轻可怜的小伙被埋在了一起，他们多么有前途啊，而如今大多数都被遗忘了，真是不可思议。他走在伦敦的街上去找克拉丽莎，要对她讲出心里话，他爱她。他想，他从来没说过这句话。一方面是因为懒，一方面是因为害羞。而克拉丽莎呢——难以想象她。除了刚开始，比如说在午餐的时候，他清楚地想起了她，他们的生活。他在路口停住了，反复说着他能和克拉丽莎结婚就是个奇迹。因为他天性单纯，不曾颓废，因为他曾行军，也曾开枪。他顽固坚定，支持受压迫者，在下议院也听从自己的内心办事。然而他保存了自己简单的同时也变得沉默寡言，甚至有些生硬——他不断说着和克拉丽莎结婚是个奇迹，一个奇迹——他的生活就是个奇迹。他犹豫着是否要过马路，但看到五六个小家伙独自穿过皮卡迪利大街时，他有些愤怒。警察应该立刻让车辆停下来。他对伦敦的警察不抱任何希望。事实上，他正在收集警察胡乱执法的证据。他们不允许那些卖蔬菜水果的小商贩把推车放在街上。上帝啊，那些妓女，她们没有错，年轻的嫖客也没有，错在我们可恨的社会制度，等等。他思索着这一切，可以看出他在思考。他头发灰白，顽固坚定，衣冠楚楚，干净利落。他要穿过这个公园，告诉他的妻子他爱她。

　　当他走进房间的时候，他会把憋在心里的话都说出来。他想，一个人从来不说出自己的感受真是太遗憾了。他穿过格林公园，开心地看着躺在树荫下的一家家的人，贫困的家庭，孩子们踢着腿，喝着牛奶，到处扔着纸袋。若是有人抗议，那些穿制服的肥胖男士可以轻松地捡起这些纸袋。他觉得每个公园每个广场夏天的时候都应该对儿童开放（公园的草地被照得一会儿亮一会儿暗，映衬着威斯敏斯特可怜的母亲们和她们那在地上爬着的婴儿，就像底下有盏黄色的灯来回移动）。但是能为那些流浪的女人做些什么呢？他不知道。那些可怜的女人靠胳膊肘撑在地上（就好像她全身扑在地上，摆脱了所有束缚，就充满好奇地观察，大胆地推测，并想想那些原因和结果。她们粗鲁，口无遮拦，但又幽默）。理查德·达洛维拿着花就像拿着他的武器，他向她走去，他目不转睛地从她面前经过，然而在某一瞬间他们之间闪现了火花——她看着他笑了，他也开心地笑了，心里想着女流浪者的问题，但是他俩肯定不会说话的。但是他会告诉克拉丽莎他是多么的爱她。曾经有段时间，他嫉妒彼得·沃尔什，嫉妒他和克拉丽莎。但是她曾经很多次告诉过他，她没有和彼得·沃尔什结婚是正确的，因为他了解克拉丽莎，他知道这显然是真的。她需要支持。不是因为她软弱，但是她需要支持。

雅各布的房间

　　至于白金汉宫（就像一位老歌剧演员，身穿一身白衣面对着观众），他认为，你不能否认它的威严，也不能贬低它，毕竟对于数百人（总有一小群人在门外等待着看国王乘车外出）来说它是一个象征，尽管这很荒唐。他觉得，一个小孩子用一盒积木也能比这做得好。一边想一边眺望着维多利亚女王的纪念碑（他还记得她带着角质的眼镜穿过肯辛顿大街的场景）看着她那象征着王权、像小山丘一样的白球，还有她那呼之欲出、慈母般的气质。不过他喜欢被霍撒的后代统治，他喜欢延续性，而且也喜欢对昔日传统的传承。他生活在一个伟大的时代。确实，他的生活就是个奇迹。这一点他没有丝毫怀疑。这就是他，正值壮年，正走向位于威斯敏斯特的家，去告诉克拉丽莎他爱她。这就是他认为的幸福。

　　随着他进入教务长的庭院，他说道，这就是幸福。大本钟开始报时了，先是报时的音乐预告，接着才是一无反复的报时钟声。他走进家门的时候心里想着，午会浪费了整个下午的时间。

　　大本钟的声音席卷了克拉丽莎的客厅，她正烦躁地坐在客厅写字台旁，很是烦忧。她的确没有邀请埃莉·亨德森来参加她的宴会，而且她是故意的。现在马香夫人却写信说"她已经告诉了埃莉·亨德森，她请求克拉丽莎——埃莉非常想参加"。

　　但是她为什么要邀请伦敦所有无趣的女人来参加她的宴会呢？为什么马香夫人还要干涉呢？而且伊丽莎白一直和多丽丝·基尔曼待在一起那么长时间。她真的想不出比这更让人恶心的事情了。在这个时刻和那个女人一起祈祷吧。大本钟悠长悲伤的钟声涌进了整个房间，慢慢退去，随后又再次聚集起来再次涌入，这时她有些心烦意乱地听到了什么东西抓挠房门的声音。在这个时间会是谁？三点钟，天哪！已经三点了！带着压迫一切的直率和庄严，大本钟敲响了三点钟的钟声，她没听到其他任何声音。但门把手转动了，理查德走了进来！太令人吃惊了！理查德走了进来，把鲜花送给她。她曾经让他失望过，在君士坦丁堡的时候。布鲁顿夫人的午宴据说非常的棒，但是并没有邀请她。他递过鲜花——玫瑰，红的和白的。（但是他没办法让自己说出那句他爱她，没办法直接说出来。）

但是，她接过花，说道，多漂亮啊。她明白，即便是他没说，她也明白，他的克拉丽莎。她把这些花放在了壁炉台上的花瓶里。这些花看起来多美啊！她说道。午宴很有趣吧？她问道，布鲁顿夫人有没有问候她？彼得·沃尔什回来了。马香夫人信里说过。她一定要邀请埃莉·亨德森吗？那个基尔曼女人就在楼上。

"我们一起坐五分钟吧。"理查德说道。

房间看起来空荡荡的，所有的椅子都靠着墙。都是用来干吗了？噢，是为宴会做准备。是的，他没有忘记，那场午宴。彼得·沃尔什回来了。哦，是的。她已经邀请他来过了。他打算离婚，他爱上了那边的一个女人。而且他一点都没变。她就在那里，缝补着她自己的裙子……

"想起了伯顿。"她说。

"休也在午宴上。"理查德说道。她也遇见他了！好吧，他开始让人忍无可忍，他给伊芙琳买了项链，变得越来越胖，而且还变得让人难以容忍。

"我当时想说'我也许会嫁给你'，"她说，想起了彼得戴着小领结坐在那里的样子，拿着那把刀子，打开，合上。"他总是那样，你知道的。"

他们在午宴的时候聊起了他，理查德说。（但是他还是无法告诉她他爱她。他握着她的手，他想，这就是幸福。）他们曾替米莉森特·布鲁顿写了一封给《泰晤士报》。休也就只适合做这种事情。

"我们亲爱的基尔曼小姐呢？"他问道。克拉丽莎觉得这些玫瑰花太漂亮了。一开始先把它们扎成了一束，现在又让它们自己各自散开了。

"我们刚吃完午饭的时候基尔曼就来了，"她说，"伊丽莎白看到她就脸红。她们把自己关在了房间里，我猜她们正在祈祷吧。"

上帝啊！他不喜欢这样。但是如果顺其自然的话，事情自然就会过去。

"穿着雨衣，拿着伞。"克拉丽莎说道。

他还是没有说"我爱你"，但他握着她的手。这就是幸福，就是如此，他心里想着。

雅各布的房间

"我为什么要邀请伦敦所有无聊的女人来参加我的宴会？"克拉丽莎说道。而且如果马香夫人举办宴会的话，马香夫人会邀请所有客人吗？

"可怜的埃莉·亨德森。"理查德说道——他觉得，克拉丽莎竟然那么在意她的宴会，非常的奇怪。

但理查德对于宴会房间布局也没有概念。然而——他准备说什么来着？

如果她总是担心这些宴会的话，那他就不让她办了。她是不是希望当年嫁给彼得？他必须得走了。

他说，他必须得走了，边说着边站起身来。但是他停了一下，似乎准备说些什么，她想知道他要说什么，为什么，有玫瑰花。

"是哪个委员会有事？"他开门的时候，她问道。

"亚美尼亚人的事。"他答道，或者可能有关"阿尔巴尼亚人"。

人都是有尊严的，也都是孤独的，即便是丈夫和妻子之间也有一条鸿沟；并且每个人都要尊重这点，克拉丽莎心里想着，看着他开了门，任何一个人都不能摆脱它或者掌控它，违背丈夫的意愿而不失独立和自尊——毕竟，有些东西是无价的。

他拿着一个枕头和一床被子回来了。

"午宴后要好好休息一小时。"他说道，然后离开了。

他就是这样！他会一直唠叨说"午饭后要好好休息一小时"，因为医生曾经那么命令过他。遵从医嘱，这就是他，这是他可爱天真的一部分，没有任何人比得了。也正是这一点让他去做自己该做的事情，然而她和彼得就经常因为这样的小事吵嘴。他已经在去往下议院的路上了，去探讨亚美尼亚的事情，阿尔巴尼亚的事情，她坐在沙发上看着他送的玫瑰花。大家会说"克拉丽莎·达洛维被惯坏了"。她对玫瑰的关心度要胜于亚美尼亚人。四处逃亡，伤痕累累，饥寒交迫，他们是暴行和非正义行为的受害者（她曾经听理查德说了一遍又一遍）——不，她对阿尔巴尼亚的事情没有任何感觉，或者是说亚美尼亚人？她喜欢她的玫瑰（这对亚美尼亚人没什么好处吧？）——这是她唯一能忍心看着被剪下来的花。理查德已经到了下议院，到了他的委员会，已经替她解决了所有的难题。但是，不幸的是，不是那样的。他并没明白为什么不邀请埃莉·亨德森。她当然会这样做的，如果他想的话。既然他已经把枕头拿过来了，那她就躺一会儿……但是——但是——为什么她无缘无故地觉得悲伤绝望呢？就像一个人把一粒珍珠或者钻石丢进杂草里，然后小心翼翼地拨开那些高高的草叶，四处寻找却一无所获，最后在一些草根中发现了它。她就这样一件又一件地回想着这些事。不，不是莎莉·西顿说的那样，理查德不能进内阁的原因是他的脑子不够用（她想起了这些话）。不，她并不介意那些，伊丽莎白和多丽丝·基尔曼也不在意，那就是事实。这是一种感觉，某种不开心的感觉，可能今天早些时候开始的，是彼得说的什么造成的。由于在卧室脱帽时本就内心压抑，再加上理查德说的话，但是他都说了什么？这是他送的玫瑰花。她的宴会！对了！她的宴会！因为宴会，他们两个人都很不公平地批评了她，嘲笑了她。就是这个原因，就是这个原因！

那么，她应怎样为自己辩护呢？现在她知道原因了，她觉得非常开心。他们认为，或者说至少是彼得认为，她喜欢凸显自己，喜欢有名人围着，喜欢大人物。简单来说就是势利小人。好吧，彼得可能是那么想的。理查德则只是认为她喜欢热闹，而这有点愚蠢，因为她明知道激动热闹对她的心脏不好。他觉得，这有点幼稚。然而，他们两个都错了。她喜欢的只是简单的生活。

"这就是我举办晚宴的原因。"她大声地向生活说道。

她躺在沙发上，如此静谧，又没有负担，那一刻她明显感觉这个东西如此具体，如此真实，阳光灿烂的大街上传来明快的袍子声音，沙沙低语着，吹动着窗帘。但是，假设彼得对她说："是的，是的，但是你的晚宴——你晚宴的真正意义是什么？"她只能回答（可能没人能理解），它们是种奉献，可能听起来很含糊。但是彼得又算什么，凭什么认为生活就是一帆风顺的呢？——彼得总在恋爱，但是总是爱上错的人。你的爱是什么，她可能会问他。而且她知道他的答案，爱是世界上最重要的东西，而且可能没有女人可以理解它。很好。但是又有哪个男人能明白她所说的呢？关于她对生活的理解？她并不奢望彼得或者理查德会无缘无故地受累举办一场宴会。

233

雅各布的房间

  但是从更深入的角度来看,人们说的那些(而这些评判是多么肤浅,多么片面!)在她内心深处,对她有什么意义,这就是她所谓的生活?啊,真是有些奇怪。有人在南肯辛顿,有人在贝斯沃特,还有其他一些人,比方说,在梅菲尔。她一直对他们的存在感觉如此清晰。她觉得这有些浪费,也觉得有些可惜。她觉得要是能把这些人都聚到一起就好了;所以她那么做了。生活就是奉献、融合、创造。但是为谁奉献呢?

  大概,是为了奉献而奉献吧。但无论怎样,这都是她的天赋。对她来说没有其他任何更重要的才能了。她不会思考,不会写作,甚至也不会弹钢琴。她分不清亚美尼亚人和土耳其人,她酷爱成功,厌恶不安,喜欢被爱,总是废话连篇。直到今天,你问她赤道是什么,她都不知道。

  日复一日,每天如此。星期三,星期四,星期五,星期六。她清晨醒来,看看天空,逛逛公园,和休·惠特布莱德见个面,然后彼得突然就来了,然后就是这些玫瑰,这就够了。那之后,甚至觉得死亡是多么让人难以置信啊——一切都会结束的。世界上没有一个人知道她是怎样地热爱生活,每一刻都是如此。

  门开了。伊丽莎白知道她的母亲正在休息。她悄悄地走了进来。一动不动地站在那里。是不是一百多年前蒙古船只失事的时候,曾有蒙古人来过诺福克海岸(就像希尔伯里夫人说的那样)?这些人也许和达洛维家的女人有什么关系,因为总的来说,达洛维家的人一般都是金色的头发,蓝色的眼睛。相反,伊丽莎白,都是黑色的。她惨白的脸上长了一双中国人的眼睛,有着东方的神秘色彩,并且温柔,体贴,安静。作为一个孩子来讲,她也非常有幽默感。但是现在她十七岁了,变得非常严肃,克拉丽莎怎么都想不明白。她就像风信子,把自己包裹在绿油油的叶子下面,花蕾上只有一点淡淡的颜色,就像一株没有沐浴过阳光的风信子。

  她静静地站在那里,看着她的母亲。门半开着,克拉丽莎知道,门外是基尔曼小姐,基尔曼小姐穿着她的雨衣,在偷听他们谈话。

  是的,基尔曼小姐站在楼梯平台上,穿着一件雨衣。但是她那么穿是有她自己的理由的。首先,雨衣便宜,其次,她已经四十多岁了,并不需要取悦谁。另外，就是她穷，非常的穷。否则她不会给达洛维家这样的人工作，不会给这种喜欢假装友善的富人干活。

说句公道话，达洛维先生对她一直很友善。但是达洛维夫人并没有。她是只会恩赐的那种人。她来自最没有价值的阶层之———有点小文化的富人阶级。家里到处都是贵重物品：画、地毯和大批的仆人。她认为她绝对有资格接受达洛维家的人为她所做的一切。

她受过骗。是的，并没有夸张，确实一个女孩应该有权利享受这种幸福吧。但她从来没有幸福过，她是那么的笨手笨脚，又是那么的穷。而且，那时候，正当她可能有机会去多尔比小姐的学校发展时，战争爆发了。她又从来不会说谎。多尔比小姐觉得自己与对德观点一致的人在一起会更快乐一些。她必须得离开。是的，她的整个家庭都有德国血统，十八世纪的时候他们的姓氏拼法还是"基艾尔曼"。但是她的哥哥在战场上牺牲了。校方让她离开因为她不愿意说德国人都是坏人——她有德国朋友，并且她一生中唯一一段快乐的日子就是在德国度过的！但是毕竟，她会读些历史书。她不得不接受任何她能找到的工作。达洛维先生在她为工会干活的时候遇到了她。他让她教他女儿历史（他是如此善良）。并且她还教一些扩展课程之类的课。后来上帝显灵了（每次这时候她都是低下头）。她在两年零三个月前看到了圣光。现在她不用再嫉妒像克拉丽莎·达洛维那样的女人们了，她感觉她们很可怜。

当她站在柔软的地毯上，看着那幅小女孩手拿暖手筒的旧版雕刻画时，她从心底里怜悯和鄙视她们。像这样有着所有奢侈品的生活，又怎么能有希望让生活变得更好一些呢？伊丽莎白之前说"我妈妈在休息"，她本应该在工厂工作或是在站柜台，而不是躺在沙发上休息。达洛维夫人以及所有高贵的女士都应该这样！

两年零三个月前，基尔曼小姐曾痛苦焦虑地去了一座教堂。她听了爱德华·惠特克牧师的布道，听了唱诗班男孩的赞美诗，看到了圣光降临。不管到底是这音乐，或者这嗓音（她晚上一个人的时候喜欢拉小提琴找点安慰，但是她拉出来的声音太难以接受了，她并没有什么音乐天分），当她坐在那里的时候，心中的情绪平息了，她泪如雨下，并且拜访了惠特克先生位于肯辛顿的私宅。他说，这是上帝一手创作的。上帝

雅各布的房间

已经为她指明了道路。所以现在，每当她内心怒火中烧的时候，每当她对达洛维夫人，对这个世界充满仇恨的时候，她就会想起上帝，想起惠特克先生。平静取代了愤怒。一种愉快的感觉充斥着她全身的血管，她微微张开嘴唇，穿着她的雨衣昂首挺胸地站在楼梯平台上，有些让人畏惧，她沉着又邪恶地注视着达洛维夫人和她的女儿走出来。

伊丽莎白说她忘了拿手套。其实那是因为基尔曼小姐和她的母亲相互憎恨对方，她难以忍受看着她俩在一起。于是她跑上楼找手套去了。

但基尔曼小姐并不恨达洛维夫人。她那大大的醋栗色的眼睛盯着克拉丽莎，看着她粉色的小脸蛋，娇柔的身材，以及她浑身散发的时尚气息，基尔曼小姐觉得那就是，笨蛋！傻瓜！你既不知道什么是悲伤也不知道什么是快乐，你已经白白浪费了你的生命！于是在她的心里涌起了一个强烈的渴望，要战胜她，要揭露她。如果能打倒她，那她就能轻松一些。但是她希望战胜的不是她的身体，而是她的灵魂以及那种伪装，想让他人臣服于自己。只要她能让基尔曼哭泣，让她毁灭，给她羞辱，让她跪在地上哭喊，你是对的！但这是上帝的旨意，不是基尔曼小姐的。这将会是宗教的胜利。她瞪着眼，愤怒地注视着。

克拉丽莎真的有些吓坏了。这个基督徒——这个女人！这个女人把她的女儿从她身边抢走了！她竟然感受到神灵的存在！她笨重，丑陋，平庸既不善良也不优雅，但是她却了解生活的意义！

"你要带伊丽莎白去商店吗？"达洛维夫人问道。

基尔曼小姐说是的。她们站在那里。基尔曼并不打算讨人喜欢。她一直都是靠自己干活挣钱。她对现代史知识的掌握非常透彻。她从她微薄的收入当中拿出一部分用于那些她信仰的事业；而这个女人从来就什么都不做，也什么都不信仰；把女儿养得——这时候伊丽莎白，这个漂亮的姑娘来了，她有些上气不接下气的。

这么说她们要去商店了。奇怪的是，基尔曼小姐站在那里（她确实站在那里，就像带着远古时期怪兽身上的力量和缄默为远古战争披甲战斗），时间一秒一秒地过去，她的想法慢慢减少，她仇恨的心情（是对思想而不是对人）慢慢消失，她慢慢失去了她的恶毒，她的大块头，随着时间一秒秒过去又变回了基尔曼小姐，穿着雨衣，老天爷知道克拉丽莎是愿意帮她一把的。

看着这只慢慢变小的小怪兽，克拉丽莎大笑起来。她大笑着说再见。

接着，她们，基尔曼小姐和伊丽莎白，一起下了楼。

克拉丽莎内心突然涌出一个念头，一阵强烈的疼痛袭来，这个女人正把她的女儿从她身边夺走，她俯身探出栏杆，大喊道："记得我们的晚宴！记得我们今天的晚宴！"

但是伊丽莎白已经打开了前门，一辆货车正好驶过，她没有回答。

爱和宗教！克拉丽莎心里想着，走回了客厅，浑身有些发抖。它们是多么的可恨，多么的可恨啊！现在基尔曼小姐的身体已经不在她眼前了，但是这个念头却压倒了她。她觉得世界上最残忍的事情就是看着她们这些笨重、激烈、专横、虚伪、偷听、嫉妒、极其残忍并且肆无忌惮的人穿着雨衣，站在楼梯平台上。爱和宗教。她自己有没有曾经尝试过改变其他人的信仰吗？难道她不希望每个人都能做真实的自己吗？她向窗外看去，看到对面的那位老妇人正在上楼。如果她想上楼就让她上吧。让她停下来，然后让她去吧。就像克拉丽莎经常看到的一样，走到她自己的房间，拉开窗帘，然后又一次消失在视野中。无论如何，人们都会对那位老夫人充满敬佩——那位老夫人看着窗外，全然不知有人在看她。这个场景有些庄重的色彩——但是爱和宗教能毁灭它，无论是什么，如灵魂的隐秘。那可恶的基尔曼也会毁灭它。但这个景象却让克拉丽莎想要流泪。

爱也有毁灭性。爱能毁灭一切美好、一切真实的东西。拿彼得·沃尔什来说吧。他是个聪明、有魅力、对任何事情都有自己观点的男人。如果你想了解教皇，比方说，或者爱迪生或者就只想瞎扯一通，聊聊人都是什么样的人，事都是什么事，彼得一定比谁知道得都多。正是彼得帮助了她，是彼得借书给她。但是看看他深爱的那些女人——庸俗、轻率、普通。想想恋爱时候的彼得吧——这么多年以后来看她，他说了些什么呢？就他自己。可怕的冲动！她觉得。这是可耻的冲动！她想着，同时又想起了基尔曼和她的伊丽莎白正走在去陆海军商店的路上。

大本钟敲响了半时的钟声。

237

雅各布的房间

多么非同寻常啊，多么奇怪啊，是的，但又多么感人啊，看着这位老妇人从窗口离开（他们已经做了很多年的邻居了），她就像是被敲响的钟声迷住了。钟声很响亮，似乎和她有着某种关系。钟声就像手指一样，向下，向下直到浸入平凡的事物当中，并让这一刻变得神圣起来。克拉丽莎想象着钟声迫使这位老人走动起来——但是去了哪里呢？随着她转身，消失，克拉丽莎视线试图追着她，但是只能看到她白色的帽子在卧室的后面动来动去。她还在那里，在房间的另一头走来走去。那为什么还有信条、经文甚至雨衣呢？克拉丽莎心里想着，那简直就是奇迹，也是神秘所在。她是说那个老妇人，她还能看到她从抽屉柜走到梳妆台。她仍然能看到她。而基尔曼可能会说她已经解开了这种至高无上的神秘，或者彼得说他已经解开了这种神秘，但是克拉丽莎是不会相信他们两个中任何一人有这种解开它的能力。那神秘很简单：这是一间房间，那边又是一间房间。难道信仰或者爱能解开它吗？

爱——但是另外一口钟敲响了，这口钟永远在大本钟响起两分钟后敲响，带着各种琐碎的东西两分钟后姗姗来迟，它敲响的那一瞬间就像在证明大本钟以其威严制定着法律，那么庄严，那么公平，但是她还得记住所有的小事情——马香夫人、埃莉·亨德森、放冰块的玻璃杯等等。大本钟的钟声就像一条金子平展在海面上，紧接着，所有的小事情在这一瞬间都涌现出来。马香夫人、埃莉·亨德森、放冰块的杯子。她必须立刻给她们打电话。

那只慢钟在大本钟敲响之后到来，钟声听起来有些喋喋不休，有些嘈乱，钟声里都是杂乱的声音。马车的攻击，残暴的货车，瘦削男人和招摇过市的女人的匆匆步履、办公楼和医院的穹顶和尖顶，最终，这一切打破、扰乱了钟声。衣兜中放满碎物的钟声就像筋疲力尽的波浪溅出的浪花，拍打到了基尔曼小姐的身上，她一动不动地站了一会儿，然后呢喃道："是肉体的问题。"

她必须控制的就是肉体。克拉丽莎·达洛维侮辱了她。那是她意料当中的事。但是她并没有胜利。她还没有掌控自己的肉体。丑陋，笨重，克拉丽莎为此而嘲笑她，也因此燃起了她掌控肉体的欲望。因为在克拉丽莎身边她不愿意看到自己这个样子。她的口才也不能和克拉丽莎相比。但是为什么希望自己像她呢？为什么呢？她从心底里瞧不起达洛维夫人。她既不庄重，也不友好。她的生活就是一系列的虚荣和欺骗。但是她打败了多丽丝·基尔曼。事实上，克拉丽莎·达洛维嘲笑她的时候，她差点大哭起来。"就是肉体问题，肉体问题。"当她沿着维多利亚街走下去的时候，她嘟囔着，试图压制自己混乱、痛苦的情绪（大声说话已经成为她的习惯）。她向上帝祈祷。她没办法控制自己长得丑，而且她没有钱买漂亮的衣服。克拉丽莎嘲笑了她——但是在她走到邮筒之前她还是专心于其他事情比较好。不管怎么说，她至少有伊丽莎白。不过她还是想想其他事情吧，她想了想俄罗斯，然后到达了邮筒那里。

她说，就像惠特克先生说的那样带着那些对世界强烈的憎恨奋斗是多么的美好！这个世界蔑视她，嘲笑她，抛弃她，首先是侮辱她，然后是给予她别人都不忍直视的身材。无论她怎么梳头发，她的额头都像一颗鸡蛋，光秃秃的，发白。没有适合她的衣服，买什么都无济于事。当然了，这对于一个女人来说也意味着永远接触不了异性。她从来也不会主动接近任何人。最近有时候看起来，对她来说，除了伊丽莎白，吃东西、舒适、晚餐、茶水，以及晚上的热水袋，这些就是她活着的全部理由。但是任何一个人都必须战斗，战胜，并且要对上帝有信心。惠特克先生说，她来到这世界上是有意义的。但是没有人知道她的痛苦！他指着远处的十字架说，只有上帝知道。但是为什么她必须承受其他女人，比如说克拉丽莎，并没有承受的苦呢？惠特克先生说，知识源于苦难。

她已经走过了邮筒，伊丽莎白已经走进了陆海军商店棕色凉爽的烟草部，但是她还在跟自己嘟囔着惠特克先生告诉她的那句"知识来源于苦难和肉体问题"。"就是肉体问题。"她咕哝着。

她想去哪个部门？伊丽莎白打断了她。

"衬裙部。"她突然说道，然后径直向电梯走去，上了楼。伊丽莎白给她指这指那。她心不在焉得像大孩子，笨重得像战舰一样。这里有各种各样的衬裙，棕色的，端庄的，有条纹的，轻佻的，厚实的，薄透的。她心不在焉、煞有介事地挑着，那个售货的女孩还以为她有神经病。

当她们把买的东西包起来的时候，伊丽莎白很好奇基尔曼小姐正在

雅各布的房间

想些什么。基尔曼小姐说，她们得喝茶，一边说着一边回过神来。她们于是就喝了茶。

伊丽莎白好奇是不是基尔曼小姐饿了。这就是她吃东西的习惯，疯狂地吃，然后又不停地看隔壁桌桌上的一盘外面裹着糖的蛋糕。然后，当一位女士和一个孩子坐下来，孩子拿起蛋糕的时候，基尔曼小姐真的介意吗？是的，基尔曼真的介意。她想吃那块蛋糕——粉色的那块。吃东西几乎是她唯一真正的乐趣，然而就连这都满足不了！

她曾经对伊丽莎白说过，当人们开心的时候，他们就会把它储存起来，用于日后回忆。但是她就像一个没有车胎的轮子（她喜欢这个比喻），任何一块小石头都能让她摇晃。所以她说周二上午，课程结束以后，她会拿着她的一大袋书，她把这叫作"书包"，站在壁炉旁待一会儿。她说了太多关于战争的事，毕竟还有人并不认为英国人一直都是对的。书上是这样的，也有会议是这样的，也有各种不同的观点。伊丽莎白愿不愿意和她一起来听听某个人（一个相貌不凡的老男人）讲讲这些故事呢？接着基尔曼小姐带着她去了肯辛顿的某个教堂，她们在那里和一位牧师一起喝了下午茶。她帮伊丽莎白借了一些书。基尔曼说，有法律的，医学的，政治的，现在各行各业的工作对你们这一代的女性都是敞开的。但是对她自己来说，她的事业已经彻底毁掉了，这是她的错吗？伊丽莎白说，不，当然不是了。

有时候伊丽莎白的母亲会打电话过来，从伯顿送来一大篮子花，基尔曼小姐喜欢花吗？她对基尔曼小姐永远都是非常非常和善，但是基尔曼小姐将所有花扎成一大束，但是一句寒暄也没有，基尔曼小姐感兴趣的都是伊丽莎白的母亲都觉得讨厌的，而且她们两个在一起真的是太可怕了。基尔曼小姐有些骄傲的样子，看起来非常普通。但是基尔曼小姐非常的聪明。伊丽莎白从没有想过穷人的事。她们拥有一切她们想要的东西，——她的母亲每天早上在床上吃早餐，每天露西都会送上去。她喜欢老夫人们因为她们是公爵夫人，是某个贵族的后代。但是基尔曼小姐说道（在一次周二上午课程结束以后），"我的爷爷在肯辛顿经营过油漆颜料店"。基尔曼小姐的这句话让人感觉自己特别的渺小。

基尔曼小姐又喝了一杯茶。伊丽莎白一派东方人的姿态和神韵，直挺挺地坐在那里。不，她不想再要其他的东西了。她找着她的手套——白色的那副。手套在桌子下面。啊，但是她不能走！基尔曼小姐是不会让她走的！这个年轻人，是多么的漂亮，基尔曼真心地疼爱这个女孩！她的大手在桌上摊开又合了起来。

但是，不知道为什么，伊丽莎白大概是觉得没什么意思。于是她真的走了。

但是基尔曼小姐说："我还没吃完呢。"

然后，当然啦，伊丽莎白要等着她。但是这里也太闷了。

"你会去今天的晚宴么？"基尔曼小姐问道。伊丽莎白觉得她会去的。她的母亲希望她去。她绝对不能光专注于各种宴会，基尔曼小姐一边说一边指着最后一小块巧克力长条泡芙。

她并不怎么喜欢宴会，伊丽莎白说。基尔曼小姐张开嘴，微微向前伸了伸下巴，吞下了最后一小块巧克力长条泡芙，接着擦了擦手，然后搅动着杯中的茶。

她感觉自己快要崩溃了。痛苦是如此的强烈。如果她能够抓住伊丽莎白，能够抱紧她，能够永久地占为己有，直到死去，这就是她想要的一切。但是坐在这里，想不起任何可以聊的东西。看着伊丽莎白反感她，就感觉甚至连伊丽莎白都讨厌自己——这太难以接受了。她无法承受这一切。她握紧了那粗壮的手指。

基尔曼小姐说"我永远都不参加宴会"只是为了不让伊丽莎白离开。"她们也不会邀请我。"当她说出这句话的时候，她知道就是这种利己主义毁了她。惠特克先生曾经警告过她，但是她还是控制不住。她为此承受的痛苦太多了。"她们为什么邀请我呢？"她说，"我长相一般，又不快乐。"她知道那么说很蠢。但是那些过往的人——就是那些拿着大包小包瞧不起她的人，迫使她说出了这样的话。但是，她是多丽丝·基尔曼。她有自己的学位。她是一个独立创造出自己世界的女人。另外，她对现代史知识的熟悉度绝非敬佩可以比拟。

"我并不可怜自己，"她说，"我可怜"——她打算说"你的母亲"，但是，不，她不能说，不能对伊丽莎白说。"我可怜其他人，"她说，"很多人。"

241

雅各布的房间

就像一只不知道为何被带到门口、说不出话的动物一样，站在那里只想拔腿就跑。伊丽莎白·达洛维静静地坐在那里。基尔曼小姐还要说什么吗？

"别把我全忘了啊。"多丽丝·基尔曼说道。她的声音有些颤抖。在田野那头说不出话的动物在惊恐中飞奔。

她的大手张开又合上。

伊丽莎白转过头。一位女服务员走了过来。伊丽莎白说，必须到前台结账，然后起身出去了。看着她穿过餐厅，然后扭身，礼貌地点了点头离开的时候，基尔曼小姐的五脏六腑都在撕扯着。

她走了。基尔曼小姐坐在大理石桌边上，守着那些长条泡芙，一阵阵剧痛不断向她袭来。一下，两下，三下，她走了。达洛维夫人赢了。伊丽莎白走了。那个美人走了，那个年轻人走了。

她就那么坐着。后来她站起身来，在那些小桌子中间跌跌撞撞地走着，身体不停地左右摇晃着，有人拿着她的衬裙追了上来，她迷路了，包围在要被带去印度的大行李箱中间，后来又走到了妇产用品那里以及婴儿内衣中间，穿越过大千世界的各种物品当中，易坏的，耐用的，火腿，药品，鲜花，文具，各种味道，一会儿甜一会儿酸。她继续晃晃荡荡地走着，透过一面镜子看到了自己的全身，看到了自己带歪的帽子、泛红的脸。最后从店里出来，到了街上。

威斯敏斯特大教堂在她面前矗立着，那是上帝住的地方。车水马龙之间，也有上帝的住所。她拿着包去了另外一个避难所，威斯敏斯特大教堂，在那里，她坐在那些也来到这个避难所的人旁边，将手举到脸前，两只手合在一起像帐篷一样。各种各样的礼拜者，当他们将双手举到面前的时候，他们之间没有了社会地位的差别，甚至连性别也没什么差别。但是一旦当他们把手拿开，立刻就变成了英国虔诚的中产阶级男男女女，他们当中很多人渴望去看看蜡像作品。

但是基尔曼小姐把她的双手像帐篷似的举到面前。一会儿她身边有人离开，一会儿又有人加入。新的礼拜者放弃闲逛从街上走了进来，然而，当人们左顾右盼、慢悠悠经过无名战士墓地的时候，她仍然用手指遮住眼睛，试图待在双重黑暗当中（因为大教堂的灯光是看不到的），超脱虚荣，欲望，现实物品让自己摆脱恨摆脱爱。她的手抽搐了一下。看起来她像在战斗。然而，对于别人来说上帝是可以接近的，并且通往上帝之路也是平坦的。从财政部退休的弗莱彻先生，还有著名的英国王室法律顾问的遗孀戈勒姆都很容易地接近了上帝，他们已经做完祈祷，靠在一边，欣赏着音乐（风琴的声音很是甜美），戈勒姆夫人看着基尔曼小姐还在队伍的最后面，不停地祈祷着，仍然在地狱之门徘徊着，戈勒姆夫人有些同情她，把她当作一个出没在同一个地方的灵魂一样，一个脱离了精神实体的灵魂，不是一个女人，而是一个灵魂。

但是弗莱彻先生必须要走了。整个人很整洁，清清爽爽的，他必须要经过她，他忍不住为这个瘦小的衣冠凌乱的可怜女人感到难过。她的头发披散下来，包放在地上。她并没有立马让他过去。但是当他站在那里打量周围，看着洁白的大理石，灰色的窗玻璃，以及长久以来收集的各种珍宝的时候，（他对这个威斯敏斯特大教堂感到特别的自豪），她坐在那里不停地移动她的膝盖的时候（她接近上帝是那么的困难，而她的愿望又是如此的强烈），她硕大的身体，粗壮的体魄还有她的力气给他留下了深刻的印象，就像它们给达洛维夫人（那天下午她没办法不想基尔曼），牧师爱德华·惠特克、伊丽莎白留下的深刻印象一样。

伊丽莎白在维多利亚街道等着公交车。出门真是太好了。她想可能她也不用立马回家。在外面的感觉多愉快了。所以她想乘一趟公交车。而且，当她穿着这身剪裁得体的衣服站在那里的时候，一切就已经开始……人们把她比作白杨、拂晓、风信子、小鹿、流水和花园的百合。这让她的生活变成了负担，因为她更喜欢一个人在乡间做自己喜欢的事情，但是人们将她比作百合，她必须得去参见宴会。单独和父亲还有狗狗在一起在乡间相比，伦敦有些枯燥无味。

公交车飞驰过来，停下，开走了——各种华丽的大篷车，闪耀着红色黄色，消失了。但是她应该乘哪一辆呢？哪辆都一样。当然了，她不会去挤。她比较被动。她的脸上需要更丰富的表情。但是她的眼睛很漂亮，有着中国式的、东方特色的美，而且她妈妈说，有这样美丽的肩膀，亭亭玉立的身材，她看起来就很有魅力。最近，晚上的时候，尤其是她兴奋起来的时候格外的漂亮。非常高贵，非常安静，因为她仿佛从没激动过。她会想些什么呢？每个男人都爱上着她，但是她却为此感觉非常的厌恶。开始的时候，她母亲发现了——人们各种赞美她的女儿。而她女儿对这些方面并不怎么在意——比如说穿衣打扮——这点有时候让克拉丽莎很担心。但是身边有那么自认为了不起、跃跃欲试的年轻人也增加了她的魅力。并且，现在又有了和基尔曼小姐的奇怪友谊，这证明她也是有感情的。克拉丽莎想着这些东西到了凌晨三点，因为失眠，她还一边读着马尔博男爵的作品。

突然伊丽莎白向前迈了一步，众目之下，很顺利地上了公交。她在上面一层找了一个位置坐下。这个像海盗船一样的大家伙向前开动着，猛地一下子走远了。为了保持平衡，她不得不抓住扶手，因为这公交车像海盗船一样，草率鲁莽，肆无忌惮，横冲直撞，肆意躲闪，大胆载客抑或者忽略乘客，在车辆之间像鳗鱼一样挤来挤去，然后又火力全开一路沿怀特霍尔街驶去。伊丽莎白有没有一丝想起过那个无私爱着她的可怜的基尔曼小姐呢？对于基尔曼小姐来说，她就是田野里的一只小鹿，丛林间的一轮明月。伊丽莎白很高兴她自由了。新鲜的空气是如此的美妙。陆海军商店里的空气实在是闷。而现在就像是在飞奔，向朝怀特霍尔街奔，公交车的每一次颠簸，她那淡黄褐色的外套下的美丽身体都像一位骑手一样自在回应着，或如船头的雕像，因为微风吹乱了她的头发和衣服，天气的炎热让她的脸蛋就像木头刷了一层白漆一样苍白。她那漂亮的眼睛，有着雕塑般难以置信的天真，因为没有可以对视的目光，便注视着前方，木然而明亮。

经常谈论一些自己遭受的痛苦让基尔曼小姐变得难以相处。她是对的吗？假如加入了委员会，每天花很多个小时来帮助那些穷人（她基本上很少能从伦敦见到他），天知道他父亲做了这些——那是不是基尔曼小姐认为基督徒应该做的事情。但是也很难说她是不是那么认为的。啊，她想再往前面走走再下车。再投一便士能到斯特兰德大街吗？她又投了一便士。她要到斯特兰德大街去。

她喜欢看到病人。基尔曼小姐说过，现在社会任何一个职业对于你们这一代的女性都是开放的。所以，她可能会做个医生。她也可能做个农场主。动物也经常生病。她可能会拥有上千亩的土地，并且手下有很多人。她会去他们的小屋看望他们。车到了赛默萨特宫。你可以做一个很好的农场主——但让人奇怪的是，尽管基尔曼小姐也贡献力量，但几乎都是因为赛默萨特宫的缘故。这座巨大的灰色建筑看起来是如此辉煌，如此庄严。而且她喜欢人们工作时的感觉。她喜欢那些教堂。它们就像灰色剪纸，环抱着斯特兰特市繁忙的车辆。这里和威斯敏斯特不一样，她一边心里想着一边在前赛里巷下了车。这里那么的庄严，那么的繁忙，总而言之，她想有个工作。她要做个医生，做个农场主，也可能加入议会，如果她觉得有必要的话。这一切都是因为斯特兰德大街的原因。

人们的脚步在为各种事情奔忙，双手忙着累积石块，占据脑海的也并非是琐粹的家长里短（当然，倘若把女人比作白杨树——真是够让人激动的，但简直太愚蠢了），他们脑中所想的是船只、生意、法律、管理，这使得一切看上去都庄严神圣（她正走在寺院里）、令人愉悦（那儿有条河）、令人肃然起敬（那儿有个教堂），这使她下定决心，无论母亲说什么她都要当个农民或者医生，但，事实上，她太懒了。

但对于此事最好保持缄默，因为听上去太过愚蠢。也许当你独处的时候，说不准在某一时刻就会发生的事情——未雕刻建筑师名字的建筑物，从城市中归返的人群有一种更为强大的力量，这比肯辛顿的一位牧师，比从基尔曼小姐那里借的任何一本书都更能刺激藏在人们内心河床的混沌、愚笨和羞怯，这种力量突破表面，就像一个孩子突然张开的双臂。就是这样，也许一声叹息、一对张开的双臂、一个冲动、一个启示都会产生恒远影响，随即就又沉落在沙床河底。她必须得回家了，她得为了晚宴精心着装。但现在是几点？——哪里有钟呢？

她抬头看向舰队街，往圣保罗教堂走近了一点点，她害羞，小心翼翼地踮起脚尖窥探，就像夜晚拿着蜡烛在陌生房子里摸索，害怕房子主人突然推开卧室门问她在做什么一样，她也不敢转弯到充满诱惑力的临街小巷去，好比不敢在陌生房子开门，生怕这是卧室门、客厅门，或是直接通向食物储藏室的门，因为达洛维家的人不会每天都来斯特兰德大街。她是开拓者、漫游者，充满冒险，值得信任。

她母亲觉得她还像个孩子一样，在很多方面都表现得极不成熟。比

245

雅各布的房间

如她还是喜欢玩娃娃，穿老式拖鞋，一个十足的婴儿，可爱至极。但事实上，成为公职人员一直是达洛维的家族传统。在女性政体下，达洛维家族的人虽无过人资质，但也都成为女修道院院长、校长、女性领导、政要等其中的一员。她又向圣保罗教堂走近了一点，她喜欢喧嚣中的温暖，姐妹情谊、母性光辉、兄弟情义，这让她感觉很好。周边的噪音大得惊人，突然响起了喇叭声（是失业者），在喧闹中咆哮着、拍击着。军乐奏响，好像人们在列队行进，然而若是他们正在死去——要是某个女士刚咽下最后一口气，在刚刚经历过世人离去的庄严肃穆后，无论死者身旁守护的是谁，只要打开窗子俯瞰舰队街，那喧嚣与乐鸣会凯旋着来到身边给他宽慰，却又无比冷漠。

人们并不认同运气或是命运，这是无意识的。即便是亲眼看着濒临死亡的人面部表情从有意识的颤动到咽气后的僵硬，守护者们也是宽慰的。人们的健忘可能会造成伤害，人们的忘恩负义也会被腐蚀，但这年复一年、无休止声音的存在可能会让一切消散。包括这誓言、这货车、这生活、这队伍，喧嚣将这打包卷走，就像激进的冰川河流将骨头碎片、蓝色花瓣、几株橡树包裹住卷走一样。

天色不早了，比她想得还晚，她母亲不喜欢她这样一个人在外面闲逛。她开始从海滨大道往回返。

一阵风吹过，带来一片薄薄的乌云遮住了阳光（虽然天气很热，但风也很大），乌云停在了斯特兰德大街上方。看不清行人的脸，公共汽车也霎时失去了光芒。尽管一团团白云簇拥在一起好像山峰，你可以想象拿着短柄斧子砍掉锐利坚硬的凸起部分，可以看到大片金色的山坡，神仙花园的草坪，在侧面可以看到定居在那里的神仙们在开会，云彩永恒地游走，显示意象不断更替。好像在按部就班地完成计划，现在山峰变小了，整个金字塔样式的大块云彩移动到云彩的中间，或是在庄重地选择新的停泊处。尽管簇拥的云彩保持着固定的位置，在安逸和谐中休养生息，但没有什么能比这洁白的闪着金光的表面更新鲜自在，在表面更敏感。变化，移动或是解散这份庄严集会可能随时可以做到。尽管云团紧紧簇拥，堆积得坚不可破，却不停地将光明或是黑暗洒向大地。

伊丽莎白·达洛维平静干练地上了通往威斯敏斯特的公共汽车。

外面的光芒晃来晃去，忽明忽暗，像在招手示意，像在发出信号，光影投射到墙上，把墙映成了灰色，把香蕉映成了亮黄色，现在把滨河大道映成了灰色，又把公共汽车晃成了亮黄色。塞普蒂默斯·沃伦·史密斯躺在自家客厅的沙发上看着这一切，淡淡的金色映在壁纸的玫瑰图案上忽明忽暗。窗外树木上繁茂的树叶像铺开一张大网一样伸展到天空尽头，屋里可以听见流水滴答作响，在阵阵涟漪中仿佛听见鸟儿的婉转啼鸣。每一种声响都汇聚成巨大的财富倾泻在他的头上，他把手搭在沙发靠背上，像是在游泳时自己的手随着水波飘荡在水面上，远处传来狗吠声，并且声音渐行渐远。别再害怕，心底里有个声音在说，别再害怕。

他不害怕。因为大自然无时无刻不在微笑着给予暗示——如映出的金色光点在墙上随处可见——在那儿、那儿还有那儿——她的意图和决心通过炫耀羽毛、拨弄长发和抖动披风表现得十分明显，这些姿势让她看起来仪态万千，并且一直如此。她站在离他很近的地方摆着手势对他轻声耳语出莎士比亚的诗篇以传达她的意思。

雷齐娅坐在桌边，手里扭着帽子看向他。他在笑，那么他一定是很开心，但是她又受不了见他笑。这又不是婚姻，一个丈夫怎会看上去如此古怪，他经常一惊一乍，突然大笑，有时好几个小时都保持沉默，有时突然抓住她让她写东西。抽屉里全是写的这些东西，内容有的关于战争、有的关于莎士比亚、有的关于伟大发现以及关于死亡并不存在等等，最近他经常没来由地突然激动（霍姆斯医生和威廉·布拉德肖都曾说过，激动对人伤害最大），他挥动双手高喊他知道真相，他知道一切。那个人，那个被杀的朋友埃文斯来了，他在幕后唱歌，她如实照他说的写下来。有些事情很美好，有些则是无稽之谈。叙述的时候还经常在中间停顿，或是改变主意，或是想再补充点什么，也可能听见了什么新声音时会抬起手仔细听。

但是她什么也没听见。

有一次他们发现打扫房间的女仆读着这些手稿时不时大笑。真是遗憾至极。塞普蒂默斯不禁因此感到人性的残酷——人们是如何将彼此撕成碎片。他说他们把倒下的人撕得粉碎。"霍姆斯是针对我们的。"他会说，他会创造一些关于霍姆斯的谣言。霍姆斯正坐在那里吃粥，读一

247

雅各布的房间

些莎士比亚的作品——时而大笑,时而狂怒,因为霍姆斯在他的眼里已经是某种可怕东西的象征。"人性",他这样称呼。随之而来的还有幻觉。他经常说他被淹死了,海鸥在他的上方盘旋尖叫,而他则躺在悬崖边上奄奄一息。他会顺着沙发边缘往下看,说能看见海。又或是听见了音乐声。而事实上不过是手风琴的声音或者街道上某个男人的喊叫声。但他经常高喊"太美妙了!"眼泪顺着他的脸颊流下,看到赛普迪姆斯,这个参加过战争又如此勇敢的男人流泪,是她觉得最糟糕的事。他会躺在那里静静地听,然后会突然大喊,他觉得他在降落,降落到熊熊烈火当中,她会真的去寻找火焰,因为他描述得太真实了,但其实什么都没有。屋子里就他们两个人,她对他说,不过是梦境罢了,这样才会让他平静下来,不过有时候连她也会跟着害怕。她坐在那里,边缝纫边叹气。

她的叹息声轻柔迷人,就像夜晚的微风吹拂树林,她一会儿放下剪刀,一会儿从桌子上拿点什么东西,她在桌子边动一动,旋转敲击后就能缝纫出些什么东西。他透过睫毛可以依稀描绘出她的轮廓,她那包裹在黑色衣服下的单薄的身体,她的面庞和她的手掌,以及她在桌旁的转身动作。当她拿起线卷或者是在(她经常忘东忘西)寻找丝绸。她正在给菲尔默夫人已婚的女儿制作一顶帽子,她的名字叫作——他忘了叫什么了。

"费尔默夫人那已婚女儿名字叫什么?"他问。

"是彼得斯夫人。"雷齐娅回答说。她怕帽子太小,把帽子拿到眼前看。彼得斯夫人个子很高,但雷齐娅不喜欢她,之所以还有所往来,不过是因为费尔默夫人对他们不错罢了。"今天早上她还给了我葡萄。"她说。雷齐娅也想做些什么表示感谢。一天晚上当她走进房间,发现原来彼得斯夫人以为他们都没在,正在摆弄放唱机。

"真的?"他问。她在鼓捣放唱机?是的,她那时候就告诉过他,彼得斯夫人在摆弄放唱机。

他开始非常小心地睁开眼,看看那是不是真有个放唱机。但实物——实物太让人激动。他必须非常小心,他不能太疯狂,首先他看了看最底层架子上的时尚杂志,接着,又把目光转移到有着绿色小喇叭的放唱机上。没有什么比这看上去更真切。因此,他鼓足勇气,看了看边角柜、那盘香蕉、刻有维多利亚女王和她丈夫的版画、壁炉台以及上面的那瓶玫瑰花。什么都没有移动,一切保持着原来的样子,它们都真实地存在。

"她总是语出伤人。"雷齐娅说。

"彼得斯先生是做什么的?"塞普蒂默斯问道。

"啊。"雷齐娅说着并试着努力回想。她想起菲尔默夫人曾说过彼得斯是某个公司的推广销售。"现在他在赫尔。"她说。

"现在!"她用意大利口音说的,是亲口说的。他把眼睛挡起来,这样他可能一次只能看见她脸上的一个部位,首先是下巴,接着是鼻子,然后是额头,生怕它们变形了似的,或者是上面有什么可怕的疤痕之类的。但并非如此,她就在那里十分自然地做着缝纫活儿,和其他女人一样干起活儿来撅着嘴,带着忧郁的神情。但这并不让人感到害怕,他确信,他又再次审视了一遍,又一遍,观察她的脸、手,她大白天的坐在那里做着缝纫活儿,哪有什么好害怕或者厌恶的呢?彼得斯夫人总是语出伤人。彼得斯先生在赫尔。那又何来愤怒或者预言呢?为何遭遇苦难与抛弃呢?又为何对着云彩颤抖呜咽呢?雷齐娅坐着拿大头针往自己衣服前襟上插的时候,为什么寻求真相传达信息呢?彼得斯先生在赫尔么?奇迹、启示、痛苦、孤独,一切沉入海底,下落,直到落入熊熊大火,化为灰烬,因为当他看见雷齐娅为彼得斯夫人装饰草帽时,他感觉像是花朵制成的床罩。

"这帽子对彼得斯夫人来说太小了。"塞普蒂默斯说道。

多日以来这是第一次他以惯用口吻说话!当然,这帽子——实在太小,她说。但是彼得斯夫人选中了。

他从她手中把帽子拿过来,他说这是给手风琴师的猴子戴的帽子。

这让她多么开心啊!几周都没有像这样在一起开怀大笑了,像已婚夫妻那样私下嬉戏打闹。她的意思是倘若菲尔默夫人进来,或者彼得斯夫人或者不论任何人走进来都无法理解她和塞普蒂默斯在笑什么。

"看那里。"她边说边把一朵玫瑰镶嵌在帽子的一边,她从没像现在这样开心!一生之中从未如此!

雅各布的房间

　　但这看上去更加滑稽可笑了，塞普蒂默斯说。现在这个可怜的女人戴上帽子就像展销会上陈列的一头猪。（谁都没让她这样大笑过，而塞普蒂默斯做到了）。

　　她往针线盒里放了什么？有丝带、珠子、流苏还有假花。她把它们一股脑都倒在桌子上。他把有奇怪颜色的东西都堆在一起——因为他手指不够灵活，连个小包都打不好，但他的眼光却不错，而且经常恰到好处，他的搭配有时让人觉得很荒诞，但有时又太完美了。

　　"她应该有一顶漂亮的帽子！"他边咕哝边挑拣着东西，雷齐娅跪在他的身边，顺着他肩膀的方向看过去。现在都弄好了——说的是设计定下来了，接下来她还得缝合在一起。但是她必须非常非常小心，他说想要保持他做的那个样式。

　　她就这样缝了起来。她缝的时候，他想，缝纫的声音就像在壁炉上的水壶，像是水烧开后噗噗的冒泡声，她总是很忙，有力的手指捏来捏去，戳来戳去。手上的针闪着光芒，流苏和墙纸上映射的光若隐若现，但是他想他能等，伸开双腿，看向沙发另一端自己穿着的环纹袜子。在这么暖和的地方，空气静止，他可以等下去，夜晚的树林边也会有这种情景，由于地面倾斜，树木有排列地分布着（人首先要具有科学性，科学性），这份温暖会片刻萦绕，清风拂面，就像鸟儿迎面飞来。

　　"做成了。"雷齐娅边说着边用手指转着彼得斯夫人的帽子。"目前就这样，接下来……"她的话断断续续的，满足得就像没关紧的水龙头滴答，滴答，滴答。

　　太棒了。从没有别的事情像这样让他感到如此自豪。彼得斯夫人的帽子如此真实，如此实在。他说："看看吧。"

　　的确，她一看见那顶帽子就觉得开心。他笑了，又做回了原来的自己。就他们两个单独在一起，她会一直喜欢那顶帽子。

　　他让她戴上试试看。

　　"但是我戴上看着肯定特别奇怪！"她嚷嚷着跑到镜子前看来看去。然后又一把抓下来，因为有人敲门。会不会是威廉·布拉德肖呢？已经来了吗？

　　不！只是个送晚报的小女孩。

按着惯常的事情发生了——生活中每天晚上都会发生这样的事情。那个拿着报纸的女孩在门口唆着手指，雷齐娅跪下来安慰、亲吻她，雷齐娅从桌子抽屉里取出一包糖。经常是这样，事情一件一件来，她就是这样处理问题的，先做好一件事情，再做另一件。她们在屋子里跳舞，转圈。他拿着报纸，读到莎莉正在竭尽全力、掀起一股热潮。雷齐娅重复道，莎莉正在竭尽全力，掀起一股热潮。她边咕哝着边和菲尔默夫人的孙女玩游戏，她们有笑有闹地打成一片。他太累了，但是很开心。他要睡觉，闭上眼，看不见东西，她们玩游戏发出的声音也渐渐变得模糊又有点奇怪，好像什么东西找不到的那种焦急，声音渐渐传远。她们找不到他了。

他在害怕中惊起，他看到什么了？壁橱上的那盘香蕉。没有人在（雷齐娅带着孩子去她妈妈那了，该睡觉了）。就是这样：永远孤独。就像在米兰已经注定的命运，当他进入房间看到她们在用剪刀将麻布剪成形状时，就注定要永远孤独。

就剩他自己和壁橱香蕉单独待着了。一个人在荒凉的高耸之处暴露着，身体舒展——但也不是在山顶，也不是悬崖，而是在菲尔默夫人客厅的沙发上。至于幻觉，死者的脸和声音都去哪了？在他面前有个屏风，上面有黑色宽叶香蒲和蓝色燕子的样式。在那儿他曾经看过山峰，看过面庞，看过美景，而现在只是个屏风而已。

"埃文斯！"他大喊。却没有回音。只有老鼠吱吱地叫，也或许是窗帘发出的沙沙声。那些都是死者的声音。还陪伴在他身边的只有屏幕、煤斗和壁橱。他也只能面对着屏幕、煤斗和壁橱……但是雷齐娅闯进来，嘴里嚷嚷着什么。

来了封信，每个人的计划都变了。菲尔默夫人根本不可能去布赖顿了。也没时间告诉威廉斯夫人，雷齐娅觉得真是让人生厌，但当她看见那顶帽子，她想……也许……她……可以做一点小小的改变……随着这份愉悦，她的声音淡了下去。

"啊，糟糕！"她大喊（这种脏话是属于他们之间的一种玩笑话），缝纫针断了。还有帽子、孩子、布赖顿、针线活，她开始构思，事情要一件一件做，慢慢构建，她这样想着，接着缝纫。

雅各布的房间

　　她想让他看看是不是移动了玫瑰的位置可以让那顶帽子更有观赏性。她坐在沙发的一角。

　　她说他们现在实在太开心了，突然，她放下帽子，这样她就可以跟他讲所有事情。她可以想到什么就说什么。那晚他和他的朋友进了咖啡厅，她脑海里对他的第一感觉就是这样。他特别害羞地走进来，四处观望，帽子挂上又掉下来。这些她还记得。她知道他是英国人，他一直很瘦，不是她的姐妹们欣赏的那种个子高大的英国人。但是他的肤色很好，大鼻子，明亮的眼睛，落座时微微向前，这让她想到，他像一只年轻的老鹰，她经常和他这样说。她还记得第一次见到他的那个晚上，她们在玩着多米诺骨牌，他走进来时，像一只年轻的老鹰。但他对她向来绅士，她从没见过他发火或者醉酒，只是当恐怖战争来临的时候见到他的痛苦神情，但即便是这样，只要是她进来，他就会装作若无其事的样子，好像什么都没发生。她会把她遇见的所有事情，工作上的任何困扰，任何让她烦心的事情都和他说，他会马上感同身受地理解她，即便是她自己的家人也很难做到如此。他比她年长，比她聪明——他是个太认真的人，居然要她读莎士比亚的作品，要知道，这之前她连一本英语儿童读物都读不下来！他的经验要比她丰富，他能帮到她，而她也可以帮他些什么。

　　现在看这顶帽子，接下来（天色渐晚）再谈威廉·布拉德肖。

　　她把双手放在头顶，等着他发表对这顶帽子的喜爱与否。而正当她坐在那里，双眼盯着地面等待回答的时候，他可以感知到她的想法，像只在树杈间穿梭的小鸟，总是能轻巧地平稳降落。他能跟上她的想法，她慵懒自然地坐在他的面前，他一说点什么她就跟着笑起来，像只稳稳抓住枝杈的小鸟。

　　不过他记得布拉德肖曾说："生病的时候，即便是最喜欢的人也并没什么用。"布拉德肖说，这时候他要学会休息，布拉德肖说他们必须得分开。

　　"必须""必须"，为什么是"必须"？谁给布拉德肖的特权让他这样说？"他凭什么对我说'必须'？"他咆哮。

　　"这是因为你说你要自杀。"雷齐娅回答。（幸好现在，她可以什么都跟塞普蒂默斯说。)

这么说他就有权利了！霍姆斯和布拉德肖都针对他！一个有着红色鼻头的暴徒被逼到隐秘的角落！他居然还敢说"必须"！他的稿子哪去了？他写的那些东西呢？

她把他写的那些稿子拿来了，她替他写的。她把它们都扔到沙发上，他们一起看。有图表、有设计、用木棍制作的伸着胳膊的男人女人模型还都带着翅膀——是翅膀吧？——在他们的背部，还有用先令和六便士画的圈圈——它们象征太阳和星星。有弯弯曲曲的悬崖绝壁，就好像刀叉交织在一起，还有登山者们顺着绳索一起向上攀爬。上面还有海的模型，笑脸漂在貌似起伏的海浪中，还有世界地图。烧掉它们！他喊着。现在再看他所写的那些，有的描绘死者怎样在杜鹃花灌木丛后唱歌，有的歌颂时光，有的是与莎士比亚对话，埃文斯，埃文斯，埃文斯——死者传递的信息意思是别砍掉那些树，要告诉首相。博爱：代表着世界的意义。烧掉它们！他大喊。

但是雷齐娅用双手盖住了它们。她想其中有些还是很美好的。她要把这些用丝线装订起来（因为她没有信封）。

她说，即使他们要带他走，她也要一起走。他们不能在违背他俩的意愿下把他们分开。

她把稿子整理好，边缘都码齐对好，然后看都没怎么看就包裹起来后坐在他的旁边，他想，好像落在她身上的花瓣都有了生命开起花来。她就是棵开花的树，并且透过枝丫可以看到立法者的脸，她身处圣殿，无所畏惧。不怕霍姆斯，不怕布拉德肖，这简直就是奇迹，是胜利，是最终伟大的一次胜利。他看见她步履摇摇晃晃地登上那恐怖的阶梯，霍姆斯和布拉德肖这两个加一起不少于一百六十磅的男人压制着她，而他们的妻子也早被他们派到法庭去了。他们一年收益一万英镑却还抱怨不公，他们的裁决有所不同（霍姆斯说是这样，而布拉德肖说是那样），不过他们都还是法官，他们把幻觉和橱柜弄混了，什么都不明了却还做出裁决。他们说"必须"，她赢了。

"好了！"她说。稿子都整理好了，谁也别想拿到它们，她要把它们放起来。

雅各布的房间

并且，她说，任何事情都不能分开他们。她坐在他的旁边，说他是鹰或是乌鸦，因为鹰或是乌鸦都是恶意的，毁坏庄稼，这一点跟他一样。谁也不能分开他们，她说。

接着她去了卧室收拾他们的东西，但是听到楼下的声音，想着可能霍姆斯大夫又来了，她就跑下去，不让他上来。

塞普蒂默斯能听到楼梯间她和霍姆斯的讲话。

"尊敬的夫人，我是以朋友的身份来到这里的。"霍姆斯说。

"不，我不会让你见我的丈夫的。"她说。

他能想象她的样子，像个小母鸡，在他面前扑闪着翅膀阻止他。但是霍姆斯还在坚持。

"我亲爱的夫人，请允许我……"霍姆斯说着把她推到一边（霍姆斯是个体格强壮的人）。

霍姆斯径直上了楼。他突然打开房间门，说："吓到了吧？"霍姆斯抓着他，但是不，不要让霍姆斯，不要让布拉德肖抓住他，他挣扎着起来，实际上就是用脚倒腾着蹦，他想到菲尔默夫人的那只干净小巧的并且在刀柄处刻有"面包"字样的面包刀。啊，这会玷污了那把刀。用煤气呢？但现在看来太晚了。霍姆斯过来了，他能拿到的只有剃须刀的刀片，但是爱收拾东西的雷齐娅肯定把它收起来了。眼前，那只有扇窗子，布卢姆斯柏里区住所特有的大窗子，接下来进行的就是那令人生厌的老套的一幕了，打开窗，极具戏剧性地跳下去。这是人们想象中的悲剧，但对他和雷齐娅来说却并非如此（雷齐娅一直是站在他这一边的）。霍姆斯和布拉德肖喜欢这样的事儿（他坐在窗沿上）。但是他一定要等到万不得已的时候才会那样做。他还不想死。生活是美好的，阳光暖暖的。可是人类——到底想要什么？对面楼房里，一个老人正在下楼梯，然后停下来盯着他看。霍姆斯正在门口。"这回你满意了吧！"他大喊着跳了下去，重重地摔在菲尔默夫人家的栏杆上。

"胆小鬼！"霍姆斯喊着撞开门。雷齐娅跑到窗边，看到这一幕，她明白了。霍姆斯大夫和菲尔默夫人撞在了一起。菲尔默夫人围裙飞舞着跑到雷齐娅的卧室，让她蒙住眼睛。楼梯上有很多人跑来跑去。霍姆斯医生进来了——脸色雪白，浑身发抖，手上端着玻璃杯。他说，她的丈夫摔得不省人事，难以恢复，她必须勇敢一点，喝点什么东西，（喝点什么？甜的东西），她不能看他，她得尽量闲下来，还得被审问，这个年轻女人真是可怜。但谁又能想到会发生这样的事儿呢？是突然冲动，这与任何人无关（他对菲尔默夫人说）。他怎么会做这么可怕的事，霍姆斯医生无法想象。

雷齐娅喝完甜的东西，她感觉自己像是打开一扇落地窗，走在某个花园。但这是哪里呢？钟声敲击了起来——一下、两下、三下。和那些碰撞还有私语相比，这钟声听上去是如此理性，塞普蒂默斯拿自己作类比。她快睡着了，但是钟声还在继续，四下、五下、六下，费尔默夫人舞动着围裙（他们不会把尸体放到这里，对吧？）看上去就像这个花园的一部分或是一面旗帜。当她在威尼斯姑姑那里的时候，她曾经见到过旗子在桅杆上慢慢舒展开。人们以此向战争中去世的英雄表达敬意，塞普蒂默斯本身也参加过战争，在他的记忆里，大多是美好的时光。

她戴上帽子在玉米地里奔跑——会去哪儿呢？——去某个山上，或是某个海边，因为海边有船舶、海鸥、蝴蝶。在伦敦的时候他们也这样坐在悬崖上，他们坐在那里，就好像是在梦里，通过卧室门可以听到雨的滴答声，人的私语声，还有干玉米的窸窣声，她可以感受到大海的拥抱，拱形的海浪像贝壳一样将他们包裹起来，在沙滩上对她说着悄悄话，她感觉自己随处都在，就像在坟墓上散落的花。

"他死了。"她说，对着那可怜的老妇人微笑，那老妇人经常用她那淡蓝色的眼睛真诚地守着她的房门。（他们不会把他带到这儿的，对吗？）但是菲尔默夫人觉得这样想很可笑。哦，不，不要这样。他们已经把他带走了。怎么都没有知会她一声？菲尔默夫人想，夫妻应该待在一起的，但是他们肯定是按医生说的照做了。

"让她睡吧。"霍姆斯大夫给她把脉说。在窗前，她看见他巨大的黑色轮廓站在那儿，那就是霍姆斯医生。

彼得·沃尔什想，这是文明的胜利。当救护车鸣声尖叫着响起，这就是文明带来的胜利。救护车迅速接上病患，呼啸着飞奔向医院。一些可怜的人，有的脑部受伤，有的疾病突然来袭，也有的可能就在这一两分钟在某个十字路口发生车祸，这些在每个人身上都有可能发生。这就

255

雅各布的房间

是文明。他从东部回来后一下子领悟到了——伦敦高效率、有组织还有公共精神。当救护车来临,所有货车,马车都自动退让。可能人们对救护车表现的尊重有些病态,这多少让人感动。当救护车从身旁经过,行人们敬重救护车内的患者——忙碌工作的人们看见救护车经过自己的身旁会第一时间想到自己的妻子,或者假设车内的担架上也很可能躺着的是自己,身边围绕着医生和护士……呃,但是这种想法开始变得病态、敏感,尤其是当接触到医生、死者的时候,这种想法更为凸显。当由幻想所产生的喜悦和欲望更为强烈的时候就会警醒人们,够了,不要再继续想下去了——这对艺术和友谊都是致命的伤害。的确如此,并且此刻,彼得沃尔什想,当救护车不断鸣着笛拐过转角驶向下一条街道,并且还在驶向更远的托特纳姆考特路时,这就是孤独的特权。人们有权做出尊重个人意愿的选择。一个人的时候可以流泪,但在印度的英国人圈子中,一个人若是如此敏感,那么他就是个窝囊废。不能想哭就哭,想笑就笑。我的本质就是这样的,他站在邮筒旁这样想,眼泪有融化一切的力量,就是这样。为什么,天知道。也许是某类美感,也许是一天下来的烦琐事务,从去克拉丽莎那里起,他就开始感觉心力交瘁,极度紧张,不断出汗,这些情绪一点一点累积在内心深处,不为人所知。其中有部分原因是神秘的、不可亵渎的。他发现生活就像一个未经探索的花园,曲折迂回,充满惊喜。是的,有的时候着实让人目瞪口呆。站在大英博物馆对面的邮筒旁,他感受到了,这一时刻,包括救护车,生活乃至死亡这些所有事情交错在一起。他内心情感澎湃,这份情感好像被吸到某个高高的棚顶下面,至于他自己,则是赤裸着包裹在海滩上的贝壳里。在印度的英国人社交圈中,这样敏感的他实在是干不成什么大事。

有一次,克拉丽莎和他在某个地方一起上了公交车的顶层,从表面看,克拉丽莎是那种容易受感动的人,有时绝望,有时又精神亢奋,有时情绪甚至使她全身颤抖,实在是个能够感同身受的好伙伴,在公共汽车的上层乘坐的时候,会捕捉到很多,比如小景观、地名、人,因为她们经常会去探索伦敦,回来的时候会带着在苏格兰市场采购回来的大包小包的好东西。克拉丽莎那几天总结出一套理论——理论数量不断增加，总是有理论，这点和大多数年轻人一样。这种情况可以用来解释他们心中的不满的。在那里，人们互不认识。他们怎么会了解彼此呢？之前你们每天都见面，然后就一连六个月或是常年不见面，自然而然就会变得生疏了，人际关系也就很难尽如人意，他们赞同这一点，人与人之间了解实在太少了。但是她说，坐在驶向沙夫茨伯里大街的公共汽车上，她感到自己无处不在，而不是具体的"这儿、这儿和这儿"。她拍打着椅背，是随处都在。驶向沙夫茨伯里大街，她挥手，她是这样的人。所以要了解她或者了解更多的人，就必须找出引导他们的人，甚至是地方。她和没说过话的陌生人之间有一种奇怪的亲和力，比如街上的女人们，柜台后的男人们——甚至是树或是谷仓。最终落到先验论上，畏惧死亡的她相信，或者假设她相信（因为她是个怀疑论者），我们的灵魂，呈现出来的部分只是暂时的，而没有呈现的部分才是无限延伸的，它可能会一直存在，或者以某种形式在这样或那样的人之间得以永生，甚至在死后也在寻找落脚点……也许是这样——也许吧。

　　回顾这长达近三十年的友谊，她的理论在某种程度上奏效了。因为他经常不在或是受到干扰，她们的会面总是简短、不愉快（比如今天早上，他刚想张口和克拉丽莎讲话，伊丽莎白像一只长腿小马驹似的跑进来，气质出众、沉默寡言），但每次会面都会在她的生活中起到不可估量的作用。它会有些神秘，一次真正的会面就像是拿着一颗锋利、尖锐、让人不舒服的谷粒，多数时候十分痛苦，而见不到时，多年以后，在最不可能的地点一朵花在悄然绽放，散发迷人的芳香，让你去触摸、感受、品味，动用所有的感觉去体会，然后将这份感触多年埋在心底。她这样走进他的内心，总有些奇怪的东西让他想起她，想着他们在船上，在喜马拉雅山上（莎莉·西顿就是这样，慷慨大方、充满激情！当她看到蓝色绣球花属植物时，她就这样想起他）。她比他接触到的任何一个人都更能影响他，而且她的出现经常令他猝不及防，这位女士冷静、挑剔，或者说是美丽、浪漫，她的出现会让人想起田野或是英国的丰收。他经常在乡下看到她，而不是在伦敦，还有他们在伯顿的一幕幕场景……

　　他到了自己居住的酒店，穿过大厅，大厅里摆放着一排排摆着淡红

雅各布的房间

色椅子和沙发，还有叶子很尖但看上去有些枯萎的植物。他从钩子上拿下钥匙，前台递给他一些信件。他走上楼——他在伯顿经常和她见面，夏末，他会在那里住上一周甚至是两周，就像大多数人去那都会做的一样。首先她会站在某个山顶上，双手扶着发丝，斗篷被风吹起，手里指着什么大喊——她看见塞文河了。或是在一片树林用水壶烧水——她的手很不灵活。炊烟袅袅，喷气吹在他们的脸上，映着红红的脸庞。他们向村中的老妇人讨水喝，之后老人在门口目送他们离开。他们经常步行，而别人都是开车。她厌倦了开车，也不喜欢动物，那只狗除外。他们会沿着公路徒步走很远。她会突然停下来找找方位，引导他在乡间穿梭着往回走；整个路上都在讨论，探讨诗歌、探讨人、探讨政治（她当时是个激进分子）；从来不会注意某个事物，只有停下来时才会对着某个景色或树惊叫，让他跟着一起看，然后又继续讨论。他们走过新割的稻田，她走在前面，拿着朵给姑姑的花，她很娇小但却不觉得累；临近傍晚的时候到了伯顿。接着晚饭后，老布莱特科鲁夫会打开钢琴、声音沙哑地唱歌，而他们会躺在躺椅上，尽量不笑出声，但总是忍不住笑出来，一直笑，没来由地此起彼伏的笑。布莱特科鲁夫装作看不见。在早上，她上蹿下跳，像只鹡鸰般打情骂俏……

哦，这是一封她的信！蓝色信封，是她的字迹。他要拆开来看。肯定又要是一次痛苦的见面！读她的信还真得鼓起勇气。"还能见到他真的是太好啦，她一定得告诉他。"就这样。

但这封信让他有点沮丧，有点恼火，他宁愿她没有给他这封信。他正这么想着，不过收到这封信像是肋骨被推了一下。她怎么就不能安静一点呢？毕竟，她已经和达洛维结婚了，并且这么多年来都一直这样快乐幸福地生活着。

这些酒店并不能让人感到舒服，远不足以给人安慰。数不清有多少人在挂钩上挂过帽子。如果你仔细想想，甚至就连苍蝇也可能之前停留在别人的鼻子上。迎面看来干净整洁，也称不上干净整洁，更多的是赤裸和冷漠，只能是这样的感觉。死板的女主管会在黎明时分左嗅嗅右看看地巡查，然后让冻青了鼻头的女佣们进行清洁。好像下一个客人是要用一个干净无比的盘子盛放的佳肴一样。要布置一张睡觉的床、一把坐着的手扶椅、刷牙的杯子、刮胡子的镜子。他的书本、信件、睡袍搭在没有一点温度的马鬃样的椅子靠背上。克拉丽莎的信早就告诉了他这一切。"见到你真好，她必须得说出来！"他把纸折起来又丢开，他不会再想读第二遍了。

要让他在早上六点就收到这封信，她一定是在他一离开就马上写这封信，贴邮票再派人邮寄。就像人们说的，她就是这样。他的拜访让她沮丧，她感觉心乱如麻，在她亲吻他的那一刻，她后悔了，甚至有点羡慕他。可能记得他说的什么（因为他看见她的神情）——如果她嫁给他，世界会有怎样的改变，然而，现在就是这样的境况。人到中年却如此平庸。她用绝不屈服的热情将这些放置一边，她生命中有一种力量来克服困境，坚持到底，冲破一切阻碍，这种胜利的激情他从未在别人身上看到过。是的，但是他一旦离开房间就会有种反应，她会对他十分抱歉。她会想尽一切办法去试图让他开心（正是他所需要的），他也可以看见桌旁的她，眼泪顺着脸颊流下，来到书桌前写下那一行……"见到你真高兴！"这是她最真实的想法。

现在彼得·沃尔什解开了靴子上的鞋带。

但是他俩结婚是不会如意的。毕竟，换作另一个人反倒更自然。

真是奇怪，但的确如此。很多人对于彼得·沃尔什都有这样的看法，他穿着得体，在平凡的岗位上工作，大家对他印象都还不错，不过就是点古怪，总是高傲神气的样子——很奇怪他居然是这样，尤其是现在，头发灰白的他露出知足、矜持的样子。正是由于这样，才使得他很受女人的欢迎，他不是大男子主义，这让那些女人很是欣赏，同时这也是他身上，是内在与众不同的东西。他可能是个书呆子，因为他每次来见你都会拿起桌子上的一本书（他现在就在读，鞋带松散在地板上）。或许他是个绅士，这在他敲掉手中的烟蒂时就可以看出来，当然，他对待女士也很有礼节。因为即便是一个头脑简单的姑娘都能和他打成一片，这是一种魅力，或许也有些荒谬。但那姑娘要面临风险，也就是说，尽管他极易相处，他有教养，还给人带来快乐，但也只是点到为止。克拉丽莎说着什么——不，不。他也会大喊大叫，左右摇摆，和其他男人们一起开玩笑。他在印度是个美食鉴赏

雅各布的房间

家。他是一个男人,但并不是那种让人尊敬的男人——还好是这样,比如黛西想,他和西蒙斯少校不一样,一点都没有共通之处,尽管她自己有两个孩子,她也是经常比较他们。

他脱下靴子,把兜里的东西都掏空。他掏出来的有小刀还有黛西在走廊照的照片。照片里身穿白色衣服的黛西,一只猎狐犬趴在她的膝盖上,她皮肤很黑,十分迷人。这是他看到过的她最美的一张照片。一切看上去都那样自然,比克拉丽莎还自然。不大惊小怪、不令人烦恼、不过分挑剔也不使人焦躁,一切都很平和。那个皮肤黝黑、十分讨人喜欢的姑娘在走廊里喊叫着(他能听得见)。当然,她可以把一切都给他!她大声喊着(她毫无戒备心),所有他想要的都给他!她高喊着跑上去迎接他,管他谁在看呢,她只有二十四岁,已经有两个孩子,好吧,好吧。

然而事实上,在他这个年纪他已经把自己弄得一团糟了。深夜醒来时这种感觉尤为强烈。假设他们真的结婚了?对他来说简直太好了。但对她呢?伯吉斯夫人是个好脾气、话不多的人,他曾对她倾诉过这些。伯吉斯夫人想,他这次回到英国,表面上是去见律师谈黛西的事情,但真正意图呢?这关系到她的地位。伯吉斯夫人说。要考虑到世俗观念,她还要放弃孩子。总有一天她会是个有着难以启齿的过去的寡妇,过着在郊区流浪般随便的日子(她说,你知道的,擦着太过浓重的胭脂水粉的女人会是什么样)。但是彼得听了这些不禁笑起来,他不想死。不论如何,她得安定下来,为自己做主,他只穿着袜子在房间里踱来踱去,心里如是想着。他把礼服衬衫铺平,因为他也许要穿着它去克拉丽莎家赴宴,也许去某个礼堂,也许就待在这儿读他在牛津就知道的一位作者写的有趣的书。一旦他退休了,写书就是他想做的事。他会去牛津,在图书馆里随处看看。夜幕将至,那个皮肤黝黑、长相可爱的姑娘跑到了阶梯尽头,徒劳地挥动她的手,无力地喊着她不在乎别人的眼光。他就在那里——是她内心世界的全部,完美的绅士,这个充满魅力、杰出优秀的男人(他的年龄对她根本不是问题),在布卢姆斯伯里区的一家酒店内踱着步、刮胡子、洗漱,接着打开水管、放下剃刀,脑海里搜索着在牛津大学图书馆里翻阅的资料,试图弄清他感兴趣的一两件事情。他可能随意与人交谈,以至于连午饭时间都不会严格遵守,还会错过约会，而当黛西习惯性地问候他，满含感情地亲吻他时，却得不到效果（尽管他对她也是真心的）——正如伯吉斯夫人所说，简而言之，她若是忘记他，可能会让她更快乐，或者是只保留一九二二年八月的记忆，那是个黄昏，他站在十字街头，而她坐在单马拉的双轮马车上从他身旁经过，身体牢牢地固定在马车后座上，看着他的背影渐行渐远，直至消失。她哭喊着，她愿为这个人付出一切，做这世界上她能做的任何事情，任何事情……

他从来不知道别人是怎么想的，他越来越难集中精神。他变得投入，忙于自己的事，有时暴戾，有时快乐，依仗女人、精神恍惚，情绪多变，越来越（他边刮胡子边这样想）难理解为什么克拉丽莎给他们找个住处，可以介绍黛西，这样对她好一点。这样一来，他就能——能做什么呢？不过是徘徊，闲逛罢了（当时他正忙着收拾那些钥匙和稿子），独自一人，自己琢磨。简而言之，自我满足。但事实上，没人比他更依赖别人（他扣上马夹扣子）。他一事无成，他克制不住地去吸烟室、和上校们聚会、打高尔夫球、打桥牌、和一帮女人混在一起，他和她们相处的极好，在感情上，她们忠诚大胆，也有缺点，但在他眼里（那张皮肤黝黑、惹人喜爱的脸庞就在信封上）依然值得敬佩，就像在人性顶峰盛开的绚烂无比的花，但现在他有点难以融合进去，因为他总是会看出更多东西（克拉丽莎有让他长久消沉的能力），他容易厌倦这种无声的付出，他希望的丰富多彩的爱情，尽管黛西要是爱上了别人会让他生气，不，是暴怒！因为他就是善妒的人，他的情绪很难克制。他在痛苦中挣扎！但是他的刀呢？手表、图章、钱包呢？那封他不愿意再读第二遍、却还惦记的克拉丽莎的信件呢？黛西的照片呢？该吃饭了。

他们在吃饭。

大家围绕着花瓶围坐在桌边，有的盛装出席，有的穿着随意，披巾和手包就放置在一边，餐桌上一片平静，因为大家在晚餐不习惯吃太多道菜，人们脸上流露着自信，因为他们消费得起。由于在伦敦整日都在逛街、旅行，大家都疲惫不堪。但当他们环顾看到一个戴着角质镜架、面容姣好的绅士进来，他们都还保持着天然的好奇心，上下打量着，他们很友好，因为他们愿意帮助他，比如说借个时刻表，或是透露些有用

雅各布的房间

的信息，他们的欲望驱动着，暗自翻涌着，哪怕仅仅是因为出生地一样（比如利物浦）或许是有同名的朋友也会给他们之间建立一定的联系，他们偷偷瞄着，保持着奇怪的沉默，或是自动退出，只顾家人的玩笑话使自己保持隔离。正在他们坐在那里吃晚餐的时候，沃尔什先生走了进来，坐在靠近窗帘的一个桌子旁。

并不是因为他说了什么就赢得尊重，因为他是独自一人来到这里的，所以只能和服务员说上几句话。他看菜单的方式很特别，用食指有目的地指着一种酒，将椅子向前挪了挪，仔细但并不贪吃地品酌着晚餐，这种尊敬在晚餐的时候并没有表现得很明显，但这种情感在晚餐快要结束时，在沃尔什先生喊"巴特利特梨"的时候，莫里斯家族开始骚动。为什么他说的就好像是某个严行纪律的人在行使自己权利一样坚定，小查尔斯·莫里斯和老莫里斯、伊莱恩小姐和莫里斯夫人都无从得知。但当他孤身一人坐在桌旁说出"巴特利特梨"的时候，他们感觉他就像是在征求某种合法的支持一样。他在呼吁并很快就会成为他们自己的事业，因此当他们和他目光交汇时，眼中流露着同情。当他们在吸烟室相遇的时候，不可避免地聊了起来。

聊天内容并不深远——不过是伦敦多么拥挤，三十年来发生了怎样的变化，莫里斯先生喜欢利物浦，莫里斯夫人去了威斯敏斯特的花展，以及他们都见到过威尔士王子这类的事情。然而彼得·沃尔什想，没有任何一个家族能和莫里斯家族相比，绝对没有。但他们家的关系十分和睦，他们对上层社会也并不关心，他们有自己的爱好，伊莱恩正在为接手家族事业而接受培训，那个男孩在利兹获得了奖学金，那个年长的女士（和他差不多年纪）家里有三个孩子，他们还有两台汽车，但是莫里斯先生周日仍旧在修补靴子。彼得·沃尔什想真是太棒了，堪称完美，他摇晃着酒杯，身体在红色椅子和烟灰缸之间晃荡着，他对自己这个状态十分满意，因为莫里斯家的人也对他不错。是的，他们喜欢这个说"巴特利特梨"的男人，他觉得他们是喜欢他的。

他要去参加克拉丽莎的晚宴。（莫里斯一家已经离开，但他们还会再见面的）。他要去克拉丽莎的宴会，因为他想问问理查德，印度那些人，他们有什么打算——那帮保守党的笨蛋们。下一步要做什么？有音乐……嗯，对的，只是闲聊而已。

他想，这就是我们灵魂的真相，我们自己，就像鱼儿在朦胧的深海中游来游去，在巨形水草之中寻找栖息地，穿过阳光直射的区域，渐渐地，渐渐地游入阴暗、冰冷、深邃、神秘的海底深处。突然它又跳出海面，在被风吹起的海浪间游走。就是这样，闲聊就是通过冲刷、蜕变，以激起心潮的积极方式。政府到底要怎样做——理查德·达洛维会知道的——关于印度的事情？

因为晚上太热，送报的男孩们带着印有热浪来袭的红色大字的贴板穿梭着，旅馆阶梯上摆着柳条藤椅，绅士们懒散地在那里品酒、抽烟。彼得·沃尔什也坐在那里，人们可能会设想那一天，在伦敦一天才刚刚开始，就像一个女人脱掉了印花裙子和白色围裙，接着开始用蓝色衣服和珠宝装饰自己，夜幕低沉时，她们脱掉呢绒大衣，换上轻薄的衣裳，和散落在地板上的衬裙一样，发出快乐的感叹，与此同时，也甩掉了尘埃、炎热和色彩。车辆变少了，摩托车增多了，丁零零作响的小车代替了满载的货车。广场上透过浓密的树叶，街灯明亮地照射着。夜幕似乎再说，我要罢工了。夜色在城墙、凸起处、雕塑、尖尖的房顶上、酒店、公寓和街区逐渐划过，她开始说，我要隐去了，我要消失了，但是伦敦离不开它，像刺刀划破长空，硬要它留下来，强迫它与伦敦一起狂欢作乐。

从彼得·沃尔什上次回国，英国发生了威利特先生夏令时的大革命。对他来说，夜晚延长还是很新鲜，更让他感到精神振奋。当年轻人手提公文包默默地走在这条有名的人行道上，下班的轻松让他们高兴不已，也许这种快乐很廉价，但如果你愿意的话，它可以看作是一件值得狂喜的事情，这种喜悦映在他们的脸上。他们穿着体面，粉色的长袜，还有漂亮的鞋子。他们将要在电影院待两个小时，这让他们感到舒心。夜幕里，昏黄的灯光下，广场上的树叶映上青灰色的光芒——就好像在深海中浸泡过一样——一座水下城市中的树叶。他被眼前的美景惊呆了，但也很振奋人心。因为从印度回来的英国人有权坐在那里（他认识很多这样的人）在东方俱乐部义愤填膺地总结世界的落魄，而在这里，他保持着以往的年轻。他们羡慕年轻人的盛夏时光和其他东西。而且从

雅各布的房间

女孩的谈话中、从女佣的笑声中——是一些让你捉摸不透又无法触碰的东西——就像他年轻时本以为坚不可摧、金字塔般的积累有了动摇。顶端被压着，强大的重负使它下沉，这一点对妇女极为明显，比如晚饭后，克拉丽莎的姑姑海伦娜经常坐在灯下，把她的那些花夹在吸墨纸薄片里，再把利特雷的字典压在上面。现在海伦娜已经去世了。他从克拉丽莎那里知道她有只眼睛看东西模糊。老帕里小姐会戴上老花镜，这是太自然的事情——大自然的旨意。她会像霜冻时森林中的鸟儿一样紧紧抓住枝杈死去。她是不同时代的人，但却是如此完美无瑕，她会一直在地平线上，神圣不凡，像座静静伫立的灯塔，引导着冒险而又漫长的旅程（他从兜里摸出一个铜币买了一份报纸，读着关于莎莉和约克的信息——他已经无数次这样用铜币买报了，莎莉又一次竭尽全力）——这枯燥的生活。但是打板球不只是游戏，板球很重要，他无法克制自己不去了解它，他在报纸头条处看了看比分，接着报道了天气如何炎热，之后是一起谋杀案。看过如此纷繁的事情让他觉得充实，不过也可以说这不过是表象罢了。过去的时光和以往的经验使人变得丰富。他曾对一两个人表达过倾心，这使他拥有了年轻人所缺乏的一种力量，就是处理事情，由繁到简，做想做的事，管他别人会说什么呢，想来就来，想走就走，没有什么大的希冀（他把报纸放在桌子上走了），然而（他找了找帽子和外套）这并不全然是他的作风，今晚不是这样，现在他要去参加宴会，在这个年纪，他坚信他还要经历什么。但是，是什么呢？

怎样都是美好的。不只是眼睛所见到的那种粗略的美。不是纯粹简单的美——他走过贝德福德大街进入拉塞尔广场。道路笔直但空旷，像长廊一样对称。但也有映着灯光的窗子、钢琴、留声机的音乐声音、感到人们私下里的愉快，但有时通过没有拉上窗帘的窗子也会显露出来，透过窗子，可以看见桌边的人们在开宴会，年轻人在随着音乐翩翩起舞，男人女人们谈笑风生，女仆们无所事事地向窗外望（这是他们干完活以后一种奇怪的姿态），袜子晾晒在最顶层的架子上，那里还有只鹦鹉，以及几株植物。这样的生活迷人、神秘又多姿多彩。在这个出租车可以恣意横行、急速飞驰的大广场上，有几对闲逛的情侣，他们缩在树下漫步、拥抱，真让人感动，一切如此的安静迷人，经过的人都小心翼翼、蹑手蹑脚，好像在出席一场盛典，倘若任何打断都是不尊重的，真是有趣。就这样，他走到了明亮的路灯下。

他的薄风衣被风吹开，他用一种独有的姿态走着，他身体向前倾，轻快地前行，双手背在身后，眼神像老鹰一样犀利。他穿梭过伦敦，一边走向威斯敏斯特教堂，一边四处看着。

那么，大家都出去吃晚餐了么？门被侍者打开，一个高姿态的老夫人走了进来，她穿着系扣的鞋，头上别着三支紫色鸵鸟毛。接着走出来的是一些用鲜花样式的披肩紧紧裹着的像木乃伊似的女士们，有的头上披着头巾，有的什么都没有。在这个庄重、就连门口的石柱都精心粉饰过的住所，一些女人头上还插着梳子，轻轻穿过房前的小花园（她们刚刚跑上楼去看过孩子）走了过来。男人们在此等候着，风衣被风吹开了，汽车也已经启动，大家都准备出发。随着大门打开，人们都准备离开，就好像整个伦敦的人都要登上停泊在岸边、还在摇曳的船舶，仿佛整个地方的狂欢都要随着水波远去。怀特霍尔的银光渐渐变暗，像蜘蛛布网一样模糊，弧光灯周围似有蠓蚊飞舞着。天气太热，人们都站着交谈。而这里，在威斯敏斯特有个可能退休的法官，穿着一身白衣坐在自家门口。可能是个曾在印度居住过的英国人。

这里有一帮聒噪、微醉的女人，只有一名警察和朦胧可见的房屋，有高高屋顶的房子，有圆顶状的房子、教堂、议会，还传来水上船只的鸣笛声，声音低沉模糊。但这就是她，克拉丽莎居住的那一条街。街上的的士飞速地驶过街角，就像桥柱旁的流水聚集一样，他觉得仿佛车子也都聚集到这里，都是来参加克拉丽莎晚宴。

视觉印象所带来的冷酷感觉让他失望，他感觉自己的眼睛像是满溢的水杯，多余的部分顺着水杯的瓷体无声地流下并消失。大脑该清醒清醒，身体必须紧张起来，他走进房子，灯火辉煌，门开着，车停在门口，女士们从车上优雅地走下来，既然来了就要勇敢地接受眼前这一切，他又打开了小折刀的刀片。

露西从旋转阶梯跑下来，她刚刚去客厅把椅子摆正，把靠垫铺平后停留了片刻，因为她想无论是谁，进来看见漂亮银器、铜质炉具、新椅子靠垫和黄色印花窗帘时，都能够感叹这里布置得多么干净、明亮和漂

雅各布的房间

亮,她一点点地查看,听到楼下人声喧闹,赴晚宴的客人们上楼来了,她得抓紧时间。

首相就要来了,阿格尼丝说。这是她在餐厅听见宾客们说的,她举着杯托进来。这有什么,多个首相或者少个首相有什么分别?这一切对于此刻在盘子、平底深锅、滤器、煎锅、鸡肉冻、冰淇淋机、面包屑、柠檬、盛汤盖碗、布丁盘中间忙活了几个小时的沃克夫人来讲,实在是没什么不同之处。无论她们如何努力地在洗碗槽处清洗,好像总是有干不完的活压在头顶,碗碟放置在桌子上、椅子上,堆得到处都是,壁炉中火烧得很旺,灯光也很耀眼,还有消夜要准备。她感觉,多个首相或者少个首相对于沃克夫人没什么分别。

女士们已经在上楼了,露西说。她们有秩序地一个接一个上楼,达洛维夫人走在最后,并且时不时地给厨房传达指示,其中一个指示就是"传达我对沃克夫人的爱意"。第二天早上,她们会回想那些菜——汤,鲑鱼。沃克夫人知道,鲑鱼做得还是那样,因为她总是担心甜点,所以就把鲑鱼交给了珍妮。于是,鲑鱼就做成这样了,总是半生不熟的。但是有个头发漂亮、戴着银首饰的女士问那道开胃菜说,真是在家做的?但是沃克夫人担心的还是那道鲑鱼,她一圈圈地转着盘子,将火炉风门拉开又关上。餐厅内突然传来一阵笑声,还有说话的声音,接着又笑了起来——女客们走了后,绅士们也在自得其乐。匈牙利托考白葡萄酒,露西跑进来说。这是达洛维先生点的葡萄酒,这是帝王酒窖才有的皇家葡萄酒。

葡萄酒从厨房端了过去。露西回头说伊丽莎白小姐长得是多么惹人喜爱。她不由自主地看她,伊丽莎白小姐穿着粉色的礼裙,戴着达洛维先生送她的项链。珍妮还记得那条狗,伊丽莎白小姐的小狐犬,因为它咬人,可能得关起来才行,伊丽莎白小姐也想,珍妮得给它吃点什么,但是珍妮不会和那些客人一起在楼上待着。门口已经有辆汽车等着了!门铃响了——而绅士们依旧在餐厅里喝着匈牙利托考葡萄酒聊天呢!

看哪,他们上楼了。这是第一批来的,接下来宾客会更多,因此,帕金森夫人(为了宴会雇的)半开着门,大厅内挤满了等候的绅士们(他们头发油光锃亮,站在那里),女士们在走廊的一个房间里把斗篷脱下来。巴内特夫人会在那里帮她们，老海伦·巴内特在这里工作有四十年了，一到夏天就来帮助女士们，有些她服侍过的已经从女孩变成了夫人，她很谦虚，会礼貌地和她们握手，敬重地说"我的夫人"，她有自己独特的幽默方式，看看年轻的女士们，当洛夫乔伊夫人的紧身马甲出了什么问题的时候，她会巧妙地帮她解决。这让洛夫乔伊夫人和爱丽丝小姐都不禁觉得她们在梳洗打扮上得到了特殊的照顾，因为她们和巴内特夫人是相识的——巴内特夫人说："三十年啦，我的夫人。"原来她们都生活在伯顿的时候，洛夫乔伊夫人说，年轻的小姐们还不习惯涂口红。因此，爱丽丝小姐不涂口红，巴内特看着她喜欢地说。巴内特夫人会在衣帽间坐着，拍一拍皮草，将西班牙围巾铺平，收拾收拾梳妆台，她太了解这些夫人小姐了，尽管他们都穿着类似的刺绣衣裳，她还是分得清他们都是什么样，哪些好哪些不好。克拉丽莎的老保姆，我亲爱的老朋友，洛夫乔伊夫人爬着楼梯说。

接着洛夫乔伊夫人挺直了身体。"洛夫乔伊夫人和小姐。"她对威尔金斯先生（为晚宴雇的）说。威尔金斯先生有着十分得体的礼仪，他欠身后又站直，如此往复地招待，公正地宣告每一位来宾的到来。"洛夫乔伊夫人及小姐……约翰先生携尼达姆夫人……韦尔德小姐……沃尔什先生。"他举止得体，就此猜想他的家庭生活一定无可挑剔，而看上去这样一个唇色好看、胡须干净的人也会误打误撞地陷入生养孩子这样的琐碎事情中，有点不可思议。

"见到您真高兴！"克拉丽莎说。她和每个人都这么说。见到您真高兴！但她如此热情却不走心，带来的效果真不怎么样。来这里真是个错误。他本可以待在家读书，彼得·沃尔什想。他可以去音乐厅。他应该在家里待着的，因为这里他谁都不认识。

哦天哪，这将是个失败的晚宴，彻头彻尾的失败。当亲爱的老莱克斯汉姆伯爵站在那里，为他因在白金汉宫游园会上受了风寒的妻子不能到场而道歉的时候，克拉丽莎从内心深感失败。她用眼角的余光看到彼得正在那个拐角批评她。但是为什么？毕竟她做了这么多。为什么要如此苛求完美却跌入火坑？大火仿佛要将她吞没！将她烧成碎片！那又如何？即便是燃烧着跌落大地，也比像埃莉·亨德森那样蜷

雅各布的房间

缩着躲着好很多！真是奇怪，彼得只是站在拐角就足够让她心神不宁。他让她认清自己，自大是多么愚蠢。但他为什么来，难道，仅仅是来取笑她？为什么总是在索取却从不给予？为什么不能因为一个小主意而去冒险？他就在那里徘徊着，她得跟他说句话。但总找不着机会。生活就是这样——屈辱又要克制。莱克斯汉姆伯爵在那说他的妻子在白金汉宫游园时不穿皮草，因为有人说"亲爱的，你们女人穿得怎么都一个样"——莱克斯汉姆夫人至少有七十五岁了！这对老夫妻彼此宠爱，真是令人赞赏。她是喜欢老莱克斯汉姆。她也确实是觉得自己的宴会很重要，她感觉很不好，总感觉怪怪的，不太正常。总之，来宾们漫无目的地乱走，或是像埃莉·亨德森那样缩在角落里，弓着腰，她渴望发生点什么，或是爆发，或是令人害怕的事，无论怎样都比目前这个状态要好一点。

有着天堂之鸟印花的黄色窗帘被风吹出了窗外，看上去好像很多张开翅膀的鸟儿飞进飞出，又折返回来。（因为窗子是开着的）。埃莉·亨德森想着那儿有过堂风吧。她有点冷，但就算是明天打喷嚏也没什么。她心里担心的是那些双肩露着的姑娘们，她之所以会这样想是因为他父亲一直教会她要关心他人，他的父亲是伯顿的一个教会牧师，患有疾病，不过现在已经去世了。这种寒冷的感觉以前从没有进入她的胸腔。她太惦记那些女孩儿了，她们的双肩还外露着，她自己保持着一种特有的风韵，头发较少身形也娇小，到现在已经五十岁了，却还是保持着一种闪光的魅力，这是常年自我克制养成的高尚，但却由于那令人厌恶的体面、无所适从的恐惧，使她变得又让人捉摸不透了，光芒也渐渐隐去。这种卑微感来自于仅仅三百英镑的收入，和她无法抗争的处境（她连一便士都挣不到）如此这些让她胆怯，一年年下来，她越来越没资格去会见那些在这个季节每晚都在社交中穿梭的穿戴体面的人，这些人只需要和女仆吩咐一声"我要穿成这样"就可以了，而埃莉·亨德森却得为了晚会紧张地跑出去买很多廉价粉色印花裙，接着再给自己那件老旧黑裙配一个披肩。由于她是克拉丽莎晚宴最后一刻被邀请的人，她对此有点介意。她有种感觉，克拉丽莎可能今年就没想邀请她。

为什么要请她呢？其实也没什么原因，不过就是因为她们是老相识了吧。事实上，她们还真是表姐妹，不过由于克拉丽莎广受欢迎，她们的关系也就慢慢疏离了。而对埃莉·亨德森来说，参加晚会是件大事，因为她可以看到漂亮的礼服，这让她很开心。头发盘成时髦的样式，穿着粉色裙子的不是伊丽莎白么，长这么大了？现在的伊丽莎白看上去可不止十七岁。她非常非常有气质。然而，看来女孩子们出场不用像她们那时候一样非得穿白色礼裙了。（她得记住这一切，然后告诉伊迪斯）。女孩们穿着直筒礼服上衣，紧紧地包裹住身体，裙子直到脚踝。看上去真不搭，她想。

由于埃莉·亨德森眼神不好，她又往前凑了凑，她没什么人聊天，不过她也不怎么在乎（在那里她也不认识谁），因为她觉得那些人看上去都很有趣，可能她指的是政要们，理查德的朋友们，不过理查德自己感觉，他不能让这个可怜的人整晚就这么自己待着。

"嘿，埃莉，你过得怎么样？"他友好地问。她觉得他真是个好人，居然主动过来找她说话，而埃莉·亨德森开始紧张得涨红了脸，这就是人们说的真的是更能感受到热情而不是冷漠吧。

"是的，他们是这样的。"理查德·达洛维说。"的确这样。"

但是还能说什么呢？

"你好，理查德。"有人打着招呼抓住了他，哦天哪，那是老彼得，老彼得·沃尔什。理查德见到他真高兴——见到他总是这么愉快！他还是那样，没什么变化。接着他们一起走着穿过房间，互相拍打着肩背，就好像很久没见面一样，埃莉·亨德森看着他们走过，这样想着，她肯定在某个地方见过这个男人。他是个个子高大的中年男人，黑色的眼睛特别好看，戴着眼镜，看上去很像约翰·伯罗斯。伊迪斯肯定知道他是谁。

有着天堂之鸟印花的黄色窗帘又被风吹出了窗外，而且克拉丽莎看见——她看见拉尔夫·莱昂又把它拉回原位，然后接着聊天。因此这场晚宴不失败！她的晚会现在看来一切正常。晚会开始了，开始了，不过还是不让人放心，目前她还得在那里看着。宾客们大波大波地涌进来。

"加罗德上校携夫人……休·惠特布莱德先生……鲍利先生……希尔伯里夫人……玛丽·马多克斯夫人……奎因先生……"威尔金斯先生

雅各布的房间

高亢的拉长音调报上每位来宾的名字。克拉丽莎会和每位来宾说上六七个字,接着来宾自行上楼,进入房间,这回他们进屋就有事可做了,像拉尔夫·莱昂一样把向外吹的窗帘拉回原位。

而对于她自己,做了那么多努力,她也并不开心,这也太像——像随便的某个人,反正谁都能这么做。现在她还真是有那么点佩服某人,毕竟晚会开起来了,这让她不禁感慨,这只是她工作中的一个阶段,她居然做到了。而现在,她已经完全忘记了自己的样子,她感觉自己就像是在楼梯顶端的一根木桩。每一次她办晚会,她都感觉不是真正的自己,而别的人在某种角度上看也不真切,别的角度上看还算真实。她想,可能这真实一部分指的是她们的穿戴,有部分是不同以往的做派,也有来自周边的影响。你可以在这里说些平时不能说、必须得鼓起勇气才可以说出来的事。也许还可以和别人来一场深度对话,但是对她不行,起码现在不行。

"看见您真高兴!"她说。亲爱的老哈里先生!这里的人他都认识。

让她感到奇怪的是她看见来宾们一个接一个上楼时的那种感觉,芒特夫人和西莉亚,赫伯特·安斯蒂,戴克斯夫人——哦,还有布鲁顿夫人!

"你来真的是太好了!"她说,这是发自肺腑的——她站在那里看着别人来来往往真是奇怪,有的来宾年纪很大了,还有的……

叫什么来着?罗塞特夫人?可到底谁是罗塞特夫人?

"克拉丽莎!"这个声音喊着!这是莎莉·西顿!莎莉·西顿!多少年没见了!她在迷雾中若隐若现。她原来不是那样子的,莎莉·西顿,当克拉丽莎端着热水杯的时候,她想莎莉·西顿居然处在这个房间。

她们争着讲话,有点尴尬,有说有笑——穿过伦敦,从克拉拉·登那里收到的信,多么恰当的机会来见你!所以我来了——没被邀请就来了……

这回可以平静地放下那杯热水了。再见到她真是太出乎意料了,她已经失去了往日的风韵,年纪大了,心态更好了,只是不那么漂亮了。她们在客厅里彼此亲吻，亲完一边再亲另一边，接着克拉丽莎转过身去，拉着莎莉的手，她看见房间里的人都满了，她可以听见嘈杂的声音，看见桌上的烛台、被风吹拂的窗帘还有理查德送她的玫瑰花。

"我有五个大儿子。"莎莉说。

她有着最简单的自我中心主义，她总是希望别人在乎她，把她放在第一位，尽管这样，克拉丽莎还是喜欢她。"简直不敢相信！"她喊着，一想到过去她就特别开心。

不过哎呀，威尔金斯，威尔金斯需要她，威尔金斯用极富权威的声音大声通报了一个名字，似是告诫所有人，要将女主人从轻佻言论中拉回。"首相来了。"彼得·沃尔什说。

首相来了？真的吗？埃莉·亨德森惊叹道。这事一定得跟伊迪斯说！

谁也不能嘲笑他，他看上去是那么平凡。你甚至可以把他安排在小店柜台，从他那里买饼干——真是可怜，周身装饰着金色蕾丝。但客观地说，他先后在克拉丽莎和理查德的陪同下走过时，举止非常得体。他尽量表现出大人物的样子，看上去很有趣。没有人看他，人们都在聊天。表面上平静，但是大家都知道，从内心深处知道，这个大人物在经过。他象征着这里所有人代表的一个机构——大英社会。老布鲁顿夫人，她看着气色也很好，目光笃定地走了进来，人们都撤离了，进入一个小房间，很快就开始窥探唏嘘，窃窃私语，很显然，首相来了！

上帝啊，上帝啊，英国人真是势利眼！彼得·沃尔什站在角落里想着。这些人都喜欢用金饰点缀自己来表达敬意！瞧那儿！那肯定是休·惠特布莱德，谄媚地围着有权势的人，此刻的休更胖了，头发更白了，那可敬的休！

彼得想，他总是像在执勤一样，享有特权又很神秘，他会誓死守着秘密，尽管宫廷里的侍者会知道有关这些秘密的只言片语，但这也足够上明天的头条报道。这些就是他的小把戏，他在玩弄这些的过程中渐渐白了头发，直到现在这把年纪，他享受着所有拥有特权以及从英国公立学校出来的人的敬重和拥戴。因此出现休那样的人也是不可避免的。这类信件彼得曾经在千里之外的《泰晤士报》上读到过，感谢上帝他没有

雅各布的房间

陷在那令人厌恶的漩涡之中，就算只能听见狒狒叫或者是苦力打老婆的声音也好过如此。一个从某个大学毕业、有着橄榄色皮肤的年轻人也一脸谄媚地站在旁边，希望他能给予自己提点、提携和教导。因为他最喜欢帮助他人，他会让那些因为年龄而痛苦的老妇人们高兴不已，当她们觉得自己年老、苦恼、无人顾暇的时候，亲爱的休会开车花一个小时去和她们谈天，回顾些琐碎小事，夸赞家里自制蛋糕多么好吃，尽管休可能每天都会和一位公爵夫人一起吃蛋糕，不过，看他的样子，他可能花着大量的时间做着愉悦的工作。主掌一切，充满仁慈的上帝可能会宽恕他。彼得·沃尔什并不仁善。坏人总是存在的，但是上帝知道，即便是火车上从头部给女孩重创的流氓坏蛋带来的伤害都不及休·惠特布莱德和他那所谓的仁慈。现在看看他，鞠躬谄媚、蹑手蹑脚地迎上首相和布鲁顿夫人，想要世界都看到当布鲁顿夫人经过时会和他说两句话的那种殊荣。她停住脚步晃了晃她那尽管上了年纪却打扮精致的脑袋，可能是对他展现的那种奉承表示谢意。她也有自己的跟班，都是政府的一些小官员，为她效犬马之劳，作为对他们的回报，她会请他们吃午饭。她的这种作风源自十八世纪。她做得没错。

这时克拉丽莎陪正首相穿过房间，神气十足，灰白色头发看上去更显严肃。她戴着耳环，穿着银绿色美人鱼样式的晚礼服。她似乎随着海浪起起伏伏，编着发辫，依旧保有她的天赋，存在着、生活着。她就那么带着首相走着，一切胸有成竹的样子。她转身，围巾搭在另一个女士的衣服上，她取了下来，开心极了，一切都如此轻松，像海浪中的美人鱼自然而然地漂浮。但是时光荏苒，就像某个美丽的夜晚，美人鱼也会透过水的倒影看到夕阳西下。她保持着温柔的语调，现在她所有的严肃、谨慎和麻木都被温柔包围，她保持着这种态度和那个有金边装饰的、做作的男人告别，仿佛祝愿一切顺利，她尽力维持着优雅，这是一种难以言喻的高贵，不过是看起来和谐罢了。就好像她在期盼世界和平，而现在，她处于万物边缘，要离开了，这就是她让那位男士感受到的。（但他并没有陷入爱情。）

的确，克拉丽莎觉得首相能来是荣幸。并且，她陪他走过房间，莎莉在那里，彼得也在，理查德非常高兴，所有人都看着他们，或许，他们还有些嫉妒，那一刻她沉醉其中，心脏由于紧张而膨胀地颤抖、陶醉、兴奋。是这样的，但毕竟这是别人的感觉。然而尽管她乐在其中也感到兴奋，这些表面现象、这些优越感（比如，亲爱的老彼得觉得她很耀眼），实质上很空虚。一臂之内，这些是成就；在她心里，其实不然。也许是她年纪大了，这些事也不像原来那样令她满意。当她看见首相走下楼梯，看见那幅乔舒亚所画的戴着手套的女孩肖像的金边画像的时候，她的脑海里一下子出现了基尔曼，基尔曼是她的敌人。这样的效果真是令人满意，看上去那样真实。啊，她太讨厌基尔曼了——易怒、虚伪又腐败，她是那样的充满力量。她把伊丽莎白带坏了，这个女人偷偷潜入了她的家，亵渎了伊丽莎白（理查德会说，真是荒谬！）。她恨他，又爱他。一个人是需要敌人的，而并非朋友——不像达兰特夫人和克拉拉，不像威廉先生和布拉德肖，也不像特鲁洛克小姐和埃莉诺·吉布森那样（她看见她上楼来了）。他们要是需要她就会主动来找她，她还得照顾晚宴！

她的老朋友哈里先生在那儿。

"亲爱的哈里先生！"她说着走近这个老男人，他创作过很多蹩脚的画像，这数量甚至比圣约翰林画院中任何两个画家所创作的都多（他的作品都是牛——站在叶落时分的池塘边饮水或是抬起一只前肢，昂起牛角，象征"陌生人的到来"，他对牛还是有所了解的——他所有的活动，包括外出吃饭、赛马等等都是来源于那只落日时分池塘边饮水的牛）。

"你们在笑什么？"她问他。因为威利·蒂特柯姆·哈里长官，还有赫伯特·安斯蒂她们都在笑。但是不，哈里长官不能告诉她（尽管他很喜欢克拉丽莎·达尔维，她觉得她是很完美的，还要画她的肖像）关于音乐大厅的事。他对她的晚宴开着玩笑，他还想着他的白兰地酒。他说这些上流圈子高攀不上。但是他喜欢她，尊重她，尽管克拉丽莎有着那可恶的艰难的上层阶级的气氛，这使得他不会让克拉丽莎坐在自己的膝头。老希尔伯里夫人走了过来，像飘散的鬼火，发出难以捉摸的光芒，在他阵阵大笑（有关伯爵和夫人）中笑着伸出手，当她经过房间时听到这些，使得她更加确信——当她早上起早了，不愿意打扰女仆让

雅各布的房间

她倒茶——而让人无比确信的是，我们都会死去。

"他们不愿把故事告诉我们。"克拉丽莎说。

"亲爱的克拉丽莎！"希尔伯里夫人大声地说。克拉丽莎今晚看上去真像她的母亲，尤其是初见之时，她带着灰色帽子在花园里散步的样子。

克拉丽莎的眼里真的满含泪水。她的母亲在花园散步！不过哎呀，她必须得走了。

在弥尔顿讲课的布赖尔利教授还在，正在和吉姆·赫顿说话（就算是为了参加晚会吉姆都不会系领带，不穿戴整洁，也不将头发理平整），即便距离这么远，她也能看见他们在争吵。布赖尔利教授是个怪人。由于他获得过那么多学位和荣誉，还有讲师资格，与那些小文人在一起时，他会立马感到一种于他古怪个性不利的气氛。他学识渊博但胆小懦弱，他高冷迷人却不亲切，他想法单纯却又势力。通过女士凌乱的头发、年轻人的靴子，他能意识到下层社会是由叛乱者、热血青年、自命不凡的人组成，而这个社会阶层又值得称赞时，他会微微甩头，吸鼻子——"哼"，来表达克制的重要。有一些古典文学素养是最好的，这样才能欣赏弥尔顿。布赖尔利教授（克拉丽莎看得出来）并没有和小吉姆·赫顿（他穿着红袜子，因为黑袜子还在洗衣间）就弥尔顿话题聊到一块去。她打断了他们。

她说她爱巴赫，赫顿也是这样。这是连接他们的纽带，而赫顿（一个蹩脚诗人）总是觉得在所有对艺术感兴趣的夫人中，达洛维夫人是最理解艺术的。她对艺术的挑剔真是令人奇怪，对于音乐也是站在纯粹公正的角度评判。她太自命清高，但看上去还是那么有魅力！她把家里装扮得如此精致，要是没有教授们到来就好了。克拉丽莎有心想拉他到里屋的钢琴旁去，因为他钢琴弹得好极了。

"不过太嘈杂了！"她说，"太嘈杂！"

"这意味着晚会很成功。"教授礼貌地冲她点点头，优雅地离开了。

"在这个世上，关于弥尔顿，他什么都知道。"克拉丽莎说。

"他真这样？"赫顿说，他会在汉普斯特德模仿教授，了解弥尔顿的教授，性情温和的教授、优雅离开的教授。

但是她必须和那两个人说说话，克拉丽莎说，她指的是盖顿公爵和南希·布洛。

然而晚宴的喧闹并非因为他们的缘故。他们没说话（很明显），只是挨着站在黄色窗帘边。他们很快会一起转移到别的地方。不管是在什么场合都不是话很多，他们只是看着彼此就足够了。他们看上去那么干净健康，她擦着胭脂水粉，像花一般娇艳，而他干净整洁，眼睛像鸟一般锐利，因此他能捕捉到球的走向，一切都在意料之中。他击球跳跃，精准投射。胯下马嘴里的缰绳也跟着颤抖。他有着先天的高贵感，祖先有纪念碑，家里教堂那还挂着旗帜。他有着自己的职责，家里有田地，有母亲和姐妹，他们全天都在洛兹板球场，达洛维夫人走过来了，他们正聊着——板球、堂表亲还有电影这类事情。盖顿伯爵和布洛小姐都特别喜欢她，因为她是如此的迷人。

"真是天使——你们能来真是太美好了！"她说。她喜欢伯爵，喜欢年轻人，南希穿着巴黎最著名设计师设计的价格昂贵的裙子，好像身上带着很自然的绿色小褶边。

"我本来想办舞会的。"克拉丽莎说。

因为年轻人不太健谈。也是，怎么会呢？他们大喊大叫、彼此相拥、旋转起跳，日夜如此。这些年轻人会拿着糖果去喂马，亲吻并抚摸中国狗的鼻子，接着颤抖尖叫着跳进泳池游泳。但是英语这一具有伟大力量的资源，毕竟是沟通的重要桥梁（在他们年轻的时候，她和彼得整晚都在争吵），可他们却没受影响。在言语上还是保持着年轻时候的样子。他们对庄园里的人都十分和善，但是一旦就剩他们俩，就又变得相对无言。

"真遗憾！"她说，"我本来想办舞会的。"

他们能来真是太好了！但要说跳舞！屋子都被挤满了。

老姑妈海伦娜披着披巾走了过来。哎呀，她得离他们远点——也就是盖顿伯爵和南希·布洛。她的姑妈，老帕里小姐来了。

因为老帕里小姐没有去世，帕里小姐还活着。她有八十多岁了，拄着拐杖缓慢地上楼梯。她被安排坐在一个座位上（理查德考虑到这一

雅各布的房间

点）。七十年代在缅甸认识的朋友都被引来跟她见面。彼得去哪了？他们一直很要好。一说起在印度，甚至是锡兰，她的眼神（其中一只用玻璃镜覆盖着）慢慢变成深邃的蓝色，好像他眼中不是人类——她对于总督、将军还有暴动都没什么值得骄傲的印象——出现在她脑海的是兰花、山道，以及在六十年代时，当她在苦力的背上穿越幽僻山峰时看到的场景，又或者是连根拔起的兰花（开着令人惊艳的花朵，以前从未见过），她曾经画过兰花的水彩画。这是一个坚强不屈的英国女人，战争的干扰让她烦躁，战争的炸弹甚至会落在家门口，打扰她对于兰花以及六十年代时自己在印度那段旅程的深思——不过彼得在这里。

"来和海伦娜姑妈讲讲缅甸的事情。"克拉丽莎说。

这一整晚他和她还没说一句话！

"我们待会再聊。"克拉丽莎说着引领他去和拄着拐杖、披着白色披肩的海伦娜姑妈见面。

"这位是彼得·沃尔什。"克拉丽莎说。

但却没有反应。

克拉丽莎请她参加晚宴。又累又吵；但克拉丽莎还是邀请了她。因此她才来的。他们——理查德和克拉丽莎住在伦敦真是遗憾。要是能为了克拉丽莎的健康考虑住在乡下就更好了，但克拉丽莎总是喜欢社交。

"他在缅甸待过。"克拉丽莎说。

啊，她不由自主地想起关于她写的缅甸兰花的那本书，查尔斯·达尔文的评论。

（克拉丽莎必须和布鲁顿夫人谈谈。）

毫无疑问，她的那本书现在没人记得，那本关于缅甸兰花的书，不过她对彼得说，一八七零年以前这本书出版了三次，她想起他了。他在伯顿待过（彼得·沃尔什想起来那晚在客厅，克拉丽莎邀他划船，他当时一句话没说就离开了）。

"理查德很享受午宴。"克拉丽莎对布鲁顿夫人说。

"理查德帮了我很多忙，"布鲁顿夫人回答说，"他帮我写过信，你最近怎么样？"

"哦，好极了！"克拉丽莎说（布鲁顿夫人嫌弃政要夫人们病怏快的。）

"彼得·沃尔什来了！"布鲁顿夫人说。（因为她想不到要和克拉丽莎说什么，即便她很喜欢她。克拉丽莎有很多优秀品质，但她们并不是一路人——她和克拉丽莎。要是理查德找个不这么迷人的女人结婚可能就更好了，这样他的妻子就能在工作上给他很大帮助。而不像现在，失去了当内阁成员的机会）。"彼得·沃尔什在那儿！"她边说边假装愉悦地和那个坏家伙握手，他本该给自己征得功名，然而却没成名（总是和女人们不清不楚的），嗯，当然，老帕里小姐。奇妙的老妇人！

布鲁顿夫人站在帕里小姐的椅子旁边，像掷弹兵的幽灵，穿着黑色服装，邀请彼得·沃尔什共进午餐。热情友好但并不多聊，她对于印度的动植物群没什么印象了。当然，她去过印度，在三个总督家做过客。她觉得印度百姓们都极好相处，但可悲的是——印度的处境！首相刚刚还跟她说这个（老帕里小姐用围巾裹住自己，对于首相刚刚和她说的话不感兴趣），而布鲁顿夫人想知道彼得·沃尔什的想法，因为他刚从那个热点地方回来，她可以让桑普森长官见见他，因为那个地方很愚钝，或许她可以这样说，这些事情让作为军人子女的她睡不好觉。现在她已经是个老妇人，老了没什么作用。但是她的宅子、仆人，甚至最好的朋友米莉·布拉什——他是不是还记得她？——随时听她指挥，只要——只要他们帮得上忙。简而言之，她虽然从不谈起英国，但这极具男性气概的岛屿，这片她热忱地爱着的土地就是她内心涌动的血液（尽管她没读过莎士比亚的作品）。倘若有这么个女人，她能戴盔射箭，领兵打仗，能够坚定不屈地公正对待蛮夷，能平静地躺在教会盾牌（虽然鼻子腐烂不见了）下面，又或者是化作某个远古山坡上一个绿草如茵的小土堆，能做到这些的女人就是米莉森特·布鲁顿。她受到性别和天性上的约束，逻辑能力也不强（她发现给《泰晤士报》写封信这样简单的事都做不到），她整日所想的都是大英帝国，在战争的摸爬滚打中练就了她女神一般的飒爽英姿，举止大气，因此人们不能想象如此伟大的人物会死去，会从地球上消失，或者以幽灵的形态，在英国国旗所覆盖的领域边缘游荡。要她死后不做英国人——不，不！这不可能！

但那是布鲁顿夫人吗（她之前认识她）？那头发花白的是彼得·沃

雅各布的房间

尔什吗？罗塞特夫人问自己（她之前的名字叫莎莉·西顿）。这确实是老帕里小姐——当她在伯顿的时候就是这个性格的老姑妈。她永远不能忘记当她浑身赤裸地在走廊里跑，帕里小姐又把她送回房间的事！克拉丽莎！哦，克拉丽莎！莎莉抓住了她的胳膊。

克拉丽莎在她身边站住了。

"可我不能再待下去了。"她说，"我一会再过来，等会儿。"她看着彼得和莎莉说。她的意思是，他们得等着，一直等到所有宾客都散去才行。

"我会回来的。"她看着她的老朋友说，彼得和莎莉正在握手，而莎莉肯定是想起了过去的事，在那里笑着。

但是当她吸着雪茄、光着身子在走廊里跑着去拿那个海绵动物书包时候，她的嗓音听上去不再像以往那样圆润迷人，眼睛也不像以往那样闪闪发亮。埃伦·阿特金斯还问，要是一位绅士撞见了她怎么办？但是大家都会原谅她，她会因为夜里饿了从食物储藏室里偷鸡肉吃。她会在卧室吸雪茄，她会把一本昂贵的书忘在船上，但是每个人都喜欢她（可能除了爸爸之外）。是因为她的热情、她的活力——她会画画、会写书。村庄里的老妇人直到今天还不会忘了问。"你那个身披红色斗篷的女孩看上去真靓丽。"在所有人中，她只会责怪休·惠特布莱德（他就在那里，她的老朋友休在和葡萄牙大使讲话）在吸烟室里亲吻她的事，休说为了惩罚她支持女性选举。她说这是粗鲁男士的做法。而克拉丽莎记得在家族祈祷的时候曾劝她别数落休——因为她绝对做得出这种事，她肆无忌惮，愿意成为一切事物的中心，愿意创造场景，这会让她欢喜。克拉丽莎过去常想，这种可怕的悲剧得有个尽头。有一天她会受苦，会死去。但她却出乎意料地结婚了，对象是个秃顶、衣服上有大扣子的男人，听说这个男人在曼彻斯特有棉织厂，现在她已经有五个儿子了！

她和彼得一起坐下来聊着天。他们在一起谈天说地，这场景真熟悉——他们会讨论过去。她和他们俩一起分享过去（比她和理查德讲的还多）；回忆花园；树木；老约瑟夫·布莱特科普夫用他那沙哑的嗓子唱勃拉姆斯的歌；还有客厅的墙纸；席子的味道。所有这些都和莎莉交织在一起,彼得也有着一样的经历。但是她现在得和他们分开。她不喜欢的布拉德肖夫妇还在那里呢,她必须得走到布拉德肖夫人身边(布拉德肖夫人穿着银灰相间的礼服,像在池塘边摇曳的海狮,急切盼望别人的邀请,这个典型的成功男人的夫人)。她必须得去找布拉德肖夫人说……

但是布拉德肖夫人先开口打了招呼。

"亲爱的达洛维夫人,真抱歉来晚了,我们都不好意思进来了。"她说。

有着灰白头发和蓝色眼睛、长相英俊的威廉说,的确是很晚了。晚会有一种诱惑让他们没法不来。他可能正在和理查德讨论那项法案,他们希望下议院能通过的那项法案。为什么他一看见他和理查德在一块说话她就不舒服呢?他看上去挺像个医生的。他有着高超的专业技能,充满激情,只是稍显疲惫。因为一想到他面对的事——都是那些生活极度痛苦的人、精神几近崩溃的人,丈夫和妻子们。当面对棘手的苦难时他要有决策力。而她感觉到的是,谁都不想让威廉看见不高兴。是的,别让他看出不高兴。

"你的儿子在伊顿怎么样?"她问布拉德肖夫人。

布拉德肖夫人说,他错过了十一岁的考试,因为他得了腮腺炎。他的父亲比他还在乎这件事,她说:"他不过是个大男孩。"

克拉丽莎看了看威廉先生,他在和理查德交谈。他看上去不像个男孩——怎么看也不像个男孩。她有一次还和别人一起去他那里就诊。他很有主见,做事非常得体。但是天哪——得到他的建议后再次走在大街上让人觉得舒了一口气!她记得有几个可怜的患者在等候室里啜泣。但是她并不知道是怎么回事——威廉对她说了什么;她到底不喜欢他什么。只有理查德是赞成她的:"不喜欢他的品位和味道。"但是他确实很有能力。他们在讨论这项法案。有件事情,威廉刻意压低了声音。这有关炸弹爆炸后产生的连锁反应,法案里必须有关于这方面的相关条款。

布拉德肖夫人放低了声音,将达洛维夫人带入女性共识的队列中,这种共识来自于对丈夫优秀品质的自然而然的自豪感,来自于对家庭琐

雅各布的房间

事操心的辛劳。布拉德肖（可悲的人——人们不是不喜欢她）低声说："正在我们要走的时候，我丈夫接了个电话，是个棘手的事。一个年轻男人（这就是威廉告诉达洛维先生的）自杀了。他之前当过兵。"哦！克拉丽莎想，就在我开晚宴的时候，出现了死亡事件，她想着。

她接着又走进首相和布鲁顿夫人适才进入的那间小屋子。可能那屋有人，但却空空如也。椅子上还有坐过的痕迹，那是首相和布鲁顿夫人留下的。她依稀能看见布鲁顿夫人侧过身和正襟危坐的首相一起谈论印度。而现在空无一人。华丽的晚宴归于平静，她打扮得如此精致，这样走进这屋子实在太奇怪了。

布拉德肖在她的晚宴上谈论死亡是什么意思？一个年轻男人自杀了。她们在她的晚会上说这个——布拉德肖夫妇，谈论死亡。他自杀了——可他是怎么死的？她突然知道这件事，好像自己亲身经历了这场事故。像是她的裙子着火了、身体被灼伤一样。他从窗户跳了出去，一团火光冲向了地面。但误打误撞跌在了生锈的大钉子上。他躺在那儿，感觉脑袋砰砰地响着，接着就是令人窒息的沉默与黑暗。她就是这样感受的。但是他为什么这样做？让布拉德肖就这样在晚会上公然谈论这事！

她曾经在瑟彭泰恩湖里扔过一先令，再无其他。可是那个年轻人却把性命丢了。他们还会继续生活（她还得回去，屋子里满是宾客，宾客还在不停地进来）。他们（一整天她脑袋里想的都是伯顿、彼得和莎莉），他们也会变老。有件重要的事，她的生活里一直充斥着这些喋喋不休的闲聊，生活已在这些腐败、谎话和闲聊中变得灰暗。而他却保留了这些。死亡是令人抗拒的，也是一种试图沟通的方式。人们感觉无法感受到那神秘的中心，因此选择逃避。人们由亲近变得疏远，由喜悦变得沉默，形单影只，只有拥抱死亡。

但这个自杀的年轻男人——他是不是带着所有珍视的一切跃下去的呢？"在这一刻死去是最幸福不过的事了。"她身着一袭白衣边下楼梯边对自己如是说。

或许也有诗人和思想家，假设他也怀揣着那种激情去找过威廉·布拉德肖先生，他是个有名的医生，但她总觉得他像个难以捉摸的恶魔，无性无欲，对待女士又十分礼貌，但是有时又会爆发令人无法理解的愤怒——压迫灵魂，也就是说——如果这个男轻男人去找他，而威廉又给了他些中肯的建议，以他的能力他能做到的，可能他根本没说（事实上她现在就感觉是这样），生活的艰难让人无法忍受，而向他们那样的人生活更艰难，不是吗？

还有（她只有今天早上有这样的感觉）有种恐惧，有种强烈的无助感，人之生命，受之父母，理应好好活着，平静地走完生命，直至死亡。在她的内心深处有种强烈的恐惧感。即便是现在，要不是理查德读着《泰晤士报》，她就没法像只缩身依偎、恢复生机的鸟一样，欢快地鸣叫，在枝丫间磨蹭，一个接着一个。她肯定早就死了。但是那个年轻男人自杀了。

不知为何那个人的死亡成了她的灾难——她的耻辱。这简直就像在惩罚她，让她看到这一个男人、那一个女人在她面前沉沦，坠入无尽的深渊，而她又不得不穿着晚礼服站在这里。她也耍过阴谋，偷窃过东西。她从来都不是十全十美。她渴望成功，和贝克斯伯勒夫人还有其他人那样。有一次贝克斯伯勒夫人曾在伯顿的阳台踱步。

这都要感谢理查德。她从没这么开心过。事情进展得不能再慢了，没有永存的事情。简直不能再快乐了，她边这么想着边挪正椅子，把书一本本地摆在书架上。这是对她充满激情的年轻时代的总结，全身心地投入到了生活之中。随着日出日落，她高兴地发现了幸福的真谛。每一次去伯顿，当人们都在聊天的时候，她会在晚宴时眼神穿过人们的肩膀空隙仰望天空，或是在无法入睡的时候就去仰望天空。接着她走向窗户。

她傻傻地想，这片乡村天空，威斯敏斯特的天空上有着她身上的某种特性。她把窗帘拉开，看着窗外。哦，真令人惊奇！——对面房间里的老妇人正直勾勾地盯着她！她要上床睡觉了。她本以为这片天空会变得庄严肃穆，变得昏暗，失去美丽的光泽。而在天空有一片细长大朵的云彩在飘动。她觉得很新鲜。风变大了的缘故。她要睡觉了，去对面那个房间。对面的人使她着迷，看着那老妇人在屋子里走动，穿过房间，走到窗户跟前。她能看见她吗？听着客厅里传来宾客们的交谈声，她静静地站在窗口看着对面老妇人睡觉，这真是件有趣的事。她把窗帘

281

雅各布的房间

拉上,钟声敲响。那个年轻男人自杀了,但她没有同情他。随着钟声敲响,一下,两下,三下,她还是没有同情他。对面!那个老妇人关了灯!整个屋子随之一片漆黑,而这边一切都还在继续,她数着钟声,脑海中想着这几个词,不要再怕炎炎骄阳。她须得回到宾客中去。可这个夜晚多不寻常啊!她感觉自己和那个人太像了——那个自杀了的年轻男人。她很欣赏他的做法,摆脱了一切。钟声还在敲着,声音一圈圈淹没在黑夜中。那个年轻男人的做法让她感觉美好和愉悦。她不能这样想下去了,她得回到他们中间去,她得组织起来,她必须找到莎莉和彼得。就这样她从小房间里出来了。

"但是克拉丽莎在哪儿?"彼得说。他正和莎莉坐在沙发上(这些年了,她还是没法称呼她"罗塞特夫人")。"这个女人去哪儿了?"他问:"克拉丽莎在哪儿?"

莎莉猜,彼得也是这样认为的,有什么重要人物来了,政要之类的,克拉丽莎上前寒暄客气,来的人他们都不认识,只在报纸上见过照片。克拉丽莎得友好地打招呼。理查德·达洛维没有成为内阁成员。莎莉猜想他不算成功吧?对她来说,她很少看报,只是偶尔看到理查德的名字。但是——呃,她生活的圈子相对封闭,要让克拉丽莎说,那简直是生活在荒郊野外。不过从另一个角度看,她周边接触的也都是巨贾、制造商,毕竟是些干实业的男人,她也做了很多!

"我有五个儿子!"她告诉他。

天啊,天啊,她变了太多!有着母性的温柔和自我主义。上一次他们见面,彼得还记得他们在月色下花丛中,用充满文学色彩的语调说花叶像"粗糙的铜器",她还摘下了一朵玫瑰。整个令人难过的晚上,经历了喷泉边的那一幕,她让他徘徊不定,还得赶午夜的火车呢,天哪,他哭了!

他又摆弄起他的老把戏,打开他的小折刀,莎莉想。他激动的时候就会拿着小折刀打开又合上。当他和克拉丽莎恋爱的时候,她和彼得·沃尔什十分亲近,有次午饭还和理查德·达洛维发生了十分糟糕荒唐的一幕。她曾称呼理查德为"威克姆",为什么不称理查德为"威克姆"呢?克拉丽莎恼了!在这之后两人再没有见过面,过去的十年间见面六次都不到。而彼得·沃尔什去了印度，她隐约听说他在那里有段不幸福的婚姻，不过她不知道他有没有孩子，她也不能问他，因为这么多年来他变了。她觉得虽然皮肤变得干瘪，但还是那么好脾气。她是真的喜欢他，因为他们是青梅竹马的玩伴，她还留着那本他送的艾米丽·勃朗特的小说呢，他也写东西对吧？那时候他是要写点什么的。

"你写什么了吗？"她问他，摊开她那结实又线条优美的手，放在膝盖上，这个姿势他记得。

"一个字也没写！"彼得·沃尔什说，她笑了。

莎莉·西顿，她还是那么吸引人，依然那么出名。但是罗塞特是谁？他结婚那天还在衣服上点缀了两朵山茶花——这是彼得所知道关于他的一切。"他们有很多仆人，还有好几英里长的温室。"克拉丽莎写着这些，莎莉大笑着表示认可。

"是的，我每年能赚一万英镑"——不知道是税前还是税后，她记不清了，都是她丈夫的缘故，"你得见见，"她说，"你会愿意见他的。"

莎莉过去总是穿着破衣麻布。为了去伯顿，她把祖母的戒指典当了出去，那还是玛丽·安托瓦尼特送给他曾祖父的。

哦，是的，莎莉记得，她还珍藏着那枚镶着红宝石的戒指，那是玛丽·安托瓦尼特送给她曾祖父的。那个时候，她连一个便士都没有，她要去伯顿就得省吃俭用很久。但是去伯顿对她来说还真是意义重大——她相信这是唯一让她保持理智的方式，她在家一点也不高兴。不过这都是过去了的事情，都过去了，她说。帕里先生死了，帕里小姐还活着。他的生命里从没发生过这么大的事！彼得说。他十分确信她已经死了。莎莉猜，他们的婚姻很幸福吧？而那个十分有气质的年轻女人就是伊丽莎白，她穿着红色衣服高贵地站在窗帘边。

（她像一棵杨树，像一条河流，像一支风信子，威利·蒂特科姆想着。在乡下真好，她可以做自己喜欢的事！她能听见那只可怜的狗在嚎叫，伊丽莎白确定。）她和克拉丽莎一点也不像，彼得·沃尔什说。

"噢，克拉丽莎！"莎莉说。

莎莉的感觉只是这样，她欠克拉丽莎太多。她们不仅认识，还是

雅各布的房间

好闺蜜。她仍然能想象克拉丽莎一袭白衣手拿鲜花走在屋中的样子——直到今天莎莉看见烟草还是会回忆起伯顿。但是——彼得理解这些吗？——克拉丽莎缺少点什么。不过到底缺什么呢？她很迷人，很有魅力。但说实话（莎莉觉得彼得是个老朋友，一个真正的朋友——不在国内有什么关系？距离远有什么关系？她以前总想给他写信，但总是写了又撕掉，她觉得他懂她。因为有些事情即便不说也会理解，就像人们意识到自己在变老。她的确老了，因为她的儿子得了腮腺炎，那天下午她去伊顿看了看他们），说实话，克拉丽莎怎么会这么做？——居然和理查德·达洛维结婚？一个爱运动的人，一个只关心狗的人。他总是带着一身马厩味道走进屋子。以及这整个宴会？她挥着手。

休·惠特布莱德穿着白色马夹慢慢走过去，他除了自大和安逸外，便是迟钝、肥胖、无知，无视一切。

"他不会主动来理睬我们的。"莎莉说，而且她也真的没有勇气走上前去——即便那是休！她崇拜的休！

"他做什么呢？"她问彼得。

他在给国王的鞋子擦鞋油，或是在温莎宫数酒瓶，彼得告诉她。彼得说话还是那么犀利！但彼得说，莎莉说的是实话，就是那个吻，和休的。

她向他保证，吻了他的嘴唇，一个晚上，在吸烟室里。她气得径直走到克拉丽莎身边。休不会这么做的！克拉丽莎说，那令人崇拜的休！休的袜子是她见过最好看的袜子——现在看他那晚礼服。简直太完美了！他有孩子吗？

"这个屋子里的每个人都有六个儿子在伊顿。"彼得告诉他自己是个例外。感谢上帝，幸亏他没有孩子。没有儿子、没有女儿也没有妻子。嗯，他看上去并不在意，莎莉说，他看着年轻，比他们之中任何人都年轻。

可是从很多方面来讲，像那样结婚太愚蠢了，彼得说。"她真是个大笨蛋。"但是，他还说，"我们度过了一段美好的时光。"怎么回事？莎莉想知道他是什么意思。认识他却对他身上发生的任何一件事都不清楚，这可真是奇怪。他感到骄傲才这样说吗？很有可能这样，毕竟这些事让他很恼怒（尽管他是个怪人，像是某种精灵似的，绝对不是普通人），在他这个年纪，还未成家，又没有归宿，一定很孤独。可他要到他们家住上几周。他当然会来，他愿意和他们住在一起，就这样提起了这件事。这么多年达洛维夫妇从未去过，尽管莎莉他们多次邀请他们。克拉丽莎（因为那是克拉丽莎）不会来，莎莉说。因为克拉丽莎骨子里趋炎附势——你得承认，她就是这样势利。她坚信，就是这点造成了她们之间的阻碍。克拉丽莎觉得莎莉嫁给了地位不如她的人，她的丈夫——她为此感到骄傲——是个矿工儿子。他们拥有的每一分钱都是她丈夫挣来的。他儿时曾（她的声音颤抖）靠扛麻袋过生活。

（她就这样不停地说着，彼得感觉一个又一个小时过去了。她在讲矿工儿子，人们都觉得她嫁给了一个地位低的人。她讲她那五个儿子，还有些别的事情——植物、绣球花属、紫丁香花、在苏伊士运河北边从没长过的稀有木槿百合花，但她在曼彻斯特附近的一个郊区雇用了一名园丁，种了很多这种百合，数量真的很多！现在，克拉丽莎逃离了这些，她本就没有那么强的母性）。

她是个势力的人？是的，从很多方面看来，她是这样。她这么久去哪里了？已经很晚了。

"不过"，莎莉说，"当我听说克拉丽莎办晚会时，我觉得我不能不来——我得再见她一面（我就住在维多利亚大街，几乎挨得那么近）。所以即便没有收到邀请我也来了。但是，"她小声说，"告诉我，这是谁？"

这是希尔伯里夫人，她正在找门。因为天色已晚！她还咕哝道，夜色渐深，随着宾客渐渐散去，借着美丽的夜色，人们更容易找到隐蔽处或拐角处的老朋友。她问，他们知道他们正在一个魔法花园里吗？有灯光、有树木，有微波荡漾的湖泊，还有醉人的夜空。只是在漆黑的后花园里点着几盏彩色小灯，克拉丽莎·达洛维说。但她真是个魔术师！简直变成了一个公园……她连那些人的名字都不知道，不过她知道他们是她的朋友，不知道名字的朋友，就如尚未填词的歌曲总是最悦耳的一样。不过那里门太多了，在这么不可思议的花园里，她找不到出口了。

"希尔伯里老夫人。"彼得说道，但是那是谁？整晚站在窗帘边

285

雅各布的房间

上，又沉默不言的那个人？他认得她的脸，好像在伯顿见过。她可能是那个在窗边大桌子上剪裁内衣的人？戴维森，她是叫戴维森吧？

"哦，那是埃莉·亨德森吧。"莎莉说。克拉丽莎对她真的很刻薄。她还是克拉丽莎的堂姐妹，很是贫困。克拉丽莎待人刻薄。

岂止刻薄，彼得说。不过，莎莉说——她讲话时激情澎湃，彼得喜欢她这一点，但是现在有点畏惧，眼前的她情绪过于激动——克拉丽莎对待朋友多么大方啊！人们觉得这是难能可贵的品质，有时在夜晚或者是圣诞节，当她盘点自己拥有的幸福时，她与克拉丽莎的友谊总是排在第一位。因为那时她们年轻，这就是原因。克拉丽莎心灵纯洁，就是这样。但彼得会觉得她过于敏感，她确实如此。因为莎莉觉得这是唯一值得一提的事——内心的感受。太过聪明就是愚蠢，一个人就应该坦言自己的感受。

"但是我不知道，"彼得·沃尔什说，"我的感觉是什么。"

可怜的彼得，莎莉心想。为什么克拉丽莎不过来和他们说说话？这是彼得期待的，她知道。他的脑海里只惦记着克拉丽莎，拿着小折刀在那里坐立不安。

他觉得生活并不简单，彼得说。他与克拉丽莎的关系本就不简单，这种关系让他的生活一团糟，他说。（他们一直很亲近——他和莎莉·西顿，不说出口显得很荒谬。）一个人不可能热恋两次，他说。而她会说什么？不过，恋爱过还是比没恋爱过好一点（但是他会觉得她多愁善感——他以前很犀利）。他必须来曼彻斯特和他们待在一起。那是一定的，他说。那是一定的。他愿意过来和他们在一起，伦敦的事一处理完就过去。

跟理查德相比，克拉丽莎更在乎彼得。这一点莎莉很确定。

"不，不，不！"彼得说（莎莉不该说这话——她说得有点远）。那个好人——他就在房间的另一端，和以往一样，走来走去，亲爱的老理查德。他在和谁说话呢？莎莉问，那个长相英俊的男人是谁呢？她生活在荒郊野外，有着无法满足的好奇心，她想知道这些人是谁。但是彼得不认识。他不喜欢他那样的人。他说，可能是内阁大臣。他认为在所有人中，理查德可能是最不错的，他说——最正直无私。

"但是他做了什么？"莎莉问。她猜可能是公益事业。那么他们在一起生活得开心么？莎莉问（她自己非常开心）。不过，她承认，她不了解他们，只是像别人一样得出草率的结论。因为就算是每天生活在一起的人，我们也未必了解。她问道，我们都是囚犯吗？她曾读过一个很棒的剧作，内容是关于一个男人在囚房墙上涂鸦，不过她觉得那才是真正的生活——人们在墙上胡乱涂抹。她对人际关系绝望了（人们太过复杂），她经常进入自家花园，在花丛中获得男男女女那里不可得的平静。但是不行，他不喜欢空心菜，他喜欢与人沟通，彼得说。事实上，那年轻人很漂亮，莎莉说着看着伊丽莎白穿过屋子。与当年这个年纪的克拉丽莎一点也不像！他能为她做点什么吗？她不愿张口说话。彼得承认至少现在还是这样。她像一朵百合花，莎莉说，像池塘边生长的一朵百合。莎莉说我们一无所知，但是彼得不赞同。我们知道所有事情，他说，至少他是这样。

莎莉小声说，但是他俩，正走过来的那两人（而且克拉丽莎若不尽快赶到，她就真的要走了），正和理查德说话的这个相貌出众的男人和他长相普通的妻子——你能了解到那些人的什么呢？

"他们肯定是糟糕的骗子。"彼得看着他漫不经心地说，莎莉听后大笑。

但威廉·布拉德肖在门口驻足欣赏一幅版画。在画的一角寻找雕刻家的名字。他的妻子也在欣赏。威廉十分沉迷于艺术。

彼得说，一个人年少的时候，太容易激动而无法了解他人。现在他老了，准确地说五十二岁了（莎莉五十五岁了，她说，但她的心还像个二十多岁的孩子），于是成熟了，彼得说。这个年纪的人会观察、会了解，有感知事物的力量，他说。的确如此，莎莉说。她的感触一年深似一年，一年强过一年。与日俱增，他说。哎，或许应当为此感到高兴——以他的经验来讲，这种感觉会愈发强烈。在印度他认识了一个人，他很想告诉莎莉关于她的事，他想让莎莉认识她。他说，她结过婚，还有两个小孩子。一定要让他们都来曼彻斯特，莎莉说——他们离开前他得答应她。

伊丽莎白过来了，彼得说，她所感受到的还不如我们的一半儿。但

雅各布的房间

莎莉说，从伊丽莎白走向他的父亲的样子就能看出他们父女感情深厚。她能从伊丽莎白走向父亲的样子中感受到。

因为当她父亲站着和布拉德肖说话的时候，眼睛一直看着她，自己心想，那可爱的女孩是谁？然后突然意识到那正是他的伊丽莎白，他甚至都没认出她，因为穿着粉色衣服的伊丽莎白看上去是那么的可爱！伊丽莎白和威利·蒂特科姆讲话的时候感觉到他在看她。所以她走向他，和他站在一起，现在晚宴快结束了，人们渐渐散去，屋子里空荡荡的，地板上一片狼藉。甚至到最后埃莉·亨德森也要走了，尽管没人和她聊天，但她还是愿意看到这一切，然后回去讲给伊迪斯听。晚会要结束了，理查德和克拉丽莎很是欣喜。理查德为女儿感到骄傲，他不打算告诉她，又禁不住要告诉她。他说他看着她时心里在想，那个可爱女孩是谁，原来是我的女儿！这真让伊丽莎白开心，不过那只可怜的狗又叫起来了。

"理查德有所进步，你说得对，"莎莉说，"我得过去和他说说话。我得说声晚安。智商有什么关系，"罗塞特夫人站起来，"和真心相比的话？"

"我会来的。"彼得说，不过他又坐了一会儿。他在害怕什么？在高兴什么？他想着。是什么让我如此兴奋？

是克拉丽莎，他说。

因为她就在那儿。

图书在版编目（CIP）数据

雅各布的房间/（英）弗吉尼亚·伍尔夫（Virginia Woolf）著；李小艳，蒙苑宁译.—北京：中国书籍出版社，2016.8（中国书籍编译馆）
ISBN 978-7-5068-5654-6

I.①雅… II.①弗… ②李… ③蒙… III.①长篇小说—英国—现代 IV.①I561.45

中国版本图书馆CIP数据核字（2016）第157079号

雅各布的房间

（英）弗吉尼亚·伍尔夫　著
李小艳　蒙苑宁　译

策划编辑	李立云
责任编辑	李立云
责任印制	孙马飞　马　芝
封面设计	黄俊杰
出版发行	中国书籍出版社
地　　址	北京市丰台区三路居路97号（邮编：100073）
电　　话	（010）52257143（总编室）　（010）52257140（发行部）
电子邮箱	yywhbjb@126.com
经　　销	全国新华书店
印　　刷	河北省三河市顺兴印务有限公司
开　　本	710毫米×1000毫米　1/16
字　　数	280千字
印　　张	18.75
版　　次	2016年8月第1版　2016年8月第1次印刷
书　　号	ISBN 978-7-5068-5654-6
定　　价	32.00元

版权所有　翻印必究